帝王燕

제왕연 6

ⓒ지에모 2020

초판1쇄 인쇄	2020년 11월 23일
초판1쇄 발행	2020년 12월 8일

지은이	지에모芥沬
옮긴이	이소정

펴낸이	박대일
편집	이문영 · 박지해 · 임유리 · 신지연
마케팅	임유미 · 손태석
일러스트	흑요석
디자인	박현주
교정	김미영

펴낸곳	파란미디어
출판등록	2004년 9월 14일 제313-2004-00214호

주소	03992 서울시 마포구 동교로23길 14 국제빌딩 6층
전화	02.3141.5589 영업부 070.4616.2012 편집부
팩스	02.3141.5590
전자우편	paranbook@gmail.com
카페	http://cafe.naver.com/paranmedia
인스타그램	@paranmedia

ISBN	978-89-6371-841-5(04820)
	978-89-6371-821-7(전21권)

제왕연

帝王燕

지에모芥沫 지음 — 이소정 옮김

6

파란

차례

우연, 전부 우연히 만나다 | 7

옛 빚은 나중에 다시 계산하지 | 14

실수, 누군가의 영역으로 들어가다 | 21

그림으로 들어가면 남아야 한다 | 28

그들 모두 조급했다 | 35

욕망도 구함도 없으면 적도 없고 | 42

어려운 선택 | 49

결과, 어째서 이렇게 | 56

모두 정왕 전하의 체면을 생각해서 | 63

그녀의 묘계 | 70

불안, 수영할 줄 모른다 | 77

이번에는 스스로의 힘으로 | 84

이 선량함을 위하여 | 91

그는 다급하다 | 98

그가 무엇에 화를 내는 걸까 | 105

이 초식이 생각보다 쓸모 있는걸 | 111

어떻게 이렇게 가깝지 | 118

이번에는 내가 당신을 지켜 줄게 | 124

닿지 않는 현빙玄氷 | 131

연아, 위험해 | 137

의외의 신분 | 143

그림을 배우겠다고, 바보 같은 계집애 | 150

나의 자유는 너의 것 | 157

사람을 다투다. 누가 이기고 누가 진 것일까 | 164

다시 비밀을 하나 알려 줄게 | 171

황형의 짝사랑 | 178

나는 네 말을 들을 거야 | 186

그녀에게 참견할 이유 | 193

그녀는 믿지 않는다 | 200

사내를 마음에 담지 마라 | 207

황형을 좀 도와주려고 | 214

전하, 이것은 마음의 병입니다. | 221

자상함, 그럴 리 없어…… | 228

어찌 이리 뒤섞인 걸까 | 234

정왕 전하가 웃었다 | 241

만족스러운 답을 원한다 | 248

반드시 만족시켜 드릴 거야 | 255

죄악, 자아비판 | 262

서로의 결심 | 269

전하, 도와 드리겠어요 | 277

다시 한번, 좋아한다고 | 285

본 왕이 기억하였다 | 293

상을 내릴 테니, 기다리거라 | 300

현묘한 장치, 최선을 다하겠다 | 307

예상 못 한 정보 | 315

좋아하는 것이 아니라 습관 | 323

위험, 병세를 제어할 수 없다. | 330

나는 네 부모가 누구인지 안다 | 337

앞으로는 본 왕에게서 너무 멀리 떨어지지 마라 | 343

예물을 먼저 보낸 것으로 치고 | 350

모질게 마음먹고, 기한을 정하다 | 358

임무, 은혜와 위엄을 동시에 베풀다 | 366

측비, 좋은 일 | 373

생각도 하지 마라 | 381

우연, 전부 우연히 만나다

그들이 출발하고 며칠 지나지 않아 매 공공이 천무제의 서신을 받았다. 정왕 전하가 직접 태자를 맞이하러 갔으니 두 사람은 이 일을 누설하지 말고 속히 궁으로 돌아오라는 내용이었다. 그리고 비연에게는 단약을 많이 연마할 것을 당부했다.

정왕 전하가 직접 움직였다는 이야기를 듣고 비연은 안심했다. 매 공공에게 신농곡에 가야 한다는 이야기를 하지 않다가, 열흘 후 신농곡에 가까운 지역을 지날 때에야 가볍게 입을 열었다.

그곳에서 신농곡까지는 하루 여정이었다. 매 공공은 달갑지 않았지만 거절하기도 쉽지 않았다. 비연이 감정적으로나 이치상으로나 그래야 한다고 한참 이야기하자 매 공공도 고개를 끄덕였다.

곧 당정을 만나고, 육단상륙에 대해 알아볼 수 있다 생각하니 비연은 기분이 매우 좋았다. 그러나 이 길에 아주 귀찮은 일이 기다리고 있을 줄은 미처 알지 못했다.

앞쪽, 멀지 않은 숲속에 열 살 남짓한 남자아이가 나무 아래 앉아 쉬고 있었다. 매우 잘생긴 얼굴에 말끔해 보이는 느낌, 특히 흑백이 또렷하게 구분되는 눈동자를 보면 마치 세 살 아이처럼 맑아 보였다.

아이는 화려한 비단옷을 입고 있었는데 온몸에서 천성적으로 귀한 느낌을 내뿜고 있었다. 그렇다고 해서 높은 곳에서 사람을 내려다보는 거만함도, 사람을 천 리 밖으로 내모는 차가움도 없었다. 오히려 사람들과 쉽게 친해지는 온화한 느낌을 풍겼다. 그 누구라도 이 아이를 보면 미풍을 맞은 것처럼 편한 느낌이 들 것이다.

이 아이는 바로 천염국의 태자, 군구신이 가장 아끼는 동생 군자택이었다. 그는 천무제처럼 이기적이거나 의심이 많지 않았고 군구신처럼 냉담하지도 않았다. 황후를 본 적이 있는 사람들은 그의 깨끗하고 맑은 느낌, 온화하고 선량한 기질 등이 황후를 무척 닮았다고 했다.

3년 전 군구신이 진양성에 돌아온 후에 사람들은, 군구신이 아버지도 어머니도 닮지 않았을 뿐 아니라 유독 냉담한 성격이라고 수군거렸다.

군자택은 이곳을 지나던 중에 나무 아래에서 잠시 쉬면서 물을 마시고 있는 듯했다. 하인 두 사람이 시위 차림으로 곁에 서 있었다. 그들 모두 아무 말도 하지 않았다. 한여름 오후라 찜통 속에 들어온 듯 무더운 더위는 절정에 달했고, 숲속은 풀벌레 소리조차 들리지 않고 고요했다.

시간이 천천히 흘러갔다. 한참 후, 군자택이 충분히 쉬었다 싶었는지 자리에서 일어나 침착하게 옷차림을 정리했다. 어린 나이였지만 일거수일투족에 보통 어른도 지니지 못할 우아함과 침착함을 지니고 있었다. 다소간 나이에 맞지 않는 노련함도 엿보였다.

"가자. 날이 습한 것을 보니 곧 비가 오겠다."

군자택의 말에 시위들이 공손하게 말을 끌고 왔다. 그러나 이게 웬일일까. 군자택 앞까지 온 말이 갑자기 말발굽을 들고 울기 시작했다.

"태자를 보호하라!"

시위들이 쌍쌍이 경계했다. 잠복하고 있던 시위들도 동시에 나타나 군자택을 둘러쌌다. 그러나 누가 알았을까. 복면을 한 붉은 옷의 사람이 갑자기 공중에서 나타나 검을 잡고 군자택을 향해 뛰어내렸다!

보통 살수는 검은 옷에 검은 복면을 하기 마련인데 이 살수는 특이하게도 붉은 옷에 붉은 복면을 하고 있었다. 그러나 모두 깜짝 놀라 깊은 생각을 할 겨를이 없었다.

"주인님, 위를 조심하십시오!"

시위들이 다급하게 군자택을 밀어 한옆으로 쓰러뜨렸다. 태자가 놀랐으나 당황하지는 않고 재빨리 몸을 일으키더니 달리기 시작했다.

홍의 살수는 세 초식 만에 시위 모두를 죽여 버렸다! 소씨 가문이 피 같은 돈을 들여 최정상급의 살수를 고용한 게 틀림없었다!

홍의 살수의 검법은 아주 악랄했고, 매우 깔끔했다. 방해가 되는 시위들을 해결한 후 바로 군자택을 쫓기 시작했다.

군자택이 아무리 담담하다 해도 결국은 아이였다. 달리다가 넘어져 버린 그는 비명을 질렀다.

"살려 줘! 살려 달라고……!"

이때 시위 네 명이 나타났다. 두 명은 군자택을 보호하고, 두 명은 홍의 살수를 막았다. 군구신은 주변에 잠복하고 있었다. 이 순간 그는 냉랭한 눈초리로 홍의 살수를 보고 있었다.

지금 나타난 시위 네 명은 군구신의 수하였다. 그들은 며칠 전부터 암중에서 군자택을 지키면서 살수가 나타나기를 기다리고 있었다. 그러나 군자택은 이 모든 일을 알지 못하고 있었다.

군구신이 바로 손을 쓰지 않은 이유는 다름이 아니라, 살수가 한 명만 온 것인지 확신하지 못하고 있었기 때문이었다.

홍의 살수가 두 초식 만에 시위 두 명을 해치웠다! 군구신의 시위들은 군자택 시위들보다 갑절은 더 실력이 뛰어났는데도.

군구신의 차갑던 눈빛이 변했다. 홍의 살수는 만만한 상대가 아닐 뿐 아니라 심지어 아직 제 실력을 다 보이지 않은 듯했다.

홍의 살수가 남은 두 시위를 추격하자 군구신도 더 이상 지체하지 않고 장검을 뽑았다. 그가 살초를 펼쳤을 때, 갑자기 누군가가 그의 앞에 나타나 홍의 살수를 습격했다.

바로 백리명천이었다!

백리명천은 군자택의 행방을 알지 못했다. 그러나 소씨 가문에 대해서는 매우 쉽게 조사할 수 있었다. 그는 소씨 가문이 고용한 살수를 조사해 암중에서 며칠째 미행하고 있었다!

그가 바라는 것은 이 살수뿐만이 아니었다. 그는 군자택도 원하고 있었다. 물론 둘 다 살아 있는 상태로!

등 뒤에 적이 나타나자 홍의 살수는 바로 군자택을 포기했다. 그가 백리명천을 보더니 경악한 듯, 분명 검이 잠시 멈췄다.

백리명천은 충분히 준비해 온 상태였다. 그의 첫 초식은 바로 독이었다.

창졸간의 일이라 홍의 살수는 방비하지 못한 듯했다. 아주 아슬아슬하게 피했다.

이때 군구신은 움직이지 않고 있었다. 백리명천이 나타난 것을 보고 그도 매우 의외라 생각했다. 소씨와 기씨 가문에서 백리명천에게 죄를 뒤집어씌울 작정이라는 사실을 몰랐다면 그도 바로 손을 썼을 것이다. 그러나 지금은 일단 사태의 진전을 보며, 가만히 앉아 어부지리를 얻으면 그만이었다. 홍의 살수는 산 채로 잡고 싶었고, 백리명천은 산 채건 시체건 아무 상관이 없었다!

백리명천은 무공이 일류인데다 독술까지 절정에 이르렀으니, 홍의 살수와 몇 초식 주고받자 우세를 점하기 시작했다. 물론 단지 우세를 점했을 뿐 단시간 내에 홍의 살수를 어떻게 할 수는 없었다.

한참이 지났다. 두 사람이 몇 초식이나 주고받았는지 알 수 없었다. 그들은 호적수를 이루고 있었고, 둘 중 누구도 멈출 생각이 없어 보였다. 오히려 싸움이 더 격렬해지며 이제 벗어날 수 없는 지경이 되었다!

군자택이 두 시위의 호위를 받으며 군구신 곁으로 옮겨 왔다. 보통 아이라면 울음을 터뜨렸을 것이다. 그러나 군자택은 놀라서 파랗게 질린 안색에 붉어진 눈으로도 울지 않았다. 분명 강하게 참고 있었다.

시위들을 보고 다시 황형을 보더니, 얼마간 무슨 일인지 추측한 모양이었다. 그의 눈가가 더욱 붉어졌지만 놀라거나 화를 내지는 않았다. 다만 이렇게 속삭였을 뿐.

"황형, 오셨으면서 무엇 때문에 손을 쓰지 않으셨습니까? 괜히 여러 사람을 희생시키지 않았습니까? 모두 사람의 목숨입니다!"

군구신은 대답하지 않았다. 비록 이 동생을 사랑했지만 일일이 대화를 나누려 하지는 않았고, 무엇인가를 변명하거나 하는 일은 더더욱 없었다. 지금도 군자택에게 조용히 하라고 손짓만 했을 뿐, 심지어 그를 제대로 보려 하지도 않았다.

군구신의 시선은 시종일관 홍의 살수와 백리명천에게로 향하고 있었다. 그는 두 사람의 무공을 분석하며 승부를 기다리고 있었다!

그가 보기에 기껏해야 쉰 초식 정도를 주고받고 나면 백리명천이 분명 홍의 살수에게 패할 것이다. 그리고 그때가 바로 그가 나타나야 할 때였다.

군자택이 뺨을 부풀렸다. 화가 가라앉지 않았다. 그가 몸을 돌려 떠나려 하자 시위가 가로막았다. 군자택은 더욱 화가 났지만 할 수 있는 일이 없었다. 하는 수 없이 그 자리에 주저앉았다.

일 초, 이 초…….

군구신이 속으로 초식을 세고 있었다. 그가 세 번째 초식까지 세었을 때, 멀지 않은 곳에서 마차가 달려오는 소리가 들렸다.

비연 일행이 오고 있었다…….

옛 빚은 나중에 다시 계산하지

비연은 임시로 길을 돌아 신농곡으로 향했고, 망중은 아직
이 소식을 보내지 못한 참이었다. 그러니 군구신이 여기서 그
녀를 만나게 되리라 어찌 생각이나 했겠는가? 또한 남몰래 비
연을 호위하던 망중도 주인이 앞에 있다는 사실을 모르고 있
었다.

군구신은 소리가 들리는 방향을 흘긋 보면서 관심을 두지 않
았다. 백리명천과 홍의 살수는 더더욱 관심을 두지 않았다. 그
저 지나가는 사람이겠거니 여긴 것이다!

그러나 군자택이 초조한 표정으로 진지하게 말했다.

"황형, 사람을 보내 길을 막아 주십시오! 이 길을 지나는 이
들 대부분은 신농곡으로 약을 사러 가는 사람들입니다. 그들은
무고합니다!"

그는 지금 오고 있는 사람이 홍의 살수와 백리명천 때문에 상
처라도 입게 될까 두려운 모양이었다. 그러나 황형이 자신을 상
대하지 않는 것을 보고 어린 미간을 단단히 찌푸리기 시작했다.

직접 길을 막으러 가려고 했으나 안타깝게도, 태자의 이런
성격을 아주 잘 알고 있던 시위가 그를 막았다. 군자택은 더욱
초조했다. 늙은 선생이라도 된 것처럼 화가 나서 군구신을 꾸
짖었다.

"황형, 이리하시면 다른 이가 죽어 가는 것을 보면서도 구하지 않는 것과 무엇이 다릅니까? 약을 구하는 것은 사람을 구하기 위함일 것이니, 선입니다. 황형께서는 죄를 범하시는 겁니다! 그것도 결코 용서받지 못할 대죄를!"

군구신이 미동도 하지 않자 군자택이 죽어라고 그를 노려보았다. 숨이 턱 막혀 있는 모습이 억울한 어린아이 같기도 했고, 분노했지만 힘이 없는 어른 같기도 했다. 군자택의 눈가가 점차 붉어져 갔다.

그러나 곧 말발굽 소리가 멈췄다.

비연 일행이 숲에 들어온 지 얼마 되지 않아 격렬하게 싸우는 소리가 들려왔고, 마부가 바로 마차를 세웠다. 호위하던 시위가 가서 알아보겠다고 했으나 매 공공이 허락하지 않았다.

매 공공은 돌아가는 것이 늦어 천무제에게 죄를 얻게 될까 두려워하고 있었다. 하루도 시간을 지체하고 싶지 않았던 그는 이 기회를 놓칠 수 없어 진지하게 말했다.

"고 대약사, 저 검 소리가 얼마나 격렬한지 들어 보시지요! 아무래도 이 길에 산적이 있는 게 틀림없습니다. 떼를 지어 나타나면…… 그리고 그들의 무예가 고강하다면…… 사달을 만들지 않는 것이 좋지 않겠습니까. 신농곡에는, 돌아가 보고를 끝낸 후 다시 와도 늦지 않을 것입니다."

그리고 비연의 대답도 기다리지 않고 마부에게 길을 원래대로 돌리라고 외쳤다. 비연이 바로 다급하게 소리쳤다.

"잠시만!"

반드시 신농곡에 가야만 했다. 비연이 분개한 표정으로 진지하게 말했다.

　"매 공공, 천염국 황가의 시위들이 산적을 보고도 길을 돌아간다면 천하 사람들이 사흘 밤낮을 비웃을 일이지요! 길을 돌아가고 싶다면 혼자 돌아가세요. 본 약사는 신농곡 영역에서 누가 감히 방자하게 구는지 보아야겠으니까!"

　신농곡 영역? 신농곡까지는 아직 거리가 제법 있었다. 그러니 신농곡의 영역은 아니지 않을까?

　매 공공이 반박하려 했지만 비연은 기회를 주지 않았다. 마차에서 뛰어내리더니 성큼성큼 앞으로 걸어 나갔다.

　그녀는 바보도 아니고 목숨을 아끼지 않는 것도 아니었다. 그저 자신이 마차에서 내리면 수행하는 시위들이 전부 보호하러 올 것을 알고 있어서였다. 이렇게 하지 않으면 매 공공은 절대로 이 길을 가려 하지 않을 것이다.

　앞에서 들려오는 싸움 소리는 마치 원수끼리 싸우는 것 같았다. 그러니 그들과는 무관할 것이다. 정말 산적이라면, 황상의 시위들이 백성들을 위해 좋은 일을 할 기회 아니겠는가. 산적이 아무리 횡포해도 황가에서 훈련받은 시위들보다 뛰어날 리 없다. 어찌 되었건, 그녀는 이 길을 가야만 했다!

　과연 비연이 생각한 대로 시위들이 전부 쫓아왔다. 남몰래 잠복해 따라오던 시위들도 모두 나타났다. 그리고 그들 뒤에 잠복해 있던 망중도 여전히 근처의 풀숲에 몸을 숨긴 채 비연을 따르고 있었다.

매 공공도 어쩔 수 없이 마부에게 비연을 따라가라고 말할 수밖에 없었다.

이때 군구신은 열 번째 초식까지 센 다음이었다. 홍의 살수가 초식마다 신중하게 경계한 덕분에 백리명천이 절대적인 우세를 점하고 있었다.

백리명천이 검을 거두더니, 가볍게 부채를 부치며 실망스러운 표정을 지었다.

"하하, 보아하니 소씨 가문의 그 수만금도 쓸모가 없군! 하하, 애야, 본 황자가 보기에 너는 너무 바보 같구나! 소씨 가문이 너에게 본 황자를 무시해도 좋다고 한 모양이지? 어째서 백만금 천만금을 부르지 않았느냐? 겨우 6만 금을 불렀다니…… 본 황자가 너무 화가 나는구나!"

한마디도 하지 않던 홍의 살수가 갑자기 돌멩이 하나를 백리명천에게 던지고는 몸을 돌려 도망치기 시작했다!

돌멩이가 활을 떠난 화살처럼 파죽지세의 기세로 날아왔다. 백리명천은 그것을 아슬아슬하게, 가까스로 피했다. 그가 분노하며 홍의 살수를 뒤쫓기 시작했다.

"죽여 버리겠다!"

백리명천이 홍의 살수를 거의 따라잡았을 때였다. 그가 갑자기 놀란 표정으로 발걸음을 멈췄다. 앞에 비연 일행이 나타났기 때문이었다.

비연 일행 역시 홍의 살수와 백리명천을 보고는 놀라서 멈춰 섰다!

어두운 곳에 있던 군구신을 포함해 모두가 경악했다.

홍의 살수는 비연과 매 공공을 알지 못해 잠시도 지체하지 않고 그 옆으로 나는 듯이, 죽어라 도망쳤다!

백리명천이 정신을 차리고 홍의 살수를 쫓으려 했을 때 매 공공이 갑자기 소리쳤다.

"여봐라, 어서! 어서 저자를 잡아라! 저자가 바로 만진국 삼황자다. 정왕 전하께서 수배하신 인간이다!"

일순간에 비연의 시위들이 백리명천을 포위했다. 그렇게 얼렁뚱땅 백리명천을 잡게 되었다!

그 장면을 본 군구신이 생각할 겨를도 없이, 모든 시위들에게 홍의 살수를 쫓으라고 명했다. 그리고 자신은 군자택과 함께 비연 앞에 서서 백리명천을 마주 보았다.

망중은 숲속에서 벌어지는 일을 알지 못했고, 제 주인과 어린 태자가 그 자리에 있다는 사실은 더욱 몰랐다. 그러나 눈앞의 상황을 보니 제 주인이 펼친 판에 백리명천과 비연이 휘말렸다는 것쯤은 대충 추측할 수 있었다.

그는 주인에게 직접 살수를 쫓으라고 권하고 싶었다. 그 살수야말로 최대의 목표였고, 비연의 안위는 사실 그다지 중요하지 않았기 때문이었다.

그러나 지금 망중은 검은 옷에 복면을 하고 있었기에 몸을 드러내기 힘든 상황이었다. 그래서 그저 몸을 돌려 시위들을 돕는 수밖에 없었다.

원래 놀라고 있던 비연이 군구신을 보고 더욱 놀랐다. 그 옆에서 매 공공이 먼저 입을 열었다.

"전왕 전하, 태자 전하, 어찌…… 어찌 여기 계신지요?"

비연은 그제야 군구신 옆의 아이가 천염국의 태자임을 깨닫고 무슨 일이 있었는지 대충 짐작했다. 그녀는 재빨리 앞으로 나가 나지막하게 외쳤다.

"전하, 그 살수가 급합니다!"

그녀의 말이 끝나자마자 백리명천이 불시에 그들을 피해 살수를 쫓기 시작했다! 그는 심지어 한마디 남기기도 했다.

"군구신, 연아, 옛 빚은 우리 나중에 다시 계산하자! 그 살수만 좋을 일을 하면 안 되잖아?"

명백했다. 지금 상황에서는 힘을 모아 그 살수를 쫓는 것이 현명했다. 그들이 서로 싸워 봤자 살수에게 어부지리만 안겨 주는 격이었으니까!

군구신은 신중하게, 상대가 자신에게 유리한 지형으로 그들을 유인하는 것이 아닌지 경계하고 있었다. 그가 군자택을 안아 들고 쫓기 시작했다.

매 공공 등은 아직 정신을 차리지 못한 상황에서 멍한 표정을 짓고 있었다.

비연도 더 생각할 겨를도 없이 서둘러 군구신의 뒤를 쫓기 시작했다. 그녀는 백리명천이 배반할까 봐 두려웠다. 백리명천은 교활하고 독에도 능숙하니, 정왕 전하 혼자서 상대한다면 모를까 어린 태자를 보호하다 보면 변수가 생길 수 있었다!

비연이 쫓아가고 난 후에야 매 공공 등도 겨우 정신을 차리고 다급하게 뒤쫓기 시작했다. 원래 조용하던 숲속이 일순간에 아수라장이 되었다!

군구신과 백리명천이 거의 동시에 홍의 살수를 따라잡았다. 둘이 홍의 살수를 절벽까지 몰아넣고 좌우에서 포위했다.

홍의 살수는 시위들을 모두 죽인 다음이었으나 더 이상 도망칠 곳이 없어 당황하고 있었다. 백리명천이 군구신 품 안의 군자택을 흘깃 보더니 조소했다.

"쯧쯧, 정왕 전하가 아이나 보는 신세인지 몰랐군!"

군자택이 즉시 화가 나서 반박했다.

"본 태자는 아이가 아니다!"

군구신은 얼굴을 가라앉힌 채 상대하지 않았다. 그의 주의력은 모두 홍의 살수에게 향하고 있었다. 그가 한 걸음 한 걸음 다가가자…… 어찌 이럴 줄 알았을까! 홍의 살수가 뜻밖에도 반항을 포기하고 절벽 아래로 몸을 날렸다!

고수라면 절벽 아래로 뛰어내리는 것이 반드시 죽을 길만은 아니었다!

군구신이 군자택을 안은 채로 망설임 없이 아래로 뛰어내렸고, 백리명천도 그 뒤를 따랐다…….

실수, 누군가의 영역으로 들어가다

비연이 헐떡이며 따라갔다.

절벽에 이른 그녀는 시위로부터 군구신과 백리명천이 절벽 아래로 뛰어내렸다는 말을 들었다. 비연이 아래로 데리고 내려가 달라고 하자 시위가 매우 난처해했다.

그녀가 상황을 설명하자 매 공공도 다급해하며, 무공이 가장 뛰어난 시위를 뽑아 그녀를 데리고 절벽 아래로 내려가라고 명령했다.

절벽 아래는 지극히 깊었다. 다행히도 나무들이 적지 않아, 나무줄기에서 몇 번을 쉬어 가며 겨우 절벽 아래로 착지하는 데 성공했다.

놀랍게도 절벽 아래에는 강이 흐르고 있었다. 강 양쪽으로는 푸른 풀밭에 야생화가 가득했다. 나무가 없으니 방해가 될 만한 장애물이 없었다.

비연과 시위가 주변을 둘러보았지만 군구신 등은 보이지 않았다. 비연이 경계하며 말했다.

"여기는 조금 이상한데. 어째서 나무가 한 그루도 없지? 들판 같지 않아."

시위는 그녀보다 더 경계하고 있었다.

"고 대약사, 조심하십시오. 상류 쪽으로 가 볼까요, 아니면 하류 쪽으로 가 볼까요?"

아무 단서가 없어 비연도 잠시 망설이다가 말했다.

"상류로!"

시위가 재빨리 앞에서 길을 열었다. 두 사람은 강물을 역류해 위로 올라가기 시작했다. 그런데 얼마 지나지 않아 '휙' 소리가 들리더니 시위가 갑자기 쓰러졌다!

"무슨 일이냐!"

비연이 깜짝 놀라 살펴보았다. 시위 목에 암기가 박혀 있었는데, 바로 인후를 막고 있었다. 비연은 깜짝 놀라 식은땀을 흘렸다.

"누구냐?"

그 살수의 방식 같지도 않고, 백리명천의 방식 같지도 않았다. 이 심연에 다른 사람이 있는 거라면…… 그들이 실수로 누군가의 영역에 들어온 것이 분명했다.

"고의로 침입한 것이 아닙니다. 우리는……."

비연이 변명하는데 암기 하나가 뒤에서 날아왔다. 그녀는 통증과 동시에 암기에 독이 있다는 사실을 눈치챘다. 그러나 그녀는 무언가를 하기도 전에 정신을 잃고 말았다.

다시 깨어났을 때, 비연은 자신이 밀폐된 작은 석실에 갇혀 있는 것을 발견했다. 재빨리 일어나 살펴본 그녀는 자신의 추측이 옳았다는 것을 확신했다. 누군가의 영역에 잘못 들어온 것이다!

다만 그녀는 이해할 수 없었다. 시위는 바로 살해당했는데 그녀는 왜 납치된 걸까? 그녀를 납치한 사람이 무엇을 원하는 걸까? 정왕 전하 등은? 아직도 절벽 아래에 있을까? 역시 암기를 맞지나 않았을까?

주변을 둘러보았다. 석실 안에는 아무 물건도 없었다. 이상한 것은, 벽 사면에 전부 기름등잔이 매달려 있어 작디작은 석실을 휘황찬란하게 비추고 있다는 사실이었다. 눈이 부셔 견디기 힘들 정도였다. 감옥은 보통 어둡기 마련인데 이곳은 왜 이리 밝을까?

비연이 경계하며 외쳤다.

"대체 누구냐? 죽이지 않을 거라면 어째서 바로 모습을 드러내지 않는 거지?"

그러나 안타깝게도 아무 반응도 없었다. 목소리만이 메아리쳐 돌아올 뿐이었다.

비연은 다시 몇 번 소리쳤고, 갑자기 뭔가 이상하다는 것을 깨달았다! 사방이 폐쇄된 방인데 메아리 소리가 크지 않았다.

벽에 문제가 있다!

비연이 계속 크게 외치면서 시선을 사방 벽의 기름등잔으로 옮겼다. 곧 마음에 짚이는 것이 있어 등잔을 모두 꺼 버렸다! 과연, 석실 안이 어두워지자 사방 벽의 구멍으로 외부의 빛이 들어오기 시작했다.

메아리가 크지 않다는 것은 사방 벽이 완벽하게 봉쇄된 상태가 아니라는 의미였다. 그래도 그렇지, 벽에 이렇게 많은 구멍이 있을 줄이야! 벽마다 각기 다른 위치에 구멍이 있었는데, 최소한 서른 개는 되어 보였다.

이 구멍은 대체 무엇 때문에 있는 걸까? 감시하기 위해서라면 이렇게 많을 필요가 있을까?

비연은 어두운 구석에 숨은 채 손에 독약을 들고 있었다. 빛이 들어오는 벽을 응시하고 있노라니 이유 없이 모골이 송연해지는 것을 느꼈다. 순간적으로 목소리조차 낼 수 없었다.

그때였다. 갑자기 석실 문이 열리더니 문 앞에 사람 하나가 서 있는 것이 보였다.

역광이라 얼굴을 제대로 볼 수 없었다. 다만 키가 크고 수척한 체형으로 미루어 보건대 남자인 것은 분명했다.

비연은 독약을 꽉 쥐고, 일부러 두려운 듯 속삭였다.

"당신은 대체 누구죠? 왜 나를 잡아 온 건가요?"

그 사람이 아무 말 없이 안으로 들어오더니 사방 벽에 있는 기름등잔을 다시 켰다. 주변이 밝아지자 비연은 그의 얼굴을 똑똑히 볼 수 있었다! 그녀는 자신도 모르게 숨을 들이마셨다.

그 사람의 얼굴은 반은 여자, 반은 남자였다. 여자인 부분은 요염한 미녀였고, 남자인 부분은 영민하고 준수했다. 옆에서 보면, 어느 쪽을 보건 도저히 잊기 어려울 만큼 아름답고 잘생긴 얼굴이었다. 그러나 전면에서 보면 기형의 괴물 같아 이루 말할 수 없이 공포스러웠다!

얼굴에는 아무 표정도 떠올라 있지 않았다. 심지어 조금 활기 없는 느낌이 들기도 했다. 비연이 깜짝 놀라 멍한 표정을 지었다. 상대가 남자라는 판단을 내렸으나 그가 천성적으로 이런 것인지, 아니면 일부러 이렇게 화장을 하고 있는 것인지는 알 수 없었다!

괴인이 한 걸음 한 걸음, 구석진 곳에 앉아 있는 그녀에게 다가왔다. 가까이서 보아도 비연은 여전히 그 얼굴이 화장한 것인지, 아니면 원래 그런 것인지 알 수 없었다. 그저 점점 더 공포스러울 뿐이었다.

그녀가 마침내 정신을 차리고 손안에 든 독약을 뿌렸다. 그러나 괴인은 대비하고 있었던 듯 쉽게 피하고 문가로 물러났다.

기습을 받아도 그는 감정이라고는 아예 없는 사람처럼 화를 내지 않았다. 그저 어떤 감정도 읽어 낼 수 없는 평온한 어조로 입을 열었는데……. 그러나 이렇게 아무 감정이 느껴지지 않는 그의 목소리가 결국 듣는 이의 모골을 송연하게 했다.

왜냐하면 그의 목소리도 얼굴과 마찬가지로 음양이 반반 섞여 있었기 때문이다. 남자의 목소리는 매우 낮고 남성적인 데반해 여자의 목소리는 아주 맑아서 듣기 좋았다. 하지만 말의 절반은 남자의 목소리로, 또 절반은 여자의 목소리로 변하며 교차되니 너무나 무서웠다.

"너는 아주 영리해. 최근 몇 년 이곳에 온 사람 중에서 이 석실의 비밀을 가장 빨리 알아챈 사람이야. 할미가 너를 한 번은 용서해 주마."

말을 끝낸 후 그가 밖으로 나갔다. 비연은 '할미'라는 단어에 매우 놀랐다. 저 괴인이 여자라고? 그리고 늙었다고? 그런 것 같지 않은데!

더 생각할 겨를이 없었다. 비연은 어쨌든 자신에게 잠시 동안은 별 위험이 없을 거라고 확신하고는 심호흡을 했다. 그렇게 냉정을 되찾기 위해 노력한 다음 빠르게 그를 따라갔다. 그리고 석실을 나가는 순간 깜짝 놀랐다. 아니, 깜짝 놀라는 정도가 아니라 매우 경악했다.

석실 밖은 거대한 화실이었다. 사방의 벽에는 온갖 그림이 걸려 있었다. 산수화, 화조화는 물론이고 인물화도 적지 않았다. 그림들은 모두 진짜와 구분이 안 될 정도로 세밀하게 묘사되어 있었다!

괴인은 그림을 그리고 있었다. 비연이 다가가 보니 그림 속 인물은 바로 그녀였고 얼굴은 이미 완성되어 있었다.

비연은 그 익숙한 얼굴을 바라보다가 갑자기 이상한 착각이 들었다. 마치 자신이 그림 속으로 들어가 있는 것 같다는 착각이었다. 혹은 그림 속의 자신이 걸어 나올 것 같다는 착각.

이 괴인은 화가인 걸까?

비연이 고개를 돌려 작은 석실을 바라보았다. 그리고 그제야 석실이 왜 그리 밝았는지, 무엇 때문에 벽마다 구멍이 있었는지 깨달았다!

이 괴인은 사람을 석실에 가둔 다음 밖에서 몰래 보며 그림을 그렸던 것이다!

이, 이게 대체 무슨 괴벽이람!

비연은 점점 더 모골이 송연해 왔지만 아무 말도 할 수 없었다.

그녀는 그림을 한 폭 한 폭 살펴보기 시작했다. 곧 그녀는 군구신, 어린 태자, 백리명천, 홍의 살수와 망중의 그림을 발견할 수 있었다. 이 초상들은 전부 완성되어 있었다.

빛이 조금 더 어두웠다면, 그리고 이 그림이 조금 더 멀리 있었다면…… 그녀는 아마 군구신 일행이 멀리 서 있다고 생각했을 것이다.

그림으로 들어가면 남아야 한다

초상을 본 비연은 정왕 전하 등이 석실에 갇혀 있었던 게 분명하다고 결론을 내렸다.

그들은 지금 어디에 있을까? 괴인이 그림을 완성한 후 그들을 풀어 주었을까?

그랬을 것 같지는 않았다. 살해당한 시위를 떠올린 비연은 불안해졌다. 그녀가 탐색하듯 물어보았다.

"할머니, 그림을 그리고 싶으신 거였다면 무엇 때문에 제 시위를 죽이신 건가요?"

괴인의 얼굴에는 아무 표정도 떠오르지 않았다. 여전히 진지하게 그림에만 집중하고 있을 뿐. 마치 태어나면서부터 어떤 감정도 느끼지 못한 사람 같았다.

그러다 비할 데 없이 평온한 어조로 비연에게 대답해 주었다.

"네 시위의 얼굴은 이 할미가 붓을 놀리기엔 충분하지 않더구나."

그러니까, 저 그림에 들어가려면 얼굴이 잘생겨야 한다는 이야기인가?

괴인이 악의 없이 대화를 나누는 것을 보고 속으로 안도의 한숨을 내쉰 비연은 다시 물었다.

"홍의 살수도 얼굴을 가리고 있어 얼굴을 보지 못하셨을 텐데…… 그 사람 얼굴이 그리기 충분한지는 어떻게 아셨어요?"

괴인은 대답하지 않았다. 비연이 다시 질문을 던졌지만 여전히 묵묵부답이었다. 비연은 잠시 그를 방해하지 않기로 했다.

괴인이 그녀의 초상화를 끝낸 다음 다시 종이를 바꿔 단숨에 얼굴 다섯 개를 그렸다. 얼굴이 모두 달랐지만, 매우 잘생긴 얼굴들이었다.

비연은 이해할 수 없어 다시 물어보려 했다. 그런데 괴인이 그 얼굴에 붉은 복면을 그려 넣기 시작했다. 코 위로 얼굴의 3분의 1만 남겨 놓으니 다섯 얼굴이 모두 똑같아 보였다. 바로 그 복면 살수의 얼굴이었다.

비연은 깜짝 놀랐다. 이 괴인은 안목이 상당히 좋았다! 치밀하게 관찰하지 않는다면 어떻게 이런 그림을 그려 낼 수 있겠는가?

괴인은 자신의 그림에 상당히 만족한 듯 산송장처럼 평온한 얼굴로 갑자기 하하 소리 내어 웃기 시작했다. 이 웃음소리는 전부 남자의 것이었는데, 뭐라 표현하기 어려울 만큼 듣기 좋았다.

비연이 놀라며 감탄하고 있는데 그가 갑자기 웃음을 멈추더니 다시 음양이 섞인 목소리로 말했다.

"이 사람의 눈매며 얼굴형으로 보건대 결코 보통 얼굴은 아니었지. 이 얼굴 다섯 중 하나가 분명 그의 진짜 얼굴과 상당히 비슷할 거야."

눈매와 얼굴형만으로 진짜 얼굴을 추측해 낼 수 있다고? 너무나 신묘하지 않은가!

괴인의 기분이 꽤 좋은 것을 보고 비연이 물었다.

"할머니, 우리가 일부러 방해하려던 게 아니고요, 실수로 들어온 거예요. 그들은 어디 있나요?"

그러나 괴인은 그녀를 상대하지 않고 마치 홀린 듯이 자신의 작품을 바라보았다. 곧 반은 요염하고 반은 준수한 그의 입가에 미소가 걸렸다. 자신만의 세계에 빠진 듯 한참을 들여다보다가 마침내 만족했는지 그림을 벽에 걸었다.

비연은 상황을 이해할 수 있었다. 오로지 그림만이 이 녀석의 감정에 파동을 일으킬 수 있었다. 그림이 아니라면 그는 걸어 다니는 시체나 마찬가지인 것이다.

비연은 어떻게 해야 군구신의 행방을 물을 수 있을지 고민하기 시작했다. 그때 괴인이 갑자기 그녀를 향해 고개를 돌렸다.

"너희들이 실수로 들어왔건 아니면 일부러 찾아왔건, 이 장파의 화폭에 들어온 이상 평생 남아 있어야 한다."

장파!

비연은 경악한 나머지 뒷부분은 흘려듣고 저도 모르게 외쳤다.

"장파라고요? 세상에 정말 장파가 있었단 말이에요?"

신농곡에 대해 알게 되었을 때 '장파'의 전설도 알게 되었다. '장파'는 한 사람을 가리키는 것이 아니라 일종의 칭호로, 남녀를 가리지 않았다.

전설에 따르면 천 년 전에 신농곡 부근에 절세 미녀가 살았는데, 그림과 화장술에 능했다고 한다. 그녀는 나이가 든 후 스스로를 '장파'라고 불렀고, 평생 제자를 단 한 명만 들여 그림과 화장술을 물려주었다고 했다. 그리고 제자가 '장파'라는 칭호 역시 계승해, 그때부터 대대로 이어져 내려오게 되었다고 했다.

그러나 이건 전설일 뿐이었다! 그렇지 않다면 비연이 '고운원'의 그림을 복원하려고 했을 때 가장 먼저 장파를 생각했을 테니까. 여기저기에서 화가들을 불러 모으는 것이 아니라.

장파 전설이 사실이라니! 그리고 지금까지 계속 전해져 내려오고 있다니! 이 괴인의 그림이 이리도 훌륭한 게 이상한 일이 아니었다. 그렇다면 그의 얼굴도 원래 그런 것이 아니라 스스로 바꾼 모양이었다!

비연이 생각에 빠져 있는 동안 장파가 갑자기 그녀에게로 다가왔다. 그의 음양이 뒤섞인 얼굴에 마침내 표정이 떠올랐다. 깊이 음미하는 듯한 표정으로 마치 좋아하는 물건을 바라보듯 그녀의 얼굴을 살펴보았다. 그리고 환희에 찬 표정을 지었다가 곧 진지한 표정으로 바뀌었다. 그녀의 얼굴에 있는 솜털 하나라도 다 똑똑히 세겠다는 그런 진지함이었다.

비연이 재빨리 뒤로 물러났지만 장파는 계속 가까이 다가오며 관찰했다. 그리고 마지막 순간에, 이번에는 여자 목소리로 웃기 시작했다.

"애야, 특히 너는 여기를 떠날 생각일랑 하지 말아야겠다! 네 얼굴에 살을 좀 붙이면 분명 경국지색이 될 거야. 할미가 아주아주 오랫동안 미인을 그려 보지 못했거든!"

아무래도 이자는 변태임이 분명했다. 비연은 속으로 다시 한

번 경계하며 정왕 전하 등도 어딘가에 갇혀 있을 거라고 생각했다. 어떻게든 방법을 찾아내야 했다. 그렇지 않으면 이 재난에서 도망치기 어려울 것이다!

독으로 상대방을 습격하는 것은 이미 실패했으나, 여전히 독을 쓸 수밖에 없었다. 그것도 반드시 교묘하게 해치워야 했다!

비연은 뒤로 물러서며 탁자 위의 안료를 흘깃 바라보았다. 탁자 위에는 주사, 웅황, 운모 등 광석 안료들은 물론이고 각종 꽃이며 풀의 즙으로 만든 식물성 안료들도 있었다. 저 물건들은 안료지만, 약을 만들 수도 있고 독을 만들 수도 있는 것들이었다!

비연은 감히 그것들을 오래 쳐다보지 못하고 재빨리 시선을 장파의 얼굴 쪽으로 돌렸다. 그리고 사납게 마음먹고는, 갑자기 발걸음을 멈춘 후 웃으며 말했다.

"할머니, 지금 저를 추켜세워 주시는 거라 생각하면 되나요?"

장파는 대답하지 않고 계속 다가오며 그녀를 세세히 관찰했다. 그녀가 방금 석실에 갇혀 있어 충분히 보지 못했다는 듯이.

비연이 재빨리 그를 피해 그림용 탁자 쪽으로 달려간 뒤 탁자를 등지고 섰다.

장파가 다시 그녀에게 다가오며 평온한 어조로 말했다.

"난동 부리지 말고 할미가 얼굴을 제대로 보게 해 줘!"

비연이 재빨리 군자택의 초상을 가리키며 진지하게 말했다.

"할머니, 저 그림은 별로 좋지 않네요! 형태는 비슷하지만 저 안에 영혼은 부족해요! 보통 화가들이랑 다를 바가 없네요!"

과연 비연이 생각한 대로였다. 장파는 이런 비판을 받아들일 수 없다는 듯 표정 없던 얼굴이 바로 변했다. 화가 난 것 같기도 하고 초조한 것 같기도 했다. 그가 물었다.

"내가 그린 이 두 눈에, 어찌 영혼이 부족하다는 거지?"

비연이 두 손을 뒷짐 지듯 등 뒤로 보내 탁자 위 안료에 이것저것 섞으면서 대답했다.

"눈에는 영혼이 있어요. 하지만 그림 전체에는 부족한 것이 하나 있죠!"

장파가 그녀를 노려보며 한 걸음 한 걸음 다가왔다. 비연은 비할 데 없이 긴장하여, 다급하게 두 손을 꼭 쥔 채 감히 움직이지 못했다. 그러나 장파는 그녀 등 뒤의 동작을 눈치채지 못한 듯 물었다.

"무엇이 부족하지?"

"제, 제왕의 기운이죠. 저 아이는 태자예요. 나라를 이어받을 태자라고요. 할머니가 그린 저 눈길은 분명 틀렸어요! 눈에 정신은 있을지 몰라도 사람에게는 기가 없잖아요. 그러니 저 그림이 어떻게 좋은 그림이겠어요?"

장파가 비연의 관점에 동의하는지 아닌지는 알 수 없었지만, 그가 미간을 찌푸리며 계속 다가왔다.

그가 다가오는 것을 보며 비연은 망설였다. 잠시 멈춰야 할까, 아니면 계속해도 괜찮을까?

약 한 종류만 더 넣으면…… 그것도 아주 조금……. 그렇게 되면 접시 위의 안료에서 아무 맛도, 냄새도 나지 않는 독기를 내뿜게 된다. 장파가 그림을 한 장 더 그리면 분명 중독될 것이다!

그러나 장파가 그녀의 움직임을 발견한다면, 그 결과는 예측하기 힘들었다!

비연이 망설이며 결정하지 못하는 동안 장파가 그녀 앞까지 다가왔다. 그가 갑자기 그녀의 몸 옆으로 손을 쓱 뻗더니 안료를 담은 접시를 집어 들었다.

이 순간, 비연의 심장이 쿵 소리를 내며 떨어졌다.

그리고 역시 이 순간 옆방에 갇혀 있던 군구신 일행도 벽의 구멍을 통해, 손에 땀을 쥔 채 이 긴장되는 장면을 지켜보고 있었다.

그들 모두 조급했다

장파가 그녀의 등 뒤에서 안료 접시를 가져가자 비연의 심장은 긴장한 나머지 쿵쾅거리며 뛰었다. 그녀는 실수했다고 생각했다.

그러나 장파는 그녀의 움직임을 눈치채지 못한 모양이었다. 그는 안료 접시를 가지고 한옆으로 가더니 비어 있는 탁자 위에 내려놓았다. 그러고는 새로운 화선지를 한 장 펼쳤다. 다시 그림을 그릴 작정인 듯했다.

비연은 그제야 겨우 안도의 한숨을 내쉬었다. 비록 오싹하긴 했지만 그녀에게는 다른 길이 없었고, 머뭇거릴 시간도 없었다. 무슨 일이 있어도 하던 일을 마무리 지어야 했다!

비연이 고민하는 동안 장파가 오른쪽으로 가더니 벽에 대고 무엇인가를 보기 시작했다. 설마 저 벽에도 구멍이 있는 걸까? 군자택이 저기 갇혀 있는 걸까?

경악스러웠지만 더 이상 생각할 여유가 없었다. 장파가 고개를 돌리지 않는다는 것을 확인한 비연은 재빨리 안료 접시에 약을 넣었다. 어찌나 민첩하게 움직였던지 재빨리 마무리할 수 있었다.

그녀가 사용한 것은 보통의 독 두 가지였지만, 안료 안의 광석과 혼합되면 무색 무미의 독이 되어 천천히 독기를 내뿜게 되어 있었다. 독에 대한 전문적인 지식이 없다면 절대로 알아채지 못할 것이다. 바꿔 말하자면, 저 독이 완성되면 장파는 중독될 것이다!

한참 후, 장파가 빠른 걸음으로 돌아왔다. 어눌하던 얼굴은 유달리 진지하고 엄숙하게 변해 있었다. 그 외에 다른 표정은 보이지 않았다. 그는 붓을 들어 그림을 그리기 시작했다. 곁에 있는 비연은 아예 잊은 것처럼 보였다.

"할머니, 그 아이는…… 어디에 있어요?"

비연이 겁먹은 목소리로 물어보았다. 그러나 장파가 상대해주지 않자 잠시 기다리다가, 몰래 오른쪽으로 이동했다.

벽 가까이 다가간 비연은 그곳에 작은 구멍이 꽤 여럿 있음을 발견했다. 구멍을 들여다본 순간, 그녀는 바로 차가운 숨을 들이마셨다. 정왕 전하를 비롯해 모두가 그 안에서 그녀를 쳐다보고 있었다.

비연은 곧바로 자신이 했던 모든 동작을 그들이 보았음을 깨닫고, 재빨리 조용히 하라는 손짓을 해서 인내심 있게 기다리도록 했다.

군구신의 눈길은 상당히 깊었고, 백리명천의 눈은 웃음기로 가득했다. 군자택은 생각에 잠긴 얼굴이었고, 망중은 미간을 찌푸리고 있었다. 그야말로 모두의 표정이 다르다고 할 수 있었다!

그리고 홍의 살수는…… 복잡한 표정이었다. 비록 적대하던 입장이지만 이런 상황에서는 그도 어쩔 수 없이 비연에게 협력해야 했다. 이런 괴이한 곳에 남고 싶지는 않았으니까.

비연이 망중을 한 번 더 바라보았다. 온통 검은 시위 복장이 예전과 꽤 다르다는 느낌이 들었지만, 신경 쓸 새 없이 재빨리 장파 근처로 돌아왔다. 물론 탁자 가까이로는 가지 않았다.

장파는 이미 밑그림을 그린 후 색을 입히고 있었다. 방금보다 훨씬 진지한 표정이었다. 비연이 있는 곳에서는 마치 그의 옆얼굴, 남자의 얼굴만이 보였다. 이미 그의 공포스러운 얼굴을 보았지만, 이 순간 그녀는 감탄하지 않을 수 없었다.

그의 남자 얼굴은 아주 준수했다. 비록 정왕 전하의 냉혹함에는 비할 수 없고, 백리명천의 아름다움에도 비할 수 없지만. 그리고 백의 사부의 세상을 초월한 모습에도 비할 수 없지만. 그래도 이 괴인에게는 속세와 떨어져 사는 기질이 있었고, 고요하고 깨끗한 아름다움이 있었다.

비연은 긴장한 가운데에도 호기심을 느끼기 시작했다. 저 괴인은 남자일까, 여자일까? 나이는 얼마나 되었을까? 저 화장을 지우면 어떤 얼굴이 나타날까?

적막 속에서 시간이 정지된 것만 같았다. 무색무취한 독기가 주변으로 흩어짐과 동시에 군자택의 초상은 장파의 붓 아래에서 점차 또렷해지고 있었다. 아니, 얼핏 보기에는 그림으로 그린 것이 아니라 인물이 화선지 위에 점차 떠오르는 것 같았다.

또 한참이 지났다. 장파가 붓을 내려놓더니 원래의 그림과 지금 그린 그림을 번갈아 들여다보았다. 그리고 바로 비연을 바라보며 진지하게 물었다.

"이 그림은 어떠냐?"

비연이 제왕의 기운 어쩌고 한 것은 사실 장파의 주의를 돌리기 위해 입에서 나오는 대로 아무렇게나 말한 것에 불과했다. 그녀는 원래의 그림을 보고 다시 새 그림을 보았지만 딱히 큰 차이점을 발견할 수 없어 단호하게 말했다.

"더 형편없는데요!"

그 순간 장파가 얼굴을 철저히 일그러뜨렸다. 더욱 공포스러운 모습으로 변한 그가 마침내 노성을 질렀다.

"그림이란 걸 아예 모르는구나! 나를 가지고 놀았어!"

이제 비연도 그가 무섭지 않았다. 그녀는 살짝 미안한 듯 웃으며 답했다.

"할머니, 저는 할머니를 가지고 놀지 않았어요. 독을 좀 썼을 뿐이죠."

장파가 믿을 수 없다는 듯 되물었다.

"독을 썼다고?"

비연은 원래 장파에게 표정이 없다 생각했지만 이 의아해하는 표정을 보고서야 알게 되었다. 장파는 표정이 꽤 풍부했다.

그녀는 대답하지 않고, 순진하고 무해해 보이도록 웃으며 기다렸다.

곧, 장파는 얼굴이 간질거리는 것을 느꼈다. 그는 감히 긁지도 못하고 가볍게 어루만지기만 했다. 그러나 만지다 보니 얼굴에 자잘한 발진이 돋아난 것을 발견했다. 그가 깜짝 놀라 물었다.

"언제 독을 쓴 거지? 무슨 독이고?"

비연이 진지하게 말했다.

"할머니, 너무 조급해하지 마세요. 생명에 위험은 없으니까요. 화장을 지우기만 하면 얼굴의 발진은 자연스럽게 사라질 거예요. 하지만 화장을 하면 발진이 바로 나타날 거고요. 그리고 점점 더 심해질 거예요!"

안료의 원료는 연지며 분을 만드는 원료와 같은 것이 상당히 많았다. 예를 들자면 주사, 목탄, 중강, 남홍화 같은 것들이 그랬다. 비연은 안료에 손을 썼고, 자연스럽게 장파의 화장한 얼굴에 영향을 끼치게 만들었다.

장파는 분노한 표정으로 갑자기 비연의 목을 조르기 시작했다. 그의 두 눈에는 공포스러운 살의가 흘러넘치고 있었다.

"죽고 싶은 모양이군!"

옆방에서 그 모습을 본 모두가, 그중에서도 군구신과 백리명천이 다급해했다. 군구신이 바로 장검을 뽑아 있는 힘을 다해 벽을 가르려 했다. 백리명천도 망중의 손에서 검을 빼앗아 돕기 시작했다. 망중은 점점 더 복잡한 심정이 되었다. 그는 정왕 전하와 백리명천이 비연에게 마음을 쓰고 있음을 알아보았다. 그리고 그 마음은 비연이 그들을 구할 수 있기 때문이 아니라 다른 감정 때문이었다!

정왕 전하는 이미 모질게 마음먹고 그녀에게 선을 긋지 않으셨던가. 그런데 왜 저리 다급해하시는 걸까?

백리명천도 정말 이해하기 어려운 자였다. 그는 비연을 손봐주지 못해 안달하는 것처럼 굴면서, 또 왜 저러는 걸까?

군구신과 백리명천은 정말 다급했지만 스스로는 눈치채지 못하고 있었다. 다만 안타깝게도 벽이 너무 두꺼워 두 사람 힘으로는 어떻게 할 방법이 없었다. 군구신이 마침내 분노하여 외쳤다.

"장파, 그녀를 놓아줘! 본 왕이 그녀에게 해독약을 주도록 설득해 줄 테니."

이 말에 백리명천이 흠칫 몸을 떨고는 다급하게 외쳤다.

"장파, 그녀를 놓아줘! 본 황자는 네가 무슨 독에 중독되었는지 알고 있다. 본 황자가 너에게 해독약을 주겠다!"

목이 졸린 채 간신히 버티고 있던 비연은 두 사람의 말에 정말 숨이 넘어갈 것 같았다.

역용술에 정통해 화장을 좋아하는 사람에게 있어 영원히 화장을 못 한다는 것은 살아도 죽느니만 못한 일이었다! 그러니 그녀가 조금 더 버티기만 하면 장파는 분명 타협하려 할 것이다! 정왕 전하처럼 영리한 사람이, 그리고 백리명천처럼 교활한 사람이 어째서 저리도 아둔하게 구는 걸까? 어째서 이걸 모르는 거지?

다행히도 장파는 군구신과 백리명천을 믿지 않았다. 죽어라고 비연의 목을 조르다가 음양이 뒤섞인 목소리로 공포스럽게 외쳤다.

"해독약을 내놔!"

비연은 아무 말도 하지 않았다. 그녀 숨이 곧 끊어질 것 같을 때가 되어서야 장파가 손을 풀고 음침하게 말했다.

"해독약을 주면 기회를 주지. 너희들 능력으로 이곳을 떠날
수 있도록 해 주겠어."

한참 동안 기침을 하던 비연이 겨우 힘을 얻어 물었다.

"기회? 무슨 뜻이죠?"

욕망도 구함도 없으면 적도 없고

장파가 이야기한 기회는, 비연 일행 스스로 그의 그림에서 나가도록 해 주는 것이었다. 그러나 그런 장파의 말을 비연은 이해할 수 없었고, 그것은 군구신 일행도 마찬가지였다.

비연이 다시 물었다.

"교활한 술수 따위 부리지 말아요. 그게 대체 무슨 뜻이에요?"

장파가 두 손으로 얼굴을 감쌌다. 간질거려 긁고 싶지만 그럴 수 없는 모양이었다. 그가 설명했다.

"여기 화랑이 세 곳 있지. 너희들이 순리대로 화랑을 빠져나간다면 너희들을 놓아주지. 다시 갇힌다면 너희는 영원히 여기 남아 내 그림의 소재가 되어야 해!"

화랑? 분명 기관이 여럿 있을 것이다!

비연은 대답할 수 없었다. 그녀가 장파의 공포스러운 얼굴을 직시했다. 이제는 이 얼굴이 무섭게 느껴지지 않았다. 그녀가 냉랭하게 물었다.

"장파, 지금 당신이 나에게 조건을 말할 수 있다고 생각해?"

비연은 이 괴인이 방금 자신을 죽이지 않았으니 이미 한계를 드러냈다고 생각했다. 그러나 어찌 알았을까. 장파가 갑자기 그녀의 목을 누르더니 다시 그녀의 얼굴을 감상하며 말했다.

"내가 화장을 지우고, 너에게 매화장[1]을 해 줄게. 앞으로는 매일 너의 화장을 바꿔 줄 거야."

그러고는 그녀를 끌고 가려 했다. 비연은 깜짝 놀라 식은땀을 흘렸다. 그리고 자신이 이 괴인을 과소평가했음을 깨달았다! 그의 얼굴을 망치는 것으로는 그에게서 완전한 타협을 이끌어 낼 수 없었다! 그녀는 치명적인 약을 만들어 그를 백 번이라도 죽였어야 했다고 후회했다.

"놓아줘! 넌 미친놈이야! 놓아줘!"

비연이 죽어라 발버둥을 쳤다.

군구신과 백리명천은 다시 다급해져서 날카로운 검으로 벽을 베려고 했다. 그 검기가 놀랍도록 날카로워 곁에 있던 이들은 흠칫 피할 수밖에 없었다. 그러나 안타깝게도 벽이 너무나 두꺼워 살짝 흠집만 날 뿐 무너질 낌새는 보이지 않았다. 두 사람은 점점 더 다급해졌다.

그때 홍의 살수가 검을 뽑더니, 군구신이나 백리명천과 달리 벽 위의 작은 구멍 속으로 사납게 들이밀었다. 곧 검의 절반이 벽 안으로 사라졌다.

군구신과 백리명천이 약속이나 한 듯이 서로를 바라보았다. 두 사람 모두 아연실색하고 있었다. 이렇게 두꺼운 벽을 검으로 내리치는 것은 헛수고니, 다른 방법을 찾아야 했다. 머리가

---

1 고대 중국에서 유행하던 화장법의 일종. 이마에 꽃잎 형태의 장식을 붙여 매화장이라 부른다.

있는 사람이라면 누구나 알 만한 것 아닌가?

그들이…… 벌써 생각했어야 했다! 다급한 나머지 그들이 아둔해진 걸까?

홍의 살수가 경멸하는 듯한 눈빛으로 그들을 바라보았다. 백리명천은 코를 만지작거리는 것이 조금 난처한 듯했다.

군구신의 눈가에 초조한 빛이 스쳐 가는가 싶더니 검을 고쳐 잡고 작은 구멍을 찔러 갔다. 그리고 홍의 살수와 백리명천에게 기회를 양보하지 않고 사납게 힘을 주었다.

검날이 들어간 곳에 갑자기 거대한 균열이 생겼다. 군구신이 다시 힘을 주자 균열이 깊어졌고, 발로 한 번 차자 벽이 무너져 내리며 커다란 구멍이 생겼다.

백리명천도 도우러 왔다. 그가 함께 구멍을 발로 차자 구멍이 점점 더 넓어졌다.

군구신은 제일 먼저 빠져나와 적시에 문가에서 장파를 제지할 수 있었다. 백리명천을 포함한 나머지 사람들도 쫓아 나와 장파를 포위했다.

그들은 석실에 갇혀 있었을 뿐 장파와 직접 싸운 적은 없었고, 반항을 포기한 적도 없었다. 그저 장파의 속사정을 명확하게 알기 전에는 경거망동하지 못했을 뿐이었다. 비연이 오지 않았다면 그들은 이 괴인이 전설 속의 장파라는 사실을 아직도 몰랐을 터였다.

이 순간 장파는 죽어라 비연의 목을 조르고 있었다. 군구신이 장검을 그의 목에 댄 채 얼음처럼 차가운 목소리로 명령했다.

"그녀를 놓아라. 본 왕의 검이 분명 네 손보다 빠를 것이다!"

놀랍게도 장파는 선뜻 비연을 놓아주었다. 그리고 군구신을 바라보며, 아무 감정도 느껴지지 않는 평온한 어조로 말했다.

"오직 나만이 이 고묘의 대문을 열 수 있지. 나를 죽이면 너희들은 여기에 영원히 남게 될 거야."

모두 깜짝 놀랐지만 군구신이 냉랭하게 말했다.

"좋아, 본 왕이 먼저 너를 죽여 주지!"

그가 검을 휘두르자 검기가 무겁게 압박하며 장파의 목덜미를 사납게 베어 갔다. 하지만 장파는 마치 살아 있는 시체처럼 미동도 하지 않았다. 심지어 표정 역시 여전히 어눌하게 평온할 뿐이었다. 이 녀석은 정말로 죽음이 두렵지 않은 것이다!

비연이 다시 한번 경악했다. 자신이 치명적인 독을 썼다면 정말로 이 녀석을 위협할 방법이 없었을 것이다!

군구신이 검을 갑자기 멈췄다. 이 완벽하게 낯선 곳에서 그는 모험을 하고 싶지 않았던 것이다.

그러나 군구신이 멈추어도 장파는 아무 반응도 보이지 않았다. 비연을 흘깃 보더니 얼굴을 가릴 뿐, 해독약조차 요구하지 않았다.

모두 서로 얼굴만 바라보았다. 이 녀석은 괴이할 뿐 아니라 다루기 어려웠다! 그는 목숨을 아끼지 않고, 이제는 가장 좋아하던 화장술도 개의치 않는다. 대체 이자를 어떻게 할 수 있다는 말인가?

이때였다. 홍의 살수가 갑자기 몸을 날리더니 벽에 걸려 있는 그림을 하나하나 검으로 베기 시작했다. 일 검에 한 폭을 훼손하니 순식간에 열 폭이 넘는 그림이 훼손되었다.

그가 나지막하게 경고했다.

"장파, 우리를 놓아줘. 아니면 네 그림을 모두 망쳐 버릴 테니까!"

그렇게 아름다운 그림들이 훼손되다니 얼마나 안타까운 일인가. 그러나 장파는 흘깃 보기만 할 뿐이었다! 그가 방금까지 보여 준 초조한 모습이나 경악 같은 감정은 마치 나타난 적조차 없는 것 같았다.

장파는 심지어 손을 내리고, 얼굴에 생겨나기 시작한 발진마저 느끼지 못하는 듯 조용히 서 있었다. 그의 음양이 뒤섞인 얼굴은 그대로 한 폭의 그림 같았다.

비연은 그를 보며 의심하기 시작했다. 화장술과 그림이 그가 진정으로 소중하게 여기는 존재가 아닌 걸까? 그런 것이 아니라면 어찌 이렇게 평온할 수 있지?

욕망도 원한도 없으니 적도 없는 것이다! 그에게 약점이 있을까? 혹은 그가 정말로 신경 쓰는 것이 있기나 할까?

홍의 살수도 믿을 수 없다는 듯 계속 그림을 훼손했다. 얼마 지나지 않아 방 안의 모든 그림이 훼손되어 아수라장이 되었다. 그러나 장파는 시종일관 꼼짝도 하지 않았다.

어떻게 하면 좋지?

백리명천이 석문 쪽으로 다가갔다가 곧 돌아왔다. 출로를 찾지 못한 게 분명했다. 홍의 살수도 석실 안을 들여다보았으나 아무것도 발견하지 못했다.

비연이 군구신 곁으로 다가가 속삭였다.

"정왕 전하……."

그녀의 말이 끝나기도 전에 군구신이 그녀의 근심을 이해한 듯 고개를 끄덕였다. 그의 허락을 받은 비연이 그 즉시 장파에게 해독약을 내밀었다.

"해독약이야. 먹으면 바로 해독될 거야. 화랑은 어디 있지?"

지금 형세로 보건대 시간을 더 끌면 장파가 생각을 바꿔 기회조차 주지 않으려 할 수 있었다. 이곳이 대체 어떤 괴이한 곳인지, 얼마나 많은 위험이 도사리고 있는지 그들로서는 알 수 없었다. 어쨌든 모험을 하는 것보다는 장파가 이야기한 화랑을 선택하는 게 나을 것 같았다.

그러나 장파는 해독약을 받지 않았다. 비연의 심장이 거칠게 뛰기 시작했다. 설마, 이미 후회하기 시작한 걸까?

비연이 억지로 스스로를 진정시키며 생긋 웃었다.

"진짜 해독약이야. 당신이 신용을 지키는 사람이라 믿어."

다행히도 장파가 잠시 살펴보더니 재빨리 해독약을 받아먹었다. 비연은 몰래 안도의 한숨을 내쉬고 군구신을 바라보았다.

군구신은 그녀의 시선을 피했다. 그러나 그의 복잡한 심사를 알 리 없던 비연은 별다르게 생각하지 않았다.

얼굴의 발진이 사라지자 장파는 한옆으로 가서 벽에 그림을 그리기 시작했다. 모든 이들이 의아해하는 가운데 그는 개양귀비 한 송이를 그렸다. 그러자 돌 위에 숨겨져 있던 문 세 개가 동시에 천천히 열렸다.

다른 사람들은 말할 것도 없고, 견식이 넓은 편인 군구신과 백리명천조차도 경악했다. 기관이 이런 방식으로 작동될 줄은 상상도 하지 못했던 것이다. 모두 저 괴인을 죽이지 않아 다행이라고 생각했다. 아니었다면 평생 이곳에서 나가지 못했을 테니까!

처음에는 모두 이상한 점을 눈치채지 못했다. 그러나 석문이 점차 올라가자 문 안으로 보이는 풍경에 모두 경악하고 말았다.

어려운 선택

첫 번째 문이 완전히 열렸다. 문밖으로 보이는 것은 깎아지른 듯한 절벽이었고, 그 아래로는 만 장 길이의 심연이었다.

두 번째 문밖으로 보이는 것 역시 절벽이었는데, 그 아래는 화산구였다.

세 번째 문밖으로 보이는 것도 역시 절벽이었는데, 그 아래는 망망대해였다.

일행들이 모두 몸서리를 치는 가운데 백리명천이 재빨리 물었다.

"장파, 우리를 가지고 노는 건가?"

장파가 그를 보면서 아무 말도 하지 않았다.

비연과 군구신은 이상한 점을 발견했다. 그들은 약속이나 한 듯이 두 번째 문가로 걸어갔다. 그 문은 화산구로 통하게 되어 있었는데, 그들이 문 앞에 서도 뜨거운 기운이라고는 전혀 느껴지지 않았다.

백리명천도 뭔가 이상하다는 것을 발견하고 재빨리 세 번째 문 앞으로 갔다. 과연, 바다로 통하는 세 번째 문 앞에 서도 바다 특유의 냄새를 전혀 맡을 수 없었다.

홍의 살수도 재빨리 첫 번째 문 앞으로 갔다. 역시, 심연으로 통하는 문가에 섰는데도 희미한 바람 한 줄기 느낄 수 없었다.

마침내 모두 이해할 수 있었다. 이 문 안의 풍경은 진실이 아니라 벽화였다! 이 풍경화들이 너무나 진짜처럼 묘사돼 있어, 담력이 작은 사람이라면 놀라서 뒷걸음질 치기에 충분할 정도였다!

비연은 이 괴인을 좋아할 수는 없었지만 속으로 탄복하고 있었다. 이 괴인의 그림이 둘째라고 한다면, 첫째라고 말할 수 있는 사람은 이 세상에 없을 것이다!

장파를 바라보는 군구신의 눈에도 평소에는 잘 보이지 않는 감탄의 빛이 서려 있었다.

물론 이곳은 단지 입구일 뿐, 문을 넘어가면 무엇이 그들을 기다리고 있을지는 하늘만이 알 것이다. 장파가 이런 조건을 내건 진정한 목적은 그들에게 이곳을 떠날 기회를 주기 위해서가 아니라, 그들을 가둬 두기 위함일 것이다.

비연이 장파를 향해 진지하게 물었다.

"문 세 개 중 아무거나, 우리가 마음대로 선택해도 괜찮은 건가?"

"문 하나에 두 사람만 들어갈 수 있다. 끝까지 가면 출구가 나오고, 끝까지 가지 못하면 영원히 남게 되겠지. 첫 번째 문에 누가 들어갈래?"

"우리를 가지고 놀고 있군!"

비연이 화를 냈다. 두 사람이 세 개의 문을 선택한다면, 그들의 위험은 의심할 바 없이 더욱 커질 것이다!

비연의 분노를 마주하고도 장파는 꼼짝도 하지 않았다. 선택하든가 말든가 하라는 태도였다. 그는 이 이상 양보할 생각이 전혀 없는 게 명백해 보였다.

구속빈는 상황이니 비연도 잠시 참을 수밖에 없었다. 그녀는 다른 사람들을 바라보았다. 다른 이들도 서로를 쳐다보고만 있었다. 각자의 마음에 품은 심사가 모두 다를 듯했다. 어쨌든 그들 여섯 사람은 사실 일행이 아니었던 것이다! 군구신과 백리명천, 그리고 홍의 살수는 서로 상대할 여유가 없어 잠시 갈등을 접어 두고 있는 것에 불과했다.

문 하나에 두 사람이라니, 대체 어떻게 선택해야 할까?

그들은 반드시 지켜야 할 사람뿐 아니라 반드시 경계해야 하는 사람까지 고려해야 했다. 이렇게 된 이상 어떻게 순조롭게 화랑을 통과할 것인지는 물론이고, 화랑을 나간 이후의 안전도 고려해야 했다.

장파는 기다리고 있었다. 그러나 그들 여섯 사람은 오래도록 아무 말도 하지 않았다.

군구신은 군자택을 데려가고 싶었고, 또 비연을 데려가고도 싶었다. 그러나 동시에 망중과 홍의 살수를 함께 보내는 것은 안심되지 않았고, 백리명천과 홍의 살수를 함께 보내는 것도 달갑지 않았다. 백리명천과 홍의 살수가 통과하지 못한다면야 상관없지만, 만약 탈출한다면 홍의 살수는 바로 백리명천의 수중에 떨어지게 될 것이다. 그리고 망중과 비연을 함께 보내면 안전을 보증하기 어려울 것 같았다. 이런 화랑에는 암기와 기관, 매복이 있기 마련이었다.

백리명천은 비연과 홍의 살수를 데려가고 싶었다. 그리고 동시에 자신이 비연을 지키게 되면 홍의 살수가 중간에 농간이라도 부리지 않을까 걱정하고 있었다. 하지만 홍의 살수를 먼저 죽여 버린다면 기씨, 소씨 가문에 대응할 계획이 완전히 어긋나게 된다.

그때 홍의 살수의 시선은 군구신과 백리명천 사이를 오가고 있었다. 그는 모순적인 감정에 시달리고 있었다. 그는 저 두 사람 중 한 명과 함께 가고 싶은 동시에 그러고 싶지 않았다.

그는 자신의 능력에 저 두 사람 중 한 명의 능력을 더한다면 이런 괴이한 곳을 빠져나갈 승산이 아주 커진다는 걸 잘 알고 있었다. 그러나 빠져나간 다음 바로 사로잡힐 가능성도 아주 커질 터였다.

망중도 모두를 바라보며 번뇌하고 있었다. 그의 생각에 가장 좋은 방법은, 전하가 어린 태자와 함께 가고 비연은 백리명천에게 떠맡기는 것이었다. 다만 안타까운 것은, 망중 그는 출구까지 순조롭게 갈 자신이 없었다. 그리고 출구에 도착한다 해도 홍의 살수를 잡을 자신은 더더욱 없었다. 전하와 황상은 기씨 가문과 소씨 가문을 상대하기 위해 홍의 살수를 산 채로 잡고 싶어 하셨다.

비연도 망설이고 있었다. 그녀의 계산에 따르면 정왕 전하는 반드시 어린 태자를 선택해야 했다. 그렇게 되면 남는 것은 그녀, 백리명천, 망중, 홍의 살수, 이렇게 네 사람이다. 그녀는 결코 홍의 살수를 선택할 수 없었다. 그렇다면 남는 사람은 백리명천과 망중이었다.

문 안쪽에 어떤 위험이 도사리고 있을지는 미지수였다. 그녀가 망중을 선택한다면…… 그녀와 망중의 능력으로 과연 순조롭게 빠져나갈 수 있을까?

그러나 그녀가 백리명천을 선택한다면 망중은 홍의 살수와 함께 갈 수밖에 없고, 망중이 매우 위험해질 것이다! 홍의 살수가 망중을 희생양이나 방패로 쓴다 해도 이상할 건 없으니까!

게다가 백리명천 역시 도중에 그녀를 희생양으로 삼지 않을 거라 확신할 수 없었다. 고민스러웠다!

이때, 계속 조용하게 있던 어린 태자 군자택이 갑자기 군구신의 손을 잡아끌었다. 군구신이 고개를 숙여 그를 바라보고는 잠시 머뭇거리다가 그를 안아 들었다. 그는 동생이 무서워 그와 함께 가고 싶어 한다고 생각했던 것이다.

그러나 이게 웬일까. 군자택이 그의 귀에 대고 속삭였다.

"황형, 저는 망중과 함께 가겠어요. 고 대약사를 지켜 주세요."

군구신이 놀라서 입을 열려 하자 군자택이 다시 속삭였다.

"황형, 저도 눈치챘어요. 그녀를 아주 좋아하시잖아요. 안심해요. 절대로 부황에게 이르지 않을 테니까."

군구신은 심장이 살며시 멈추는 것 같았다. 한참 후, 그가 동생을 바라보았다. 그는 부정도 설명도 하지 않고 그저 나지막하게 한마디 했다.

"택아, 너는 망중을 너무 높이 평가하는구나. 망중은 너를 지켜 주지 못한다."

군자택의 흑백이 분명한 눈동자가 순식간에 커졌다. 그는 마침내 제 황형이 마주하고 있는 선택이 얼마나 어려운지 깨달은 모양이었다. 그는 망중의 무공 실력이면 자신을 지켜 줄 수 있으리라 생각했던 것이다.

그러나 얼마 지나지 않아 어린 얼굴에 용감한 표정이 떠올랐다. 군자택은 두 손으로 황형의 목을 꽉 안은 채 그의 귀에 대고, 비할 데 없이 진지하게 말했다.

"황형, 이 일은 저로 인해 벌어진 일이에요. 이미 그렇게 많은 시위들을 희생시켰는데 더 이상 다른 사람들을 연루시키고 싶지 않아요. 저는 망중과도 가지 않고 여기에 남겠어요!"

군구신이 미간을 찌푸리고 꾸짖듯 말했다.

"그게 무슨 허튼소리냐?"

군자택이 아주 작은 목소리로 말했다.

"황형, 저는 태자 같은 건 되고 싶지 않았어요. 황제 같은 건 더더욱 되고 싶지 않아요. 저 이상한 아저씨가 무섭지도 않고요. 부황이나 대황숙만큼 사나운 것도 아닌걸요. 저는 여기 남고 싶어요. 저는……."

그 순간 군자택이 말을 멈췄다. 백리명천이 갑자기 검을 뽑더니 홍의 살수를 가리켰기 때문이었다.

"됐어, 됐다고. 본 황자가 먼저 너를 죽이지. 네가 다른 사람의 손에 떨어지느니 그게 낫겠지!"

백리명천은 결심했다. 비연을 데리고 가기로. 소씨 가문과 기씨 가문을 상대하는 것은 다시 기회를 찾으면 그만이다! 하지

54

만 이 살수를 도망치게 할 수는 없었고, 그렇다고 군구신에게
좋은 일을 할 수도 없었다.

그 모습을 본 군구신이 바로 군자택을 내려놓고 망중에게로
살짝 밀었다. 그리고 그 역시 검을 뽑더니 냉랭하게 말했다.

"죽여야 한다면 본 왕이 죽여야겠지!"

결과, 어째서 이렇게

군구신이 검을 뽑자 백리명천이 무시하듯 웃었다.

"하하! 그럼 누구 검이 빠른지 비교해 볼까?"

왼쪽에는 군구신이, 오른쪽에는 백리명천이 있었다. 검 두 자루가 눈부시게 빛나고 있었다. 홍의 살수의 그 일관된 차가운 눈빛도 마침내 변하고 말았다. 군구신과 백리명천 중 한 명만 상대하는 것도 그로서는 벅찼다. 그런데 두 사람을 한꺼번에 상대하라고?

군구신과 백리명천이 동시에 손을 쓰려는 순간, 홍의 살수가 갑자기 장검을 내던지더니 두 손을 번쩍 들었다. 투항하는 걸까?

모두 깜짝 놀랐다. 비연도 경멸하는 눈빛을 보냈다. 살수라 하면 목숨을 걸고, 사력을 다해 임무를 끝내야 하는 게 아니던가! 돈을 받은 이상, 자신의 생명을 내놓는 한이 있더라도 고용주가 의뢰한 임무를 끝내야 하지 않는가! 정왕 전하와 백리명천을 동시에 상대하게 되어 확실히 큰 압력을 받긴 했겠지만, 어찌 됐든 저렇게 직업윤리를 준수하지 않아서는 안 되는 것 아닌가!

모두의 경멸 어린 시선을 받자 홍의 살수의 눈가에 난처한 빛이 스쳐 갔다. 그는 사실 직업적인 살수가 아니었다. 집을 떠난 후 돈이 부족해 살수 업계에 뛰어든 자에 지나지 않았다.

이 업계에 들어선 후 첫 번째 받은 의뢰가 바로 이 천염국 태자를 죽이라는 것이었다. 그 소식이 새어 나간 줄 그가 어떻게 알았겠는가. 군구신을 불러들인 것으로도 모자라 백리명천까지 자신에게 누명을 씌우려고 한다고 달려들다니! 그는 돈이 부족하긴 했지만 그보다는 목숨이 더 아까웠다!

두 손을 내린 홍의 살수가 달갑지 않은 듯, 의기소침한 목소리로 말했다.

"나를 놓아주면 만진국 소씨 가문을 확인해 주겠다!"

군구신과 백리명천 둘 다 소씨, 기씨 가문을 직접 상대할 계획이 있었다. 그들이 원하는 건 흉수가 소씨 가문을 확인해 주는 것 같은 단순한 일이 아니었다.

두 사람은 홍의 살수를 응시하며 오래도록 아무 말도 하지 않았다. 그러자 홍의 살수의 눈빛이 점점 더 달갑지 않아졌다. 그가 귀찮다는 듯 말했다.

"이렇게 하지. 두 사람이 한바탕 싸워 이기는 사람에게 내가 투항하는 것으로! 앞으로 어떤 요구를 하건 다 따를 테니 편하신 대로들 하시고!"

이 말에 군구신도 경멸의 눈빛을 보냈다. 백리명천이 큰 소리로 웃기 시작했다.

"이봐, 본 황자가 세 살 아이처럼 속이기 쉬운 줄 아는 건가?"

이렇게 괴이한 곳에 갇혀 있는 것만 아니라면 백리명천은 이런 제안을 무척 좋아했을 것이다. 그는 당장 군구신과 한 판 붙지 못하는 것이 안타까워 죽을 지경이었다. 하지만 지금은 저 괴이한 화랑에도 들어가야 했다. 그가 어떻게 저 녀석의 말을 믿을 수 있겠는가?

군구신이 이기건 그가 이기건, 저 홍의 살수가 화랑에 얌전히 있으리라고는 결코 보증할 수 없었다. 더군다나 밖으로 나간 후 그가 속수무책으로 잡혀 주리라고는 더욱 믿을 수 없었다. 역시 지금 죽여 버리는 것이 최선이다!

홍의 살수가 아무 말 없이 발아래 장검을 차 올려 온몸으로 경계 태세를 취했다. 군구신이 먼저 검을 뽑자 홍의 살수는 그 즉시 피했다. 군구신이 급소를 노리며 추격해 들어가자 백리명천이 끼어들어 선수를 치려 했다……

이렇게 두 사람이 동시에 홍의 살수를 상대하면서, 또한 동시에 상대방의 초식을 막으려 했다.

얼핏 보기에도 군구신과 백리명천은 심심해 보였다. 그들 중 누가 손을 쓰더라도 홍의 살수는 죽을 수밖에 없었다.

그들은 사실 이렇게 싸울 필요가 없었다. 그럼에도 불구하고 이렇게 싸우며 오히려 홍의 살수에게 유리한 상황을 만들고 있었다.

그러나 사실 그들은 심심해하고 있는 것이 아니라, 서로 초식을 주고받을 때 살기를 숨기고 있었다! 홍의 살수를 죽일 생각뿐 아니라 서로를 죽일 생각까지 하고 있었기 때문이다!

군구신 입장에서는, 홍의 살수와 백리명천을 모두 죽인다면 군구신 그가 마지막에 군자택을 선택하건 비연을 선택하건 남은 사람의 위험을 줄일 수 있었다.

백리명천 입장에서는, 그가 홍의 살수와 군구신을 죽인다면 망중은 분명 어린 태자를 보호하는 것을 선택할 테고, 비연은 자신을 선택할 수밖에 없을 것이다.

세 사람이 이렇게 서로 적대하고 견제하면서 뒤엉켜 싸우고 있었다. 그러나 얼마 지나지 않아 계속 기다리던 장파가 갑자기 아무 말도 없이 기관을 움직였다. 곧 석문 세 곳이 천천히 내려오기 시작했다.

장파는 군구신 일행은 상대도 하지 않고 비연에게 작은 비단 상자를 내밀었다. 그 안에는 작은 종이들이 들어 있었다.

장파가 여전히 평온한 눈에, 음양이 뒤섞인 목소리로 더더욱 평온하게 말했다.

"제비를 뽑아."

그는 그들에게 시간은 물론이고 선택의 기회조차 주지 않으려는 것 같았다.

비연 일행이 움직이지 않고 모두 군구신을 바라보았다. 군구신도 백리명천과 홍의 살수를 상대하면서 그들을 돌아보았다.

장파의 뜻을 아주 명백하게 이해할 수 있었다. 그들 세 사람이 더 이상 시간을 끈다면 석문은 닫힐 테고, 그들은 이 기회를 잃을 것이다!

그에게 시간을 조금만 더 준다면 분명 홍의 살수를 죽일 수 있을 것이다. 백리명천도 죽일 수는 없다 해도 상처를 입힐 수는 있을 텐데! 군구신은 영술을 쓸 수 없어 안타까워 죽을 지경이었지만 참을 수밖에 없었다.

백리명천도 장파의 장난질을 알아보고 속으로 한스럽게 생각했다. 시간을 조금만 더 준다면 홍의 살수를 죽일 수 있을 텐데! 군구신도 죽일 수는 없다 해도 중독은 시킬 수 있을 텐데!

홍의 살수도 백리명천과 군구신의 검을 상대하며, 계속 내려오는 석문을 흘깃 바라보았다. 그는 두 사람처럼 그렇게 생각이 많지 않았다. 당장이라도 검을 멈추고 저 제비를 뽑으러 가고 싶을 뿐이었다. 가까스로 가문에서 도망쳐 나왔는데, 이렇게 괴이한 곳에 갇히게 될 줄 누가 알았겠는가!

세 사람의 생각이 각각 달랐다. 홍의 살수는 당연히 멈출 수 없었고, 군구신과 백리명천도 상대가 멈추기를 기다리고 있었다. 물론 상대가 먼저 멈춘다면 그들은 단 한 초식을 더하는 것만으로도 상대에게 상처를 입힐 수 있었다.

결투가 계속되었고 석문도 계속 내려왔다. 그럴수록 비연은 조급해졌다. 그러나 소리를 내어 군구신을 방해할 수도 없었다.

장파 역시 무표정한 얼굴로 아무 말도 하지 않았다. 그의 가장 큰 희망은 그들 모두 이곳에 남는 것인데 무엇 때문에 재촉하겠는가?

마침내 석문이 3분의 2가량 내려왔다. 군구신과 백리명천이 동시에 검을 멈췄고, 홍의 살수는 안전하게 한옆에 쓰러졌다. 석문이 여전히 내려오고 있었다. 시간이 없었다!

비연이 재빨리 제비를 뽑았고, 어린 태자와 망중 역시 서둘러 제비를 뽑았다. 군구신과 백리명천도 빠른 걸음으로 다가와 각자 한 장씩 뽑았다. 남은 한 장이 홍의 살수의 것이었다.

이제 석문은 몸을 웅크려야 겨우 통과할 수 있을 정도까지 내려와 있었다. 모두 더 이상 시간을 지체하지 못하고 제비를 펼쳐 보았다. 제일 먼저 군자택이 소리쳤다.

"황형, 저는 세 번째 문이에요!"

그때 비연이 깜짝 놀라 외쳤다.

"나, 나…… 저도 세 번째!"

이에 군구신, 군자택, 망중과 백리명천이 모두 경악한 표정을 지었다. 어째서 이리되었단 말인가! 일행 중 비연과 군자택이 가장 약했다. 그런데 그 두 사람이 함께 가야 한다고?

석문은 여전히 내려오고 있었다. 이제 웅크리는 정도로는 통과할 수 없을 정도였다. 그들은 이제 경악하고 있을 시간도 없었다. 군구신이 제비를 펼치더니 냉랭하게 물었다.

"첫 번째 문이 나온 사람은 누구지?"

백리명천이 눈을 휘둥그렇게 뜬 채 종이를 펼쳤다. 그 역시 첫 번째 문을 뽑았다. 대체 무슨 운이 이런 걸까? 본래도 좋지 않던 군구신의 안색이 이 순간 더욱 나빠졌다!

홍의 살수가 망중을 바라보았고, 망중도 홍의 살수를 바라보았다. 서로를 바라보는 두 사람의 눈빛은 그야말로 복잡했다! 확실했다. 두 사람 다 두 번째 문을 뽑은 것이다. 이 상황은 홍의 살수에게 가장 유리했다!

그가 가장 먼저 반응했다. 망설임 없이 몸을 날려 두 번째 문으로 미끄러져 들어갔다.

이때 군자택이 망중이 부주의한 틈을 타서 갑자기 그를 밀어 버리더니, 세 번째 문으로 달려가 다급하게 들어갔다.

"택아!"

군구신이 다급하게 외쳤지만 이미 막을 수 없게 된 다음이었다. 그런 그를 본 비연은 심장이 살며시 느리게 뛰는 것만 같았다. 소문이 사실이었음이 분명했다. 정왕 전하는 동생을 진심으로 사랑하고 있었다.

"정왕 전하 안심하세요. 최선을 다해서 태자 전하를 지키겠어요!"

그녀가 진지하게 말하고는 바닥을 기다시피 하여 재빨리 석문 안으로 들어갔다.

모두 정왕 전하의 체면을 생각해서

석문이 계속 내려오고 있었다. 설사 군구신과 백리명천이 이 결과를 수용하고 싶지 않다 해도, 그들도 결국 최대한의 속도로 석문 안으로 들어갈 수밖에 없었다.

가장 마지막으로 망중이 석문 안으로 들어갔다. 그의 심정은 정말로 복잡했다!

'쿵' 소리와 함께 석문 세 개가 동시에 떨어지더니 닫혔다! 장파가 붓에 물을 묻혀 벽에 그린 개양귀비를 씻어 내기 시작했다. 곧 아무 일도 없었던 것처럼, 석벽은 문이 있었던 흔적조차 찾아볼 수 없게 되었다.

장파는 아수라장이 된 방에는 신경 쓰지 않고 탁자로 돌아와 붓을 바꿔 들었다. 그런 다음 동경을 보며, 물에 적신 붓으로 화장을 지우기 시작했다.

얼굴에 바른 화장이 조금씩 물에 녹으며 그의 진짜 얼굴이 나타났다. 조각한 듯 굴곡이 뚜렷한 남자의 얼굴이었다. 깊은 눈에 높은 코, 사람을 홀릴 듯 준수한 얼굴이었다. 아주 조용하고, 심지어 조금 어눌해 보이기도 한 얼굴이었다.

음양이 뒤섞인 화장을 하고 있을 때처럼 무섭지 않으니, 이 순간의 그는 그저 잘생긴 남자일 뿐이었다. 심지어 그 어눌한 것이 귀엽게 보이기까지 했다.

그는 천성적으로 감정을 적게 느끼는 사람으로, 모든 것에 별 흥미를 보이지 않았다. 그는 자신만의 세계, 바로 그림과 화장의 세계에서 살고 있었다. 속세와 유리된 곳에서 세상만사의 영향을 전혀 받지 않았다.

그가 동경을 자세히 들여다보았다. 얼굴에 있던 발진이 전부 사라져 흔적조차 보이지 않는 것을 확인한 그는 다시 화장을 시작했다. 이번에도 남녀의 얼굴을 섞는 화장인 음양장을 했다. 하지만 싱겁게도, 남자 얼굴과 여자 얼굴의 위치를 바꿨을 뿐이었다.

화장을 끝낸 그가 다시 그림을 그리기 시작했다. 훼손된 그림을 한 폭 한 폭 다시 그린 다음 벽에 걸었는데 속도가 매우 빨라, 얼마 지나지 않아 몇 폭이나 완성해 냈다.

그리고 이 순간, 비연 일행은 여전히 가짜 절벽에서 배회 중이었다!

비연과 태자는 세 번째 문으로 들어갔다. 땅에는 깎아지른 듯한 절벽이, 사방에는 푸른 하늘과 흰 구름이 그려져 있었다. 그리고 앞쪽에는 바다와 하늘이 만나는 풍경이 있었다. 그림이라는 것을 분명 알면서도 그 안에 있으니, 정말로 절벽에 서서 바다를 보고 있는 것 같은 느낌이 들었다.

비연과 태자는 절벽 가에서 발걸음을 멈췄다. 한 걸음만 더 가면 '절벽에서 떨어져 바다로 빠지게' 된다.

비연은 발아래 바다가 그림이라는 걸 확신하고 있었지만, 이 바다는 분명 무언가를 상징하고 있을 것이다. 아마도 어떤 기관을. 그들이 들어가는 순간 그 기관이 작동될 가능성이 극히 높았다.

비연이 머뭇거리다가 태자를 등 뒤로 끌어당기며 말했다.

"태자 전하, 제 뒤에 계세요. 조심하시고요."

그러나 어린 태자가 오히려 비연을 제 등 뒤로 끌어당기며 침착하고 진지하게 말했다.

"고 대약사, 내 뒤에 있거라. 본 태자가 너를 지켜 주겠다!"

매우 긴장하고 있던 비연은, 아직 어리기만 한 얼굴에 어른 스러운 표정을 짓고 있는 태자를 보고 하마터면 웃음을 터뜨릴 뻔했다. 겨우 열 살 남짓인데 어른인 척하는 모습이 열세 살의 하소만과 똑같아 보였다.

"태자 전하, 여기는 농담을 할 만한 곳이 아닙니다. 잘 숨어 계세요. 제가 먼저 길을 알아보겠습니다."

비연이 온화하게, 달래듯 말했다. 그러자 태자가 가슴 앞으로 팔짱을 끼고 질문했다.

"고 대약사, 너는 여자인가?"

"네?"

비연이 아연해서 되물었다.

"무슨 뜻이신가요?"

태자가 진지하게 한 번 더 반복했다.

"고 대약사, 너는 여자인가?"

그의 뜻을 이해할 수 없었지만 비연은 일단 고개를 끄덕였다.

"물론입니다."

태자가 만족스러운 듯 고개를 끄덕였다.

"본 태자는 남자다. 말해 봐라. 네가 본 태자를 지켜야 옳은지, 아니면 본 태자가 너를 지키는 것이 옳은지."

이건…… 열 살 먹은 아이가 남자라고 자칭하면서 그녀를 지키겠다고?

비연은 웃을 수도 울 수도 없어 진지하게 말했다.

"태자 전하, 농담을 하실 때가 아닙니다. 전하께 무슨 일이라도 벌어지면 저는 정왕 전하와 황상께 죄를 청해야 합니다."

태자가 중얼거렸다.

"너에게 무슨 일이라도 생기면 나도 황형에게 죄를 청해야 한다고."

비연이 제대로 듣지 못해 다시 물었다.

"뭐라고 하셨어요?"

태자는 대답하지 않고 그녀를 제 옆으로 끌어당겼다. 그러나 비연은 태자를 안아 옆에 내려놓은 다음 아주 진지하게 말했다.

"태자 전하, 벽에 붙어 계세요! 여기서 더 이상 시간을 낭비할 수는 없어요!"

태자가 화를 냈다.

"고 대약사, 본 태자가 명령한다! 이리 와! 벽에 붙으라고! 거기 멈춰!"

비연이 그를 상대하지 않고 절벽 가에 쪼그리고 앉았다. 그리고 눈앞의 그림을 열심히 살피며 그 안에 숨어 있는 이치를 찾으려고 애썼다. 태자가 성큼성큼 걸어오더니 그녀의 손을 잡아끌며 엄숙하게 물었다.

"고 대약사, 본 태자의 명을 어기는 것이냐? 죽어 마땅한 죄로구나!"

명령? 죽어 마땅한 죄?

비연은 자신의 손을 잡아끄는 손을 바라보았다. 그녀의 시선이 점차 어린 태자의 얼굴로 옮겨 갔다. 그녀는 말없이 눈썹을 치켜세운 채 그를 살펴보았다.

태자는 그녀의 시선을 받으면서도 제법 차갑고 엄숙한 표정을 유지했다. 그러나 점차 비연의 시선이 사나워지자 태자의 시선도 흔들렸다.

갑자기 비연이 소리쳤다.

"놔!"

태자가 몸을 떨며 바로 손을 놓았다. 분명 깜짝 놀란 것 같았다. 그 어린애다운 모습에 비연은 하마터면 웃을 뻔했지만 다행히 참을 수 있었다. 그녀가 얼굴을 굳히고 사납게 야단쳤다.

"애야, 너는 남자가 아니라 남자아이야! 정왕 전하의 체면을 생각해서 너에게 예의를 지켜 주고 있지만 이렇게 계속 말을 안 들으면 내가 예의를 지키지 않는다고 탓할 수 없을걸! 말해 두겠는데, 여긴 아주 위험한 곳이고, 우린 언제라도 다시 갇힐 수 있어! 여기서 빠져나가지 못한다면, 네가 태자가 아니라 황제라 해도 다 소용없단 말이다!"

태자는 대황숙과 부황을 제외하고는 이렇게 혼나 본 적이 없었다. 그것도 여자 관리에게 혼이 나다니! 그가 멍한 표정을 지었다.

비연은 그 멍하고 귀여운 얼굴에 다시 한번 웃음을 터뜨릴 뻔했지만 간신히 참았다. 가볍게 헛기침을 몇 번 한 그녀는 다시 사납게 말했다.

"내 뒤에 꼭 붙어 있어! 난동 부리지 말고! 시끄럽게도 굴지 말고!"

말을 마친 그녀는 다시 절벽 가에 쪼그리고 앉았다.

태자가 겨우 정신을 차렸다. 그는 마음을 진정시키려는 듯 몰래 가슴을 두드렸다.

뒤를 따라오는 기척이 느껴지지 않자 비연이 고개를 돌려 태자를 노려보았다. 그 모습을 본 태자가 바로 살랑살랑 그녀의 등 뒤로 따라와 순순하게 쪼그리고 앉았다.

비연은 그제야 만족했다. 그녀는 잠시 머뭇거리다가 태자의 손을 단단히 잡고 눈앞 바닥에 그려진 그림을 다시 진지하게 관찰하기 시작했다.

태자가 조그만 입을 비죽거리더니 중얼거렸다.

"됐다. 황형의 체면을 생각해서 내가 한 번만 봐주는 걸로 하지!"

그리고 바로 한마디 덧붙였다.

"이렇게 사나운데, 황형은 어떻게 제어하는 거지?"

비연은 집중해서 그림들을 살펴보며 기관을 찾느라 그 중얼거림을 제대로 듣지 못했다.

태자가 살짝 몸을 옆으로 돌려 비연의 옆얼굴을 살펴보기 시작했다. 그는 비록 반년째 유람 중이었지만 황도에서 일어난 일은 모두 알고 있었다.

하소만이 대자사에서 사주팔자를 받아 와 회녕 공주에게서 어약방 사람을 빼앗아 갔다는 이야기를 듣자마자 태자는 바로 그게 하소만이 생각해 낸 계교며, 황형이 용인하고 있다는 사실을 알아차렸다. 그리고 방금 황형의 다급한 모습을 보고, 태자는 자신의 직감이 틀리지 않았음을 확신할 수 있었다.

황형이 고 대약사를 정말로 좋아한다!

그는 보고 또 보면서 속으로 결심했다. 여기서 어떤 위험을 만나더라도, 또 어떤 함정에 빠지더라도 그는 앞으로 달려가 고 대약사를 지켜 줄 것이다.

고 대약사가 그를 지키려 한다면 여기서 도망치지 못할 가능성이 높다. 그가 희생한다면, 아마도 기회가 있을 것이다……

그녀의 묘계

태자가 자신만의 생각에 빠져 있는 동안, 비연은 그림 관찰을 끝냈다.

이 진짜 같은 풍경화는 보면 볼수록 착각을 불러일으키는 것 같았다. 안목이 높고 마음도 잘 수련한 편인 비연도 그림 구석구석을 세세히 보는 동안 맑은 정신을 유지하는 것이 매우 어려웠다.

그림에서는 별다른 이상을 발견하지 못했다. 유일한 방법은 손으로 탐색하며 절벽 밖으로 나가 길을 찾는 것뿐이었다. 그러나 그것은 매우 위험한 방법이기도 했다. 실수로 기관을 건드려 무기라도 날아오면 힘없는 그녀와 태자가 어떻게 피할 수 있겠는가? 우리 같은 것에 갇히는 정도라면 그나마 낫겠지만, 만약 화살 같은 것이 어지럽게 날아온다면?

초조했지만 비연은 결국 절벽 밖으로 나가지 않았다. 그 자리에 앉아 방법을 생각하기로 했다! 반드시 안전하게 빠져나갈 방법이 있을 것이다!

그녀가 앉는 것을 보고 태자도 옆에 와서 앉았다. 아직 그녀가 조금 무서운 듯 한참 망설이더니 결국 겁먹은 목소리로 물었다.

"뭐, 뭐 하고 있는 거야?"

비연은 벽화를 보며 상대도 하지 않았다. 태자가 입을 비죽이며 점점 더 소심하게 우물거렸다.

"너……."

그때 비연이 갑자기 그의 손을 놓더니 큰 소리로 외쳤다.

"있다! 있어!"

전혀 대비하지 못하고 있던 태자가 깜짝 놀라서 펄쩍 뛰다가 옆으로 넘어졌다. 비연이 급하게 돌아보고는 이해할 수 없다는 표정으로 물었다.

"왜 그러세요?"

태자는 너무 억울해 그녀를 노려보다가, 죽어라 입술을 깨물어 울음이 나오려는 것을 억지로 참았다. 한참 후 그가 굳건하게 소리쳤다.

"아무 일 아니다! 오래 앉아 있었더니 다리가 저렸을 뿐이다!"

태자가 자기 때문에 놀랐다고는 전혀 생각지 못한 비연이 재빨리 그를 일으켜 주었다. 그리고 자신이 생각해 낸 묘계를 알려 주려다가 생각을 바꿔 그만두었다.

정왕 전하가 이 아이를 무척 아끼는 것을 보긴 했지만, 이 아이가 대체 어떤 마음인지, 천무제와의 관계가 어떤지는 알 수 없다. 설사 아이라 해도 결국 천염국의 제위를 이을 몸이고, 군씨 황족을 계승할 사람인 것이다. 제왕 가문의 아이가 진정으로 천진난만할 수는 없지 않은가.

그녀는 지난번 고운원의 거처에 갔을 때, 정왕 전하와 백리명천 앞에서 부득이하게 아무것도 없는 곳에서 약을 꺼내는 능력을 드러냈다. 더 이상은 그 능력을 드러낼 수 없었다. 분명 정왕 전하나 백리명천보다는 태자를 속이기가 더 쉬울 것이다.

이때, 태자가 기분이 꽤 좋아진 듯 진지하게 물었다.

"방금 있다고 말했지? 방법이 생각난 건가? 뭐라도 발견했어?"

비연이 고개를 저었다.

"아뇨, 잘못 봤어요."

태자가 아주 실망한 표정으로 다시 물었다.

"대체 뭘 봤는데? 내가 도울 건 없어?"

비연이 약왕정을 매만지며 답했다.

"벽화 안에 기관이 숨어 있지 않은지 살펴봐 주세요."

태자가 열심히 보다가 중얼거렸다.

"어떻게 보는 거지? 어떻게 하면 보이지?"

비연은 그에게 몇 가지 방법을 세세하게 일러 주었다. 예를 들면 색채나 명암, 형태의 크고 작음, 각기 다른 각도 등등을 살펴봐야 한다고 하자 태자는 연신 고개를 끄덕이며 바닥을 진지하게 응시했다.

태자가 고개를 돌리지 않는 것을 확인한 후, 비연은 소리 없이 쪼그리고 앉아 발아래 그림을 손으로 만졌다. 그리고 의식을 집중해 약왕정의 저장 공간을 가동시켰다.

약왕정은 그녀의 손이 닿은 약재를 수납할 수 있었다. 그리고 이 그림을 그린 안료의 대부분은 약의 원료로 연마할 수 있었다. 물과 혼합하는 것만으로도 직접 사용이 가능했으며, 약성도 손상되지 않았다.

비연은 약왕정이 이 안료들을 받아들일 거라고 확신했다! 다만 그녀가 만질 수 있는 범위에는 한계가 있었고, 약왕정이 얼마나 받아들여 줄지도 알 수 없었다.

바닥의 그림과 벽화는 이어져 있는, 한 폭의 거대한 풍경화였다. 중간에 빈 공간이 전혀 없었다. 어쩌면 그림에 사용된 안료 전부를 하나로, 약 한 첩으로 약왕정이 인식해 줄지도 모른다.

바닥에 손을 꽉 누른 비연이 긴장한 채 정신을 집중했다. 과연, 눈 깜빡할 사이에 그녀 손아래의 거대한 그림이 전부 사라지고 드문드문 안료 몇 가지만 남았다.

바닥에 남은 안료는 독성이 강한 것들로, 약으로 사용하기 어려운 광석으로 만든 안료들이라 약왕정이 배척한 것이다.

살짝 시험해 보니 효과가 꽤 괜찮았다. 비연은 심호흡을 한 번 하고는 눈을 감고 온 정신을 집중해 약왕정에게 명령했다.

찰나의 순간, 화랑의 벽이며 천장, 그리고 바닥의 안료 전부를 약왕정이 흡수했다. 이제 군데군데 얼룩덜룩한 색채만이 남았다.

이렇게 절벽이 사라지고 푸른 하늘과 흰 구름이 사라졌다. 거대한 바다 역시 사라지며 화랑의 진면목이 드러났다.

이곳은 겨우 열다섯 자 정도의 밀실 통로에 지나지 않았다. 앞은 돌벽으로 막혀 있었다. 사방에 각종 기관을 작동시키는 단추가 있었으며, 바닥에는 기관뿐 아니라 검은 구멍도 하나 있었다.

"이건……."

태자가 눈을 휘둥그렇게 떴다. 눈앞에 보이는 모든 것을 믿을 수 없었던 그는 무의식중에 제 눈을 비볐다.

그는 방금 아무것도 보지 못했다. 그런데 눈 깜빡할 사이에 주위의 모든 것이 달라져 버렸다.

그가 다급하게 비연을 돌아보며 물었다.

"봐, 봤어? 이, 이게 어찌 된 일이지?"

비연이 다급하게 몸을 일으켰다. 그녀는 속으로 기뻐하면서도 경악한 표정을 지으며 말했다.

"그러게요, 이게 어찌 된 일일까요?"

태자가 의심스러운 눈초리로 그녀를 보았다.

"너, 방금…… 뭘 한 거지?"

비연이 반문했다.

"제가 무엇을 할 수 있었을까요?"

태자가 그녀를 노려보았다. 아무리 보아도 비연의 표정이 이상하기만 했다. 태자가 진지하게 물었다.

"방금 쪼그리고 앉아 뭘 했던 거야?"

태자의 형 앞에서도 담담한 비연이 하물며 태자 앞에서라고 다를까?

그녀가 대답했다.

"바닥의 그림을 보고 있었어요! 그런데 어떻게 갑자기 이렇게 되었을까요? 장파가 저지른 짓일까요? 아니면…… 제가 무슨 기관이라도 움직인 걸까요?"

태자는 어디가 이상한지 꼭 짚어 말할 수는 없었지만 이 일에 그녀가 관계있다고 직감했다. 그가 계속 물으려 했지만 비연은 각종 기관을 피해 빠른 걸음으로, 그 구멍을 향해 걸어갔다.

그녀의 기억이 틀리지 않았다면 이 구멍은 방금 검은 암초로 위장되어 바다 속에 숨어 있었다. 이게 분명 함정이겠지?

비연은 벽에서 횃불을 하나 가져와 구멍 안을 비춰 보았다. 아래쪽은 온통 물, 지하로 흐르는 강이었다! 그리고 구멍 바로 아래에 작은 배가 하나 있었다.

비연은 이 구멍이 함정이 아니라 유일한 출구임을 깨달았다. 그들이 벽이며 바닥의 기관들을 순조롭게 피해 저 구멍으로 뛰어들 수 있다면, 그들은 화랑을 떠날 수 있는 것이다.

다만, 그녀가 확신할 수 없는 것이 하나 있었다. 화랑을 떠난다고 해서 과연 성공적으로 도망칠 수 있을까? 아니면 아래쪽에 또 다른 함정이 그들을 기다리고 있을까?

태자가 다가와 머리를 들이밀더니 물었다.

"이게 출구인가?"

비연도 확신할 수 없었지만 진지하게 말했다.

"분명 그럴 거예요. 여기서 기다리세요. 기관은 절대로 만지지 마시고요. 제가 먼저 내려가 길을 좀 살펴보겠어요."

그러나 그녀의 말이 끝나자마자 태자가 선수를 쳐서 아래로 뛰어내렸다!

놀란 비연이 식은땀을 흘렸다.

"망할 꼬마 녀석!"

태자는 아주 정확하게 배 위에 착지했다. 휴대하고 다니던 야명주를 꺼내 주변을 비춰 본 그는 별다른 위험이 없음을 확인하고는 비연에게 말했다.

"위험하지 않아. 어서 내려와!"

비연은 안도의 한숨을 내쉬는 동시에 정말로 화가 났다.

그녀는 뛰어내리자마자 군자택의 옷깃을 잡았다. 그리고 눈을 가늘게 뜨며 외쳤다.

"망할 꼬마, 계속 말 안 들을 거야?"

마침 야명주로 비연의 얼굴을 비추고 있던 참이었다. 어둠 속에서 비연의 화난 얼굴이 너무나 공포스럽게 보여, 태자가 깜짝 놀라며 뒤로 물러났다.

행동으로 보여 주지 않으면 이 아이가 또 어떤 위험한 일을 벌일지 모르겠다고 생각한 비연이 경고하려 했을 때, 태자가 먼저 입을 열었다.

"고 대약사, 일부러 난동을 부리는 게 아니야. 나는 여기에 남고 싶어!"

불안, 수영할 줄 모른다

남고 싶다고?

비연이 멈칫했다가 곧 더 화를 냈다.

"지금 성가신 일을 더 만드는 게 아니라고? 여기에 남아 무엇을 하려고?"

태자는 감히 비연에게 솔직하게 말하지 못하겠다는 듯 잠시 망설이더니 아주 진지하게 말했다.

"나는 여기가 좋아. 여기 남아서 저 이상한 아저씨한테서 그림을 배우고 싶어."

비연은 화가 나는 동시에 우습기도 했고 또 아주 답답했다. 이 아이는 또래 아이들보다 어른스러워 보이지만 실제로는 훨씬 어리게 굴지 않는가! 심지어 조금 바보 같기도 했다. 한 나라를 계승할 자로서 가져야 할 무엇인가가 없는 것 같았다. 그녀는 태자를 놀라게 하기로 마음먹었다.

"꼬마, 너도 저 사람이 괴인이라는 건 아는구나. 저자가 너를 그림 속에 넣어 영원히 나오지 못하게 하면 어쩔 작정이야?"

태자가 아주 단호하게 고개를 저었다.

"무섭지 않아!"

비연이 다시 말했다.

"그럼 저자가 너에게 화장을 해 준다면? 너를 자신처럼, 남자도 여자도 아닌 모습으로 만든다면?"

태자가 생각하지도 않고 대답했다.

"무섭지 않다고!"

사실 태자도 무서웠다. 그러나 자신의 직감이 틀리지 않았을 거라 생각했다. 그 이상한 아저씨는 보이는 것처럼 그렇게 나쁘지는 않을 것이다. 아마 너무 외로워서 그들을 전부 남겨 두려는 것뿐이다.

비연이 어찌 어린 태자의 생각을 알 수 있겠는가. 그녀가 갑자기 그를 향해 몸을 굽히고, 눈을 가늘게 뜨며 나지막하게 속삭였다.

"네가 계속 함부로 굴면 독을 쓸 테다. 네 이 작은 얼굴이 천천히 썩어 들어가고, 고름이 흐르고…… 파리 떼가 몰려들걸."

이 말에 태자의 얼굴이 창백해졌다. 그는 눈의 초점도 잃은 채, 침도 제대로 삼키지 못하며 말했다.

"너, 너…… 날 놀라게 하려고!"

태자가 입을 벌린 틈을 타서 비연이 재빨리 약을 입에 넣었다. 그리고 그의 턱을 치켜들어 그가 약을 삼키게 했다.

"너, 너…… 이 나쁜 여자!"

태자가 놀라서 식은땀을 흘렸다. 바로 손을 넣어 토하려 했지만 아무리 해도 토해지지 않았다.

아무리 영리하고 조숙하다 해도 결국은 아이였다. 태자는 결국 울기 시작했다.

비연이 생긋 웃었다. 그녀가 태자에게 먹인 것은 약이 아니라 그녀가 가장 좋아하는 감초 사탕이었다. 그녀는 속으로, 이런 장난꾸러기를 상대하려면 놀라게 해서 울려야 끝난다고 생각했다.

그녀가 엄숙하게 선언했다.

"우는 것을 허락하지 않겠어. 조용히 있으면 해독약을 줄게. 아니면……."

그녀는 더 이상 말하지 않고 어린 태자의 얼굴을 가볍게 두드리며 미소 지었다.

태자는 바로 눈물을 멈추긴 했지만 이를 악물고 비연을 노려보았다. 눈물을 머금은 두 눈에 억울함, 원한, 그리고 달갑지 않은 감정이 묻어났다.

이해할 수 없었다. 황형은 어째서 이렇게 나쁜 여자를 좋아하는 걸까?

비연은 태자가 더 이상 마음대로 굴지 못할 거라고 확신하며, 그가 보든 말든 신경 쓰지 않았다. 대신 주위를 열심히 살피기 시작했다.

주변은 칠흑처럼 어두웠다. 화랑에서 쏟아지는 빛과 태자의 야명주로는 대강의 모습만을 볼 수 있을 뿐이었다.

이곳은 지하로 흐르는 하류였다. 양쪽에 뭍이 있었지만 아주 좁아서 사람이 서 있을 수도 없을 정도였다. 그들이 서 있는 작은 배는 물가 표석에 매여 있었고, 배에는 노 두 개 외에는 아무것도 없었다.

비연은 야명주를 들고 물속을 들여다보았다. 물은 매우 맑았고, 심지어 물고기도 노닐고 있었다. 이런 지하 하류라면 그렇게 깊지는 않을 거라고 생각했다. 아마 최대한 깊어 봤자 그녀의 허리 정도 아닐까.

그러나 노를 내려 시험해 보고는 깜짝 놀랄 수밖에 없었다. 노는 그녀의 키와 거의 비슷했는데, 어떻게 해도 바닥에 닿지 않았기 때문이다.

물에 빠진 적이 있어서일까, 아니면 다른 무엇 때문일까. 문득 불길한 예감이 든 비연이 태자를 돌아보며 진지하게 물었다.

"애야, 수영할 줄 아니?"

태자는 지금까지도 그녀를 노려보고 있다가 퉁명스럽게 대답했다.

"본 태자는 수영할 줄 모른다!"

비연은 더욱 불안해졌다. 그러나 여기에서 움직이지 않은들 화랑에서 움직이지 않는 것과 무엇이 다른가. 설사 앞에 미지의 위험이 있다 해도 그들은 결국 가야 했다.

배에 연결된 밧줄을 푼 비연이 태자에게 다가오라고 손짓했다. 태자는 선미에 앉은 채 그녀를 노려보았다.

"뭐 하려고?"

비연이 설명하지 않고 반문했다.

"해독약이 필요 없나 보지?"

태자는 그래도 비연 가까이 오고 싶지 않은 모양이었다.

비연이 그를 끌어당겨 제 앞에 앉혔다. 그리고 두 손으로 노를 저으니 태자는 비연의 품에서 보호받는 모양새가 되었다.

태자가 발버둥 치려 했지만 비연이 그의 두 뺨을 꼬집으며 냉랭하게 말했다.

"마지막 경고야. 다시 한번 말을 듣지 않으면 그 결과는 본인이 감당하는 거다."

태자는 움직이지 않았다. 그는 비연이 진심으로 그를 보호하려 한다고 생각했다. 어쩔 수 없다는 생각에 길게 한숨을 내쉬었는데, 그 모습이 꼭 애늙은이 같았다.

비연은 그를 이해할 수 없었지만 이해할 여유도 없었다. 노를 들고 한 번, 또 한 번 힘차게 젓기 시작했다.

주변은 고요했다. 작은 배는 어둠 속에서 앞으로 나아갔다. 비연은 노를 저으면서 양쪽 뭍과 물 안의 동정에 주의를 기울였다. 배의 속도가 점차 빨라짐을 느낀 그녀는 계속 긴장했다.

물길을 따라가노라니 주변이 시종 평온했다. 그러다 물살이 점점 더 급해졌다. 비연이 노를 젓지 않아도 작은 배가 저절로 앞으로 빠르게 흘러갈 정도였다.

앞은 온통 어둠, 미지의 세계였다. 더 빠르게 가다가는 무슨 일이 벌어질지 아무도 알 수 없었다. 비연은 감히 노를 젓지 못하고 한 손으로 태자를 끌어안았다. 그리고 다른 한 손으로는 노를 꽉 쥔 채, 필요할 때 속도를 줄일 수 있게 준비했다.

태자도 위험을 감지한 듯 두 손으로 뱃전을 꽉 끌어안고 전방을 주시하고 있었다. 그러나 누가 알았을까. 그러는 동안 물살이 갑자기 빨라지더니 곧 전방에 절벽이 나타났다!

태자가 소리쳤다.

"어서 멈춰!"

"꽉 잡아!"

비연은 태자를 놓고 두 손으로 노를 꽉 잡은 뒤 있는 힘을 다해 배를 뭍에 대려고 했다.

태자는 배를 꽉 잡으라는 비연의 말을 듣지 않고 밧줄을 던져, 물가의 표석에 밧줄을 묶으려 했다. 그러나 몇 번을 던져도 맞히지 못했고, 오히려 배에 흔들림을 더할 뿐이었다.

그와 동시에 비연도 더 이상 버텨 내지 못해 노가 갑자기 미끄러지며, 배는 빠르게 흘러갔다. 일어서 있던 태자가 하마터면 물에 빠질 뻔했지만 다행히도 비연이 제때 그를 잡았다.

배가 제어를 잃고 빠르게 절벽을 향해 흘러갔다. 비연이 한 손으로 뱃전을 꽉 잡고, 다른 손으로는 태자를 안은 채 외쳤다.

"어서 나를 꽉 껴안아, 어서!"

태자는 수영을 하지 못한다. 그녀는 뱃전을 놓칠 수 없었지만 태자는 더 놓쳐서는 안 되었다! 그렇지 않으면 이제 이건 남느냐 남지 않느냐를 넘어 생사가 걸린 문제가 될 것이다!

태자도 상황이 위급함을 깨닫고, 두 손으로 비연의 허리를 꽉 끌어안았다. 이렇게 두 사람은 서로 끌어안은 채 절벽 아래로 떨어졌다!

펑!

거대한 소리가 들렸다. 비연은 배가 부서졌을 거라 생각했다. 그러나 배는 부서지지 않았을 뿐 아니라 절벽 역시 상상했던 것처럼 높지 않았다. 배가 더 좁은 하류로 접어들어 전보다 더 빠르게 움직이고 있을 뿐이었다.

비연과 태자는 겨우 한숨을 돌렸다. 하지만 비연은 뱃전을 더욱 강하게 잡았고, 태자 역시 여전히 그녀의 품에 머리를 묻고 있었다.

그들은 비할 데 없이 긴장하고 있었다. 속도가 빨라질수록 그들이 위험을 피할 수 없는 확률 또한 높아질 것이다.

곧 비연은 전방 하류에 빛이 비치는 것을 발견했다…….

빛? 설마 그들이 탈출한 걸까?

비연이 기뻐하기도 전에 배가 나는 듯이 흘러갔다.

그 빛은 자연적인 빛이 아니라 하류 양쪽 벽에 박혀 있는 야명주의 빛이었다. 동시에 비연은 하류 전방 멀지 않은 곳에 갈림길이 있는 것을 발견했다.

두 갈림길은 모두 석벽으로 막혀 있었는데, 석벽 위로 등나무 덩굴이 기어 올라가고 꽃도 피어 있는 모습이 똑같았다!

비연은 마침내 이 하류의 위험이 어디에 있는지 알 수 있었다! 이 석벽 중 하나는 진짜일 테고 다른 하나는 그림일 것이다. 그녀는 선택해야 했다. 이 작은 배가 지금의 속도로 벽에 부딪힌다면, 배가 부서지는 것은 물론이고 사람도 죽을 수밖에 없었다!

물론 배에서 뛰어내린다는 선택도 있었지만, 배가 부서지면 그들이 이곳을 떠날 수 있을까?

작은 배는 나는 듯이 떠내려가고 있었고, 갈림목은 점점 더 가까워지고 있었다. 비연은 하나를 선택해야 했다.

이번에는 스스로의 힘으로

눈앞이 바로 갈림길이었다. 당장 결정을 내리지 않으면 늦을 것이다!

비연은 경악한 상태였지만 재빨리 냉정을 되찾았다. 그녀는 안정된 자세로 자리를 잡은 후 뱃전을 놓고 두 손으로 노를 쥐었다. 그리고 눈을 감았다.

이렇게 위급한 순간에 눈을 감다니, 그녀는 대체 무엇을 하려는 걸까?

배의 속도가 점점 더 빨라졌다. 점점 더!

이윽고 갈림길을 이루는 돌에 부딪치려는 순간, 비연이 갑자기 노를 오른쪽 뭍에 가져다 대었다. 그리고 힘을 한번 주자 배는 왼쪽 갈림길로 들어가게 되었다!

작은 배가 전광석화처럼 앞쪽의 석벽을 향해 돌진하는 바로 그 순간 비연은 눈을 떴다. 석벽이 점점 더 가까워지고 있었다. 점점 더!

쿵!

부딪쳤다!

그들이 부딪친 것은 거대한 그림이었다. 그들은 거대한 구멍을 만들면서 순식간에 그림을 통과했다. 비연의 선택이 옳았다!

그녀는 마침내 안도의 한숨을 내쉬었다. 그녀의 품에 머리를 묻고 있던 태자가 그제야 고개를 들어 등 뒤를 바라보았다. 그리고 그들이 망가뜨린 거대한 그림을 본 그는 오싹한 기분을 느꼈다. 심장이 미친 듯이 뛰며 도무지 진정되지 않았다.

그가 물었다.

"고 대약사, 너 이거 어떻게 판단한 거야?"

비연이 웃었다.

"그냥 멋대로 골랐지, 뭐. 무서워?"

태자는 그녀가 농담을 하고 있다는 것을 깨달았다. 기분이 상한 그가 소리쳤다.

"말해 줘!"

"앞을 봐! 또 갈림길이야!"

태자가 재빨리 고개를 돌렸고, 바로 식은땀을 흘렸다.

앞쪽 멀지 않은 곳에 다시 두 갈래 길이 있었다. 양쪽 다 작은 무지개다리가 있었는데, 그들은 지나갈 수 없을 정도로 작았다. 또 부딪쳐야만 했다!

다시 생사를 결정하는 순간이 되었다! 태자는 긴장하여 작은 몸을 웅크렸다. 그는 차마 볼 수도 없는지 비연을 강하게 끌어안고 그녀의 품에 얼굴을 묻었다. 어른스럽던 모습은 이제 보이지 않고 완전히 아이 같았다.

그러나 비연은 전혀 긴장하지 않았다. 그녀는 여전히 노를 잡은 채 눈을 감았다가 아까와 마찬가지로 마지막 순간 갑자기 배를 틀었다. 이번에는 오른쪽이었다!

펑!

배가 다시 한번 거대한 그림을 뚫고, 좁은 하류를 따라 계속 앞으로 나아갔다. 비연의 입가에 미소가 떠올랐다. 그녀는 원래 자신의 판단을 자신하고 있었지만, 두 번 겪고 나니 더욱 자신감이 넘쳤다.

어린 태자가 조심스럽게 그녀의 품속에서 머리를 내밀더니 다시 뒤를 보았다. 여전히 놀랍고 두려운 광경이었다.

"고 대약사, 너, 너……."

"하하, 또 맞혔지! 운이 정말 좋다니까!"

태자는 그녀의 말을 믿을 수 없었지만, 운수 외에는 다른 답을 생각할 수 없었다.

비연이 웃으며 말했다.

"우리 내기할래? 앞에 또 갈림길이 있으면 내가 전부 맞힐 수 있어. 어때, 믿음이 가?"

태자는 감히 앞을 볼 수도 뒤를 볼 수도 없어, 비연의 어깨에 다시 얼굴을 묻으며 말했다.

"싫어!"

비연은 농담을 하면서도 경계를 전혀 흐트러트리지 않았다. 그녀는 미소 지으며 계속 전방을 주시했다.

세 번째 갈림목이 출현했을 때에도 그녀는 다시 노를 잡고, 가까이 가는 순간 눈을 감았다가 부딪치기 직전 눈을 뜨고 빠르게 방향을 돌렸다!

이 과정은 모두 과감하고도 명쾌했고, 아슬아슬하면서도 통쾌한 맛이 있었다. 설사 남자가 방향타를 잡았다 해도 그녀처럼 침착하고 과감하지는 못했을 것이다.

그녀는 지금 약왕정이 아니라 자신의 후각에 의지하고 있
었다!

이렇게 거대한 그림이라면 사용한 안료가 적지 않다. 습하고
어두운 환경에서 안료는 마른 상태를 유지하기 어려우니 냄새
를 완전히 제거할 수 없었다.

비연은 천성적으로 약재 냄새에 매우 민감했다. 일정한 거리
안에만 들어오면 그녀는 냄새가 어디서 풍겨 오는지 정확하게
확인할 수 있었다. 약재 냄새가 나는 곳이 바로 그 진짜 같은
그림이 있는 곳이며, 그들이 살아날 길이었다!

물이 점점 더 빠르게 흐르고, 배의 속도도 점점 더 빨라졌다.
네 번째, 다섯 번째, 여섯 번째…… 셀 수 없는 갈림길이 연이
어 나타났다. 그러나 비연은 계속 웃음기 머금은 얼굴로 전방
을 응시하며 한 번, 또 한 번 냉정하게 판단하고 과감하게 선택
하여 빠르게 배를 돌렸다!

이렇게 그녀는 한 번도 쉬지 않고 열네 개의 갈림길을 모두
통과했다. 마침내 열다섯 번째 갈림길을 통과하자 물살이 센
지하 하류를 나와 평온한 수역에 들어가게 되었다.

배가 멈췄다!

비연이 숨을 가쁘게 들이쉬며 노를 던지고 뒤로 누웠다. 잔
잔한 물결에 흔들리는 배 위에 누워 있노라니 피곤해서 움직이
고 싶지 않았다.

그녀는 웃고 있었다. 밝은 눈이며 입가에 담긴 웃음기는 점

점 더 짙어졌다. 단 한 번도 틀리지 않았다니, 자신이 자랑스러웠다!

그때 태자가 조심스럽게 그녀의 품에서 일어났다. 그리고 비연이 그렇게 피곤해하면서 또 그렇게 기뻐하는 것을 보고는 걱정스럽게 물었다.

"고 대약사, 괜찮아?"

비연이 손을 내밀어 그의 머리를 쓰다듬어 주었다.

"괜찮아, 좀 쉬면 나을 거야."

태자는 겨우 안심하고 주변을 열심히 둘러보았다. 비연은 그가 무서워한다 생각하고 웃으며 말했다.

"꼬마야, 누나가 있으니 무서워하지 마!"

그녀는 그림에 약재가 섞여 있는 이상 어떤 기관이나 통로라도 자신을 막을 수 없을 거라 생각했다!

그러나 태자는 무서워하고 있는 것이 아니었다.

"고 대약사, 잠수해서 나가야 할 것 같아."

태자의 말에 비연이 벌떡 일어나 주변을 살펴보았다. 그리고 지금 그들이 있는 곳은 사방이 밀폐되어 있다는 사실을 알아차렸다. 멀지 않은 곳에 틈이 하나 있었는데, 눈을 찌를 듯한 햇빛이 그 틈을 통해 들어오고 있었다. 저곳이 분명 마지막 출구다!

배는 말할 것도 없고 사람도 나갈 수 없으니, 잠수해 지나가는 수밖에 없었다. 그러나 태자는 수영할 줄 모른다! 어떻게 하지?

즉시 일어나 앉은 비연이 작은 배를 출구 가까이 가져다 댔다. 그리고 노를 사용해 수심을 측량해 보았다. 이곳도 아까와 마찬가지로 노가 바닥에 닿지 않았다. 그녀가 수면에 얼굴을 붙이다시피 하고 살펴보았지만 출구까지의 거리가 대체 얼마인지는 알 수가 없었다.

수영해서 가는 거라면 그녀는 태자를 데리고 나갈 자신이 있었다. 그러나 잠수라면 완벽하게 자신할 수 없었다. 어떻게 해야 할까? 비연은 초조해졌다.

태자가 작은 얼굴에 맑은 웃음기를 내보이더니 비연에게 손을 내밀었다.

"고 대약사, 나는 여기 남아도 돼! 해독약이나 줘."

안 그래도 초조하던 차에 이 말을 들으니 화가 난 비연이 엄숙하게 말했다.

"네가 여기 남으면 정왕 전하께 무어라 말씀드리라고? 이럴 때는 멋대로 굴면 안 되는 거야!"

태자가 잠시 머뭇거리더니, 더 이상 숨기지 않기로 했는지 진지하게 입을 열었다.

"황형은 내가 황제가 되고 싶어 하지 않는다는 걸 알아!"

비연은 깜짝 놀랐다. 이 꼬맹이가 그런 뜻이었다고? 설마 정왕 전하가 황제가 되었으면 해서?

아니, 그런 것은 아닌 것 같았다!

비연의 표정을 본 태자는 그녀가 자신을 믿지 않는다는 것을 깨달았다. 다급한 마음에 이를 악물고 잠시 망설이던 그가 이윽고 나지막하게 속삭였다.

"고 대약사, 황형이 너를 믿으니 나도 믿겠다. 너에게 비밀을 하나 알려 주겠다. 이 비밀은…… 황형조차 알지 못한다."

비연은 태자가 거짓말을 하는 것도, 농담을 하는 것도 아니라는 걸 알아차렸다. 그녀는 마침내 이곳에 남고 싶다는 그의 말이 제멋대로 하는 말이 아니라 진심이라는 것을 깨달았다!

대체 무슨 이유로, 이렇게 작은 아이가 집에 돌아가지 않고 이런 이상한 곳에 남고 싶어 하는 걸까?

불안한 마음에 비연은 재빨리 몸을 낮춰, 아이에게 귀를 가까이 가져갔다…….

이 선량함을 위하여

비연이 다가가자, 태자는 비밀을 말하기로 결심했으면서도 갑자기 머뭇거리며 한참 동안 아무 말도 하지 않았다.

비연이 그런 그를 진지하게 바라보며 부드러운 목소리로 위로했다.

"무서워하지 마. 내가 맹세할게. 절대로 비밀을 남들에게 이야기하지 않을 거야. 정왕 전하께도 알리고 싶지 않다면, 절대로 말하지 않을게!"

태자는 그 흑백이 분명한 커다란 눈을 깜박이며 비연을 바라보았다. 여전히 고민이 되는 모양이었다.

비연은 점점 더 불안해졌다. 정왕 전하는 이 아이를 정말로 아끼고 계셨다. 그리고 아이가 정왕 전하에게 의지하는 걸 보면 두 형제 사이에는 별다른 갈등이 없어 보였다. 이 아이가 집에 돌아가고 싶지 않게 만든…… 이유가 될 만한 유일한 가능성은 바로 천무제였다.

천무제가 어떤 사람인지는 그녀도 너무나 잘 알고 있었다. 천무제가 이 아이를 시켜 정왕 전하에게 무슨 짓이라도 하게 만든 걸까? 그들 형제가 반목하기를 바란 걸까? 아니면 정왕 전하를 해치게 했다거나?

비연이 탐색하듯 물었다.

"부황이, 혹시 네가 하고 싶지 않은 일을 하도록…… 만든 거니?"

태자의 눈빛이 변했다. 비연은 자신의 추측이 옳았음을 깨닫고 계속 탐색해 보았다.

"부황이 너에게 무슨 일인가 시키면서, 정왕 전하에게는 숨기라고 한 거지? 맞지?"

이 말에 태자의 눈이 뜻밖에도 붉어졌다. 태자가 비연을 보고 또 보더니 갑자기 그녀 품으로 뛰어들었다. 그리고 그녀를 단단히 끌어안고 울먹이기 시작했다.

"그들이 시킨 거야! 그들이 계속 나에게 시킨 거라고!"

비연은 태자의 반응이 이렇게 격렬할 줄 몰랐다. 일단 가볍게 등을 두드려 주며 다시 물었다.

"너에게 무슨 일을 시켰는데?"

아이는 와앙, 더 크게 울음을 터뜨렸다.

"살인! 아주 많은 사람을 죽이라 했어! 황형에게 말하면 안 된다고 했어. 부황은…… 말하면, 황형을 북쪽 변경으로 쫓아 버린다고 했어! 그럼 나는 평생 황형을 보지 못할 거라고!"

비연은 굳어 버리고 말았다. 상상했던 것보다 사정이 더욱 심각했다!

그녀는 자신의 귀를 믿을 수 없었다. 이렇게 작고, 이렇게 선량한 아이에게 살인을 시켰다고? 그것도 아주 많은 사람을?

대체 어떻게 된 일일까? 대체 무슨 일인 거지?

그녀가 캐물으려 했지만, 한번 입을 연 태자는 멈추지 않았다. 아이는 이 비밀을 너무나 오랫동안 지켜 왔고, 한참 전부터 도저히 참을 수 없는 상황이었던 것이다!

그러나 그동안은 말할 곳이 없었다. 황형에게도 감히 말할 수 없으니 다른 이에게는 더욱 말할 엄두가 나지 않았던 것이다!

이번 출행도, 그는 도망치고 싶은 마음으로 나온 것이었다. 흥의 살수를 만나지 않았다면 그는 시위들을 벗어나 도망칠 준비를 끝냈을 터였다!

태자가 울면서 말했다.

"아주 많은 죄수를 잡았어. 그리고 나에게 하나하나 죽이라고 했어. 흑흑, 3년이야. 이미 3년이라고! 무서워, 돌아가고 싶지 않아!"

3년이라니! 비연은 비할 데 없이 경악하고, 그보다 더욱 분노하고 있었다!

태자가 비연의 품에 머리를 묻은 채 점점 더 크게 울었다.

"고 대약사, 나는 아주 많은 사람을 죽였어. 심지어 어린애도 하나 죽였어. 나보다 작았는데, 겨우 여섯 살이었는데! 대황숙이 내 손을 잡고, 비수로 그 애의 심장을 찌르라고 했어! 그 애가 계속 나를 봤어. 죽으면서 계속 나를 봤다고! 무서워! 계속…… 그 애의 꿈을 꿔. 사람을 죽이고 싶지 않아…… 다시는 사람을 죽이고 싶지 않아. 나쁜 사람이 되기 싫어! 대황숙은 황제가 되고 싶으면 하찮은 인정 따위에는 매달리지 말라면서, 다른 사람들은 할 수 없는 것을 해야 한다고……. 흑흑, 황제가 되고 싶지 않아! 싫어……."

태자가 비연의 품에서 온몸을 떨며 울었다. 그는 3년 동안 받아 온 강압과 마음속 공포, 억울함을 전부 다 쏟아 내려는 듯 울면서도 계속 말하고 있었다.

비연이 태자를 꽉 끌어안았다. 그녀의 눈가가 붉어지며 젖어 왔다. 마음이 아파 숨조차 쉴 수 없을 지경이었고, 화가 나서 제정신이 아니었다!

어떻게 그럴 수가 있지! 이 아이가 장파 곁에 머물겠다며, 궁으로 돌아가고 싶지 않다고 하는 것도 이상한 일이 아니었다. 장파보다 천무제와 대황숙이 더 두려웠던 것이다. 그들이야말로 진정한 괴물이었다! 대체 얼마나 잔인해야 친아들에게 그런 잔혹한 일을 시킬 수 있을까?

태자의 심성은 또 얼마나 선량한가? 그런 잔혹한 핍박 속에서, 두 손을 피에 적시는 악몽 속에서도 이렇게 부드럽고 선량한 마음과 맑은 눈을 지키고 있다니.

3년 동안, 이렇게 작은 아이가 대체 얼마큼의 인내심으로 이 비밀을 지키고 있었을까. 그가 가장 의지하는 친형에게도 숨겨 가면서, 실마리 하나 남기지 않으면서!

비연은 참을 수 없는 기분에 아이를 꽉 끌어안았다. 자신의 어린 시절이 떠올랐다. 그녀도 악몽을 꿀 때마다 이렇게 울고 무서워했다.

그녀는 이 아이가 가진 공포심과 괴로움을 전부 없애 줄 수 없어 한스러웠다. 그리고 깨닫게 되었다. 집이 있는 아이라고 반드시 집이 없는 아이보다 행복한 것은 아니구나!

비연은 기분을 가라앉히고 세심하게 고민해 보았다. 태자의 말을 들어 보면, 천무제는 도움을 준 것에 불과하고 주모자는 대황숙이었다!

그녀는 대황숙이라는 자에 대해 아는 것이 별로 없었다. 그저 그가 과거 군씨 가문의 대장로라는 것을 알 뿐이었다. 그리고 군씨 가문이 천염국을 건국하자 대황숙은 황제의 자리에 오르지 않고 친동생에게 제위를 양보했다. 그 친동생이 바로 지금의 천무제였다.

10년 동안, 대황숙을 본 사람은 거의 없었다. 외부에 떠도는 소문으로는 그가 은거 중이라고 했다. 그가 기를 수련하는 일에 열광하여, 진기를 회복할 방법을 찾아 10년 내내 빙해의 수수께끼를 쫓고 있다는 이야기도 있었다.

그러나 지금 태자의 말로 미루어 보면 대황숙은 은거 중이 아니었다. 3년 동안 그는 분명 남몰래 진양성을 오갔을 테고, 정왕 전하조차 그 사정을 알지 못했을 것이다.

생각이 여기에 이르자 비연은 갑자기 한 가지 일이 떠올랐다!

태자는 계속 대황숙과 함께 지낸 것은 아니었다. 그러나 정왕 전하는 출생 이후로 대황숙이 데려갔다고 했다!

정왕 전하는 대황숙과 오랜 세월을 같이 보냈다. 그럼 태자가 겪은 일을 정왕 전하도 겪었을까? 어쩌면 살인보다 더 잔인하고 공포스러운 일을 겪은 건 아닐까? 정왕 전하의 그 차가운 성격은, 하루하루, 또 한 해 한 해 핍박받은 결과인 걸까?

정왕 전하의 그 평온하고도 차가운 얼굴을 떠올리자 비연은 심장이 무언가에 물리기라도 한 것처럼 아파 왔다. 그녀는 차마 더 이상 생각할 수 없어 다급하게 물었다.

"대황숙이 아직도 진양성에 있니?"

태자는 그제야 고개를 들고 눈물 가득한 얼굴로 말했다.

"반년 전 북쪽 변경으로 갔어. 하지만 부황은…… 반년 후면 대황숙이 다시 돌아온다고 했어. 고 대약사, 나를 여기 남겨 줘. 응? 제발, 제발 부탁이야!"

비연이 태자의 눈물을 닦아 주었다. 그녀도 이 아이를 돌려보내고 싶지 않았다. 그러나 그녀는 또한 확신할 수 있었다. 이 아이를 여기에 남겨 둘 수도 없다. 이곳에는 알지 못할 위험이 너무 많았다.

잠깐, 반년이라고?

비연의 머릿속에서 반년이라는 단어가 회전하기 시작했다.

그녀가 명을 이어 주는 약을 제때 만들어 내더라도, 천무제에게는 부족하게 느껴질 것이다. 그는 매일 자신이 비축해 둔 약을 먹을 테고, 그런 속도로 간다면 반년은 고사하고 석 달 정도면 그녀의 약에 완전히 속박된 신세가 될 것이다. 그리고 내년 입하 무렵이면, 약이 있다 해도 천무제의 목숨을 구할 수 없을 것이다.

그녀는 계속 의심을 품고 있었다. 천무제가 죽기 전에 어떤 안배를 남길 것인가?

지금 보니 천무제는 이미 후사에 대한 안배를 끝낸 듯했다. 그는 설사 죽는다 해도 태자를 폐하고 정왕 전하에게 제위를 넘기지는 않을 것이다. 그는 대황숙이 돌아와 태자를 통제하기를 기다리고 있다. 바꿔 말하자면, 천무제는 천염국의 대권을 그 신비 속의 대황숙에게 넘길 작정인 것이다!

정왕 전하는 어떤 마음일까? 천무제의 안배를 존중하여 대황숙의 명을 들을까, 아니면 제위를 찬탈할 야심을 지니고 있을까?

태자에게 비밀을 지켜 주겠노라 약속했지만 이렇게 큰일이라니!

비연은 정왕 전하와 한번 이야기를 해 보기로 마음먹었다. 정왕 전하에게 제위를 찬탈할 마음이 있다면 다른 뜻이 있어서가 아니고, 이 어린 태자의 선량함을 위해서일 테고, 비연도 끝까지 도울 것이다!

천무제가 목숨을 부지하고 싶어 한다면 그녀는 천무제를 살아도 죽느니만 못한 신세로 만들어 줄 것이다! 그는 아버지의 자격뿐 아니라 일국의 군주, 만민의 아버지가 될 자격이 없다!

물론, 이 모든 것 전에 이곳을 안전하게 나가야 했다.

비연이 출구의 틈을 바라보았다. 불안한 마음이 들었지만 잠수를 해 보기로 마음먹었다……

그는 다급하다

아이에게 어떻게 설명해야 할지 알 수 없었다. 그래서 아예 설명하지 않았다.

비연이 태자의 눈물을 닦아 준 다음 약 하나를 건넸다.

"나도 너를 데리고 나갈 능력은 없어. 이건 해독약이야. 일단 먹어 봐."

태자는 울면서도 미소 지었다. 기뻐서 웃는다기보다는 용감하게 미소 짓는다는 편이 어울리는 표정이었다.

약을 먹은 후 그는 비연을 다시 한번 안아 주었다.

"고 대약사, 네가 보고 싶을 거야."

비연은 아이의 머리를 쓰다듬을 뿐 아무 대답도 하지 않았다.

곧 태자는 눈앞이 어두워지는 걸 느꼈다. 그리고 바로 혼절했다.

비연이 준 것은 해독약이 아니라, 잠시 숨을 쉬지 않고 죽은 것처럼 보이는 약이었다. 이곳은 오래 머물 만한 곳이 아니었지만 태자를 설득하기 힘들어 보이니, 일단 그를 이곳에서 데리고 나간 뒤에 이야기하는 것이 나았다.

비연은 신중하게 물속으로 들어가 한 바퀴 헤엄쳐 보았다. 그곳이 안전하다는 것을 확인한 그녀는 이번에는 태자를 안고 내려왔다.

출구 틈 사이로 나오는 빛을 보며 마음속 공포를 억눌렀다. 그리고 시간을 지체하지 않고 깊게 숨을 들이마신 다음 잠수해 헤엄치기 시작했다.

그녀는 계속 앞을 향해 헤엄쳤다. 아주 오랫동안 헤엄쳤지만 끝이 보이지 않았다.

잠수는 힘을 상당히 소모하는 일이었다. 혼수상태의 아이를 데리고 있다면 더더욱 그러했다. 비연은 어쩔 수 없이 수면으로 올라와 다시 숨을 들이마실 수밖에 없었다.

수면과 석벽 사이가 아주 좁아, 그녀가 고개를 들자 얼굴이 거의 석벽에 억눌려 숨을 쉬기도 어려울 정도였다. 다시 숨을 들이마신 다음 즉시 잠수해 태자를 끌고 계속 앞으로 나갔다.

그렇게 몇 번에 걸쳐 숨을 바꿔 가며 헤엄쳤다. 그녀가 다시 한번 고개를 들어 숨을 쉴 때는 이미 숨이 가빠 오고 곧 탈진할 것 같았다. 심지어 태자를 잡고 있기도 어려웠다! 점점 더 힘이 빠져 가고 있었다. 그러나 잡고 있을 물건도 없으니 계속 강행하는 수밖에 없었다.

그녀에게는 선택의 여지가 없었다! 속도를 더해야만 했다! 숨을 멈춰 주는 약의 효과가 끝나면 태자가 위험할 테니까!

비연은 억지로 계속 헤엄쳤다. 아주 오래오래. 그러나 끝은 보이지 않았다. 대체 얼마나 긴 수로인 걸까? 그녀는 정말로 버틸 수가 없었다! 속도가 점점 더 느려졌고, 태자는 점점 더 무거워졌다. 그녀는 더 이상 헤엄치지 못하고 가라앉고 있었다.

안 돼!

그녀가 쥐고 있는 것은 자신의 목숨만이 아니었다. 태자의 목숨도 달려 있었다! 그리고 태자는 아직 너무나 어렸다!

비연은 숨을 참으며 계속 앞으로 나가려고 노력했다. 그러나 점차 그녀는 황홀경에 빠졌다. 물속의 모든 것이 출렁거리며 끊임없이 변화하고 있었다.

어지러워!

그녀의 동작이 느려지는 듯하더니 가라앉기 시작했다. 이제 숨을 참을 수도 없었다. 그녀는 자신이 물에 빠지고 있다는 것을 깨달았다.

안 돼! 그럴 수 없어!

이런 느낌이 너무나 무서웠다. 죽음에 직면하는 것 같기도 했고, 죽음의 순간보다 더 무섭기도 했다. 그녀의 몸과 영혼이 생생하게 조각나 흩어지고 있었다.

싫어!

비연은 갑자기 태자를 놓고 두 손으로 머리를 감싸며 더 이상 기억하지 않으려 했다. 이 찰나의 순간 태자는 아래로 가라앉기 시작했고, 그녀도 순간 정신을 차렸다.

세상에! 그녀가 손을 놓았다! 어떻게 이럴 수 있지!

비연이 깜짝 놀라 몸을 떨며 모든 공포심을 잊었다. 그리고 어디서 난 힘인지는 알 수 없었지만 마지막 힘까지 짜내어 아래로 쫓아 내려갔다.

다행히도 그녀는 어린 태자의 손을 잡을 수 있었다. 그리고 바로 위로 올라갔다.

수면 위로 고개를 내민 비연은 얼굴을 석벽에 붙이고 숨을 헐떡였다. 이제 무서워할 여유도 없다. 그녀는 이를 악물고 심호흡을 한 다음 다시 잠수했다.

그녀는 반드시 이 힘을 이용해서 속전속결로 끝내야 했다. 그녀에게는 이제 체력이 거의 남아 있지 않았고, 숨을 멈추는 약의 약효도 거의 끝나 가고 있었다!

힘차게 헤엄쳤다. 힘을 짜내 헤엄쳤다. 두 다리 모두 자신의 것이 아닌 것 같았다. 그러나 그녀의 머릿속에는 오로지 한 가지 생각뿐이었다. 정왕 전하에게 약속했으니 지켜야 한다! 죽더라도 약속은 지키고야 말 테다!

마침내 빛이 점차 밝아졌다. 물도 점점 따뜻해지고 있었다. 비연은 재빨리 물 위로 떠올랐다. 푸른 하늘, 흰 구름…… 찬란한 햇빛! 물가에는 초목이 울창하고, 야생화가 다투어 피어 있었다. 미풍이 불어오고, 새들은 지저귀고…… 이 모든 것이 진짜였다. 비연은 성공한 것이다!

탈출했다!

그녀가 숨을 헐떡이며, 잠시도 쉬지 않고 태자를 물 위로 잡아끌었다.

간신히 뭍으로 헤엄쳐 가 태자를 땅 위로 밀어 올렸을 때, 태자가 갑자기 기침하기 시작했다. 그가 호흡을 회복한 것이다!

비연은 멍해지고 말았다. 위험했다! 조금만 더 늦었다면 그 결과는 감히 상상조차 할 수 없을 정도였다! 그녀는 안도의 한숨을 내쉬고는 태자를 계속 뭍으로 밀어 올렸다.

그와 동시에 군구신이 건너편 산동굴에서 나는 듯이 달려 나왔다. 그림자와 같이, 벼락처럼 빠르게.

그가 땅에 착지했을 때, 마침 비연이 태자를 뭍으로 올리는 장면이 보였다. 태자의 기침 소리도 들렸다. 군구신은 일정한 거리를 두고 소리 없이 다가갔다. 그는 택아가 물에 빠지지도 않았고, 큰 문제도 없다는 것을 눈치챘다. 군구신은 앞으로 나가려다가 갑자기 멈추고, 마치 무언가를 기다리는 듯 응시하기 시작했다.

그가 방금 화랑에서 얼마나 다급했는지는 하늘만이 아실 것이다!

군구신은 화랑에 들어가자마자 백리명천을 떼어 놓고 영술을 운용했다. 눈으로 좇을 수 없을 정도로 빠르게 움직이며 가는 길마다 일부러 기관을 건드려 모든 함정을 작동시켰다. 그러나 그의 속도는 함정이 나타나는 속도보다 빨라 아무 방해도 받지 않고 빠져나올 수 있었다.

그의 심장은 그저 급한 정도가 아니라, 그야말로 제멋대로 뛰고 있었다!

군구신은 비연과 택아가 함정을 피하지 못할까 봐 걱정스러웠을 뿐 아니라, 비연이 택아에게 무슨 짓을 저지르지 않을까도 걱정해야 했다.

자신이 백초국의 세작이라면, 적국의 태자를 죽일 기회를 쉽게 놓치지 않을 것이다!

군구신은 원래 출구를 찾아 나오면 다시 쫓아 들어가 사람을 구할 작정이었다. 그런데 탈출하자마자 이런 모습을 보게 된 것이다.

그는 미동도 없이 바라보았다.

비연은 태자를 뭍으로 올려놓은 후 자신도 땅으로 올라왔다. 태자가 기침을 하자 그녀는 그의 코며 입을 신중하게 살펴보았다. 그리고 태자에게 아무 문제가 없는 것을 확인한 다음 마음을 놓았다.

태자는 아직 혼수상태였다. 비연은 녹초가 되어 그 곁에 주저앉았다. 순식간에 모든 힘이 빠져나간 것처럼 두 어깨 모두 축 처지고, 창백한 얼굴에 입술은 보랏빛으로 죽어 있었다. 그리고 괴로운 듯 숨을 헐떡거렸다.

그녀는 태자를 바라보고, 다시 그 좁디좁은 출구를 바라보았다. 그리고 저도 모르게 두 무릎을 끌어안고 몸을 웅크렸다. 무서웠던 것이다.

비연은 방금 물속에서 아슬아슬했던 순간들을 떠올렸다. 그녀는 익사할 뻔했고, 영혼과 몸이 분리되는 느낌이 다시 나타났다. 게다가 하마터면 태자를 잃어버릴 뻔했다. 이 선량하고 무고한 어린아이를 죽일 뻔한 것이다.

마음 깊은 곳에 억눌러 두었던 공포가 다시금 떠올랐다. 생각할수록 무서워 그녀는 스스로를 더욱더 강하게 끌어안았다.

비연의 눈가가 붉어지더니 눈물이 터져 나왔다. 그녀는 인정했다. 무서웠다. 그러나 눈물이 흐르기 시작하자 바로 눈물을 닦아 냈다. 그녀는 어린아이가 아니니 울어서는 안 된다. 아무리 무서워도 울면 안 되는 것이다. 탈출했으니 웃어야지, 울긴 왜 울어!

군구신이 그녀를 바라보며 저도 모르는 사이에 미간을 찌푸렸다. 그러다 비연이 눈물을 닦는 모습을 보자 마침내 참지 못하고 빠르게 달려 나갔다. 그리고 급한 마음 때문인지, 아니면 화가 나서인지 큰 소리로 외쳤다.

"고비연!"

비연이 멍하니 고개를 돌렸다. 정왕 전하가 눈에 들어왔다. 그녀는 깜짝 놀라 말했다.

"전하……."

군구신이 더더욱 미간을 찌푸리며 그녀 앞에 앉아, 그녀의 눈을 응시하며 물었다.

"왜 그러지?"

비연은 순간적으로 아무런 반응도 보이지 못했다.

군구신의 깊은 눈동자에는 초조한 기색이 어려 있었다. 그는 연이어 질문을 몇 개나 던졌다.

"어떻게 나온 거지? 장파가 너를 괴롭혔나? 부상이라도 입은 건가? 어디 불편한 곳은? 추운가?"

그가 무엇에 화를 내는 걸까

군구신의 질문에 비연은 정신을 차렸다.

눈물을 머금은 눈에 서서히 웃음기를 띠었다. 그녀의 눈물이 별빛처럼 빛나고 있었다.

"정왕 전하, 아무 문제 없습니다. 태자 전하께서도 평안하십니다."

그녀의 미소는 굳세고 아름다웠지만 지켜보는 군구신은 마음이 아파 왔다. 어떻게 그녀에게 아무 일 없다고 믿을 수 있을까?

그는 재빨리 외투를 벗어 그녀에게 덮어 주려 했지만 비연이 즉시 피했다. 군구신의 손은 자신이 충동적이었음을 의식한 것처럼 그대로 굳어 버렸다. 그러나 그의 눈가에는 여전히 통제 불가능한 분노가 희미하게 번쩍이고 있었다.

그는 무엇에 화를 내고 있는 걸까? 그녀에게? 아니면 자신에게?

그 자신도 알 수 없고, 또한 알고 싶지 않은 것 같았다.

군구신의 검고 깊은 두 눈이 비연을 냉랭하게 바라보며 아무 말도 하지 않았다. 그러나 비연은 그의 이상한 점을 눈치채지 못했다. 그는 평소 말을 하지 않을 때도 이리 냉랭하여 도저히 그 속을 알 수 없었던 것이다.

비연은 여전히 웃고 있었다. 왜인지 모르지만 정왕 전하를 보니 갑자기 더 이상 무섭지 않았다. 마음속 공포가 단숨에 사라지고 이유 모를 안전함이 느껴졌다.

태자를 지켰고, 이렇게 빨리 정왕 전하가 안전한 모습을 보게 되다니! 그녀는 정말로 기뻤다.

비연이 웃으며 말했다.

"전하, 마음 써 주심에 감사드립니다. 하지만 햇빛이 이렇게 좋은걸요. 잠시 후면 옷도 다 마를 거예요."

'감사하다'라는 말에, 군구신의 눈빛에 다시 얼마간의 분노가 떠올랐다. 그러나 그 순간 태자가 다시 기침을 시작해 비연의 주의가 흐트러졌기 때문에 그녀는 보지 못했다.

비연은 재빨리 태자를 부축해 일으키고 등을 두드려 주었다. 그리고 그들이 세 번째 문에서 어떤 함정을 만났는지 이야기하기 시작했다. 물론 너무 자세하게 이야기하지는 않고, 자신이 약재의 냄새를 판별해 함정을 적시에 피했다고만 말했다. 그리고 벽화가 전부 사라진 것에 대해서는 아마도 실수로 건드린 기관 때문일 거라고만 말했다.

아무것도 없는 곳에서 약을 만드는 것은 마술이라고 변명할 수 있지만, 아무것도 없는 곳에서 벽화의 안료를 전부 거둬들였다는 것은 어떻게 해도 설명할 방법이 없었다.

"태자 전하께서는 수영을 못하셔서, 제가 대담하게도 전하께 숨을 멈추는 약을 드시게 한 후 모시고 나왔습니다. 지금 약효가 다 되었지만, 아마 잠시 더 혼수상태에 계시다가 깨어나실 겁니다. 몸을 상하게 하는 약은 아니니 안심하셔도 좋습니다."

비연이 여기까지 이야기했을 때에도 군구신은 계속 그녀를 보며 아무 말도 하지 않았다. 비연도 마침내 그가 뭔가 이상하다는 것을 발견했다. 그러나 그녀는 깊이 생각할 겨를이 없어 초조하게 물었다.

"전하, 어떤 위험을 만나셨나요? 백리명천은 아직 안에 있나요? 망 시위는요? 우리 다시 출구를 찾아 들어가 사람을 구해야 하는 건 아닐까요? 망 시위는 분명 그 살수를 당해 내지 못할 텐데……! 너무 위험해요!"

이 말에 군구신의 눈빛이 더욱더 깊어졌다. 그는 이해할 수 없었다. 비연에게는 분명 택아를 죽일 기회가 있었다. 그런데 무엇 때문에 손을 쓰지 않고, 오히려 목숨을 걸고 택아를 구한 걸까?

비록 그녀는 흘러가는 이야기처럼 설명했지만, 그녀의 방금 반응으로 보건대 상당히 힘들게, 심지어 목숨까지 걸어 가며 도망쳐 나온 게 분명했다. 게다가 지금은 망중에게까지 신경을 쓰다니?

택아를 구한 건 군구신 그의 신뢰를 얻기 위해서라 해도…… 망중은 일개 시위에 불과하다. 그녀가 이렇게 관심을 보일 필요가 없는 것이다.

이 순간, 그는 자신의 판단을 의심하고 싶었다. 그러나 그녀가 잠결에 '부황', '모후' 등을 이야기했던 것을 떠올리면, 자신을 설득할 수 없었다. 그녀의 잠꼬대를 설명할 다른 이유를 찾을 수 없었던 것이다.

그녀는 공주다. 이것만은 의심할 수 없다!

그녀와 백리명천의 관계로 판단해 보면, 그녀는 결코 만진국 출신은 아니었다. 천염국과 만진국을 제외하면 현공대륙에 존재하는 황족은 백초국의 우문씨뿐이다.

백초국의 공주가 천염국의 약녀로 위장하여, 암중에서 빙해의 정보를 정탐하고 있다. 세작이 아니라면 달리 이해할 방법이 있을까?

"정왕 전하? 왜…… 그러세요?"

비연의 질문을 듣고 군구신은 겨우 정신을 차렸다. 빙해에서부터 지금까지 그의 기분은 엉망진창이었다.

그는 한마디도 하지 않고 곁으로 걸어가 암호를 하나 쏘아 올린 후 다시 돌아왔다. 그는 비연을 상대하고 싶지 않았지만, 결국 다시 외투를 그녀에게 건네며 냉랭하게 명령했다.

"입어라!"

비연은 여전히 거절했다.

"전하, 저는 춥지 않습니다. 햇볕을 조금만 쬐면 곧 괜찮아질 거예요. 우리 어서 방법을 찾아 망 시위를 구하러 가요!"

군구신은 대답하지 않았다. 대신 그 차가운 시선이 직접 아래로 이동해 그녀의 가슴을 응시했다.

비연이 고개를 숙였다. 밝은 빛깔의 옷이 흠뻑 젖어서 안이 훤히 들여다보였다. 깜짝 놀라 재빨리 두 손으로 가렸다. 그리고 무의식적으로 고개를 들어 보니 정왕 전하가 여전히 그녀를 바라보고 있었다.

두 볼이 붉게 물들었다. 그녀는 자신이 가장 숭배하는 정왕 전하가 이런 호색한이라는 것을 믿을 수 없었다. 그러나 이 순간 그가 계속 보고 있지 않은가?

비연은 당황하여, 재빨리 몸을 돌려 그를 등진 채 멀리까지 뛰어갔다. 그리고 화도 나고 부끄럽기도 해서 소리쳤다.

"정왕 전하!"

군구신의 눈에는 어떤 욕망도 보이지 않았다. 단지 불쾌한 기색만이 있을 뿐이었다. 그는 그녀의 등 뒤로 다가가 직접 자신의 커다란 외투를 입혀 주었다. 그 동작에는 부드러움이라고는 하나도 없이 사납고 강경했다. 그가 냉랭하게 말했다.

"젊은 아가씨가 되어서, 마땅히 주의를 해야 하는 것도 모르느냐?"

이때 주변에서 그들을 찾던 시위들이 전부 나타났다. 비연은 그제야 겨우 정왕 전하의 뜻을 알아차렸다. 그녀는 이제 외투를 사양하기는커녕 차마 움직일 수조차 없었다.

정왕 전하가 방금 그녀를 바라보던 시선을 생각하면 별다른 의미가 있는 것 같지는 않고 그저 매우 사나운 느낌만 들었다. 비연은 자신이 소인배의 마음으로 전하의 뜻을 함부로 평가했구나 생각하며 죄책감을 느꼈다.

군구신은 외투를 꽁꽁 여며 준 다음에도 마음이 놓이지 않는지 갑자기 그녀의 등 쪽으로 가까이 다가왔다. 그의 두 손이 비연의 옆구리를 스쳐 가는가 싶더니 그녀의 상의 단추를 잠가 주고 띠도 잘 매어 주었다. 이 순간 그의 동작은 아주 느렸을 뿐 아니라 매우 부드러운 느낌이 들었다.

비연은 그대로 온몸이 굳어 버리고 말았다. 그녀는 숨조차 제대로 쉬지 못한 채 꼿꼿하게 서 있었다. 정왕 전하는 그녀의 등 뒤에서 약간의 거리를 유지한 채 서 있었다. 심지어 그녀의 등에 스치지도 않았다. 그러나 그녀는 정왕 전하의 품에 안겨 있는 듯한 착각을 느꼈다. 마치 그녀 전체가 그의 맑은 숨결 속에 사로잡히고 보호받는 것 같았다.

그녀는 감히 함부로 움직일 수 없었다. 그러나 눈동자는 전혀 불안하지 않았다. 그녀는 눈을 내리깔고 아래를 바라보았다. 그는 이미 그녀의 단추를 잠가 주고, 그 길고 보기 좋은 손가락으로 그녀의 옷깃을 안으로 여며 주고 있었다.

"전하……."

그녀는 그의 뜻을 알고 있었다. 그녀는 자기 자신이 할 수 있다고 말하고 싶었다. 그러나 너무 긴장한 탓일까, 아니면 부끄러워서일까. 그녀는 그를 한 번 부르는 것 외에는 오래도록 말을 잇지 못했다.

그리고 군구신은 그 말을 들었는지 듣지 못했는지 열심히 그녀의 옆구리에 있는 옷끈을 묶어 주고 있었다.

그의 이 움직임을, 모르는 사람이 본다면 그가 그녀의 옷끈을 풀고 있다고 생각할 것이다! 이 생각이 머리에 떠오른 순간 비연은 스스로에게 놀라고 말았다!

이 초식이 생각보다 쓸모 있는걸

비연은 문득 깨달았다.

정왕 전하가 호색한인 것이 아니라 그녀가 색을 좋아하는 여자였던 것이다!

그녀는 해서는 안 될 생각을 하며 죄를 짓고 있었다!

정왕 전하는 결코 그녀가 넘볼 수 있는 사람이 아니었다! 하물며, 하물며…… 그녀에게는 영 오라버니가 있다. 그녀는 더 이상 단정하지 못한 생각을 해서는 안 된다. 설사 농담이라 해도 안 될 말이다.

영 오라버니를 생각하니 저도 모르게 망할 얼음이 떠올랐다. 그리고 그를 생각하자 빙해안의 오래된 동굴이 떠올랐다. 그녀는 갑자기 가슴이 견디기 어려울 정도로 아파 왔다.

정왕 전하는…… 그녀는 그저 그 모습에 빠진 것일 뿐 다른 생각은 없었다. 그녀는 자신이 결코 함부로 생각해서는 안 될, 가장 생각해서는 안 될 사람이 망할 얼음임을 알고 있었다.

그래, 그를 생각해서는 안 된다. 그를 그리워해서는 안 돼!

그때 군구신이 마지막 옷끈을 묶었다. 두 손을 멈춘 그는 눈빛이 깊게 가라앉았다. 마치 정신이 나간 것처럼.

비연이 갑자기 발버둥 쳐 빠져나가더니 속삭였다.

"감사합니다, 전하. 전하께서 가르쳐 주신 바가 옳습니다.

앞으로 반드시 주의하겠습니다."

군구신의 안색이 살짝 변했다. 그러나 한마디도 하지 않고 몸을 돌려 태자를 향해 성큼성큼 걸어갔다.

태자는 아직 혼수상태였다. 군구신은 그를 안아 시위에게 넘기고는 안전한 곳으로 데려가라고 당부했다. 그러고는 비연에게 눈길 한번 돌리지 않고 시위에게 그녀도 함께 데려가라고 명령했다.

그는 잠시 비연을 보지 않을 생각이었다. 일단 사람이 살고 봐야 했다.

망중도 구해야 하고 홍의 살수도 놓칠 수 없다. 그리고 백리 명천은…… 모든 기관을 작동시켰으니, 아마 운이 아무리 좋아도 그 안에 갇혀 있을 가능성이 높다. 그러니 며칠 내로는 도망쳐 나오지 못하겠지.

군구신이 명령을 끝낸 후 움직이려 하자 비연이 다급하게 외쳤다.

"정왕 전하, 저도 함께 가겠습니다!"

그녀의 청에도 군구신은 대답하지 않고 계속 앞으로 걸어갔다. 명백한 거절이었다.

비연은 다급했다. 시위들을 피해 달려가 군구신 앞을 가로막고 말했다.

"정왕 전하, 망 시위를 구하셔야 할 뿐 아니라 그 살수도 잡으셔야 하잖아요. 그 화랑에는 기관이 많아 바깥 같지 않습니다. 사람을 구하는 건 쉬울지라도 체포하는 것은 어려울 테고,

사람이 하나라도 많으면 도움이 되겠지요. 저는 약재 냄새만으로도 진짜와 가짜를 구분할 수 있으니, 분명 도움을 드릴 수 있을 겁니다. 결코 전하의 발을 잡지 않을 거예요!"

군구신은 그녀를 쳐다보지도 않고 계속 걸어갔다.

비연의 눈에 정왕 전하는 기분이 매우 좋지 않아 보였다. 그러나 왜 그런지는 이해할 수 없었다. 그녀가 다시 그의 앞을 가로막았다.

"정왕 전하, 저는 혼자 힘으로 태자 전하를 모시고 순조롭게 도망쳤습니다. 저를 믿지 못하시겠어요? 지금 상황은 사람을 구해야 할 뿐 아니라 체포도 해야 합니다. 전하 혼자서는 막으려야 막을 수 없는 상황이 생길 수 있습니다! 게다가 제가 정왕부에 있던 석 달 동안 망 시위가 저에게 무척 잘해 주었어요. 지금 망 시위가 어려움에 처해 있는데 제가 어떻게 안심하고 먼저 갈 수 있겠습니까? 망 시위가 안전한 것을 보기 전에는 어디라도 갈 수 없습니다!"

사실 비연이 정말 하고 싶은 말은, 그녀가 안료를 거둬들이면 그를 도울 수 있을 거라는 이야기였다. 그러나 그녀는 이 이야기를 할 수 없었다.

군구신은 여전히 그녀를 못 본 척했다. 비연도 포기하지 않고 계속 그를 따라갔다. 그러나 이제는 그녀도 그에게 어떻게 권해야 할지 알 수 없었다. 그녀는 다급한 마음에, 입을 뿌루퉁하며 애교를 부리기 시작했다.

"정왕 전하, 저를 데려가 주세요……. 네?"

군구신이 경악한 듯 마침내 그녀를 똑바로 바라보았다. 그 모습을 본 비연이 더욱 고개를 들고 불쌍한 얼굴로 말했다.

"정왕 전하, 승낙해 주세요! 부탁이에요……."

비연은 하마터면 그의 손을 잡아끌 뻔했다.

군구신은 그녀를 한번 보고는 바로 그녀의 시선을 피하더니 다시 한번 그녀를 돌아 성큼성큼 걸어갔다. 아니, 걷는다기보다는 도망친다고 말하는 편이 맞았다. 그의 발걸음은 분명 빨라져 있었다.

비연은 절망하여 포기했다. 그녀는 낙담하여 고개를 숙인 채 중얼거렸다.

"정왕 전하……."

이 목소리에 군구신은 발걸음을 멈췄다. 이 순간 그가 어떤 표정을 짓고 있는지는 하늘만이 알 것이다.

그는 고개를 돌리지 않았다. 얼음처럼 차가운 눈빛에 초조한 기색이 엿보였다. 그는 확실히 화를 내고 있었다. 그러나 그는 결국 이렇게 말하고 말았다.

"따라와!"

실망하고 있던 비연은 이 말을 듣자마자, 시들었다가 다시 피어난 꽃처럼 눈빛을 반짝였다. 애교가 여자에게 있어 최고의 능력이라더니, 그 말이 정말이었나 봐!

그녀는 기뻐 어쩔 줄 몰라 하며 빠르게 달려갔다. 그러나 군구신과 어깨를 나란히 하지는 못하고 그의 뒤를 따라가기 시작했다. 그녀는 진지하게 약속했다.

"감사합니다, 전하. 제가 전하를 잘 도와 드릴 거예요. 절대로 제가 발목을 잡는 일은 없도록 하겠어요!"

군구신은 대답은커녕 고개도 돌리지 않은 채 계속 앞으로 걸어갔다. 한 걸음 한 걸음, 무척이나 무거운 걸음이었다.

그는 번뇌에 사로잡혀 있었고 화가 나 있었다. 그러나 자신에게 화가 난 것인지, 아니면 비연에게 화가 난 것인지는 하늘만이 알 것이다!

그때, 그들 등 뒤에 있던 시위들은 눈을 휘둥그렇게 뜨고 있었다. 그들은 눈앞의 광경을 도저히 믿을 수가 없었다. 저 욕망도, 정도 없는 주인이 여자의 애교에 넘어갔다고? 이 일이 밖으로 새어 나간다 해도 믿을 사람은 아무도 없을 것이다!

정왕 전하가 방금 뒤에서 비연을 안고 그녀의 옷을 여며 주던 것을 생각하며 그들은 더더욱 이해할 수 없다는 표정을 지었다. 열흘 전에 망 시위는 그들에게 앞으로 비연을 경계하라고 통지를 내렸던 것이다. 정왕 전하가 저런 태도를 보이시는데, 그들이 무엇을 경계해야 하는 걸까?

시위들은 답답한 것은 답답한 것이고, 감히 시간을 지체할 수 없어 몇 명만 이곳에 남기로 했다. 그리고 나머지는 태자를 호위하여 먼저 떠나기로 했다.

비연은 군구신과 함께 부근의 출구를 찾으며 백리명천의 상황을 물었다. 군구신은 그저 백리명천이 쉽게 빠져나오기 어려울 거라고만 말하고 다른 말은 한마디도 하지 않았다.

비연도, 백리명천이 쉽게 나오지 못할 거라는 말만으로도 충분히 즐거워서 더 이상 묻지 않았다.

비연과 태자가 빠져나온 출구는 산기슭 아래에서 밖으로 흐르는 작은 강과 연결되어 있었고, 군구신이 빠져나온 출구는 산기슭 아래 산동굴이었다. 장파가 이야기한 고묘는 사실 산 아래에 숨겨져 있음이 분명했다. 바꿔 말하자면, 그들은 방금 모두 산속에 있었던 것이다.

곧 비연과 군구신은 지형을 명확하게 파악했다. 두 개의 출구 중간 비탈에서 세 번째 출구를 발견했다. 바로 초목으로 가려진 동굴이었다.

장파가 그들을 세 길로 나누어 가게 한 것은 조금이라도 더 많은 이를 곁에 남겨 두기 위해서였을 것이다. 그러니 그들이 돌아가 사람을 구하도록 내버려 두지 않을 것이다. 그러나 태자가 안전하고, 이 고묘에 출구가 하나가 아님을 확인한 이상 그들은 더 이상 장파의 생각을 존중할 의사가 없었다.

군구신이 앞에서 들어가려 하자 비연이 갑자기 외쳤다.

"잠시만요!"

군구신은 지금도 그녀를 제대로 바라보지 않고 냉랭하게 물었다.

"무슨 일이지?"

"전하, 시위들이 백리명천을 잡지 못할까 봐 걱정되어서요. 만일에 대비하여 먼저 그 출구를 봉쇄해 버리는 건 어떨까요?"

군구신이 마침내 그녀를 돌아보았다. 그의 눈동자가 그녀를 깊이 들여다보더니 말했다.

"좋은 생각이군. 기다려라."

군구신이 돌아가, 날카로운 검기를 몇 번 휘둘러 산동굴 주변의 흙을 무너뜨렸다. 이제 동굴 앞은 아수라장이 된 채 봉쇄되어 빛도 들어가지 않게 되었다.

그제야 비연은 만족하며 군구신을 따라 동굴로 들어갔다.

그들은 무엇을 만나게 될 것인가?

어떻게 이렇게 가깝지

비연의 옷은 아직 마르지 않았고 머리도 축축했다. 그녀는 군구신의 커다란 외투를 잘 여민 채 뒤를 따라갔다. 그런데 그 모습이 뜻밖에도 그의 시종처럼 보여 꽤 익살맞았다.

바깥에는 뜨거운 태양이 내리쬐고 있었지만 동굴 안은 어둡고 서늘했다. 얼마 가지 않아 비연은 저도 모르게 몸을 떨었다.

군구신도 한기를 느끼고 돌아보았다. 그리고 그녀를 위아래로 훑어본 후에 냉랭하게 말했다.

"아직 돌아갈 기회가 있다. 너보다는 본 왕이 망중을 더 잘 구할 수 있을 것 같군!"

그녀가 추워하는 것이 걱정되어 물리치려 하는 걸까, 아니면 의외의 일이 벌어질까 두려워 미리 쓴소리를 하는 것뿐일까? 비연이 보기에 정왕 전하는 그녀가 모험을 하는 것이 싫어 일부러 겁주려는 것 같았다.

이런 엄숙한 분위기가 마음에 들지 않았던 비연은 생글거리며 농담을 시작했다.

"괜찮아요. 전하와 망 시위에게 무슨 일이 생기면 제가 두 분을 반드시 구해 드릴 테니까!"

군구신은 순간 할 말을 잃었다. 그녀의 농담이 전혀 재미있게 들리지 않았다. 그는 그녀를 흘깃 보고는 다시 몸을 돌려 앞으로 성큼성큼 걸어갔다.

왜인지는 알 수 없었지만 그녀는 정왕 전하가 할 말을 잃는 모습이 너무나 좋았다. 이유 모를 익숙한 느낌도 받았고, 조금 친절해 보이기도 했다.

확실히 그는 냉락한 모습보다는 말이 없는 표정에 조금 더 인간미가 있었고, 조금 더 친근감이 들었다.

군구신이 계속 앞으로 걸어갔고 비연도 그 뒤를 따랐다. 통로는 아주 길었는데, 가면 갈수록 어두워졌다. 그렇게 캄캄한 길을 한참 가다 보니 결국 빛을 보게 되었다. 횃불이었다. 그 횃불을 따라 계속 걸어가니 반달 모양의 석문 앞이었다.

석문 안쪽은 봉쇄된 원형의 석실로, 벽에는 작은 흑백 태극도가 빽빽하게 그려져 있었다. 그리고 바닥과 천장에도 각자 한 폭씩 거대한 태극도가 그려져 있었다. 비연은 잠시 응시하는 것만으로도 벽에 그려진 작은 흑백 태극도들이 빙글빙글 도는 듯한 느낌이 들어 재빨리 눈을 피했다.

이 흑과 백에 대해서라면 그녀는 짐작 가는 바가 있었다.

흑색은 송연묵을 사용한 것이다. 글씨를 쓰거나 그림을 그리는 먹은 종류가 아주 많았지만 약재로 쓸 수 있는 것은 송연묵뿐이었다. 송연묵은 맛은 맵고 성질은 따뜻해 간과 신장을 치료할 수 있었다.

그리고 백색은 합분을 사용한 것이었는데, 바로 조개의 껍데기를 갈아서 만든 것이었다. 조개 역시 좋은 약재였다. 성질이 차갑고 맛은 짜니, 복용하면 열기를 식히고 염증을 완화할 수 있었다. 그리고 피부에 바르면 습진과 화상을 치료할 수 있었다.

바꿔 말하면, 이 그림들은 모두 약재니 그녀는 쉽게 이 태극도들을 전부 사라지게 만들 수 있었다.

비연이 주변을 둘러본 다음 안전한 자리를 찾아 손을 대려했다. 그때 군구신이 문 옆에 숨겨져 있던 기관을 발견하고는 우측 벽에 기대서며 냉랭하게 말했다.

"내 등 뒤에 서도록."

비연은 순순히 그의 말을 따랐다. 그녀가 그의 등 뒤로 가자 군구신이 기관을 작동시켰다.

찰나의 순간, 날카로운 화살들이 그들 앞 석벽의 태극도에서 쏟아져 나왔다! 군구신은 즉시 비연을 왼쪽으로 보내 벽에 기대게 하고, 자신의 몸으로 보호했다.

날카로운 화살들이 점점 더 많이 날아오며 오른쪽뿐 아니라 중간을 향해서도 쏟아지고 있었다. 군구신은 비연을 몸으로 덮어 보호하느라 등은 그대로 위험에 노출돼 있었다. 날카로운 화살들이 그의 등을 스치다시피 하며 날아갔다. 너무나 위험했다!

그들에게는 아예 피할 기회조차 없었다! 군구신은 손조차 움직이기 어려운 상황이었다. 살짝 뒤로 움직이는 것만으로도 화살에 맞을 수 있었다.

다행히 화살비는 잠시 동안만 쏟아졌을 뿐 점차 줄어들기 시작해 이내 전부 사라졌다.

이 모든 일이 너무나 빨리 발생해 비연은 제대로 반응할 여유조차 없었다. 화살비가 끝난 다음에야 그녀는 겨우 반응하여 탁한 숨을 토해 냈다.

그녀가 움직이려 하자 군구신이 갑자기, 그의 가슴이 비연의 이마에 닿을 정도로 가까이 다가오더니 차갑게 외쳤다.

"움직이지 마!"

비연은 멍해지고 말았다. 그의 맑은 기운이 얼굴로 훅 끼쳐 오고 그의 무게 역시 느껴졌다. 그녀는 감히 그의 얼굴을 제대로 바라볼 수 없어 고개를 돌렸다. 주변의 공기마저 희박해진 느낌이었다.

정왕 전하…….

비연이 생각을 이어 나가기도 전에 날카로운 파공음이 들려왔다. 고개를 돌려 보니 건너편 태극도에서 날카로운 화살이 여럿 날아오고 있었다. 하나하나, 모두 정왕 전하의 등을 향해서! 이 화살들의 기세는 방금 전보다 훨씬 사나웠다!

비연이 헉, 차가운 숨을 들이마셨다. 정왕 전하가 신중하게 방비하지 않았다면 그들은 벌써 화살에 맞았을 것이다!

이번에는 화살이 끊임없이 날아오며 오래도록 멈추지 않았다. 그들은 화살이 얼마나 날아올지, 또 화살들이 왼쪽으로 날아올지도 알 수 없어 그저 기다리는 수밖에 없었다.

군구신은 물론 바보처럼 기다릴 수만은 없었다. 그는 손을 크게 움직일 수 없어 등 뒤의 검을 뽑을 수는 없었지만, 다리에 숨겨 둔 단검을 뽑아 언제라도 화살을 막을 준비를 했다. 피할 수 없다면, 막으면 된다!

비연이 눈을 크게 뜨고 화살들이 군구신 등 뒤로 날아오는 것을 바라보았다. 그녀는 정말로 걱정된 나머지, 다른 생각을 할 겨를도 없이 있는 힘을 다해 벽에 달라붙었다. 그녀는 당장이라도 자신을 벽 안에 넣어 버리고 정왕 전하를 조금이라도 더 가까이 오게 할 수 없어 안타까울 지경이었다. 그럴 수만 있다면 전하가 화살에서 조금이라도 더 멀어질 텐데!

그녀는 있는 힘을 다해 벽에 달라붙으며 진지하게 말했다.

"전하, 조금 더 가까이 오세요. 저는 괜찮습니다."

군구신은 계속 화살들을 주시하고 있다가 이 말을 듣고 마음이 흐트러졌다. 그의 눈가에 복잡한 빛이 스쳐 갔지만 몸은 움직이지 않았다. 비연이 다시 말했다.

"전하, 저는 괜찮습니다."

군구신은 여전히 움직이지 않았다. 그러나 비연이 다시 권하지 않자 그의 눈빛이 가라앉았다. 원망하는 듯, 밉다는 듯, 혹은 조금 아프다는 듯.

그는 갑자기 그녀를 짓누르듯 가까이 다가갔다. 마치 그녀에게 조금이라도 더 가까이 가지 못해 안타깝다는 듯, 그녀와 하나가 되지 못해 한스럽다는 듯. 그는 그녀를 제 품속으로 끌어들이듯 그녀 가까이 다가갔다.

만약, 예전에 놓치려 하지 않았다면.

만약, 지금…… 놓아주지 않는다면!

비연, 본 왕이 대체 어떻게 해야 너를 놓치지 않을 수 있을까?

군구신의 깊은 눈동자에 점차 사나운 기색이 떠올랐다. 비연의 얼굴이 맞닿아 있는 그의 가슴에서는 심장이 미친 듯이 뛰고 있었다.

너무 가깝다, 정말 너무 가까워!

비록 그녀가 괜찮다고 말을 하긴 했지만 그가 정말로 자신을 눌러 오니 그녀도 안절부절못할 수밖에 없었다. 너무도 가까워서 그녀는 그의 몸 모든 부분을 느낄 수 있었다. 그는…… 그도 이런 느낌일까?

그는 정왕 전하다! 높은 곳에 있는 정왕 전하. 그녀가 가장 존경하고 우러르는, 그녀가 숭배하고 좋아하는 정왕 전하!

어째서 이리도 가까운 것일까?

비연이 당황한 가운데 마음속에 갑자기 익숙한 느낌이 떠올랐다. 이건…… 너무 익숙한 장면이었다!

망할 얼음!

그녀와 망할 얼음이 처음 만났을 때도 이랬다. 그는 그녀를 잡았고, 그녀를 땅에 내리눌렀다.

어째서 느낌이 이리도 비슷할까.

곧, 비연은 이 익숙한 느낌을 지워 버렸다. 그녀는 다시 그를 보고 싶다고 생각해서는 안 되니까. 특히 그와 그녀 사이의 그 여러 가지……들은.

이때였다. 갑자기 날카로운 화살이 왼쪽에 있던 그들을 향해 날아왔다. 군구신은 망설임 없이 한 손으로 비연의 허리를 감싸 안아 제 품에 끌어안은 채, 다른 손으로 단검을 휘두르기 시작했다……

이번에는 내가 당신을 지켜 줄게

날아오는 화살에 비연은 깜짝 놀랐지만 군구신은 담담했다. 단검으로 날아오는 화살을 모두 막음과 동시에 비연을 끌어안은 채 조금씩 뒤로 물러났다.

얼마 지나지 않아 그들은 화살이 닿지 않는 안전 범위까지 물러났다. 그러나 군구신은 여전히 비연을 잡은 손을 놓지 않고 있었다.

너무 놀라 심장이 쿵쾅거리는 바람에 비연은 지금 자신이 강하게 끌어안겨 있다는 사실조차 인식하지 못하고 있었다.

군구신이 단검을 챙기더니 고개를 숙여 그녀를 한 번 보고는, 그다음에야 손을 놓았다.

"괜찮은가?"

그녀를 안전하게 지켰음에도 불구하고 저도 모르게 한 번 더 묻고 말았다.

"저는 괜찮습니다. 전하께서는 상처 입으신 곳 없으신가요?"

비연이 조급하게 그의 등 뒤로 돌아가 살펴보았다. 가장 위험했던 것은 그들에게 날아오던 화살이 아니라 그의 등 뒤를 스쳐 가던, 막으려야 막을 수 없던 화살들이었으니까.

다행히도 그는 부상을 전혀 입지 않았다. 정왕 전하는 외투를 그녀에게 주었기 때문에 달빛처럼 하얀 저포만을 걸치고 있었는데, 몹시도 맑고 고귀한 느낌을 풍겼다. 결코 낭패한 몰골이 아니었다.

그가 냉랭하게 말했다.

"괜찮다."

그때 석실 안쪽에서 우르릉, 거대한 소리가 들렸다. 그들이 고개를 돌려 보니 석실 안, 그들이 들어온 입구 건너편에서 거대한 돌이 천천히 올라가며 새로운 석문이 열리고 있었다.

군구신이 방금 건드린 기관이 입구를 여는 기관임이 분명했다. 다만 살기를 숨긴 기관이었을 뿐이다.

그들은 지난번을 거울삼아 바로 들어가지는 않았다.

군구신도 의심스러워하고 있는데, 문이 열리려는 순간 비연이 먼저 말했다.

"전하, 이 길은 무척 이상합니다. 화살이 안에서 쏟아져 나왔어요!"

군구신이 의심스러워하던 부분도 바로 그것이었다. 이치상으로는 이 길에 있는 기관과 함정은 안을 향했어야 했다. 그래야 도망치려는 사람을 잡을 수 있을 테니까. 그리고 이렇게 심한 살기를 풍기지는 않아야 했다.

어째서 밖을 향하고 있는 걸까? 그리고 이 화살비는 사람을 잡는 것이 아니라 죽이려는 것 아닌가!

군구신이 나지막하게 말했다.

"이 길은 다른 두 길과 다른 듯하니 조심해야겠군."

그들은 한참 기다렸다. 그리고 더 이상 화살이 기습적으로 나오지 않는 것을 확인하고 나서야 다시 걷기 시작했다.

군구신이 땅 위의 날카로운 화살을 집어 들었다. 화살 끝은 흑색과 백색이 섞여 있었다.

방금의 화살들은 태극도 안, 음양이 얽히는 중앙에서 나왔다. 그러나 원형의 석실 벽, 바닥, 천장에 그렇게나 많은 태극도가 있으니, 이 안 어디에 화살이 숨겨져 있고 어디에 없을지는 하늘만이 알 것이다.

이렇게 폐쇄된 공간이니, 상황을 모르는 이가 잘못 들어오기라도 했다면 무공이 아무리 뛰어나더라도 이 재난을 피할 수 없었을 것이다!

군구신이 석문으로 다가가 열심히 태극도를 살펴보기 시작했다. 그는 비록 아무 말도 하지 않았지만 비연은 그가 화살이 나오는 곳을 찾고 있다는 걸 알아차렸다. 그녀가 속으로 중얼거렸다.

'정왕 전하, 이번에는 제가 구해 드릴게요!'

그녀가 조심스럽게 군구신 곁으로 다가가 왼손을 살짝 벽에 짚었다. 그리고 재빨리 소리 없이 벽을 따라 훑어 내렸다. 벽에는 태극도가 가득해 빈 공간이라고는 전혀 없으니, 비연은 보지 않고도 모든 안료에 닿을 수 있었다.

그녀의 눈가에 살며시 교활한 빛이 스쳐 갔다. 그녀는 몰래 약왕정의 저장 기능을 활성화시키며 일부러 긴장한 척 물었다.

"전하, 어떻게 하죠? 들어갈까요?"

군구신이 대답하려 하는 찰나였다. 석실 안의 모든 태극도가 순식간에 사라지고 석실의 실제 모습이 눈앞에 드러났다.

벽이며 천장에는 수많은 구멍이 뚫려 있었다. 방금의 태극도처럼 많지는 않았지만 그래도 빽빽하다고 말할 수 있을 정도였다. 그리고 바닥에는 무수히 많은 원형 기관이 설치되어 있어 사람들이 쉽게 피하기 어려울 듯했다. 이 기관을 밟기만 하면 날카로운 화살이 발사될 것이다.

군구신은 이렇게 밀집된 기관에 놀라면서, 방 안을 가득 채우고 있던 태극도가 사라진 것에 더욱 경악했다.

그는 바보가 아니었다! 그가 바로 비연을 돌아보았다. 비연은 손을 거두고 경악한 표정으로 그를 보고 있었다. 그녀가 고개를 갸웃하며 물었다.

"전하, 저와 태자 전하도 이런 상황을 만났던 걸까요? 우리도 방금 무슨 기관이라도 건드렸던 걸까요?"

군구신이 그녀를 응시했다. 비연도 더 이상 말하지 않고, 있는 힘을 다해 눈을 크게 뜨며 자신도 놀랐음을 증명하려고 애썼다.

군구신이 계속 바라보자 비연은 마음이 켕겨 와 결국은 입을 열려고 했다. 그러나 군구신은 더 이상 추궁하지 않고, 팔을 뻗으며 냉랭하게 말했다.

"이리 와."

오라고? 무슨 뜻이지?

비연이 쳐다만 보는 사이에 군구신이 다가오더니 그녀의 허리를 끌어안았다. 그러고는 그녀를 보지 않고 냉랭하게 말했다.

"본 왕이 너를 데려가겠다."

그의 행동에 조금 전의 친밀함이 떠올라 비연은 귓불까지 붉어져 버리고 말았다.

"전하, 안심하세요. 기관들을 밟지 않을 거예요!"

그녀는 재빨리 그에게서 벗어나 석실 가득한 기관 사이를 뛰어 먼저 석문 안으로 들어갔다.

군구신의 손이 잠시 허공에 머물러 있다가 곧 아래로 내려왔다. 그는 무엇인가 강하게 참는 듯 주먹을 쥐더니 곧 그녀를 따라 들어갔다.

석문 안으로 들어가 짧은 통로를 지나니 갈림길이 나왔다. 왼쪽도 오른쪽도 어둡기만 했다.

군구신과 비연이 가까이 다가갔다가 순간적으로 헉, 숨을 들이마셨다. 왼쪽을 보건 오른쪽을 보건 바닥에는 붉은 우미인이, 양쪽 벽에는 사람들이 가득 그려져 있었다. 빛이 충분하지 않으니, 제대로 살펴보기 전에는 벽에 사람들이 서 있는 것으로 착각하기 십상이었다!

군구신과 비연은 가까이 다가간 후에야 이들이 모두 '장파'임을 알아차렸다. 남자 옷에 여자의 머리 장식, 그리고 음양이 섞인 얼굴. 몇 대째 장파인지 알 수는 없었지만 이곳에 그려진 것을 보니 신분이 평범하지는 않을 것 같았다!

군구신은 지니고 다니던 패옥을 하나 통로 안으로 던져 보았다. 바로 양쪽 벽에서 날카로운 암기들이 쏟아져 나왔다.

군구신이 비연을 흘깃 보고는 몸을 돌려 다른 통로로 향했다. 그가 그녀에게 일부러 기회를 주고 있다는 사실을 비연이 어찌 알 수 있겠는가. 그녀는 재빨리 손을 뻗어 벽화에 얹었다.

그녀는 원래 이 길이 온통 벽화니 약의 양이 적지 않으리라 예상은 했다. 그러나 그녀가 일단 약재를 받아들이기 시작하자 결코 끝이 나지 않았다.

벽화는 이미 전부 사라진 상태였다. 그러나 약왕정은 계속 안료를 약재로 받아들이고 있었다! 의심할 바 없이 이 길 안에는 훨씬 더 많은 벽화가 있는 것이다!

약왕정이 멈췄을 때 비연은 어지러울 정도였다. 받아들인 약의 양에 그녀는 경악하고 있었다. 그리고 그녀를 가장 경악시킨 것은, 다른 길의 벽화 역시 전부 사라졌다는 사실이었다. 바꿔 말하면, 이 갈림길은 사실 연결되어 있다는 이야기였다!

군구신이 돌아보자 비연은 다급하게 손을 내렸다. 그는 그녀의 손을 흘깃 보기만 했을 뿐 특별히 탐색하지는 않고 냉랭하게 물었다.

"어느 길로 가면 되지?"

비연이 아무리 멍청하게 굴려 한다 해도, 그가 자신을 의심하는 걸 모를 수는 없었다. 그녀가 어색하게 웃으며 말했다.

"전하께서 결정하십시오."

그림이 사라지고 나니 두 길의 함정이며 기관이 모두 나타났고, 차이는 크지 않았다. 그녀는 안료를 회수할 수 있을 뿐이지 어느 길로 가야 하는지는 알 수 없었다!

군구신이 왼쪽을 선택했고, 비연도 서둘러 따라갔다.

두 사람이 기관을 피하며 걸어간 지 얼마 되지 않아 다시 세 갈래 길을 만났다. 그러나 이 세 갈래 길에는 벽화가 없었고, 기관도 전부 드러나 있었다. 그들은 아무렇게나 길을 하나 골라 앞으로 나갔고, 계속 연이어 갈래 길을 만나게 되었다. 그제야 비연과 군구신은 자신들이 미궁에 들어왔음을 알아차렸다!

길마다 함정이 가득한 미궁이라니! 도망치는 것은 말할 것도 없고 살아남는 것도 쉽지 않아 보였다!

비연은 자신이 약재를 받아들일 수 있어 다행이라 생각했다. 군구신도 역시 다행이라고 생각했다. 비연을 데려오지 않았다면 그의 영술로 그 자신은 도망칠 수 있었다. 그러나 망중을 구하거나 홍의 살수를 잡는 것은 아마 불가능할 것이다.

그런데 이 길은 정말로 장파가 사람을 남기기 위해 만든 걸까?

망중과 홍의 살수는 살았을까, 죽었을까?

그리고 지금 어디에 있을까?

닿지 않는 현빙玄氷

기관과 함정이 없는 미궁이라면 군구신에게는 어려울 일이 없었다!

비연이 기호를 적어 두려 했지만 군구신이 그런 그녀를 제지했다.

"그럴 필요 없다. 내가 기억할 수 있으니까. 누군가가 기호를 바꿔 놓으면 오히려 귀찮아진다."

비연은 그제야 이 방법의 위험성을 깨닫고 속으로 감탄했다. 어두운 미로는 모두 같아 보이니, 분별하려면 기호에 의지하기보다는 방향 감각에 의지하는 편이 맞았다.

두 사람은 계속 기관을 피해 앞으로 나아갔다. 그리고 그들이 사라진 지 얼마 되지 않아 장파가 소리 없이 나타났다.

그는 그들의 뒷모습이 어둠 속에 사라질 때까지 지켜보았다. 그 기이한 얼굴에 점차 경악의 표정이 나타났다.

군구신과 비연이 들어온 후, 그는 계속 암중에서 그들을 주시하고 있었다. 그들이 그렇게 빨리 탈출한 것도 이상한데 이 길로 다시 돌아오기까지 하다니!

물론 그가 가장 기이하게 여기는 것은 바로 비연의 능력이었다. 저 여자는 대체 어떻게 벽화를 전부 사라지게 만든 걸까? 저 여자의 손에는 대체 어떤 비밀이 숨어 있지?

장파는 석벽을 짚었다. 그리고 무슨 생각을 한 것인지 입가가 살며시 올라가더니 잔잔한 미소를 띠었다. 어느 방향에서 보건 이 미소는 정말로 아름다웠다!

그는 더 이상 비연 일행을 따라가지 않고 다른 쪽 길을 택해 빠르게 사라졌다.

족히 한 시진 동안, 비연과 군구신은 같은 길을 두 번 가지 않고 돌아다녔다. 그러나 그들은 망중과 홍의 살수를 찾지 못하고 있었다. 그들은 마침내 자신들이 이 미궁을 너무 쉽게 보았다는 사실을 알아차렸다. 이 미궁은 그들이 생각한 것보다 훨씬 큰 것이 분명했다!

잠시 쉰 다음 군구신이 말했다.

"계속 걸을 수 있겠어?"

비연이 바로 정신을 차리고 대답했다.

"전하, 제 생각엔 이대로 걷는 것만이 능사는 아닌 것 같아요. 차라리…… 뱀을 굴에서 끌어내는 편이 어떨까요?"

그들이 소리를 낸다면 홍의 살수와 망중이 듣고 쫓아올지도 모른다.

비연이 이렇게 말했을 때 마침 그들 앞쪽에서 다급한 발걸음 소리가 들려왔다. 누군가가 오고 있다!

군구신은 즉시 비연을 끌어안고 빠르게 통로 밖으로 나와 다른 통로로 숨었다. 잠시 후, 그 자리에 나타난 사람은 바로 장파였다! 그는 통로 밖으로 나온 후 오른쪽으로 돌아 갈림길로 들어섰다.

비연이 속삭였다.

"전하, 따라갈까요?"

군구신 역시 같은 생각이었다. 그가 비연을 데리고 소리 없이 쫓기 시작했다. 그러나 너무 가까이 갈 수는 없었다.

군구신은 쫓아가면서 방향을 가늠해 보고, 곧 장파가 빙글빙글 돌고 있다는 것을 깨달았다. 한 바퀴, 한 바퀴, 원이 점차 작아지고 있으니 곧 미궁의 중심으로 가게 될 것이다.

설마, 망중과 홍의 살수가 미궁의 중심에 갇혀 있는 걸까?

가고 또 가노라니, 전방에 거대한 석문이 홀연히 나타났다. 정말로 미궁의 중심에 도착한 모양이었다. 장파의 걸음은 분명 전보다 조급해져 있었다.

장파가 재빨리 안으로 들어가자 군구신도 그제야 비연을 놓아주었다. 두 사람도 소리 없이 따라 들어갔다.

곧, 그들은 눈앞에 펼쳐진 모습에 경악했다.

석문 안은 거대한 원형의 석실이었다. 석실 중앙에는 원형의 못이 있고, 못에는 얼음으로 만든 조각이 하나 있었다. 자세히 보니 그 안에 사람이 들어 있었는데, 남자의 흰 옷에 여자의 머리 장식, 그리고 음양의 얼굴까지…… 바로 미궁 석벽에 그려져 있던 그 사람이었다!

비연이 미간을 찌푸린 채 바라보았다. 보면 볼수록 진짜 같지가 않았다. 그녀는 이 얼음이 대체 무슨 얼음이기에 물 위에 뜬 채 녹지 않는 것인지 알 수 없었다. 그리고 그 조각 안에 갇힌 사람도 제대로 분별할 수 없었다. 누군가의 시신인지, 아니면 누군가의 초상인지.

장파가 조각 앞에 잠시 서 있더니 갑자기 몸을 위로 날렸다. 조각의 밑받침을 밟고 선 그는 무언가를 찾는 것 같았다.

무슨 영문인지 알 수 없어 비연뿐 아니라 군구신도 답답했다. 그때였다. 원래 잔잔하던 못의 수면에 파문이 일기 시작했다. 장파가 신중하게 바로 고개를 숙였다.

홀연히, 누군가 물속에서 날아올랐다. 바로 백리명천이었다. 조각 밑받침에 착지한 그는 온몸이 젖어 있는 데다 온갖 부상을 입어 꼴이 말이 아니었다.

그가 장파를 보았고, 장파도 그를 보았다. 장파가 즉시 발길질을 했지만 백리명천은 쉽게 피했다. 그리고 불시에 장파의 어깨를 공격했다.

장파 역시 공격했으나 그의 손은 마치 무언가에 견제당하는 것처럼 어눌했고, 백리명천은 그것을 막아 냈다. 반면에 백리명천의 일격은 장파의 어깨를 정확히 강타했고, 장파는 사납게 떨어져 내렸다.

공교롭게도 그는 군구신과 비연 앞으로 떨어져 내렸다. 이때 백리명천도 군구신과 비연을 발견했다. 백리명천이 매우 놀란 듯했지만 곧 정신을 차리고 검을 뽑았다.

"군구신, 와라!"

도화곡에서 비연에게 중독당했던 때를 제외하면 백리명천은 평생 이렇게 화가 난 적이 없었다.

그와 군구신은 동시에 두 번째 화랑의 통로로 들어갔다.

백리명천이 기관을 찾고 있는데 군구신이 선수를 쳐, 일부러 기관을 발동시켜 그를 함정에 빠트렸다.

그가 기관을 피하고 나니 군구신은 보이지 않았다. 백리명천은 앞으로 갈 수밖에 없었다.

그런데 누가 알았을까? 앞에 있던 기관 모두를 누군가가 건드려 둔 다음이었다. 아주 명백하게 피할 수 있는 기관까지 모두 작동되고 있었다.

백리명천은 계속 칼의 산을 지나고 불바다를 건너는 식으로 온갖 고생을 해야 했다. 몇 번은 어쩔 수 없이 그 함정들을 직접적으로 받아들이며, 고통을 참고 넘어갈 수밖에 없었다.

다행히도 그 통로에는 짧은 수로가 있었다. 그것이 아니었다면 그도 자신이 언제 도망칠 수 있었을지 몰랐을 것이다!

백리명천은 뭍의 기관을 피해 물속으로 잠수해 들어갔다. 지하 하류와 바깥의 하류는 서로 통해 있어 그는 쉽게 출구를 찾을 수 있었다.

그는 단숨에 잠수해 들어갔으나, 뜻밖에도 출구가 거대한 바위와 진흙으로 막혀 있었다. 군구신이 아니라면 또 누가 한 짓이겠는가?

그는 분노로 이를 갈았다. 당장이라도 뭍에 올라 군구신과 결판을 내고 싶었다. 그러나 그는 다시 잠수해 들어갔다. 그는 비연이 걱정되었고, 홍의 실수를 놓아주고 싶지도 않았다.

백리명천은 세 번째 통로로 잠수해 들어갔으나 비연 일행을 발견하지 못했다. 그래서 하류를 따라오다 보니 이곳을 찾아낸 것이었다. 물론 이곳에서 군구신을 만나게 될 줄은 몰랐지만.

백리명천의 검이 살기등등하게 덮쳐 왔다. 군구신이 한 손으로 비연을 꽉 안으며 다른 한 손으로 검을 뽑아 응전했다. 비연이 있으니 백리명천이 독을 쓰는 것은 걱정되지 않았다. 비연을 지키면서도 그는 여전히 우세를 점하고 있었다.

백리명천은 진심이었다. 비록 우세를 점하지는 못했으나 초식마다 잔인한 살기가 넘쳐났다.

두 사람이 격전을 벌이는 동안 비연은 장파 쪽을 주시하고 있었다. 백리명천의 일격이 얼마나 악랄했던지, 장파는 계속 선혈을 토해 내며 일어나지 못하고 있었다. 그러나 계속 손을 앞으로 쭉 뻗어 더듬거렸다. 무엇인가를 찾고 있었으나 손이 닿지 않는 듯했다.

거리가 있어 비연도 제대로 볼 수 없었다. 군구신이 백리명천을 쫓아 비연을 데리고 날아갔을 때야 겨우 제대로 상황을 파악할 수 있었다.

그녀는 경악했다!

장파의 손에서 한 자 떨어진 곳에 투명한 열쇠가 하나 있었다. 그것은 현빙으로 만든 것 같기도 하고 수정으로 만든 것 같기도 했다.

장파가 손을 뻗어 어떻게든 그 열쇠를 잡으려 했지만 아무리해도 닿지 않았다. 그의 빼빼 마른 손목이 넓은 소매 틈으로 빠져나왔는데, 손목 위로 수갑이 보였다.

연아, 위험해

비연은 장파 손목의 수갑을 보고 깜짝 놀랐다.

그녀가 다시 바닥에 떨어진 투명한 열쇠를 바라보았다. 의혹이 올라오기 시작했다. 저 열쇠가 장파 손목의 수갑에 맞을까? 그가 방금 그리도 다급하게 이곳으로 온 이유가 저 열쇠를 찾기 위해서였을까?

저 수갑은 어떻게 된 거지? 한 손만 묶여 있나? 어째서 수갑의 쇠사슬이 보이지 않지? 누가 묶어 둔 것일까?

열쇠가 여기 있는 걸 알면서도 왜 지금까지 기다린 걸까? 설마, 전에는 이 미궁의 중심에 올 방법이 없었던 걸까?

비연의 마음에 의혹이 가득 차올랐다. 하지만 더 이상 생각할 겨를이 없었다. 그녀는 열쇠가 가장 중요하다는 사실을 이해했다. 반드시 장파보다 먼저 열쇠를 가로채야 했다.

그러나 감히 군구신을 방해할 수도 없었다. 그저 군구신이 속전속결로 끝내 주기만을 기다릴 뿐이었다.

군구신이 계속 공격을 퍼붓고, 백리명천은 계속 방어했다. 백리명천이 독을 쓰려 했지만, 군구신은 방어하거나 물러서지 않고 계속 강하게 공격해 그를 압박했다.

군구신은 지금 숨길 게 전혀 없었다. 백리명천의 독을 피하는 것도 그렇게 어렵지 않았다. 또 비연이 곁에 있으니 예전처럼 백리명천의 독을 무서워할 필요도 없었다.

장파가 욕망도 구함도 없기에 대적할 적이 없다고 한다면, 군구신은 두려움이 없기에 그에게 대적할 적이 없는 상태였다.

지난번 두 번에 걸쳐 백리명천이 비연을 납치했고, 그래서 그의 검을 맞으면서도 우세를 점할 수 있었다. 그러나 지금 군구신은 아무것도 두렵지 않았으니 더 이상 백리명천에게 승기를 내주지 않을 것이다!

백리명천은 처음에는 더 나아가기 위해 일단 후퇴했지만, 몇 초식 이후에는 완전히 방어하며 피하기만 하는 상태가 되었다. 어떻게 해도 공격할 기회를 잡을 수가 없었다.

그는 본래 부상을 입은 데다 초식을 더할수록 피로가 몰려왔다. 그저 순수하게 분노에 의지해 버티고 있을 뿐이었다. 그의 아름답고 매혹적인 얼굴이 고집으로 인해 계속 팽팽하게 긴장해 있었다.

그는 더 이상 요사스러운 매력을 풍기는 황음무도한 황자가 아니었다. 이 순간 그의 표정은 그저 고집스러운 사내아이일 뿐이었다!

다시 몇 초식을 주고받았다. 군구신이 갑자기 칼날을 눕혔고, 검날이 백리명천의 목을 겨냥했다. 승부가 결정되었다!

백리명천이 승복하지 않고 움직이려 했다. 그러나 군구신이 손에 살짝 힘을 더하자 검날이 바로 그의 목을 파고들었다. 선혈이 흘러나오며 검날이 붉게 물들었다. 마침내 백리명천이 조용해졌다.

비연은 계속 군구신이 속전속결로 끝내기만을 기다렸지만, 이 모습을 보자 이유 없이 당황스럽고 두려웠다. 그래서 더 이상 보지 않기로 하고, 다급하게 군구신의 손에서 벗어나 장파 쪽을 향해 달려갔다.

"비연, 멈춰!"

"연아, 위험해!"

군구신이 그녀에게 멈추라 소리쳤을 때 백리명천도 똑같이 외쳤다. 다만 군구신의 목소리가 차갑고 날카로웠기에, 피로에 지쳐 쉬어 버린 백리명천의 목소리가 묻혀 버리고 말았다.

비연은 그 열쇠에 집중하고 있어 백리명천의 고함에 주의를 기울이지 않았지만, 군구신은 그 소리를 분명히 들을 수 있었다. 놀란 군구신이 차갑고 어두운 눈길로, 마치 무엇인가 발견한 듯 백리명천을 바라보았다.

백리명천도 자신이 위급한 상황인 것을 잊은 듯이 행동한 것에 놀라고 있었다. 그는 군구신의 시선을 받자 무의식적으로 피하려 했다.

군구신은 백리명천을 흘깃 보고는 더 이상 시간을 지체하지 않았다. 즉시 백리명천을 사로잡은 채 비연을 쫓아갔다.

장파는 지금까지도 바닥에 쓰러져 있었다. 부상이 심한지, 계속 열쇠에 닿지 못하고 있었다.

비연이 다급하게 열쇠를 주웠다가 깜짝 놀라 하마터면 떨어뜨릴 뻔했다. 이 열쇠는 너무나, 너무나 차가웠다! 수정으로 만든 것이 아니라 현빙으로 만든 것이었던 게다.

10년 이상 녹지 않은 얼음을 현빙이라 한다. 빙해를 봉쇄하고 있는 그 수 장 길이의 얼음도, 천 년이 지나도 녹지 않았기 때문에 역시 현빙이라 불렸다.

비연 생각에, 이 열쇠의 재질은 저 얼음 조각과 똑같이 수백 년은 된 현빙임에 틀림없었다. 어쩌면 천 년이 넘도록 녹지 않았던 현빙인지도 모른다.

열쇠의 크기가 작아서 다행이었다. 조금만 더 컸다면 그 한 기 때문에 비연은 아마 손에 쥐고 있을 수도 없었을 것이다.

비연이 한기를 참으며 열쇠를 쥐고 즉시 멀리 물러났다. 그때 군구신과 백리명천도 그 열쇠를 발견하고, 장파 손목에 있는 수갑을 알아챘다. 두 사람 모두 깜짝 놀랐다.

장파가 고개를 들었다. 입가에 피를 머금은 그는 초조한 듯 미간을 찌푸리고 있었다.

"그건 네 물건이 아니다. 돌려줘."

비연을 향해 말하는 그의 목소리는 음양이 섞인 것이 아니라 순수하게 낮은 남자의 목소리였다.

비연은 손수건을 꺼내 열쇠를 감쌌다. 그리고 제법 흥미롭다는 듯 물었다.

"이 열쇠는 확실히 내 것은 아니지. 하지만…… 네 것도 아니잖아? 말해 봐, 너도 이 미궁을 빠져나가지 못한 거지?"

장파가 그녀를 바라보며 대답하지 않았다. 비연이 다시 말했다.

"너 자신도 이 미궁을 빠져나가지 못하면서 무엇 때문에 사람들을 불러들인 거지? 망 시위와 그 살수는 어디 있고? 그들을 어디에 가둔 거야?"

망중과 홍의 살수가 미궁 안에 있다면 벌써 그들과 만났을 것이다. 그들은 아마 이 미궁에 오지도 못하고 어디인가 갇혀 있을 가능성이 높았다.

장파가 마침내 입을 열었다.

"열쇠를 돌려주면 말해 줄게."

"네가 지금 조건을 이야기할 처지라고 생각해? 네가 말해 주지 않아도 내가 찾아내면 그만인걸! 내가 찾아내고, 하하, 이 열쇠야 내가 가져가면 그만이지."

이 미궁은 분명 이 고묘에서 가장 위험한 곳일 게다. 그런 이곳도 순조롭게 들어온 그들에게 다른 곳이야 말해 무엇할까?

장파의 유일한 협박은 그들을 고묘 안에 가두겠다는 것이었다. 그러나 그 협박은 이제 무용지물이 되었다.

"기, 기다려! 내가, 내가 말해 줄 테니까!"

장파가 마침내 초조한 표정을 드러냈다. 이 순간 그는 진정한 자신을 드러낸 듯, 명백하게 제 기분을 드러냈다. 더 이상 전처럼 담담하지 않았다.

망중과 홍의 살수는 비연의 짐작대로 갇혀 있었다. 장파가 그 위치를 말해 주었다.

군구신이 백리명천을 끌고 망중을 찾으러 갔고, 비연도 재빨리 그 뒤를 따랐다. 비연은 장파가 열쇠에 집착하는 것을 보았기에, 자신에게 열쇠가 있는 한 장파가 함부로 굴지 못할 거라고 안심했다.

그들은 곧 망중을 찾아냈다. 그는 지하 감옥에 갇혀 있었다.

망중은 비연과 백리명천을 보고는 경악한 표정으로 군구신을 향해 다급하게 물었다.

"주인님, 태자 전하는요?"

군구신이 답했다.

"아무 문제 없다."

망중이 비연을 바라보았다. 궁금한 게 많았지만 그는 더 이상 묻지 않았다.

그의 시선이 이상하다는 것을 눈치채지 못한 비연이 재빨리 함정을 파해한 다음, 손을 내밀며 기쁘게 말했다.

"망 시위, 부상은 입지 않은 것 같네요. 다행이야!"

맑게 웃는 그녀의 얼굴을 바라본 망중은 심정이 복잡해졌다. 그는 잠시 머뭇거리다가, 비연의 손을 잡지 않고 혼자 기어 올라왔다!

비연이 박수를 쳤다. 그녀는 망중이 그녀의 손을 잡기 부끄러워한다고 여겼던 것이다. 그녀가 웃으며 독약을 한 알 내밀었다.

"망 시위, 가죠! 어서 그 살수를 잡으러 가요!"

군구신이 백리명천을 잡고 있는 한 살수를 이기기는 어려울 것이다. 그러니 망중에게 그 홍의 살수를 잡게 하는 수밖에 없지만, 망중의 실력으로는 아마 그 살수를 잡지 못할 것이다!

비연은 당연히 독약으로 홍의 살수를 견제할 생각이었다.

이제 그 홍의 살수의 진짜 얼굴을 볼 때였다…….

의외의 신분

비연의 손에 들린 독약을 보고 망중은 속으로 경계하기 시작했다. 그러나 정왕이 허락하는 눈빛을 보내자 바로 받아 들었다.

그들은 장파가 알려 준 길을 통해 빠르게 홍의 살수를 찾아 나섰다. 홍의 살수는 쇠창살과 석벽 사이에 끼인 채 옴짝달싹하지 못하고 있었다.

비연 일행을 발견한 그가 눈을 크게 떴다. 그의 표정은 그야말로 복잡 그 자체였다!

군구신은 일관된 차가운 표정을 짓고 있었고, 백리명천은 지금도 불쾌한 듯 얼굴을 굳히고 있었다.

세상에 직업 살수는 쇠털만큼 많다. 본래 돈을 받고 일을 하는 이라면, 마음에 절대적인 입장이라는 것이 없는 법이다. 그들이 어떻게 생겼는지, 성은 무엇이고 이름은 무엇인지도 중요하지 않았다. 가장 중요한 것은 그를 고용한 자가 누구인지 하는 것이었다.

보통 사람이라면 아마도 직업 살수의 신분에 흥미를 느끼지 않을 것이다. 물론 세상에는 이름만으로도 사람을 놀라게 할 수 있는 유명한 직업 살수도 있다. 그러나 군구신과 백리명천은 아무리 유명한 살수라도 안중에 두지 않는 사람들이었다.

그들은 이 홍의 살수의 진짜 얼굴에는 관심이 전혀 없었다.

그들이 바라는 것은 다만 그를 이용해 기씨, 소씨 가문을 대적하는 것뿐이었다.

그러나 비연은 매우 흥미가 있었다. 물론 그녀는 홍의 살수의 신분보다는 그의 외모에 더 관심이 많았다.

장파는 홍의 살수의 눈매와 얼굴형만을 보고 완벽한 얼굴을 몇 장 그려 냈고, 그녀는 그것들을 모두 기억하고 있었다. 그녀는 장파가 홍의 살수의 얼굴을 대체 어느 정도나 비슷하게 그렸을지 궁금했다.

비연이 기대하는 얼굴로 웃으며 말했다.

"망 시위, 저자의 복면을 벗겨 줘요!"

그러나 망중이 움직이기도 전에 홍의 살수가 다급하게 입을 열었다.

"잠시만!"

그가 군구신을 보며 진지하게 말했다.

"정왕, 제가 전하의 손에 떨어진 이상 예전에 했던 말은 모두 책임지겠습니다. 이 사건에 한해, 기씨와 소씨 가문에게 어떻게 대적하건 저는 무조건적으로 협력하겠습니다! 제가 아는 것도 모두 말씀드리겠습니다! 다만 손에 인정을 남기셔서 제 체면을 조금 생각해 주십시오."

홍의 살수는 정말로 어쩔 줄 몰라 하고 있었다.

그러나 그는 차라리 아무 말도 하지 않는 편이 나았을 것이다. 이제 군구신에 백리명천까지도 뭔가 이상하다는 것을 눈치 챘으니 말이다.

이 녀석은 지난번에는 절조라고는 없이 투항하더니, 지금은 제 얼굴이 드러나는 걸 무서워하고 있다. 아무리 봐도 무슨 음모가 있는 듯했다!

군구신이 말없이 눈썹을 가볍게 치켜세우고 노려보았다. 백리명천도 재미있다는 듯 눈을 반짝였다.

망중이 더 이상 시간을 지체하지 않고 사납게 홍의 살수의 복면을 벗겼다.

그의 얼굴을 본 모두가 숨을 크게 들이마셨다. 비연도 깜짝 놀라 멍한 표정을 지었다.

"세상에……."

장파가 그린 그림 중 한 장이 눈앞의 얼굴과 완벽하게 동일했다! 장파는 그림 솜씨만 훌륭할 뿐 아니라 보는 눈도 뛰어났던 것이다!

고씨 가문 선조의 그 그림도 복원할 방법이 생긴 셈이다!

비연은 예전에는 고명한 화가를 청하면 대강의 윤곽 정도는 복원할 수 있지 않을까 기대했다. 백의 사부의 얼굴과 비교해 볼 수 있는 정도로만 말이다.

그러나 지금, 장파에게 부탁한다면 그 그림을 완벽하게 복원할 수 있으리라는 희망이 생겼다!

그리고! 그리고 망할 얼음! 장파에게 망할 얼음을 한번 보게 한다면 장파는 분명 그의 진짜 얼굴도 그릴 수 있을 것이다!

여기까지 생각하니 비연은 정말로 즐거워지고 말았다!

그리고 그때, 백리명천이 갑자기 놀란 소리로 외쳤다.

"너로구나!"

군구신도 거의 동시에 외쳤다.

"우문엽!"

우문엽, 나이는 스물셋. 백초국 건원제의 열세 번째 아들로 두 번째 적자였다. 백초국 황자 중 무공이 가장 뛰어난 이로, 사람들에게 엽십삼이라 불리곤 했다.

백리명천이 사치스러운 것으로 이름을 떨쳤다면 이 십삼황자는 검소한 것으로 유명했다. 인색한 것이 아니라 검소한 것으로 유명한 이유는, 그가 다른 이에게 인색할 뿐 아니라 자신에게도 인색했기 때문이다. 황족이면서도 그는 변변치 않은 음식을 먹으며 검소하게 생활했다. 황위나 권세에 대해서도 그는 결코 눈길을 보내지 않았다.

누군가는 그가 황족 중의 맑은 물이라고 칭찬했지만 더 많은 이들이 그가 못났다고 말했다. 그는 스물세 살이 되기까지 측비 하나 들이지 않고 있었다.

군구신과 백리명천은 이 살수가 백초 황족 출신이라고는 생각지 못했을 뿐 아니라, 검소하기로 세상에 다툴 자 없는 엽십삼이라고는 상상도 한 적 없었다!

비연도 이 이름을 듣고 경악했다. 그녀는 이제 기뻐할 틈도 없이 깜짝 놀라 외쳤다.

"우문엽? 백초국의 십삼황자?"

군구신은 엽십삼을 보다 곧 비연을 주시하기 시작했다. 답답했다. 엽십삼과 비연의 반응을 보면 저들 두 사람은 정말 서로를 알지 못하는 것 같았다. 특히 비연의 저 경악하는 표정은 어떻게 보아도 결코 위장이 아니었다.

이때, 망중 역시 엽십삼과 비연을 보며 더욱 답답해하고 있었다.

설마 비연이 엽십삼을 알아보지 못했던 걸까? 아니라면 비연이 그에게 독약을 주며 엽십삼을 견제하라 했을 리 없지 않은가! 비연은 엽십삼이 도망치도록 도와주어야 옳았다!

비연이 군구신과 망중의 시선에 주의를 기울이지 못한 채 미간을 찌푸리고 중얼거렸다.

"정왕 전하, 저희가 백초국을 과소평가한 모양입니다. 지금 보건대, 백초 황실이야말로 진정한 낚시꾼인 모양이에요……."

비연이 생각하기에는, 백초 황실 스스로 소씨, 기씨 가문과 결탁했거나 두 가문이 스스로 백초 황실과 결탁했거나 중 하나였다. 타인에게 죄를 뒤집어씌우는 일에는, 제 사람이 손을 쓸 능력이 되면 당연히 제 사람을 이용하는 법이니까.

천염국과 만진국의 전쟁이 길어질수록 두 나라의 국력은 약해질 테니, 소씨 가문에게도 기씨 가문에게도, 그리고 백초 황족에게도 손해 볼 일 없이 좋기만 한 일이었다. 백초국과 만진국이 동맹 관계라 해도, 동맹이란 것은 원래 절대로 믿을 수 없는 것이다.

하지만 이 판을 길게 본다면, 결국 가장 큰 이익을 얻게 되는 것은 백초국이었다!

천무제는 계속 다행이라 생각하고 있었다. 백리명천의 일로 신농곡과 연루되었는데, 백초국은 신농곡에 죄를 짓고 싶지 않을 테니 중립을 택할 거라면서.

그러나 지금 보니 신농곡에 죄를 짓고 싶지 않다는 것은 백초국의 야심을 덮기 위한 핑계에 불과했고, 오히려 천무제로 하여금 백초국에 대한 경계를 게을리하게 한 것이다!

비연이 엄숙한 표정으로 계속 진지하게 분석하고 있었다.

엽십삼이 그녀를 노려보았다. 비연의 분석을 절대로 인정할 수 없다는 표정이었다.

망중은 이상하다는 표정을 짓고 있었고, 군구신도 그녀를 보며 미간을 점점 더 찌푸리고 있었다. 그의 검은 눈동자는 이제 빛조차 통과할 수 없을 정도로 깊어졌다.

백초의 세작이, 어찌 그의 앞에서 형세를 이렇게 투철하게 분석하고 있는 걸까! 설마, 그가 그녀를 오해한 걸까?

그러나 그녀가 백초국 황족이 아니라면 어째서 '부황'이니 '모후'니 하는 잠꼬대를 했다는 말인가?

바로 이때, 백리명천이 비연의 분석을 자르는 동시에 군구신의 생각을 끊어 놓았다. 그가 눈을 가늘게 뜨고 음침하게 경고했던 것이다.

"우문엽, 너는 군구신의 손에 죽는 편이 나을 것이다. 만약 본 황자의 손에 떨어진다면, 너는 살아도 죽느니만 못하게 될 테니까!"

백리명천은 거들먹거리는 것이 아니라 진정으로 분노하고 있었다. 이가 갈릴 정도의 분노였다.

그는 당연히 백초국과 만진국의 동맹 관계가 보기처럼 견고하지 않으며, 실제로는 아주 위험한 상태라는 걸 알고 있었다. 그러나 그는 백초국이 이리도 빨리 야심을 품을 줄은 몰랐고, 더더군다나 엽십삼도 이 일에 참여하고 있을 줄은 몰랐던 것이다.

그림을 배우겠다고, 바보 같은 계집애

백리명천은 개인적으로 백초국의 황자들과 교류가 있었으나, 진심으로 교류한 것은 엽십삼 한 사람뿐이었다. 그는 엽십삼이 검소한 것이, 돈은 많지 않고 또 돈을 벌 방법도 없는 상황에서 매번 방문하는 이들에게 여러 가지 물건을 지원하기 때문이라는 것도 알고 있었다.

이 세상에, 스승이자 친우인 고古씨 늙은이를 제외하면 엽십삼은 그의 유일한 친우였다.

그러나 지금 보니 그가 잘못 판단했던 것이다! 절약은 무슨! 검소는 무슨! 맑은 것은 또 무엇이며, 권세를 탐내지 않는다는 것은 다 무엇이란 말인가! 그건 모두 위장에 불과했다!

백리명천이 엽십삼을 노려보았다. 그의 가느다란 눈매에는 사람을 덜덜 떨게 만들 살기가 담겨 있었다. 그는 군구신도 이렇게까지 증오한 적은 없었다!

적에게 당하는 것이라면 화를 내면 그만이다. 그러나 친우에게 배신당한다는 것은 원한을 품지 않을 수 없는 일이었고……. 너무 아팠다! 그렇게 많은 날을 어울려 다녔건만!

그가 만약 이 녀석이 엽십삼이라는 사실을 미리 알았다면, 그는 엽십삼을 갈기갈기 찢어 죽인다 해도 이상하지 않았을 것이다!

백리명천의 분노를 받으면서도 엽십삼은 아무렇지 않은 듯 비연을 바라보며 살짝 입매를 들어 올렸다. 난처해서인지, 아니면 귀찮아서인지 잘 구분이 가지 않는 표정이었다.

그가 말했다.

"계집, 네 말이 꽤 맞아떨어지는데! 하지만 나는 우리 부황께 그런 심사가 있으신지 없으신지, 소씨와 기씨 두 가문과 협력하셨는지에 대해서 알지 못한다! 나는 개인적으로 궁을 나와, 돈이 조금 부족해서 살수로 일하려 했던 것뿐이야. 그 첫 번째 임무에서 너희를 만난 거지. 의뢰인이 높은 가격을 부르지 않았다면 나도 이 일을 받지 않았을 거다."

이 말에 모두가 대경실색했다.

군구신과 비연은 그의 말이 사실인지 거짓인지 고민하기 시작했다.

백리명천은 분노하여 소리쳤다.

"6만 금이 높은 가격이라고?"

엽십삼이 마침내 백리명천을 바라보았다. 그는 백리명천이 화가 난 것은 별일 아니라는 듯 입 끝을 살짝 들어 올렸다.

"백리명천, 넌 어차피 만진국에서 쫓겨났잖아. 죄목 하나 더 늘린다고 문제가 되나? 6만 금은 나에게는 절대로 적은 금액이 아니라고!"

백리명천은 더욱 화가 나서 발버둥 치다, 하마터면 군구신에게서 벗어날 뻔했다. 그는 분노가 치달은 나머지 입이 거칠어졌다.

"그 말도 안 되는 소리를 다시 해 보시지! 본 황자는 너를 형제로 여겼는데, 겨우 6만 금에 본 황자를 팔아넘겨? 대단하구나, 정말 대단해!"

엽십삼이 다시 입 끝을 들어 올렸다. 그리고 무엇인가 설명하려는 듯하더니 결국은 그만두었다. 그가 백리명천을 흘깃 보고는 바로 시선을 돌려 아예 상대하지 않는 척했다.

백리명천은 화가 나서 두 눈에 핏발이 서 있었다. 그 상태로 무엇인가 생각하는 듯하다가 결국은 그도 그만두었다. 그가 고개를 숙이고, 갑자기 몸부림도 멈췄다.

엽십삼이 그를 다시 흘깃 보더니 재빨리 시선을 거둬들였다.

군구신의 주의력은 백리명천에게 있지 않았다. 심지어 엽십삼에게 있는 것도 아니었다. 그는 본래 냉정하고 이지적인 성격으로, 이 순간 엽십삼에게 몇 마디라도 탐색해야 옳았다. 그러나 지금 그가 고민하고 관심을 두는 것은 비연의 신분이었다.

이것은 신뢰를 얻기 위한 연극일까, 아니면 다른 숨은 사정이 있는데 그가 알아보지 못하는 걸까?

그때였다. 비연이 다가오더니 속삭였다.

"전하, 이곳은 오래 머물 만한 곳이 아닙니다. 저자의 말이 진실이건 아니건, 일단 저자를 끌고 가서 천천히 심문하는 것이 좋겠습니다. 두 황자를 손에 넣었으니 우리에게는 절대적으로 승산이 있습니다. 궁으로 돌아가신 후 황상과 함께, 이 바둑을 어찌 두어야 할지 계책을 나누시면 되겠지요! 황상께서는 분명 기뻐하실 겁니다!"

군구신은 깊은 눈빛으로 그녀를 바라보다가 망중에게 손을 쓰라고 지시했다.

망중은 엽십삼에게 강제로 독을 먹였다. 독성이 발작하자 엽십삼은 온몸에 힘이 빠져 기절하고 말았다. 그러자 망중이 기관을 열고 그를 끌어냈다.

비연이 잠시 망설이다가, 재빨리 복면을 집어 들어 엽십삼의 얼굴을 가려 주었다. 그녀는 군구신을 향해 생긋 웃으며 말했다.

"이렇게 하면 위험이 줄어들겠죠. 다른 사람들이 보게 되면 이야기가 새어 나갈 수도 있으니까요."

군구신이 결국 참지 못하고 나지막하게 속삭였다.

"고비연……."

비연은 기분이 아주 좋아 계속 생글거리며 물었다.

"전하, 분부하실 일이라도 있으신가요?"

그러나 군구신은 아무 말도 하지 않고, 백리명천을 끌고 원래의 길로 되돌아갔다.

그들이 미궁 중심 입구에 도착했을 때 장파가 다가오는 것이 보였다. 그는 한 손으로 어깨의 상처를 누른 채 다른 손으로 벽을 짚고 있었다.

그들을 보자 발걸음을 멈춘 장파가 비연을 향해 진지하게 물었다.

"그 열쇠, 나에게 돌려줄 수 있어?"

열쇠?

비연은 이미 열쇠를 품에 잘 간수한 다음이었다. 그녀는 심지어 정왕 전하가 그녀에게 열쇠를 요구해 장파를 데려가려 할까 봐 겁을 내고 있었다!

그림을 복원하는 일이라면 지금 여기서도 이야기할 수 있었지만 망할 얼음의 일은 이곳에서 이야기하기 불편했다. 그녀는 열쇠와 장파를 함께 데려갈 작정이었다. 장파가 나가지 않겠다고 한다면 그녀는 열쇠라도 가지고 나갈 것이다. 그렇게 해야 장파가 그녀를 도울 것이 분명했으므로.

비연이 물었다.

"손목의 수갑은 어떻게 된 거지? 설마 너도 여기에 갇혀 있었던 거야? 너는 진짜 장파의 전인가? 아니면 장파의 전인을 흉내 내면서 이 고묘에서 교묘한 술수나 부리고 있는 건가?"

장파가 대답하지 않고 다시 물었다.

"애야, 그 열쇠는 나에게 아주 중요한 거란다. 나에게 그 열쇠를 돌려줄 수 없겠니?"

비연이 군구신을 흘깃 본 다음, 그가 끼어들지 않는 것을 보고 살짝 다급하게 말했다.

"네가 나와 함께 간다면! 너에게서 그림을 배우고 싶거든!"

이 말에 망중이 당황한 나머지 입을 열려 했다. 그러나 군구신이 눈짓하여 그를 말렸다. 비연이 무슨 생각을 하는지 그는 알고 있었다.

장파가 갑자기 중얼거리기 시작했다.

"너랑 가자고? 그림을 배운다고?"

비연이 이리 말한 것은 핑계에 불과했지만, 그녀는 진지한 표정을 지으며 말했다.

"응!"

장파가 침묵하며 비연을 오래도록 노려보더니 갑자기 미소 지었다.

"바보 같은 계집애……."

이 나지막한 목소리는 너무나 부드럽게 들렸다. 상황을 모르는 이가 듣는다면 분명 장파가 비연을 아주 아낀다고 여길 것이다. 그러나 이 자리에 있는 이들이 듣기에는 어딘가 씁쓸하게 들렸다.

장파가 웃으며 벽에 기대더니 천천히 두 손을 올렸다. 그때야 비연 일행은 겨우 알 수 있었다. 그의 다른 손에도 수갑이 있었는데, 이 수갑의 사슬은 쇠가 아니라 현빙으로 만들어진 것이었다.

장파가 가볍게 잡아당기자 긴 현빙 사슬이 그의 등 뒤에서 아래로 떨어져 내렸다. 그 사슬은 아주 길었다. 그것은 그의 두 손을 일정 범위 내에서는 자유롭게 활동하게 하되, 결국은 그를 견제하고 있었다.

비연이 깜짝 놀랐다.

"이, 이게 어찌 된 일이지?"

장파가 한참 동안 쓰게 웃더니 마침내 설명하기 시작했다.

원래 이 벽화 미궁은 1대 장파가 남긴 것으로, 벽화 속 여인이 바로 1대 장파였다.

그녀는 규칙을 만들었는데, 그림과 화장술을 배우려는 사람은 모두 현빙 수갑을 차고 고묘 안에 남아 하루 종일 그림을 그리고 화장을 해야 했다. 충분한 안목과 감별력을 연마해 이 미궁 기관의 구조를 파해하고, 현빙 열쇠를 잡아 자유의 몸이 될 수 있을 때까지!

그는 그림을 배우고 싶지 않았고 화장술에도 관심이 없었다. 단지 여섯 살 되던 해 실수로 이곳에 들어와 전대의 장파에게 잡혔을 뿐이었다. 그리고 그의 스승은 그에게 강제로 현빙 수갑을 채우고 이곳에 남게 했다.

그 후로 17년이 흐르도록 그는 밖으로 단 한 걸음도 나가 보지 못했다. 그는 이미 외부의 세계가 어떤 모습인지 잊고 말았다.

스승이 세상을 떠난 후 그는 이 미궁으로 들어오기 시작했다. 그는 제 뛰어난 눈에 의지해 벽화의 어디에 기관이 있는지 알아보고 피해 다녔다. 그러나 그 오랜 세월 그는 그저 미궁의 바깥에서만 돌고 있었을 뿐이었다.

비연이 벽화를 훼손하여 모든 기관을 드러내 주지 않았다면, 그는 자신이 대체 언제쯤에야 미궁의 중심에 도달할 수 있었을지도 알 수 없었다.

어쩌면 중년의 나이가 될 때까지, 어쩌면 노년까지도, 아니 어쩌면 평생 나가지 못했을지도 모른다…….

나의 자유는 너의 것

17년 동안에 실수로 이 골짜기에 들어온 이가 적지 않았다.

규칙에 의하면 잘생기고 아름다운 사람만이 남아 있을 수 있었고, 다른 이들은 일률적으로 제거해야 했다. 남긴 사람도 장파가 충분히 그리고 나면 죽여서 입을 막는 것이 원칙이었다. 혹은 뽑혀서 장파의 계승자가 되는 경우도 있었다.

비연의 핍박이 아니었다면 장파는 그들에게 도망칠 기회도 주지 않았을 것이다.

그는 아주 평온하고 성실하게 설명했다.

"너희들 중 계승자를 뽑을 생각은 없었어. 하지만 내가 충분히 그리고 나면 너희 모두를 죽였겠지."

비연의 눈에 찬탄이 어렸다. 그녀는 그도 포로였을 거라고는 생각지 못했던 것이다. 그리고 이렇게 솔직하게 살의를 숨기지 않다니!

그녀가 더욱 생각하지 못했던 것은 그도 강제로 여기 남았던 것은 아니라는 사실이었다.

장장 17년, 여섯 살에서 스물세 살이 되기까지, 천진난만하던 아이가 의기양양한 소년이 되고 다시 꽃다운 젊은 시절을 맞기까지, 그는 하루 종일 그림을 그리고 화장을 하는 외에는 진심으로 이야기를 나눌 상대조차 없었다. 그건 대체 어떤 일상이었을까!

그가 감정을 그렇게 적게 내보이는 것도 이상한 일이 아니었고, 간혹 어눌해 보이는 것도 당연한 일이었다. 그는 그저 계속 그림을 그리는, 살아 있는 시체였던 것이다. 그가 명확하게 아는 것은 자신이 수갑을 풀고 이곳을 나가야 한다는 것뿐이었다. 이 점만은 감탄할 만했다.

비연은 갑자기 자신은 꽤 행복하다는 생각이 들었다. 자신이 누구인지조차 모르지만 최소한 그녀는 어렸을 때 백의 사부에게 사랑받으며 응석을 부릴 수 있었다.

비연이 생각에 빠져 있는 동안 장파가 갑자기 다가왔다. 너무 가까이는 아니었다. 그들을 경계하는 것인지, 아니면 그들이 경계할까 두려운 것인지는 알 수 없었다.

남자도 여자도 아닌 그 얼굴은, 특히 그 두 눈은 더 이상 사람들에게 무서운 감정을 불러일으키지 않았다. 오히려 그 무엇보다도 평온하게만 보였다.

장파는 여전히 비연을 바라보며 진지하게 말했다.

"알고 있어. 저 벽화를 모두 네가 훔쳐 갔다는 것……."

여기까지 들은 비연이 당황했다. 이자가 어둠 속에서 훔쳐본 것은 괜찮지만, 사람들 앞에서 말하다니! 게다가 '훔쳤다'고 말하다니! 그것도 저렇게 진지하게!

그녀가 군구신과 백리명천을 슬쩍 보며 해명하려 하는데 장파가 다시 말했다.

"진정으로 미궁을 파해한 건 너야. 네가 내 수갑을 풀어 주기만 하면, 내 자유는 네 것이다."

비연의 눈동자가 밝게 빛났다. 자유가 그녀의 것이라는 건 그가 그녀에게 귀순하겠으며, 그녀의 명령을 듣겠다는 뜻이 아닌가!

그의 그림이며 화장술이 저리도 뛰어난 데다, 현빙 수갑의 속박에서 벗어나면 무공도 분명 남들에게 떨어지지 않을 것이다. 그는 그녀에게 그림을 그려 줄 수 있을 뿐 아니라 그녀를 지켜 줄 수도 있었다. 저런 사람은 그녀가 등불을 들고 찾아다녀도 찾을 수 없는 사람이었다!

그때 백리명천이 비연을 바라보며 무슨 말인가 하려는 듯싶더니 곧 그만두었다. 그러나 군구신은 전혀 망설이지 않고 냉랭하게 물었다.

"비연, 저자를 믿는 건가?"

군구신은 비연 곁에 남자가 늘어나는 것을 바라지 않을 뿐 아니라, 장파의 약속을 믿을 수도 없었다.

장파는 군구신을 흘깃 보기만 할 뿐 별다른 말을 하지 않았다.

비연도 제 한계를 알기에 장파의 평온한 눈동자를 바라보며 머뭇거렸다. 그녀가 막 입을 열려고 했을 때, 갑자기 재채기가 나왔다. 어째서 갑자기 이리 춥다지?

곧 비연뿐 아니라 다른 이들 모두 재채기를 했다.

망중이 놀라 소리를 질렀다.

"보십시오! 벽에 얼음이!"

모두 사방의 벽을 둘러보았다. 주변의 암청색 석벽에 언제부터인가 커다란 얼음이 맺히고 있었다. 아직 얼음이 맺히지 않은 곳도 점차 투명하니 얇은 얼음이 쌓이는 중이었다.

모든 이들이 놀라는 그 잠깐 사이에 원형 석실의 벽이 전부 빙벽으로 변했고, 그 안의 공기도 순식간에 차가워졌다. 그들이 무슨 기관이라도 건드린 걸까? 그러나 그들은 아무 행동도 취하지 않았다!

비연이 엄숙하게 물었다.

"장파, 이게 어찌 된 일이야?"

장파는 고개를 저었다. 그도 잘 알지 못하는 듯했다.

비연은 중간의 현빙 조각상을 바라보았다. 조각상 아래 연못도 언제부터인지 모르게 얼음으로 뒤덮여 있었다. 혹시 이 현빙과 관련 있는 건 아닐까?

하지만 그들은 그저 열쇠를 가져왔을 뿐이다. 열쇠가 무슨 기관인 것은 아니겠지?

장파는 비연의 의혹을 알아챈 듯 설명했다.

"내 스승께서는 임종 직전에 이곳에 오셨고, 자신의 수갑을 푸셨어."

바꿔 말하자면, 현빙 열쇠를 예전에 만진 사람이 있으니 열쇠의 문제는 아니었다.

망중이 다급하게 외쳤다.

"바닥! 바닥에도 얼음이 맺히기 시작했어요!"

현빙이 벽을 타고 바닥까지 침범하고 있었는데, 속도는 점점 더 빨라지기 시작했다!

비연이 갑자기 깨닫고 소리쳤다.

"그 벽화!"

그녀는 단숨에 미궁 벽화 전체를 거둬들였고, 모든 안료는 혼합되어 약왕정의 저장고 안에 저장되어 있었다. 그녀는 어느 벽화가 어떤 안료를 사용했는지 알지 못했지만, 지금 그렇게 많은 안료 중에서 정확하게 어떤 약재인지 찾아낼 여유는 없었다.

지금 보니, 이 안료 중 한기를 몰아내는 약재가 섞여 있었음이 분명했다. 특히 한기를 몰아내는 약광석이.

이 벽은 언제나 차갑고 축축했을 테고, 오래도록 저 현빙 조각상이 내뿜는 한기를 받아들이고 있었다. 벽화가 없어진 지금, 갑자기 얼음이 맺히기 시작한 것도 이상한 일은 아니었다.

비연의 의심을 듣고도 다들 알 듯 말 듯 한 표정이었다. 그러나 지금은 그것에 관심을 둘 시간이 없었다. 이제는 석문 쪽에도 현빙이 자라나고 있었던 것이다. 석문을 완전히 봉쇄해 버릴 기세로!

군구신이 바로 결정을 내렸다.

"가자! 망중이 앞에서 길을 열고, 비연이 망중을 따라가도록! 어서!"

그 조각상의 한기가 그렇게 강한 걸 보면 분명 천 년은 녹지 않은 현빙일 것이며, 빙해의 현빙과 같은 종류일 것이다. 이런 현빙을 간단히 부술 수 있다면 그거야말로 이상한 일이다!

비연도 다급했다. 확실히, 그 안료를 꺼내어 한기를 몰아내는 것보다는 도망치는 게 더 빠르고 안전한 선택이었다. 그러나 그녀는 바로 망중을 따라가지 않고 장파에게로 달려갔다. 그리고 장파가 원하건 아니건 그의 팔을 잡았다.

"내가 부축할 테니, 어서!"

그녀를 보는 장파의 눈길에 감격의 빛이 잠시 스쳐 갔으나 곧 사라지고 말았다. 그가 말했다.

"먼저 가. 나는 나갈 수 있으니."

그때 망중은 우문엽을 끌고 이미 석문 밖으로 나가 있었다. 그가 고함쳤다.

"전하, 어서! 바깥도 온통 얼음입니다!"

군구신이 미간을 찌푸리며 비연와 장파를 바라보았다. 그가 망중을 불러 도우라 하려 했을 때였다. 이게 웬일일까! 군구신의 신경이 분산된 틈을 타서 백리명천이 사납게 고개를 돌리더니 그를 향해 독침 세 개를 토해 냈다.

일촉즉발의 위기! 군구신이 재빨리 피하자 백리명천이 그 틈을 타서 검을 뽑아 들더니 번개같이 석문 밖으로 달려 나갔다.

그의 공격은 망중에게로 향했으나, 망중이 재빨리 피했다. 백리명천은 바로 망중에게 다가갔으나, 그가 원하는 것은 망중 어깨 위의 우문엽이었다.

군구신이 바로 검을 들고 추격했다. 백리명천은 싸움에 연연하지 않고 몸을 돌려 도망치며 사납게 한마디 남겼다.

"군구신, 본 황자를 대신해 그를 잘 괴롭히도록! 우리의 빚은 잠시 미뤄 두기로 하지!"

군구신은 우문엽보다는 백리명천을 더 잡고 싶었다! 그는 화가 났지만 시간을 지체할 수도 없었다. 군구신은 바로 돌아와 비연이 잡고 있던 장파를 잡아끌며, 비연에게 냉랭한 목소리로 말했다.

"내 앞으로 가도록, 어서!"

비연은 살짝 화가 났지만 시간을 그르칠 수 없어 바로 밖으로 달려 나갔다.

장파의 손은 군구신에게 끌려가느라 하마터면 부러질 뻔했다. 그러나 아파도 소리 한번 낼 수 없었다.

그들은 재빨리 밖으로 달려 나갔다. 현빙은 이미 그들을 쫓아와 길 전체를 가득 채웠다. 그들이 미궁을 도망쳐 나왔을 때 현빙도 멈췄다. 그러나 그들은 멈추지 않고 단숨에 고묘 밖으로 나갔다……

사람을 다투다. 누가 이기고 누가 진 것일까

고묘를 나오니 저녁 무렵이었다. 석양은 서쪽으로 지고, 저녁노을이 비단처럼 화려하게 깔려 있었다. 모든 것이 아름다웠고 또 진짜였다. 공기조차 새벽처럼 맑은 느낌이었다.

비연은 도망쳐 나오자마자 거대한 바위 위에 엎드린 채 숨을 헐떡였다. 지쳐서 이제 일어나지도 못할 것 같았다.

군구신이 놓아주자 장파는 곧 비연 근처로 왔는데, 너무 가까이 오지는 못하고 근처에 앉았다.

군구신은 자리에 앉자마자 망중의 물병을 바라보았다. 망중이 눈치채고 재빨리 물병을 건넸다. 그러나 군구신은 물을 마시지 않고 말없이 물병을 비연에게 건네주었다.

비연은 매우 목이 말랐지만, 일단 늘어지기 시작하니 꼼짝도 할 수 없었다. 그녀는 물병을 보며 그저 감사합니다라고만 말하고, 그것을 건드리지도 않고 눈을 감았다. 잠시만 졸고 싶었다. 아주 잠시면 될 것 같았다!

군구신은 머뭇거리다가 물병의 뚜껑을 연 다음, 소리 없이 다시 비연 곁에 두었다. 비연은 눈치채지 못했지만 곁에 있던 망중은 모두 보고 말았다. 그의 마음속에 의혹과 근심이 가득 찼다!

이미 백초국에 밀정을 안배해 두었지만 지금까지 아무 소식도 듣지 못하고 있었다. 그리고 비연이 오늘 행동한 것을 보면, 그녀가 정말로 연극을 하고 있다고 완벽하게 확신할 수 없었다.

망중은 정왕 전하가 비연이 오늘 보이는 반응을 꿰뚫어 보기를 바라고 있었으나, 지금 보니 정왕 전하는 여전히 미혹되어 있으신 듯했다!

세작에 대해서 정왕 전하가 언제 손에 정을 남겨 두신 적이 있었던가. 또 언제 일을 그르치신 적이 있었던가. 실수로 죽일지언정 그냥 넘기지는 않으셨던가. 그러나 비연에 대해서만은…… 정왕 전하는 그저 그에게 몰래 조사하고 경계하라고 하셨을 뿐, 다른 이야기는 하시지 않았다.

그리고 지금 모습을 보면 정왕 전하는 비연에게, 의심할 바 없이 진심이었다.

망중은 걱정스러웠지만 너무 많이 생각하지 않기로 했다. 그는 암호를 발사해 절벽 위 시위들을 소환할 수 있는지 시험해 보았다. 부근을 지키던 시위들은 이미 백리명천에게 살해당했을 테고, 절벽 위의 시위들은 요행히 재난을 면했을지도 모른다.

얼마 지나지 않아 시위들이 연이어 찾아왔다. 망중이 재빨리 물었다.

"백리명천이 절벽 위로 올라갔나?"

시위가 솔직하게 대답했다.

"저희들이 절벽 전체를 포위 중입니다. 매 공공께서 부근의 관부에 관병을 요청하셔서, 사방으로 파수를 보고 있습니다. 절벽 위로 올라오는 사람은 보지 못했습니다!"

군구신이 침묵하며 듣다가 생각에 빠진 듯 강물을 들여다보았다.

망중은 절벽 위의 상황과 어린 태자의 상황을 물은 후 아직 혼미한 상태인 우문엽을 데려가라고 시위들에게 명했다. 그다음 그는 다시 장파를 보며 말했다.

"저자도 일단 압송하고!"

이 말을 듣자 바위 위에 엎드려 졸고 있던 비연이 튕기듯 일어나 앉았다. 그러고는 생각할 겨를도 없이 외쳤다.

"안 돼! 저 사람은 내 거라고요!"

망중의 표정이 살짝 굳었다. 그는 두려운 듯 주인을 바라보았다. 비록 주인이 지금까지 한마디도 하고 있지 않았지만, 망중이 행동하고 말한 것은 모두 주인의 뜻에 따른 것이 아니었던가?

군구신이 망중은 상대하지 않고 비연을 냉랭하게 바라보았다. 불만을 전혀 숨기지 않고 눈빛에 전부 담은 상태였지만 스스로도 깨닫지 못한 듯했다.

비연은 그 시선을 보고 잠시 멈칫하더니, 곧 생글거리며 말하기 시작했다.

"정왕 전하, 제가 이번에 태자 전하를 구한 공을 생각하셔서, 또 전하를 도와 공을 세운 것도…… 생각하셔서, 이 사람을 저에게 주세요. 저는 어릴 때부터 그림을 그리는 것과 화장하는 것을 좋아했답니다. 그러나 계속 눈에 들어오는 이를 찾지 못했는데, 가까스로 이렇게 만나게 되었으니, 전하, 도와주세요!"

눈에 들어오는 이? 그러니까, 장파가 눈에 들었다?

군구신의 눈길은 더욱 차갑게 가라앉았다.

비연은 군구신이 무엇 때문에 그러는지 모르고, 다만 그도 장파가 마음에 들어 빼앗으려 한다고 생각했다! 비연은 다급한 나머지 다시 애교를 부리기 시작했다.

"정황 전하. 저에게 허락을 해 주시지 않을 건가요, 정왕 전하……?"

그녀는 물기 어린 눈을 크게 뜬 채 그를 바라보며 아주 불쌍한 목소리로 간청했다.

그러나 사실이 증명하다시피, 애교는 사람을 가릴 뿐 아니라 일도 가리는 법, 무적의 초식은 아닌 것이다.

군구신은 미동도 하지 않았고, 곁에 있던 망중은 자연스럽게 상황을 파악했다. 그가 소리 없이 시위들에게 움직이라고 눈짓했다.

그때, 계속 조용히 있던 장파가 군구신을 보며 진지하게 말했다.

"내가 아주 명백하게 말한 것 같은데. 이 여자가 미궁을 파해했고, 너희 모두를 구했으며, 또 나를 구했다. 나는 이 여자에게만 복종할 것이다."

이 말에 망중이 분개했다. 비연의 공로가 아무리 크다 해도, 그래도 정왕 전하가 안 계셨으면 그녀도 성공하지 못했을 거란 말이다! 정왕 전하의 속도라면, 만약 망설이는 부분이 있는 게 아니었다면 아무리 많은 기관과 암기가 있다 해도 살아남으셨을 거다! 게다가 방금 정왕 전하가 데리고 나오지 않았다면 이 녀석은 이미 현빙에 갇혔을 터인데!

군구신은 차가운 눈빛으로 장파를 보며 아무 말도 하지 않았다. 장파도 그를 보며 아무 말도 하지 않았다. 그의 평온한 눈빛에는 아무 감정도 실려 있지 않았다.

망중은 영리한 사람이었다. 그는 입을 열지 않고 남몰래 시위들에게 눈짓해 재촉했다. 비연의 신분이 불분명한 이상, 어떤 사연이 있더라도 장파 같은 기인을 그녀에게 남겨 둘 수는 없었다.

그러나 비연이 시위들보다 먼저 장파 앞으로 걸어갔다. 군구신이 미간을 찌푸렸지만 그녀는 무서워하기는커녕 오히려 두 팔을 벌려 장파를 제 등 뒤에 보호했다. 그녀는 군구신을 보며 더 이상 웃지도, 불쌍한 척하지도 않았다. 대신 평소처럼 예의 바르고 공손한 말투로 말했다.

"정왕 전하, 장파를 마음에 들어 하시니 이는 장파의 복입니다. 그러나 저에게는 장파와 나누어야 할 이야기가 있으니, 전하께서는 편리를 봐 주시기 바랍니다."

비연은 군구신의 답을 기다리지도 않고 재빨리 몸을 돌려 장파의 손을 잡아끌었다. 그리고 수갑을 풀어 주며 속삭였다.

"내가 네 수갑을 풀어 주었으니 네 자유는 내 것이야. 내 명령을 들을 거지? 응?"

장파가 평온하게 대답했다.

"응."

비연은 그의 두 손에서 수갑을 전부 풀어, 무거운 수갑을 소매 속으로 넣은 다음 말했다.

"좋아. 앞으로 너는 정왕 전하께 충성을 다하도록 해라. 정왕 전하께서 너를 마음에 들어 하셨으니 너를 홀대하시지는 않을 것이다."

비연은 자신이 장파를 얻기 위해 집착한다 해도 과연 얻을 수 있을지 확신할 수 없었다. 그러나 그녀는 또한 정왕과 다투고 싶지 않았다. 그녀는 그저…… 처음으로 그에게 조금 실망했을 뿐이다. 정왕 역시 강한 힘에 기대어, 이치를 따지지 않을 수 있다는 것을 알게 되었던 것이다.

그녀는 일단 선수를 쳐서 양보할 생각이었다. 최소한 장파의 두 손은 자유를 얻도록. 그렇지 않으면 시위가 그를 데려간 다음 정왕 전하는 분명 그녀에게 열쇠를 요구할 것이다. 하지만 정왕 전하는 장파를 경계하고 있으니 그의 수갑을 풀어 주지 않을지도 모른다.

비연은 장파가 정왕 전하와 함께 진양성에 돌아가고 나면, 기회를 보아 찾아가 그림을 부탁할 생각이었다.

장파는 비연의 뜻을 이해한 듯 감격한 눈빛으로 속삭였다.

"네 명령을 듣겠다."

비연은 그제야 몸을 돌려 군구신을 바라보았다.

"전하, 되었습니다. 데려가세요!"

그녀는 여전히 예의 바르고 공손하게 웃고 있었다. 그러나 군구신은 그녀의 눈에 비친 실망을 읽을 수 있었다. 그는 심지

어 그 실망이 진심인지, 아니면 위장에 불과한지 생각할 겨를
도 없었다.

그의 심장이 무엇에 찔리기라도 한 것처럼 아파 오고 있었으
니까. 이유도 알 수 없건만, 너무나 아팠다……

다시 비밀을 하나 알려 줄게

군구신이 비연을 바라보았다. 그는 이성적이었으나, 동시에 마음을 제어할 수 없었다. 그가 속으로 외치고 있었다.

'비연, 본 왕이 네 계략에 빠지기라도 한 걸까? 그래서는 안 된다는 걸 알면서도 그리할 수밖에 없으니!'

그는 마침내 비연의 시선을 피하며, 시위들에게 물러가라고 손짓했다.

비연은 당황했지만 곧 그의 뜻을 알아차렸다. 그녀는 기쁜 나머지 하마터면 그 자리에서 깡충깡충 뛸 뻔했다. 그녀는 재빨리 장파를 이끌고 감사 인사를 했다.

군구신은 그녀가 장파의 손을 잡는 것을 보자 가까스로 억제하고 있던 울분이 터져 나왔다. 그가 바로 비연을 잡아끌어 제품에 안았다. 그리고 경공술을 사용해 절벽 위로 날아올랐다.

망중이 다급히 불렀다.

"전하!"

그러나 안타깝게도 군구신은 고개조차 돌리지 않았다.

망중은 장파를 보고 또 보다가, 초조하기도 하고, 또 어쩔 수도 없어 직접 그를 데리고 절벽 위로 향했다. 그는 비연에게 장파까지 더해졌으니, 앞으로 전하께서 비연을 처리할 마음을 먹더라도 상당히 귀찮아지겠다고 생각했다.

절벽 위, 매 공공과 시위들이 초조하게 기다리고 있었다. 군구신은 비연을 데리고 매 공공 앞에 착지한 후에야 손을 놓았다.

매 공공은 몹시 기쁠 뿐 아니라 격동하고 있었다. 그는 그들을 살펴보며 절벽 아래의 상황을 물었다. 군구신은 그런 그를 상대하지 않고 비연을 마차에 태운 후 최대한의 속도로 가까운 성읍으로 향했다.

비연이 속에 입고 있던 옷은 전부 젖어 있었고, 그녀는 연신 재채기를 했다. 어서 갈아입지 않으면 한바탕 앓아누울 것이 분명했다.

비연은 객잔에서 약욕을 한 뒤 깨끗한 옷으로 갈아입었다. 밤이 깊었으니 일단 하룻밤 쉬어야 했지만 그녀는 장파의 상황을 알고 싶었다. 그러나 그녀가 문을 열고 나가려 했을 때, 어린 태자가 문 앞에 서 있는 게 보였다.

태자는 이 객잔에서 이미 반나절 휴식을 취한 다음이었다. 그는 망중에게서 모든 사정을 들은 후 얼굴을 굳힌 채 비연의 방문 앞에서 한참을 기다렸던 것이다.

비연이 놀라고 있노라니, 태자가 그녀를 안으로 떠밀고는 문을 닫았다. 그리고 바로 노한 목소리로 외쳤다.

"거짓말쟁이! 사기꾼!"

비연은 울 수도 웃을 수도 없어 설명했다.

"그 이상한 아저씨도 함께 나왔는걸. 네가 남아 있다고 해도……."

그녀의 말이 끝나기도 전에 태자가 숨을 몰아쉬며 반박했다.

"시위가 다 말해 줬어! 다 안다고! 그건 다 나중에 발생한 일이잖아. 너는 그 전에 날 속였다고! 네가 나에게 준 건 무슨 해독약도 아니라던데? 숨을 멈추는 약이라며! 나를 속였어! 속여서 비밀도 말하게 하고!"

분명 스스로 그녀에게 비밀을 말해 주었던 것 같은데…… 어쩌다 지금은 그녀가 그를 속여서 비밀을 말하게 한 것이 되어 버렸을까?

그러나 비연은 전혀 화가 나지 않았다. 심지어 말이라면 항상 누구에게도 지지 않던 그녀가 이 어린 태자에게는 뭐라 변명해야 할지 알 수 없었다.

그때였다. 밖에서 얼음처럼 차가운 목소리가 들려왔다.

"고 대약사, 잠시 괜찮은가?"

군구신의 목소리!

비연과 태자 모두 깜짝 놀랐다. 태자는 긴장해서 한 손으로 제 입을 막더니, 한 손으로는 비연에게 안 된다고 말하라고 손짓했다. 비연은 그에게 협조하기로 했다.

"지금은 좀 힘든데요."

그러나 군구신이 다시 말했다.

"알겠다. 괜찮아지면 다시 이야기하도록."

설마 여기서 기다리겠다는 의미인 걸까?

태자는 당황하여 비연의 손을 힘차게 잡아끌었다. 비연이 허리를 굽히자 태자는 그녀의 귀에 대고 속삭였다.

"내 비밀을 다른 이에게 말한다면, 특히 우리 황형에게 말한다면 너를 가만두지 않겠다!"

말을 마친 태자가 주변을 둘러보더니 침상 아래로 서둘러 기어 들어갔다.

비연은 하마터면 웃음을 터뜨릴 뻔했다. 그러나 마음은 너무나 아팠다. 그녀는 태자가 화가 난 것이 아니라 무서워하고 있다는 사실을 알 수 있었다.

그녀는 허리를 굽히고 태자의 긴장한, 그리고 불쌍한 모습을 바라보며 속삭였다.

"무서워하지 마, 안심해도 좋아!"

그녀의 이 말은 분명 어린 태자 마음속 섭섭함에 가서 꽂힌 모양이었다. 그는 붉어진 눈으로 비연을 상대하지 않고 머리를 감쌌다. 그리고 점점 더 제 머리를 감추려 했다.

비연이 잠시 기다렸다가 문을 열었다. 그녀는 정왕 전하가 왜 자신을 찾아왔는지 알지 못했다. 하지만 그녀도 어린 태자 앞에서 그 잔인한 이야기를 할 생각이 없었고, 또한 어떻게 이야기를 시작해야 할지도 알 수 없었다.

대황숙이 진양성에 돌아오기까지 아직 반년이 남아 있으니, 어린 태자에게도 아직 시간이 있는 셈이었다.

비연은 아무 일도 없었던 것처럼 몸을 굽혀 절했다.

"정왕 전하, 무슨 분부라도 있으신지요?"

군구신은 이미 흰 도포로 갈아입은 다음이었는데, 그 모습이 유난히도 맑고 존귀해 보였다. 그가 성큼성큼 안으로 들어오더니, 자리에 앉은 다음 대답했다.

"우문엽의 해독약은?"

비연이 재빨리 해독약을 건네며 복용법도 설명했다.

군구신은 해독약을 받고도 한참 동안 떠나려 하지 않았다. 비연은 태자가 오래 숨어 있기 힘들 것 같아 다시 물었다.

"전하, 또 다른 분부가 있으신가요?"

군구신이 그녀를 흘깃 보더니 물었다.

"네가 보기에 우문엽의 말이 믿을 만한가?"

그는 이미 앞으로 할 일을 모두 안배해 두었다. 우문엽을 어떻게 호송할지, 우문엽에게서 어떻게 정보를 얻어 낼지, 그리고 백초국은 어떻게 탐색할지, 소씨, 기씨 가문에게는 어떻게 반격할지.

이 모든 계획에서 비연은 배제되어 있었다. 그녀가 어떤 입장이건, 어떤 태도를 보이건 이 일에는 영향을 끼치지 못할 것이다. 그러니 그는 이렇게 다급하게 그녀를 탐색할 필요가 없었다. 지금 그에게 가장 필요한 것은 휴식이었다. 그러나 그는 비연에게 오고 말았다.

비연은 우문엽에 대해 전혀 알지 못했다. 그러나 그녀는 별생각 없이 군구신에게 자신의 계책을 이야기했다. 이것은 군구신의 계획과 완벽하게 일치하는, 화살 한 대로 새 세 마리를 잡는 계책이었다.

군구신은 그녀가 미소 지으며 물 흐르듯 이야기하는 모습을 보고 미간을 점점 더 찡그렸다. 그러나 감정을 드러내지 않고 곧 화제를 돌렸다.

"매 공공으로부터 신농곡에 들를 거라고 들었다."

비연도 빨리 이야기를 끝내고 싶었기에 솔직하게 대답했다.

"예. 가는 길에 노집사를 방문하여 직접 감사의 말을 드리고 싶습니다."

군구신은 알았다라고만 말하고 다시 침묵했다. 이제 비연도 뭔가 이상하다는 생각이 들었다. 그러나 어디가 이상한지는 콕 집어 말할 수 없었다. 그녀는 침상 아래를 저도 모르게 흘깃거리다가 다시 물었다.

"전하, 또 다른 분부가 있으신가요?"

그녀가 내쫓으려 하는 것을 군구신도 눈치챌 수밖에 없었다!

그는 마침내 몸을 일으켜 비연의 방을 떠났다. 그러나 얼마 걷지 않아 바로 망중을 불렀다.

"진양성으로 돌아가기 전에, 본 왕은 백초국 관련한 소식을 듣고 싶다!"

비연이 문을 닫자 태자가 침상 아래에서 기어 나왔다. 그리고 진지하게 물었다.

"고 대약사, 대체 우리 황형에게 무슨 짓을 한 거야?"

비연이 이유를 알 수 없어 물었다.

"무슨 짓이라니?"

"황형 기분이 나쁘잖아!"

비연도 마음에 짚이는 것이 있었다. 정왕 전하 기분이 좋지 않아서 그녀가 뭔가 이상하다는 생각이 들었던 걸까?

비연이 물었다.

"그걸 어떻게 알아차린 거지?"

태자가 손가락을 내밀었다.

"손가락 걸어. 비밀을 지키겠다고 하면 말해 줄 테니까. 너에게 비밀 하나를 더 알려 주겠다는 말이야!"

비연은 울 수도 웃을 수도 없었다. 이 아이는 대체 그녀를 믿는 걸까, 아니면 믿지 않는 걸까?

태자는 그녀의 표정을 보고 자신을 믿지 않는다 생각했는지 재빨리 한마디 덧붙였다.

"이 비밀은 너랑도 상관있는 거라고!"

그녀와도 상관있는 비밀이라고?

점점 더 궁금해져, 비연은 태자와 손가락을 걸고 약속했다.

"이제 말해 줄 거야?"

그러자 태자가 목소리를 낮추고 아주 작게 속삭였다.

"고 대약사, 우리 황형은 너를 좋아해!"

황형의 짝사랑

정왕 전하가 그녀를 좋아한다고?

비연이 잠시 멈칫했으나 곧 큰 소리로 웃기 시작했다.

"공교롭게도 저도 그분을 좋아하는데!"

이번에는 태자가 멈칫했다. 그러나 곧 정신을 차리고, 두 손을 허리에 댄 채 엄숙한 표정으로 말했다.

"고 대약사, 너랑 농담하고 있는 것이 아니다!"

"나도 농담하고 있는 게 아니야! 나는 아주아주아주 정왕 전하를 좋아하는걸. 처음 봤을 때부터 좋아했어!"

비연은 여전히 웃고 있었다.

정왕 전하가 그녀를 좋아한다고? 그런 일은 상상조차 할 수 없는 일이었다. 아니, 상상할 수 있다 해도 그건 혼자서만 농담으로 넘길 일이었다.

비연이 웃는 것을 보고 태자는 화가 나서 코웃음을 쳤다. 그는 비연을 떠밀고 성큼성큼 밖으로 나가려 했다.

비연은 혹시 그가 이상한 말이라도 해서 정왕 전하가 오해할까 무서워 재빨리 그를 가로막았다. 그리고 열심히, 자신이 방금 이야기한 '좋아하다'의 의미를 설명했다.

태자는 연신 고개를 끄덕이며 듣더니 잠시 생각에 잠겼다. 비연이 태자가 이해했다고 생각했을 때, 누가 알았겠는가? 태자가 중얼거렸다.

"끝났군. 우리 황형이 짝사랑이라니."

비연은 차를 마시며 지친 목을 달래던 참이었다. 이 말을 듣자마자 입 안의 차를 전부 태자의 얼굴에 뿜고 말았다. 태자는 싫은 표정을 지으며, 다급하게 손수건을 꺼내 얼굴을 닦았다.

비연이 참지 못하고 이야기하기 시작했다.

"너같이 어린 아이가 뭘 안다고 짝사랑이니 뭐니 한담! 시간도 늦었으니 어서 돌아가 자도록 해. 그리고 네 그 일은…… 안심해도 좋아. 아직 반년이 남아 있잖아. 내가 어떻게든 방법을 생각해서 너를 도와줄게. 날 믿어!"

태자는 그녀에게 무슨 방법을 요구하려던 생각은 없었다. 그는 여전히 도망쳐서 영원히 궁에 돌아가지 않을 생각이었다. 그는 황형이 이 일을 알게 되어 무슨 일이라도 하게 되기를 바라지 않았기에, 비연에게 비밀을 지켜 달라고 요구한 것이었다.

그는 비연의 말을 무시하고 진지하게 말했다.

"우리 황형이 너를 좋아하지 않는다면, 무엇 때문에 하소만을 시켜 점괘를 위조하게 하고 너를 정왕부로 불러들였겠어?"

"점괘를 위조했다고?"

비연도 진지해졌다.

"설마 사람들 사이에서 떠도는 소문을 믿는 거야? 돌아가면 하소만에게 어찌 된 일인지 아느냐고 물어봐!"

그러자 태자가 다시 말했다.

"우리 황형이 너를 좋아하지 않는다면, 무엇 때문에 몇 번이고 너를 호위해서 출행을 나가겠어? 우리 황형은 아주 바쁜 사람이라고."

비연이 잠시 생각한 후에 대답했다.

"아주 복잡한 사정이 있어. 말해도 아마 이해하지 못할 거야."

태자가 다시 말했다.

"우리 황형은 이렇게 한밤중에 여자의 방문을 두드린 적 없는 사람이야."

비연은 화도 나고 우습기도 했다.

"너, 어린애가 아주⋯⋯."

태자가 말을 끊었다.

"해독약이 필요하면 망 시위를 보내면 그만이지. 황형이 너에게 물어본 것 중에 급한 일은 하나도 없었어. 황형은 기분이 좋지 않으면 물을 마시는 버릇이 있는데, 방금 물을 몇 잔이나 마셨다고!"

비연은 조금 전 자신이 계교를 물 흐르듯 늘어놓을 때 정왕 전하가 직접 물을 따라 마시던 기억이 났다. 그러나 그가 몇 잔을 마셨는지는 인상에 남아 있지 않았다.

그녀는 여전히 변명했다.

"내일 나는 신농곡에 갈 거야. 진양성으로 같이 돌아가지 않는다고. 정왕 전하께서는 분명⋯⋯ 분명 내일 시간이 없을까 봐, 그래서 이야기하기 어려울까 봐 그러신 거야."

태자도 이제 더 이야기하기 귀찮은 듯 비연을 노려보며 물었다.

"내기할래?"

비연은 할 말을 잃었다. 그녀도 더 이상 설명하기 힘들었기에 특별히 열심히 경고했다.

"꼬마야, 황상께서는 정왕 전하의 혼사를 신경 쓰고 계셔. 내가 듣기로는, 정왕 전하께서는 이번에 돌아가시면 혼담을 준비하시게 될 거야. 나에게 이런 이야기를 하는 것은 괜찮지만, 궁에 돌아가서는 절대로 이런 말을 함부로 하면 안 돼. 아니면 나와 정왕 전하 모두 힘들어지니까!"

혼담? 어째서 아무도 말해 주지 않은 걸까?

태자가 깜짝 놀라 다급하게 물었다.

"부황께서 황형에게 수녀만 뽑아 주신 게 아니란 말이야?"

비연이 일부러 무시하듯 말했다.

"그래서 너 같은 아이는 아무것도 모른다는 거야! 가서 정왕 전하께 물어보면 알걸. 정왕 전하께서 마음에 두신 분을 맞이하시게 될 거야!"

태자는 너무 급한 나머지 아무 말도 하지 않고 몸을 돌려 뛰어나갔다.

비연은 문을 닫고 저도 모르게 한숨을 쉬었다. 너무 늦었으니 장파를 방해하지 말아야겠다…….

그녀는 피로가 밀려와 금방 잠이 들고 말았다.

태자가 단숨에 군구신의 방문 앞까지 달려갔다. 문을 두드리려는데 망중이 바로 나타나더니 공손하게 물었다.

"태자 전하, 이렇게 늦었는데 어찌 아직 주무시지 않으셨습니까?"

태자가 다급하게 외쳤다.

"황형을 만나야겠다!"

망중이 매우 난처해하며 달래듯 말했다.

"태자 전하, 정왕 전하께서는 종일 지치셨습니다. 방금 잠드셨고, 내일은 또 먼 길을 가셔야 합니다. 중요한 일이 아니라면 내일 다시 이야기하셔도 늦지 않을 듯합니다."

태자는 잠시 머뭇거리다가 망중을 잡아끌더니 속삭였다.

"망 시위, 솔직하게 말하도록. 부황이 우리 황형에게 아내를 맞으라고 핍박하고 계신 것이냐?"

망중은 한우아의 일을 떠올렸다.

정왕 전하는 표면적으로 황상의 결정을 존중하기로 했다. 그러나 한 달여 전, 정왕 전하는 하소만을 시켜 천무제에게 정왕비에 어울리는 이들을 더 많이 추천하라고 말씀하신 바 있었다. 정왕 전하는 비를 세울 생각이 없으셨고, 다만 비를 세운다는 핑계로 황상이 정왕부로 수녀들을 보내 측비로 들이라고 핍박하는 것을 막으려 하실 뿐이었다.

망중은 이렇게 큰 비밀을 태자에게 말하지 못하고, 하소만의 말을 그대로 옮기기 시작했다.

"태자 전하, 이 일은 결코 황상께서 정왕 전하를 핍박하시는 것이 아닙니다. 정왕 전하께서는 한가보의 한우아 소저와 이미 3년을 알고 지내셨고, 그분께 반감도 없으십니다. 한가보 역시 쉽게 볼 만한 곳이 아니니, 전하께서 만약 한가보와 혼인 관계를 맺으시면 우리 천염국에도 좋은 일입니다."

태자는 믿지 못하겠다는 표정이었다. 그가 중얼거렸다.

"그럼…… 고 대약사는?"

망중이 제대로 듣지 못하고 다시 물었다.

"태자 전하, 무어라 하셨습니까?"

태자가 말없이 몸을 돌려 한 걸음 한 걸음 자신의 방으로 돌아갔다. 그는 이미 시위 몇 명을 매수해 두었고, 오늘 밤 도망칠 생각이었다. 그러나 이제는 그럴 수 없었다. 핍박당할 때의 기분이 얼마나 괴로운지, 그는 너무나도 잘 알고 있었다.

황형은 어린 시절부터 대황숙과 함께 지냈다. 분명 그보다 더한 고통을 겪었을 것이다. 그러나 황형은 3년 전 돌아온 후 계속 그를 지켜 주었다.

지금은 그가 황형을 지켜야 했다.

다른 것은 그가 이해할 수 없을지도 모른다. 그러나 정왕부의 여주인이 부황의 안배대로 정해진다면, 황형이 궁에서 지내는 자신과 마찬가지로 매일 아주 괴로운 나날을 보내게 될 거라고 그는 확신했다.

태자가 방으로 돌아왔다.

그는 침상 아래 숨겨 두었던 보따리와 금표, 무기를 전부 꺼내 원래 위치로 돌려놓았다.

그는 계속 엎치락뒤치락하다가, 한가보의 그 한우아라는 여자가 대체 어떤 여자인지 알아보기로 마음먹었다.

밤은 이미 깊어 있었다. 태자뿐 아니라 군구신도 잠을 잊은 상태였지만, 비연만은 이미 깊은 잠에 빠져 있었다.

그녀는 다시 꿈을 꾸었다. 빙해에서 지금까지, 그녀는 계속 어린 시절의 꿈을 꾸지 못했다. 그러나 오늘 밤, 드디어 어린 시절의 꿈을 꾸게 되었다.

꿈속의 그녀는 여전히 아주 작아, 일고여덟 살 정도로 보였다. 그녀는 여전히 영 오라버니의 손을 잡고 있었다. 그러나 아득한 빙해 위를 걷고 있는 게 아니라 들판 가득한 개나리꽃 사이를 걷고 있었다.

갑자기 그녀가 그의 손을 놓고, 한 마리 작은 나비처럼 즐겁게 꽃의 바다 속으로 달려갔다.

"영 오라버니, 나 잡아 봐! 어서 쫓아오란 말이야! 얼른 오지 않으면 날 잡지 못할걸!"

"하하!"

영 오라버니의 웃음소리에는 어쩐지 조급함이 묻어 있었다. 그가 말했다.

"연아, 네가 아무리 멀리 달려가더라도 내가 쫓아갈 거다."

그녀는 그에게 우스꽝스러운 표정을 해 보이고는 몸을 돌려 죽어라고 앞을 향해 달렸다. 그러자 영 오라버니가 갑자기 그림자인 양 환각인 양 그녀 앞에 나타났다.

"고비연, 어디까지 도망칠 생각이지?"

고비연? 영 오라버니는 그녀가 지금 고비연이라 불리는 것을 어떻게 알고 있을까?

그녀는 재빨리 고개를 돌렸다.

눈앞의 사람은 더 이상 그녀보다 머리 하나 큰 남자아이가 아니었다. 은빛 가면을 쓴 망할 얼음이었다!

"망할 얼음!"

비연은 소리 지르며, 침상에서 튕겨 오르듯 일어났다…….

나는 네 말을 들을 거야

자리에서 일어난 비연은 하늘이 밝아 오는 것을 발견했다. 모든 것이 꿈이었던 것이다.

꿈속에서 망할 얼음을 보다니. 게다가 망할 얼음이 영 오라버니를 대신해 그녀를 쫓아오다니. 어떻게…… 그럴 수 있지? 그들 두 사람이 닮은 걸까?

하나는 겨우 열 살 남짓이고, 다른 하나는 스물이 넘었다. 게다가 그녀는 꿈속에 나타나는 그 어린 소년의 얼굴도 제대로 보지 못했는데…….

영 오라버니는 어떻게 그렇게 빠른 속도로 나타난 걸까? 꿈이 뒤섞인 거였을까?

만약 어린 시절을 꿈꾸는 것이, 잃어버린 기억이 다시 장난을 치는 거라면…… 그럼 망할 얼음이 꿈에 나오는 것은? 낮에도 생각나고 밤에도 꿈을 꾸다니…… 그를 그리워하는 걸까?

비연은 생각에 잠겨 한참을 앉아 있다가 겨우 정신을 차렸다. 침상에서 내려와 정리한 후, 창을 열고 바람을 맞았다. 마치 자신을 깨어 있게 하려는 듯.

날이 아직 이른 걸 보고, 그녀는 늘 가지고 다니는 약방 밀서를 꺼내 다시 고민하기 시작했다. 낙하성을 떠난 이래 그녀는 계속 이 약방문을 두고 고민했지만 안타깝게도 아무것도 알아내지 못했다. 이 약방문이 진짜라고 망할 얼음이 확신하지 않았다면 그녀는 예전에 이미 포기했을 것이다.

이 약방문을 파해해야 그녀를 보러 오겠다고 망할 얼음이 말하지 않았다면 그녀도 이리 부지런하지는 않았을 것이다.

하늘이 점차 밝아 오고, 햇빛이 창가를 내리쬐었다. 비연은 여전히 아무것도 발견하지 못했다.

이제 그만 길 떠날 준비를 해야 했다. 하지만 육단상륙을 생각하고 당정 언니를 생각하니, 우울하던 마음이 조금 명랑해졌다.

비연은 약방문을 잘 챙긴 다음 문을 열었다. 그런데 이게 웬일인가. 한 낯선 남자가 꼿꼿한 자세로 문가에서 그녀를 기다리고 있었다.

그녀는 깜짝 놀라 뒤로 물러났다. 그리고 다시 자세히 살펴보니 혼이 나갈 정도로 잘생긴 얼굴이었다! 그야말로 조각 같은 얼굴이었다! 입체적인 오관에 깊은 윤곽, 정말로 사람을 매혹시키는 얼굴이었다.

그러나 비연을 놀라게 한 것은 단순히 그의 얼굴 생김새만이 아니었다. 그보다는 그에게서 발산되는 기질에 더 놀라고 있었다. 속세와는 유리된 듯한 고요함과 깨끗함…… . 이렇게 가까운 거리에서도 그는 마치 그림처럼 고요하게만 보였다.

남자에게 적의가 없음을 깨달았지만 비연은 여전히 경계하며 물었다.

"당신? 당신은…… ."

남자가 나지막한 목소리로 대답했다.

"장파."

비연은 깜짝 놀랐다. 이 얼굴은 그가 전에 그리고 있던 남자의 얼굴과도 전혀 닮지 않았다! 그 화장 속 남자의 얼굴보다 훨씬 더 잘생겨 보였다.

그녀가 물었다.

"상처 입은 곳은 어때요?"

"반쯤 나았어."

비연은 그제야 안심되어 그를 빙 둘러 가며 열심히 살펴본 후, 마지막으로 그의 눈을 진지하게 바라보았다.

장파는 그녀의 시선을 받으면서도 여전히 평온하고 담담해 보였다. 어떤 파란에도 놀라지 않을 것 같아 보였으나 실제로는 어눌한 것이다. 17년에 걸친, 고행승과도 같은 고묘에서의 생활이 그의 이런 고요함과 어눌함을 만들어 냈다. 커다란 파란을 만나더라도 감정을 드러내지 않는, 욕망도 구함도 없는 사람을.

비연은 보면 볼수록 마음이 아파 왔다. 고묘에 갇히지 않았다면 이 사람은 지금 분명 품위 있는 공자였을 거다. 그는 이미 17년 동안 자유를 잃었다. 그녀가 굳이 그를 묶어 둘 이유가 있을까?

비연은 주변을 둘러본 후 재빨리 그에게 들어오라고 손짓했다.

"장파, 너를 평생 곁에 두지는 않을 거야. 나를 위해 두 가지 일만 해 주면 돼. 그러면 네 자유는 너의 것이야!"

장파는 여전히 무표정하게 고개를 끄덕였다.

"네 말을 들을게."

비연이 다시 속삭였다.

"그 두 가지 일이 무엇인지는 진양성에 돌아가면 말해 줄게. 오늘부터는 내 시위가 되어 줘. 보이는 것, 들리는 것, 모두 외부에 이야기하면 안 돼! 기억해, 나 한 사람만을 믿어야 해!"

장파는 여전히 고개를 끄덕였다.

"네 말을 들을게."

비연은 이제야 물었다.

"원래 이름이 뭐야?"

"진묵."

"진묵, 진묵…… 아주 듣기 좋은 이름이네!"

비연이 진지하게 말했다.

"장파라는 이름은 이제 잊어버려!"

진묵은 여전히 같은 말을 했다.

"네 말을 들을게."

비연이 놀리듯 말했다.

"너를 팔아 버린다 해도 내 말을 들을 거야?"

진묵은 뜻밖에도 고개를 끄덕였다.

"응."

비연이 피식 웃고는 그를 끌고 아침을 먹으러 갔다.

그들이 아래로 내려가 보니, 매 공공이 이미 출발 준비를 끝내고 기다리고 있었다. 절벽 아래에서 발생한 일에 대해 매 공공이 아는 것은 많지 않았고, 진묵의 신분도 알지 못했다. 그는 그저 비연 일행이 고전을 했고, 우문엽을 사로잡았지만 백리명천은 놓쳤으며, 한 괴인의 항복을 받았다는 것만 알고 있었다.

매 공공이 진묵을 한 바퀴 살펴보더니, 조금 놀라긴 했지만 별다른 것은 묻지 않고 재촉했다.

"고 대약사, 어서 갑시다. 정왕 전하께서도 신농곡 경매장에 들어 약재를 구매하신다고 하셨습니다. 이미 태자 전하와 함께 문 앞에서 기다리고 계십니다."

비연은 깜짝 놀랐다. 정왕 전하는 어젯밤 신농곡에 간다는 이야기를 하시지 않았는데! 임시로 결정하신 걸까?

그녀는 서둘러 나가 보았다. 문 앞으로 가니 태자가 보였다. 그는 마차에 앉아 있었는데, 차부를 등지고 앉은 채 팔짱을 끼고, 입에는 풀뿌리를 하나 물고 있는 게 꽤 어른스러워 보였다. 비연을 보자 눈썹을 올리는 것이, 아무래도 그녀를 기다리고 있던 모양이었다.

비연은 자신이 어젯밤 했던 이야기들을 떠올렸다. 그녀는 정왕 전하가 한밤중에 그녀의 방문을 두드린 것은 오늘 아침 일찍 길을 나누어 가야 하기 때문이라고 말했다. 그러니 지금 그녀는 체면이 서지 않았다.

그녀가 조금 허둥지둥하며 태자의 도전하는 듯한 시선을 피했다. 그녀는 정왕 전하가 임시로 생각을 바꾼 것뿐이라고 생각했다. 분명히!

비연이 진묵을 데리고 빠르게 뒤에 있는 마차로 걸어갔다.

바로 그때였다. 검은 옷을 입은 사람 하나가 갑자기 나는 듯이 달려와 비연을 습격했다.

진묵은 평소 조용하고 어눌해 보였지만 반응은 무척 빨랐다. 그는 순식간에 비연을 곁에 있는 시위에게 밀쳐 내더니 기습한 사람과 결투를 벌이기 시작했다.

격렬한 싸움에 비연은 깜짝 놀랐지만 계속 보고 있노라니 뭔가 이상하다는 생각이 들었다. 곁에 있는 시위들 모두 손을 쓰고 있지 않았다. 이것은 분명 시험이었다!

진묵은 곧 기습한 사람과 호적수를 이루었다. 그리고 두 사람은 동시에 손을 놓고 서로에게서 떨어졌다. 진묵이 평온하게 말했다.

"망 시위로군."

기습한 사람이 가면을 벗었다. 과연 망중이었다!

모두 깜짝 놀랐다. 망중의 시험 때문이 아니라 진묵의 판단 때문이었다. 망중도 놀란 얼굴로 진묵에게 읍했다.

"실례했습니다. 대형께서는 확실히 안목이 탁월하시고 솜씨도 좋으십니다! 고 대약사의 안전은 앞으로 대형께 맡기겠습니다!"

진묵은 그를 흘깃 보기만 할 뿐 아무 말도 하지 않았다. 망중이 약간 화가 난 듯 두 손을 내렸다. 아무래도 난처한 모양이었다.

비연은 진묵이 부상이 다 낫지도 않은 상황에서 망중과 호적수를 이루리라고는 생각지 못했다. 보아하니 그의 무공 수준은 결코 낮지 않았다. 그 현빙 수갑 때문에 제대로 발휘할 수 없어서 어제 백리명천에게 부상당했을 뿐이다.

이 시험의 목적은 진묵의 진정한 실력을 알아보기 위해서일까? 망중 자신의 생각으로 한 일일까, 아니면 정왕 전하의 의중에 따른 것일까?

비연이 군구신의 마차를 바라보았다. 태자와 차부는 경악한 눈으로 진묵을 보고 있었다. 그러나 마차의 휘장이 내려져 있어 마차 안에 있는 이의 반응은 알 수 없었다.

정왕 전하는 신용을 지키지 않는 사람이 아니다. 전하가 지금에야 진묵이 보물이라는 것을 발견했다 해도, 다시 그녀에게서 진묵을 빼앗아 가려 하지는 않겠지?

비연은 시간을 지체하지 않고 진묵과 함께 뒤쪽의 마차에 올랐다. 그녀의 마음속에는 새로운 고뇌가 생겨 있었다. 원래 그녀는 혼자 노집사를 만나려 했는데, 지금 이렇게 많은 인원들이 함께 움직이게 되었다. 신농곡에 간 다음 기회를 보아 행동하는 수밖에 없었다…….

그녀에게 참견할 이유

다음 날 오전에 비연 일행은 신농곡에 도착했다.

신농곡은 깊은 산속에 숨어 있었지만 언제라도 사람들이 오가고 있어 매우 시끌벅적했다.

커다란 석문 앞에 도착하자 약왕정이 지난번에 왔을 때처럼 힘을 다해 날아가려 했다. 다행히도 비연이 선견지명이 있어 계속 약왕정을 누르고 있었다. 그녀는 약왕정이 너무 많은 약재의 냄새를 맡아 흥분하는 것으로 생각했다.

신농곡 중앙은 약재 시장이고, 사방에는 높은 산이 있었다. 동서 양쪽의 산에는 경매장이 있고, 남산에는 의뢰장이 있으며, 북산은 곡주가 거주하는 곳으로 신비에 싸여 있었다. 신농곡을 대신 관리하는 노집사는 남산 의뢰장 뒤편, 청주거에 살고 있었다.

지난번과는 달리, 지금 군구신은 노집사와 상당히 관계가 좋은 편이었다. 게다가 천염국의 태자와 동행 중이고, 경매장에 약재를 사기 위해 들른 것이니, 인정으로 보나 이치로 보나 일단 노집사에게 가서 인사를 건네야 했다.

비연 역시 사람들과 함께 남산으로 가게 되었다. 신농곡에 온 목적을 이루지 못하고 허탕을 칠 것 같은 예감에 비연은 울적했다.

노집사가 비연과 군구신을 보고 놀라면서 기뻐했다. 비연에 대해서라면 인재를 아끼는 마음이 있었고, 군구신을 보면 나이를 잊고 우정을 쌓았다. 노집사가 열정적으로 그들과 한참 이야기를 나누고, 연회를 벌여 군구신과 함께 술을 마셨다.

비연은 그 자리에 앉아 있을수록 울적하고 절망스러웠다. 그녀가 핑계를 찾아 빠져나가 당정을 만나러 갈 생각을 하고 있을 때, 노집사가 그녀에게 놀라운 이야기를 들려주었다. 연회 후에 그녀에게 신농곡 장약각, 연단방과 비밀 약초밭을 보여주겠다는 이야기였다.

비연은 즉시 정신을 바짝 차렸다. 신농곡의 장약각, 연단방, 그리고 비밀 약초밭은 모두 금역에 속한다. 외부인은 말할 것 없고, 신농곡 안에서도 신분이 높지 않은 이들은 함부로 들어갈 수 없는 곳이었다.

바꿔 말하면, 노집사는 그녀만 데려갈 수밖에 없을 것이다! 육단상륙에 대해 물어볼 기회가 왔다!

비연은 원래 술을 마시지 않고 있었지만 이 말에 즐거워져, 일부러 술을 석 잔 따라 노집사에게 경의를 표했다. 그러나 그녀가 막 술잔을 들었을 때 군구신이 냉랭하게 말했다.

"고 대약사, 이왕 약초밭을 참관할 거라면 술을 마시지 말도록. 진묵, 네가 주인 대신 노집사께 경의를 표해라."

진묵은 움직이지 않았다. 그는 비연의 말만 들을 생각이었다.

비연은 기뻐서 정말로 술을 마시고 싶었다. 그녀가 생긋 웃으며 말했다.

"정왕 전하의 관심에 감사드립니다. 노집사님께서 저를 이리도 귀히 여겨 주시니, 이 석 잔은 제가 마셔야지요!"

그녀가 말을 마치자마자 단숨에 한 잔을 비웠다.

"애야, 보아하니 주량이 꽤 괜찮은 모양이구나!"

노집사도 기분이 좋은지 한 잔 마셨다. 비연이 바로 경의를 표하며 한 잔 더 마셨다. 이렇게 비연과 노집사는 즐겁게 주거니 받거니 마시기 시작했고, 당연히 석 잔에서 끝나지 않았다.

곁에 앉아 있던 군구신의 안색은 점점 더 나빠지고 있었다. 분명했다. 그는 비연이 다른 이들 앞에서 술 마시는 게 싫은 듯했다.

구석에 앉아 있는 태자에게 신경 쓰는 사람은 없었다. 태자는 이미 몰래 술을 한 잔 훔쳐 마시고 취기가 오른 상태였다. 그는 비연을 보다가 다시 제 형을 보고 길게 탄식했다.

"아아……."

아무도 신경 쓰지 않는 틈을 타서 그는 다시 술을 한 잔 가져와 자신의 탕 그릇 안에 쏟았다. 한 모금 홀짝 마신 그는 술의 열기에 하마터면 토할 뻔했지만 굳세게 목으로 넘겼다. 그는 술의 힘을 빌려 군구신 곁으로 다가가 속삭였다.

"황형."

군구신은 계속 비연을 응시하다가 겨우 태자에게 주의를 돌렸다. 그리고 바로 술 냄새를 맡고 불쾌한 표정으로 말했다.

"또 술을 훔쳐 마셨군!"

태자가 그의 귀에 대고 속삭였다.

"황형, 아내로 맞이하시면 참견할 이유가 생깁니다."

군구신은 멈칫했다가 곧 미간을 찌푸렸다. 그가 막 따끔하게 한마디 하려는데, 어린 태자가 단정한 태도로 먼저 그에게 한마디 했다.

"황형, 눈에 너무 보입니다. 저에게도 보일 정도라고요! 안심하세요. 절대로 부황께 이야기하지 않을 테니까요. 하지만 황형, 부황 앞에서는 감추셔야 합니다! 고 대약사와 황형에게 귀찮은 일이 생기지 않도록!"

군구신의 안색은 말로 표현할 수 없을 정도였다. 그는 따끔하게 한마디 하려던 것도 잊고 냉랭하게 말했다.

"망중, 태자가 피곤해 보이는구나. 모셔 가도록."

태자는 더 이야기하고 싶었지만, 군구신의 눈빛을 보고는 바로 입을 다물고 속으로 투덜거리는 수밖에 없었다.

'흥, 켕기는 게 있으니까!'

군구신은 더 이상 비연을 보지 않고 혼자 한 잔, 또 한 잔 마셨다. 그의 눈빛은 너무나 복잡했다.

비연은 즐거운 것은 즐거운 것이고, 노집사와 너무 많이 마실 수는 없었다. 노집사가 너무 취해 일을 그르치면 곤란했기 때문이다. 그녀는 술은 그만두고, 화제를 바꿔 노집사와 이야기를 나누었다.

연회가 끝난 후 노집사가 직접 군구신과 비연을 방으로 안내했다. 그리고 비연에게, 일단 쉬고 있으면 사람을 보내겠다고 말했다.

그는 군구신도 소홀하게 대접하지 않았다. 군구신에게 어떤 약재가 필요한지 묻고, 자신이 사람을 보내 가져올 테니 경매장에 갈 필요 없다고도 말했다.

군구신은 예의 바르게 거절했다. 그는 분명 약재를 경매하기 위해 온 것이 아니었다.

노집사가 떠난 후 비연은 방 안으로 들어갔다. 진묵은 문 앞을 수호신처럼 지켰다. 군구신은 그런 그를 흘깃 보고는 자신의 방으로 들어갔다. 태자는 이미 쿨쿨 잠들어 있었다.

망중이 마침내 참지 못하고 들어와 탐색하듯 물었다.

"전하, 고 대약사가 신농곡과 이리 교류하는데, 우리가 예방해야 하지 않을까요?"

말을 빙빙 돌렸지만 결국은 경고나 마찬가지였다.

망중은 지금도 전하의 진정한 마음을 알 수 없었다. 비연에게 그렇게 큰 혐의가 있는데도 그들이 대비하지 않는다면, 곧 매우 위험해지리라는 건 자명하지 않은가. 비연이 알고 있는 비밀은 황상과 전하에게 위협이 되기에 충분한 것들이었으니까!

물론 군구신은 망중의 뜻을 알아들었다. 그러나 그는 냉랭하게 답했다.

"백초국의 정보가 온 다음에 다시 이야기하지!"

망중은 다급했다.

"전하!"

비연의 신분이 아직 명확하지 않더라도, 그녀가 우문엽을 대하는 태도가 연극 같지 않더라도…… 비연이 진정한 고비연이 아니라는 것만은 이미 확실한 사실이었다. 이 하나만으로도 전하는 대비하셔야 했다. 진묵 같은 자를 그녀에게 양보해서도 안 되고, 그녀가 신농곡 노집사와 교류하게 해서도 안 되는 것이다.

군구신이 망중을 상대하지 않고, 물러가라고 손을 내저었다. 다급해진 망중이 다시 말했다.

"전하, 정에 미혹되어 심지를 잃으시면 안 됩니다……."

군구신이 차갑게 말을 끊었다.

"나가라!"

망중은 결국 입을 다물고, 두려워하며 밖으로 나왔다.

군구신은 태자 곁에 앉아 기남침향 염주를 돌리기 시작했다. 한 알, 한 알, 가볍게 움직이며 눈을 감자 모든 것이 텅 빈 것 같기도 하고 사색에 빠지는 것 같기도 했다.

사실 망중이 이야기할 필요도 없었다. 그도 마음속으로는 아주 잘 알고 있었으니까. 그는 비연을 놓아주고 싶지 않을 뿐 아니라 놓아줄 수도 없었다! 진양성으로 돌아가기 전에 그는 반드시 결정을 내려야 했다!

비연은 이 모든 것을 알지 못한 채 잠시 쉰 다음, 그녀를 찾아온 하인을 따라 방을 나섰다.

노집사는 직접 그녀를 데리고 약초밭을 보여 주고, 연단방을 구경시켜 주었다. 다른 이를 데리고 참관할 때와는 달리 자세하게 설명해 주며 성의를 다했다. 덕분에 그들은 날이 어두워진 다음에야 장약각에 도착했다.

노집사는 오후 내내 비연에게 신농곡에 남으라는 뜻을 여러 번 비쳤다. 그러나 비연이 천무제의 생사와 관련한 비밀을 쥐고 있는 한, 그녀는 어디 가고 싶다고 갈 수 있는 신세가 아니었다. 비연은 완곡하게 거절할 수밖에 없었다.

노집사가 장약각의 분류를 소개하는 틈을 타 비연이 물었다.

"지난번 육단상륙은 모두 극상품이었어요. 아마 오래 소장하고 계셨던 거겠지요? 최소한 10년은 가지고 계셨던 게 아닌가 싶은데요?"

그녀는 믿지 않는다

약왕정으로 검증한 바로는, 그 육단상륙 네 뿌리는 빙해의 남쪽에서 왔다고 했다. 비연은 계속 그 일을 마음에 두고 있었는데, 오늘에야 겨우 노집사에게 물어볼 수 있게 된 것이다.

육단상륙에 대한 이야기를 듣자 노집사는 바로 백리명천을 떠올린 듯 분노했다. 아니나 다를까, 백리명천의 상황을 물어왔다. 비연은 간단하게 설명한 다음 화제를 다시 육단상륙 쪽으로 돌렸다. 노집사는 그제야 그 육단상륙에 대해 자세히 이야기해 주었다.

원래 그 육단상륙은 20년 전 신농곡의 곡주가 암거래 경매장에서 높은 가격에 구매하여 계속 장약고 안에 소장하고 있던 것이라 했다.

20년 전? 그렇다면 빙해의 이변이 있기 전이다! 무학 세가들이 현공대륙 사방에서 할거하고 있던 시절, 신농곡이 아직 약재 시장과 경매장, 의뢰장을 열기 전!

비연은 매우 놀라고 감격하여 물었다.

"그 암거래 경매장이 어디인가요? 그렇게 좋은 약재를 파는 곳이라니!"

노집사가 너털웃음을 터뜨렸다.

"20년이 지났으니 이미 없어진 지 오래지. 하하, 우리 신농곡의 경매장에도 좋은 약재가 부족하지 않단다!"

우리 신농곡? 노집사는 정말로 그녀가 신농곡 사람이 되기를 바라고 있는 듯했다.

그러나 비연은 그런 것에 신경 쓸 여유가 없었다. 실망이 너무 컸다. 지금 상황으로 보건대, 그 육단상륙을 운공대륙에서 현공대륙으로 가져온 사람을 찾는 건 불가능한 일에 가까웠다.

그녀가 계속 물어보려 했을 때, 노집사가 수염을 쓰다듬으며 물었다.

"얘야, 그 육단상륙 네 뿌리의 산지를 알아볼 수 있었느냐?"

비연의 눈에 복잡한 빛이 스쳐 갔다. 그녀는 일부러 장난치듯 반문했다.

"맞혀 보세요. 제가 몇 뿌리나 맞혔을 것 같으세요?"

노집사도 웃으며 대답했다.

"나는 네가 한 뿌리도 알아내지 못했으리라 생각한다. 하하! 너와 나는 말할 것도 없고, 곡주 어르신께서도 알아내지 못하셨지."

곡주나 노집사는 그 육단상륙이 빙해의 남쪽에서 왔다는 사실을 알지도 모른다고 생각했는데!

비연이 잠시 머뭇거리다가 말했다.

"모두 알아내지 못하셨다지만, 저는 대강 알 것 같아요!"

노집사가 매우 궁금한 듯 물었다.

"어디라고 생각하느냐?"

"그 육단상륙 네 뿌리가 현공대륙에서 나온 것이 아니라면,

빙해의 남쪽에 있는 대륙에서 온 것이겠지요."

노집사와 단둘이 있을 기회는 얻기 어려우니, 비연은 이참에 철저하게 알아볼 생각이었다. 그녀가 다시 말했다.

"20년 전이면 빙해가 아직 독에 감염이 되기 전이죠. 남북 양쪽은 분명 왕래가 있었을 거예요. 약재 거래도 분명 있었을 거고요."

노집사의 안색이 복잡해졌다.

"당시 곡주 어르신도 그렇게 생각하셨지. 하지만 깊이 알아볼 수는 없었다. 그래, 예전에 남북으로 확실히 왕래가 있긴 했지만 아주 희귀한 일이었단다. 최소한 우리 신농곡에는 빙해의 남쪽에 발을 들여놓은 사람이 없으니."

비연은 긴장하고 있었다. 망할 얼음을 제외하고 마침내 그녀에게 빙해에 대해, 빙해의 남쪽에 대해 이야기해 주는 사람이 생겼다. 그리고 노집사는 망할 얼음처럼 그렇게 경계해야 하는 대상도 아니었다. 그녀는 아주 많은 것을 물어볼 수 있었다!

예전에 그녀가 빙해의 남쪽에 대해 알아보려 했던 것은 단순히, 빙해영경이 빙해의 남쪽이 아닌가 하는 의심 때문이었다. 그러나 지금은 자신의 고향이, 집이 대체 어떤 모습인지 궁금하기 때문이었다.

그 혼란스러운 꿈을 통해 그녀가 유추할 수 있는 것은, 자신이 빙해의 남쪽에서 온 일국의 공주라는 것뿐이었다. 나라의 이름은 대진. 10년 전 빙해의 이변 때문에 그녀의 가문에 재난이 닥쳐왔다. 그 외에는 아무것도 알지 못했다.

대진은 빙해 남쪽에 있는 대륙 어디쯤 있을까? 대진은 어떤 곳일까? 지금도 존재하고 있을까?

그녀는 아무것도 알지 못했다! 비연은 물어보고 싶은 것이 너무 많아, 대체 무엇부터 물어야 할지 알 수 없었다. 그녀가 한참 생각하다가 겨우 물었다.

"노집사님, 빙해의 남쪽에 있는 대진국이라는 곳을 들어 보셨나요?"

"대진국? 들어 본 적 없구나. 오래도록 신농곡에만 있어서, 현공대륙의 다른 곳도 잘 모른단다. 하물며 빙해의 남안이라니."

비연은 실망했지만 계속 묻고 싶었다. 그러나 노집사가 진지하게 손을 내저으며 말했다.

"얘야, 그쪽 해역은 불길한 지역이야. 듣기로는 저주받았다고 하더구나. 그쪽을 탐구하는 사람들은 절대 좋은 결말을 맞지 못한다고 들었다. 그러니 우리 그만 이야기하자꾸나!"

이 말에 비연은 완전히 실망했다. 그녀는 노집사는 다른 이들과 다를 거라 생각했다. 그러나 지금 보니 노집사는 빙해의 남쪽에 대해 잘 알지 못할 뿐 아니라, 빙해에 대한 그 소문들을 얼마간 믿고 있는 것 같았다.

그녀가 이곳에 온 것은 노집사와 독대할 기회를 얻기 위해서였다. 그러나 결국은 헛수고였던 셈이다!

그러나 실망했다 해서 절망한 것은 아니었다.

그녀는 믿지 않았다. 세상에 망할 얼음을 제외하고, 그녀가 정보를 알아볼 다른 곳을 찾지 못할 리 없다!

장약고를 나오니 날이 어두웠다. 비연은 저녁을 함께 하자는 노집사의 청을 완곡하게 거절했다. 그리고 군구신과 태자가 남산에서 쉬도록 내버려 둔 채, 진묵을 데리고 경매장에 가서 당정을 만났다.

당정은 방금 아주 높은 가격의 경매를 끝낸 참이라 기분이 아주 좋았다. 그녀는 오늘도 흰 비단으로 지은 남자 옷을 입고, 검은 머리를 높이 묶고 있었다. 그 씩씩한 자태는 마치 걸을 때마다 바람을 몰고 다니는 것 같았다!

그녀는 경매사 몇과 웃으며 이야기를 나누다가 비연을 발견하고는 냉정한 표정을 지었다. 비연이 성큼성큼 다가가 그녀의 어깨를 두드렸다.

"어서 나를 식사에 초대해요! 배고파 죽을 것 같아!"

"너 이 계집애, 언제 온 거야? 어째서 먼저 말도 안 하고! 언니가 너를 맞이하러 나가지 못했잖아!"

당정은 놀라고 기뻐하면서도 곧 진묵에게로 주의를 돌렸다. 그녀가 의심스러운 듯 물었다.

"이분은?"

비연 뒤에 서 있는 진묵은, 몸은 소나무처럼 꼿꼿하고 두 눈은 고요했다. 무표정한 얼굴이 어떻게 봐도 시위로 보였지만, 속세와 떨어진 듯한 잘생긴 얼굴을 보면 그가 단순한 시위라고는 믿을 수 없었다.

비연은 오후 내내 여기저기 다녔기 때문에 정말로 배가 고팠다. 그녀는 당정에게 쓰러지다시피 하며 말했다.

"언니, 나는 일단 뭘 좀 먹어야 대답할 힘이 생기겠는걸요!"

당정은 즉시 그들을 산허리에 있는 자신의 정원으로 안내하고, 사람을 시켜 산해진미를 내오게 했다.

비연은 진묵도 끌어당겨 자리에 앉히고, 바로 한입 가득 음식을 욱여넣기 시작했다. 그 모습은 결코 아름답다 할 수 없었지만, 그에 반해 진묵은 식사를 할 때에도 조용하고 매우 우아해 보였다.

비연은 충분히 먹고 마신 다음에야 태자가 습격당한 일을 이야기하기 시작했다. 장파와 고묘에 관한 일은 생략하고, 절벽 아래에서 진묵을 우연히 만나 시위로 받아들였다는 이야기를 했다.

그녀는 당정을 속일 생각은 없었다. 그러나 '장파'라는 단어는 진묵에게 있어 견디기 어려운 과거니, 비연은 자신을 포함해 다른 이들이 다시는 그 단어를 언급하지 않기를 바라고 있었다.

진묵은 조용히 듣기만 하고 있었다. 마치 비연이 소개하는 사람이 자신이 아닌 것처럼.

당정은 이야기를 들은 후 바로 진묵 앞에 서서 말했다.

"일어나서 문밖으로 나가 기다리도록! 시위가 되었다면 시위 같은 모양새를 갖춰야지. 기억해라. 앞으로는 주인과 한 식탁에서 식사를 해서는 안 된다!"

진묵은 앉은 채 움직이지 않았다. 마치 당정을 공기로 여기는 듯한 태도였다. 아니, 상대하지 않는 정도가 아니라 아예 그녀에게는 눈길 한번 건네지 않았다.

고의는 아니었다. 그가 시위의 규칙 따위를 어찌 알겠는가!

점심 무렵 연회에서도 비연이 그를 곁에 있게 했기에 그는 그대로 있었다. 지금도 비연이 그에게 앉아 먹으라 하니 그대로 했을 뿐이었다.

당정이 미간을 찌푸리자 비연이 재빨리 말했다.

"여기 누가 있는 것도 아닌데, 그렇게 예의에 얽매일 필요는 없잖아요. 진묵, 저쪽에 가서 기다리면 돼."

진묵은 그제야 몸을 일으켜 한옆으로 걸어가더니, 뒷짐을 지고 멈춰 섰다. 마치 조각상 같은 모습이었다.

당정은 안심할 수 없어 속삭였다.

"연아, 저 사람 좀 이상해. 혹시……."

비연은 진묵의 사정을 이해하기에 자연스럽게 신뢰하고 있었다. 그녀는 당정의 말을 끊고 진지하게 물었다.

"언니, 나 좀 도와줄 수 있어요?"

당정은 상쾌하게 답했다.

"내가 도울 수 있는 일이라면야. 어서 말해 보렴!"

"혹시 정상급 밀정을 찾을 방법이 있나요?"

비연의 말에 당정은 살짝 놀라, 다급하게 물었다.

"아니, 밀정은 찾아 뭐 하려고?"

사내를 마음에 담지 마라

밀정을 찾는다고? 그것도 최정상급으로? 무슨 기밀에 속하는 일을 알아보려는 것이 분명했다.

당정이 긴장한 채 기다리는데 비연이 비밀스럽게 웃었다.

"그야, 비밀을 알아보려고 하는 거죠!"

"허튼소리!"

당정이 참지 못하고 흰 눈을 했다.

"무슨 비밀이냐고 묻는 거잖아?"

비연이 알고자 하는 것은 당연히 빙해의 비밀이었다.

지난번에 당정이 고씨 저택에 왔을 때 비연은 이미 그녀를 떠본 적 있었다. 당정은 노집사보다 더 안색이 달라졌었다. 그러니 그녀가 솔직하게 말한다면 밀정을 찾아 주기는커녕 그녀에게 쓸데없는 일 하지 말라고 할지도 모른다.

그렇다고 당정에게 자신의 상황을 솔직하게 털어놓을 수도 없지 않은가? 다시 태어났다거나 하는 일을, 증거도 없이 누가 믿어 주겠는가?

비연은 속으로 당정 언니와 마음을 터놓고 이야기할 수 있는 날이 오더라도, 그 전에 일단 자신이 상황을 명확하게 알아야 한다고 생각했다. 그래야 언니에게도 말해 줄 수 있지 않겠는가!

비연이 일부러 눈을 흘기며 말했다.

"무슨 비밀인지 알면 밀정을 쓰겠어요? 비밀을 알게 되면 언니에게 다시 말해 줄게요!"

당정은 점점 더 의심스러워져 가볍게 코웃음을 쳤다.

"흥, 언니에게 일을 부탁하면서 그렇게 변죽을 울리다니!"

비연이 재빨리 자리에 앉아 그녀의 팔을 잡고 애교를 부리기 시작했다.

"언니, 언니에게 인맥이 많은 걸 아주 잘 안다고요. 날 도와서 하나만 찾아 줘요. 둘을 찾아 주면 좋고. 아, 물론 하나도 괜찮고! 이 일은 아주 골치 아픈 일이라…… 내가 모든 것을 알게 되면 언니에게 다 말해 줄게요. 맹세하겠어요!"

당정이 그녀를 흘겨보았다. 하지만 실제로는 망설이는 중이었다.

얼마 지나지 않아 그녀는 일부러 귀찮다는 듯 비연을 밀어냈다.

"됐다, 됐어. 돌아가 줄을 놓아 볼 테니까, 네가 알아서 이야기하도록 해! 미리 말해 두겠는데, 정상급 밀정의 정보는 절대 싸지 않아. 만약 주머니 사정이 어렵다면 나에게 예의 차릴 필요 없어."

운한각에 넘쳐 나는 것이 밀정이니, 그중 한 명을 비연에게 소개하면 그만이었다. 그렇게 하면 비연이 조사하고자 하는 기밀이 무엇인지도 쉽게 알 수 있었다.

사실 좋은 친우라 해서 반드시 모든 비밀을 나누어야 하는 것은 아니고, 내가 비밀을 하나 알려 주었으니 너도 하나 알려 주어야 한다는 식으로 비밀을 교환해야 하는 것도 아니다. 연인끼리도 자신만의 공간은 필요하고, 친우에게도 경계선이 필요한 것이다. 모든 이가 자신만의 비밀을 갖기 마련이고, 모든 이에게 그 비밀을 말하거나 말하지 않을 권리가 있다.

가능하다면 당정도 너무 많은 것을 묻거나 암중에서 조사할 생각 없이 호쾌하게 비연을 도와주고 싶었다. 그러나 안타깝게도 당정은 자신 마음대로 할 수 있는 몸이 아니었다.

그녀는 비연의 등에 모반이 없는 것을 확인했고, 비연이 운한각이 찾는 사람이 아니라는 것도 확인했다. 그러나 얼마 전에 다시 운한각의 명령을 받았다. 바로 비연을 계속 주시하라는 명령이었다. 그러니 당정은 이 기회를 놓칠 수 없었다. 그녀는 비연에게 진심으로 대하는 것보다는, 비연이 운한각이 찾는 그 사람이기를 바라는 마음이 더 컸다.

비연은 당정이 허락하자 흥분이 극에 달해 까르르 웃었다.

"안심해요, 언니! 돈이 모자라지는 않을 테니까. 나 부자거든!"

당정이 무시하듯 말했다.

"상으로 받은 돈들? 그 정도로는 정보 하나도 사지 못할걸! 바보!"

그러자 비연이 어쩔 수 없다는 듯 웃으며 말했다.

"언니, 한우아에게 받을 12만 금 말이에요. 정왕 전하께서 대신 갚아 주셨어요!"

이 일은 당정도 이미 비연의 서신을 통해 알고 있었고, 비연과 똑같이 분개하고 있었다. 그러나 그 차용증 말고도 그녀에게는, 정왕과 천무제 앞에서 한우아의 진짜 모습을 폭로할 다른 방법이 있었다!

당정이 비연의 귀를 잡아당겼다. 잠시 후, 무슨 이야기를 들었는지 비연이 참지 못하고 웃음소리를 냈다. 마지막에는 비연이 진지한 얼굴로 당정에게 포권하며 말했다.

"우리 정왕 전하의 종신대사가 전부 언니에게 달렸어요!"

당정이 살짝 멈칫하자 비연이 참지 못하고 피식 웃어 버렸다. 당정이 그녀에게 눈을 흘기며 코웃음을 쳤다.

"우리 정왕 전하? 정왕부에서 겨우 석 달 일했을 뿐인데, 이렇게 충성심이 대단해질 줄은 몰랐네? 말해 봐, 네 마음속 정왕 전하는……."

그녀가 말을 끝내기도 전에 비연이 재빨리 말을 잘랐다.

"언니, 이상한 생각은 말아요! 정왕 전하는 저에게 은혜를 베풀어 주셨고, 평소에도 저에게 무척 잘해 주세요. 저는 정왕 전하라는 진주 목걸이가 돼지 목에 걸리는 것을 차마 눈 뜨고 볼 수 없을 뿐이라고요. 정말 나 몰라라 할 수 없는 것뿐이에요!"

당정이 무시하듯 코웃음 쳤다.

"다른 사람에게는 마음을 쓰면서 자기에게는 마음을 쓰지 않다니! 말해 봐, 좋아하는 남자가 있어? 언니가 도와줄게!"

좋아하는 남자?

비연은 무의식적으로 망할 얼음을 떠올렸다. 어쩐지 씁쓸한 느낌이 들었지만 곧 그 기분을 무시해 버렸다. 그녀는 꿈속의 그 온유한 남자아이를 생각했고…… 억지로 억누르고 있던 씁쓸한 느낌이 더욱 심해지고 말았다. 그러나 그녀는 그것도 무시해 버렸다.

비연이 입을 비죽거리다가 반문했다.

"혼자서 자유롭게 살면 그만이지, 남자는 좋아해서 뭐 하나요? 괴로움만 늘리게 되는걸!"

당정이 이해한다는 듯 큰 소리로 웃었다.

"그래, 바로 그렇지! 봄에는 꽃이 피고 가을에는 달이 뜨고, 여름에는 시원한 바람이 불고 겨울에는 눈이 오나니, 사내를 마음에 들이지 마라, 그리하면 인간 세상 호시절이리니!"[2]

이날 밤, 비연은 남산으로 돌아가지 않고 당정의 방에서 밤을 보냈다. 함께 누워 밤새도록 이야기를 나눈 두 사람은 날이 밝아 올 때에야 겨우 잠들었다.

다음 날, 헤어질 때가 되자 두 사람 모두 아쉬워하는 기색보다는 기대에 가득 찬 눈빛을 주고받았다. 그녀들은 곧 다시 만날 계획이었던 것이다.

보름쯤 지나면 대자사 약불의 탄신일로, 천염국의 성대한 축제일이었다! 군씨 황족은 사방팔방으로 손님들을 초청하여 함께 예불을 보고 복을 빌었다. 신농곡도 천염국과의 관계를 생각하면 대표를 뽑아 파견할 수밖에 없었다. 비연이 정왕의 혼사 문제로 당정과 서신을 주고받기 시작했을 때부터 당정은 계속 이 기회를 노려 왔다!

---

2 송나라 무문혜개선사의 〈무문관〉 중 일부를 변형 인용.

당정과 작별한 후 비연은 다시 남산으로 돌아갔다. 군구신과 함께 노집사에게 인사하고 하산하니 이미 저녁 무렵이었다. 노집사는 직접 전송하겠다고 했지만 군구신이 부드럽게 거절했다.

망중 등 시위들이 산골짜기 밖에 마차를 준비하고 기다리고 있었다. 군구신이 태자를 이끌고 앞에서 걸어갔고, 비연과 매 공공이 그 뒤를 따랐다. 진묵은 계속 비연의 등 뒤에서 호위하고 있었다.

비연은 군구신이 침묵을 지키는 것에 익숙했기 때문에 그녀도 말을 걸지 않았다. 그녀는 계속 자신의 일을 생각하고 있었다.

그러나 군구신은 지금만 침묵하고 있는 것이 아니라 오늘 하루 종일 그랬다. 그는 희로애락을 얼굴에 드러내는 적이 거의 없었지만 태자는 그의 기분을 느낄 수 있었다.

태자는 걸어가며 길가의 돌멩이를 발로 찼다. 그는 정말 견딜 수 없어서 갑자기 군구신의 손을 뿌리치고 비연 곁으로 달려갔다. 그리고 그녀의 손을 잡고 걷기 시작했다. 군구신은 한 번 돌아보기만 하고 딱히 말리지는 않았다.

매 공공이 웃으며 물었다.

"태자 전하, 피곤하십니까? 노비가 업어 드릴까요?"

"피곤하지 않아!"

태자가 그를 힐끗 보더니 덧붙였다.

"매 공공, 고 대약사는 본 태자의 생명을 구해 준 은인이다. 돌아가거든 고 대약사에게 상을 내려 달라고 부황께 고하도록 해라! 아주 큰 상이어야 한다!"

매 공공은 진상을 모르고, 단지 태자를 구하고 우문엽을 구한 일이 정왕과 비연이 합심한 결과라고만 알고 있었다. 그런데 태자가 이렇게 비연에게 공을 돌리니, 반쯤 비연에게 마음이 기울어졌던 매 공공은 즐거운 표정으로 비연이 공을 가로채는 것을 돕겠다고 결심했다.

그가 웃으며 말했다.

"태자 전하, 안심하십시오. 이 노비가 잘 알았습니다! 알고말고요!"

태자가 만족하여 비연에게 공을 가로채라는 시선을 보냈다. 비연은 그가 정왕 전하와 매 공공 앞에서 직설적으로 말할까 두려워 재빨리 눈짓으로 조용히 하라고 경고했다. 그러나 태자가 그녀를 잡아끌더니 명령했다.

"고 대약사, 본 태자를 업도록 해라!"

황형을 좀 도와주려고

비연이 태자를 노려보았다. 태자는 아무렇지도 않다는 듯 일부러 통명스럽게 재촉했다.

"어서!"

매 공공이 재빨리 권했다.

"태자 전하, 고 대약사는 몸이 약해 전하를 업고는 움직이지 못할 겁니다. 넘어지기라도 하면 큰일이니 노비가 업어 드리겠습니다."

그러나 태자는 팔짱을 끼고 어린아이처럼 떼를 쓰기 시작했다.

"본 태자는 고 대약사에게 업히고 싶다!"

매 공공이 비연에게 어쩔 수 없다는 시선을 보냈다. 비연이 막 쪼그리고 앉으려 했을 때, 군구신이 마침내 돌아보았다. 그가 비연을 흘깃 보더니 차가운 목소리로 태자를 꾸짖었다.

"대체 웬 소란이지? 길을 가야 한다는 것도 모르느냐?"

태자가 즉시 비연의 손을 놓고 겁먹은 듯 고개를 숙였다.

군구신은 다른 이들 앞에서 태자를 대할 때, 평소 사적으로 무척 아끼는 것과 달리 항상 반은 다정하게 반은 엄격하게 대했다. 태자도 다른 이들 앞에서 군구신을 대할 때면 반은 의지하듯 반은 꺼리듯 대하며 평소처럼 제멋대로 굴지 않았다.

진상을 모르는 매 공공이 다급하게 말했다.

"정왕 전하, 태자 전하께서 걷기에 피곤하신 모양입니다. 노비가 업어 드리겠습니다!"

군구신은 대답하지 않았고, 태자는 순순히 매 공공에게 업혔다. 군구신은 그제야 만족하고 계속 걷기 시작했다.

비연은 정왕 전하와 태자 간의 관계를 잘 알지 못했다. 정왕 전하가 정말로 화가 난 것을 알아차리고도, 그저 길이 급해 그런 것이겠거니 여겼다.

곧 그녀는 태자에게 몰래 놀리는 듯 고소하다는 눈빛을 보냈다. 그러나 누가 알았을까. 태자는 혼이 나고도 기분이 상하지 않은 것 같았다. 그는 군구신을 향해 입을 비죽이더니 비연을 향해서는 의미심장한 표정으로 웃었다. 마치 무엇인가를 암시하듯.

다른 이는 이해할 수 없겠지만 비연은 그 뜻을 알 수 있었다. 태자는 지금 그녀에게 말하고 있는 것이다. 정왕 전하는 지금 그녀가 힘들까 봐 걱정하는 거라고.

'꼬마 녀석이!'

비연이 속으로 중얼거렸다. 그녀는 태자를 상대하지 않기로 하고, 고개를 돌린 뒤 걸음을 옮겼다. 정왕 전하의 차가운 뒷모습이 보였다. 그 모습을 바라보고 있노라니 자꾸만 웃음이 나왔다. 그렇다. 그녀는 태자가 이야기하는 그 '좋아한다'라는 것이 너무 유치하고 우습다고 생각하고 있었다!

산기슭에 도착했을 때는 이미 어두워져 별이 떠올라 있었다.

약재 시장도 파한 참이라, 그곳에서 사람들이 계속 쏟아져 나와 아주 시끌벅적했다. 길을 안내하던 하인이 서둘러 그들을 전용의 좁은 길로 안내했다.

"정왕 전하, 고 대약사, 이리로 오십시오."

비연이 몸을 돌렸을 때였다. 사람들 사이에서 더 이상 익숙할 수 없는 누군가의 옆모습이 언뜻 보였다.

백의 사부!

비연은 다급한 나머지 아무것도 돌아보지 않고 바로 달려 나갔다. 모두 그녀가 왜 그러는지 알지 못해 깜짝 놀랐다. 진묵이 가장 먼저 그녀를 뒤따라갔고, 군구신은 매 공공을 시켜 쫓게 한 다음 자신은 계속 시선으로 그녀를 쫓았다.

비연이 사람들 사이를 비집고 나갔다. 그러나 백의를 입은 그 사람은 보이지 않았다. 그녀는 허둥지둥 사방을 둘러보면서 다급하게 진묵에게 말했다.

"백의를 입은 사람. 검은 머리에 흰 도포고, 키가 아주 크고, 너보다 머리 반 개는 커. 그리고……! 어서, 어서 같이 찾아줘!"

잘못 보았을 리 없다. 그 사람은 백의 사부였다. 확실히!

진묵의 늘 고요하던, 심지어 어눌해 보이기도 하던 두 눈이 이 순간 이상할 정도로 진지해졌다. 심지어 예리해 보이기도 했다. 그는 주변을 둘러보며 물었다.

"주인님, 그 사람 이름이 어떻게 돼?"

이름? 그녀도 백의 사부의 이름을 알지 못했다.

비연이 다급한 나머지 안절부절못하며 계속 중얼거렸다.

"사부, 내 사부인데……."

그녀의 목소리가 아주 작아서 진묵도 제대로 들을 수가 없었다.

"고 대약사, 왜 그러십니까?"

매 공공이 쫓아왔다. 비연은 순간적으로 냉정을 되찾았다. 그녀는 그제야 한 사람을 떠올릴 수 있었다. 그녀는 실망스러우면서 화도 났고, 자신이 우습게 느껴지기도 했다.

그 옆모습, 그녀가 잘못 보았을 리는 없었다. 그러나 사람을 잘못 보았을 수는 있었다. 이 세상엔 고운원이라는 녀석이 있으니까. 백의 사부와 똑같이 생긴 녀석이!

그녀가 갑자기 소리쳤다.

"고운원! 당신이야?"

주변 사람들이 비연을 이상하다는 시선으로 돌아보았지만 대답하는 사람은 없었다.

"고운원! 당신 여기 있는 거 맞지?"

비연이 다시 소리치자 모두 그녀가 사람을 찾고 있는 중이라는 걸 깨닫고 분분히 흩어졌다. 여전히 그녀를 상대하려는 사람은 없었다.

비연은 자신이 환각을 보았다고는 믿지 않았다. 확실히 보았다!

고운원이 혹시 그녀를 일부러 피하고 있는 걸까? 신농곡 약재 시장에는 무엇 하러 온 걸까? 약재가 필요하다면 그에게 약

재를 보내 줄 사람은 얼마든지 있을 텐데. 설마, 그저 바람을
좀 쐬려고 몰래 빠져나온 걸까?

비연은 어쩔 줄 몰라 하며 약왕정을 쓰다듬다가 매 공공을
바라보며 말했다.

"제가 사람을 잘못 보았나 봅니다. 가시지요."

군구신도 비연이 사람을 잘못 보았다고 여기고 이 일을 마음
에 담아 두지 않았다.

비연 일행이 하인을 따라 오솔길로 들어섰고, 빠르게 골짜기
에서 사라졌다. 그리고 얼마 지나지 않아 사람들 무리에서 다
시 그 백의 남자가 나타났다.

그는 사람들과는 반대로 산골짜기 중심을 향해 걷고 있었다.
검은 머리카락을 백옥 비녀로 반쯤 감아올린 그의 뒷모습은 몹
시도 곧바르고 자존감이 넘치는 것처럼 보였다. 또한 듬직하고
편안해 보이는 동시에 청아하고 뛰어난 기운도 풍기고 있었다.
그는 속세에 떨어진 신선이라기보다는 우화등선하는 신선과
같이, 시끌벅적한 사람들 사이에 있으면서도 모든 것을 초월한
것처럼 보였다.

그는 대체 백의 사부일까, 아니면 고운원일까? 비연이 그의
앞에 선다 해도 아마 구분해 내지 못할 것이다.

비연 일행은 신농곡을 떠나 진양성 방향으로 출발했다.

신농곡에서 진양성까지는 열흘 남짓의 여정이었다. 어린 태
자도 있고, 급한 일도 없으니, 군구신은 길을 재촉하지 않았다.
그들은 낮에는 길을 가고, 밤에는 객잔을 찾아 투숙했다.

태자는 길을 가는 내내 조용히 있지 않았다. 다행히도 매 공공이 함께 있는 것을 꺼려서인지 감히 파격적인 일을 하지는 않았다. 그저 제 황형의 자잘한 상황을 탐색하고, 비연에게 눈짓하며 각종 암시를 보낼 뿐이었다.

군구신이 태자의 그런 행동을 알아챘는지는 알 수 없었지만, 그는 태자를 야단치지 않았다. 비연은 모두 알아볼 수 있어, 한 번이라도 태자를 무척 혼내 주고 싶었다. 하지만 안타깝게도 태자가 신경 써서 그녀를 피했기 때문에 기회를 잡을 수 없었다.

시간은 빠르게 흘러가고, 그들은 진양성에 점점 더 가까워졌다. 이틀만 더 가면 도착할 예정이었다.

태자는 궁에 돌아가면 자신이 자유롭지 못하리라는 걸 알고 있었다. 아마 비연을 만나는 것도 어려워질 것이다. 그는 하룻밤 내내 고민한 끝에, 하루 지난 죽을 커다란 그릇으로 한 그릇 들이켰다. 황형을 조금이라도 돕기 위해서였다. 아니, 최소한 고 대약사에게 황형이 좋아한다는 걸 깨닫게 해 줄 것이다.

그래서 이날 점심 무렵, 마차가 교외를 지나고 있을 때 태자는 갑자기 설사를 시작했다. 두 탕에 걸쳐 설사를 하고 나자 그는 힘이 빠져, 절망적인 얼굴로 사지를 늘어뜨린 채 하늘을 바라보며 마차에 누워 있었다.

군구신이 입을 열기도 전에 매 공공이 다급하게 비연을 데려 왔다.

마차에 오른 비연은 태자가 힘없이 누워 있는 모습을 보고 갑자기 마음이 아파 왔다. 태자가 일부러 그러고 있다는 것을 그녀가 알 리 만무했으니까.

비연은 의원은 아니지만, 항상 보게 되는 작은 병세 정도는 진단해서 약을 지을 수 있었다. 그녀는 태자의 증상을 들은 다음, 배탈이 난 것이라 확신하고 겨우 안도의 한숨을 쉬었다. 그리고 지사제와 장과 위를 보호해 주는 약을 꺼내 망중에게 건넸다.

"약들은 내가 모두 잘 나눠 두었어요. 잠시 후에 한 봉지를 드시게 하고, 두 시진 후에 다시 한 봉지 드시게 하면 될 거예요. 기억해요. 마른 양식은 평소의 절반 정도만 드시게 하고, 따뜻한 물을 많이 드시게 해야 해요."

설명을 끝낸 비연은 마차에서 내리려 했다. 그러나 태자가 그녀의 손을 잡아끌며 불쌍하게 말했다.

"고 대약사, 망 시위가 약을 먹여 주는 게 싫어. 여기 나랑 같이 있어 줘. 제발……."

전하, 이것은 마음의 병입니다.

열 살짜리 아이라면 떼를 쓰는 것이 정상이다. 하물며 병이 났을 때라면 더더욱 그렇다.

태자가 계속 고집을 부린 덕분에 비연은 군구신의 넓은 마차 안에 남게 되었다. 모두 물러가고 일행은 다시 출발했다.

비연은 알약을 물에 풀어 태자에게 마시게 했다. 그녀는 이 태자가 무척 사랑스러워, 부드러운 표정으로 매우 조심스럽게 움직였다.

태자는 그녀의 품에 누운 채 그녀가 입에 넣어 주는 약을 받아먹었다. 너무나 행복한 나머지 하마터면 자신이 연극을 하고 있다는 사실을 잊을 뻔했다.

군구신은 원래는 동생을 보고 있었지만 곧 그의 주의력이 비연에게로 옮겨 갔다. 그리고 그녀의 온유한 모습을 보면서, 그녀에게도 여자다운 느낌이 있다는 것을 처음으로 발견했다. 보고 또 보고 있노라니 자신도 모르게 정신이 나가 버린 것 같았다.

비연이 약을 다 먹였지만 태자는 그 자세 그대로, 그녀의 팔을 벤 채 일어나지 않았다. 그는 작은 입을 비죽거리며 애교를 부렸다.

"고 대약사, 가면 안 돼!"

비연은 그가 무서워한다 생각해서, 어쩔 수 없다는 듯이 웃으며 말했다.

"태자 전하, 이 병은 심한 것이 아니니 약을 먹으면 금방 나으실 거예요. 괜찮으니 무서워하지 말고 주무세요."

태자가 슬쩍 곁눈질을 했다. 그는 황형을 제대로 보지도 못했지만 발각될까 두려워 재빨리 눈길을 거두었다. 그리고 비연의 품에서 꼬물거리며 잠을 자는 척하기로 했다.

비연은 팔이 저렸다. 그러나 감히 움직이지도 못하고 그저 태자가 얼른 잠들기만을 바랐다. 한참 후에야 태자가 움직이지 않는 것을 보고 겨우 안도의 한숨을 토해 냈다. 무심결에 눈을 들다가 군구신과 시선이 마주쳤다. 그리고 언제나 차갑던 시선 속에 숨어 있는 부드러움을 발견하게 되었다.

하지만 그녀가 그것을 제대로 보기도 전에 군구신이 바로 정신을 차렸다. 그는 여전히 그녀를 응시하면서, 어색한 기분을 덮기 위해 냉담한 목소리로 말했다.

"별문제 없겠지?"

비연은 자신이 착각했다 생각하고 재빨리 대답했다.

"정왕 전하께서는 안심하셔도 됩니다. 약을 드셨으니 태자 전하께서는 반드시 설사가 멈출 것이고, 이어서 몇 끼 조절하시면 별문제 없으실 겁니다."

고개를 끄덕인 군구신이 잠시 침묵하다가 말했다.

"본 왕이 안지."

비연은 그렇게 피곤하지는 않았지만 이곳이 편하지는 않았기에, 자신의 마차로 돌아가고 싶어 예의를 차리지 않기로 했다.

그녀가 태자를 안아 옮기려 했을 때였다. 태자가 바로 발버둥을 치며 숙면을 방해받았다는 듯, 혹은 악몽을 꾸었다는 듯 소리 내어 울기 시작했다. 비연은 겨우 태자를 떨어뜨리지 않을 수 있었다.

그녀는 다급하게 태자의 두 다리를 잡고 편안하게 눕혀 그가 바닥에 떨어지지 않도록 했다. 그러나 그녀가 꽉 끌어안아도 태자는 계속 난동을 부렸다. 그녀가 계속 토닥거리자 겨우 조용해졌다.

태자가 조용해진 것을 확인한 후, 군구신이 곁으로 다가와 속삭였다.

"본 왕이 하지."

그가 태자를 안아 올렸다. 아주 간단하고 편안하게. 그러나 태자는 그에게 안기자마자 바로 몸부림을 치기 시작했다. 죽어라고 발버둥을 치며, 눈을 감은 채 울면서 계속 비연의 이름을 불렀다.

군구신이 어쩔 줄 몰라 하자 비연이 재빨리 태자를 안아 들었다. 다시 한참을 토닥거려 겨우 태자를 안정시킬 수 있었다. 그녀가 속삭였다.

"전하, 제가 계속 모시고 있는 편이 낫겠습니다."

군구신은 답답했다. 동생은 잠을 잘 때에도 사람을 가리기는 했지만 작년부터는 그러지 않았다. 그런데 이번에는 웬일일까? 설마, 아프니까 약사를 알아보는 건가?

그는 강권하지 않고 자리로 돌아와 앉았다. 이렇게 두 영리한 어른이 어린 장난꾸러기에게 속아 넘어갔다.

군구신은 제자리에 앉은 채 오른쪽 창밖을 바라보았고, 건너편의 비연은 태자를 안은 채 다른 쪽 창을 바라보았다. 마차 안에는 적막이 내려앉았다.

태자가 몰래 눈을 떴다가 바로 다시 감았다. 마치 무엇인가를 기다리고 있는 것 같았다. 마차는 천천히 움직였고, 시간도 적막 속에서 느리게 흐르는 것 같았다.

비연은 한참 동안 앉아 있다가 점점 뒤로 기대기 시작했다. 그녀는 눈을 감았지만 잠을 자지는 않고 항상 하던 대로 망할 얼음의 약방문을 고민하기 시작했다. 그러나 아무리 생각해도 단서가 잡히기는커녕 오히려 두통만 밀려왔다.

그녀는 눈을 뜨고 정신을 집중하려고 애썼다. 그러나 어째서일까. 생각하면 생각할수록 혼란스럽기만 했다. 차라리 그 약방문을 꺼내 보는 편이 나을 것 같았다.

그녀는 약사니 약방문을 가지고 다니며 연구하는 것만큼 정상적인 일은 또 없을 것이다. 그녀는 태자를 안은 채 한 손으로 약방문을 들고 계속 들여다보았다. 곧 정신을 잃을 정도로 약방문에 빠졌다.

군구신이 무심결에 그녀를 슬쩍 보다가 바로 그 약방문을 알아보았다. 마음이 살짝 저려 왔다. 그는 그 약방문을 다시는 보고 싶지 않은 것처럼 바로 창밖을 바라보았다. 그러나 얼마 지나지 않아 결국 입을 열고 말았다.

"고 대약사, 무엇을 보고 있지?"

비연은 너무 열심이었던지라 그의 질문도 듣지 못했다. 군구신은 결국 자제력을 잃고, 그녀를 돌아보며 큰 소리로 물었다.

"고 대약사, 무엇을 보고 있지?"

비연은 그제야 눈을 들고 다급하게 대답했다.

"전하께 말씀드립니다. 약방문을 보고 있었습니다."

군구신이 다시 물었다.

"무슨 약방문이지?"

비연은 엉터리로 지어내기 시작했다.

"막힌 기를 풀어 주고, 풍을 예방하며, 눈을 밝게 해 주고, 정신을 안정시켜 경락을 풀어 주는 용도입니다."

군구신은 비연의 진지한 얼굴을 보며 속으로 차갑게 웃었다. 거짓말하는 능력은 정말 세상에 둘도 없지 않은가? 비연이 열마디 하면 그중 두 마디나 진실일까?

군구신이 불시에 손을 뻗어 약방문을 가져가더니 냉랭하게 말했다.

"본 왕이 요즘 울적하여 밤에 잠을 잘 이루지 못하니, 바로 이 약방을 쓰면 되겠군!"

"전하!"

비연은 다급한 나머지 하마터면 품속의 태자를 떨어뜨릴 뻔했다. 그녀는 태자를 꼭 끌어안은 뒤 군구신에게 몸을 내밀며 진지하게 말했다.

"정왕 전하, 그 약방문은 제가 아직 고민 중인 것이라 완벽하지 않습니다!"

군구신은 그래도 그녀에게 그것을 건네지 않고 냉랭하게 반 문했다.

"약재가 몇 종류나 부족하지?"

비연은 남몰래 생각했다. 정왕 전하 기분이 요즘 좋지 않다 는 걸 이미 알고 있었으면서 어째서 다른 약효를 둘러대지 않 았을까. 어쩜 이리도 공교롭담!

그녀가 쭈뼛거리며 몇 가지 구하기 힘든 약재를 중얼거리다 가, 아예 약사로서 그를 대하기로 하고 엄숙하게 물었다.

"정왕 전하, 약은 함부로 복용하시면 안 됩니다. 심정이 우 울하여 밤에 수면을 잘 취하지 못하시는 것 외에 다른 증상은 없으신지요? 예를 들어, 입이나 혀가 마른다거나 주무실 때 식 은땀이 난다거나?"

군구신이 냉랭하게 대답했다.

"없다!"

비연은 마음속으로 판단을 내리고 더욱 진지해졌다.

"전하, 전하의 병은 마음의 병입니다. 마음의 병은 마음의 병을 고치는 약으로 치료해야 합니다. 제 약방문은 중병을 치 료하기 위한 것이니 전하께는 맞지 않습니다. 저에게 안신산이 있는데, 기를 통하게 하고 마음을 편하게 하여 잠을 이루게 해 줍니다. 전하께서 잠이 오지 않으시면 한번 시험해 보십시오. 주무시기 전에 차가운 물과 함께 드시면 됩니다."

비연은 이렇게 말하며 진짜로 약병도 하나 꺼냈다.

군구신은 원래 그렇게 울적하지 않았으나 이렇게 진지한 그녀의 모습을 보니 갑자기 가슴이 막힌 것처럼 답답하게 아파 왔다. 그는 무표정하게 약병을 받고 약방문은 돌려주었다. 비연은 몰래 안도의 한숨을 내쉬며 그 약방문을 잘 갈무리했다.

군구신은 손바닥 위의 약병을 굴리기 시작했고, 비연은 태자를 끌어안은 채 고개를 숙이고 별말 하지 않았다. 이렇게 두 사람은 다시 침묵 속에 빠져들었다. 시간이 흘러갔다. 비연은 팔에 피가 통하지 않아 손을 바꿔 태자를 안으려 했다. 그러나 머리를 살짝 들어 올리자 태자는 그녀의 손을 쳐 내고 죽어라 그녀의 품으로 파고들었다. 발길질 몇 번으로 불만을 표시하는 것도 잊지 않았다.

비연은 감히 움직일 수 없었다. 하지만 이제는 정말로 팔이 저려 버틸 수 없을 지경이었다. 그녀가 어떻게 해야 좋을지 알 수 없어 하고 있노라니, 군구신이 말없이 그녀 곁으로 건너와 앉았다. 그리고 그녀의 팔을 받쳐 주어 그녀 대신 모든 무게를 감당해 주었다.

비연은 놀랍기도 하고 고맙기도 했다. 그녀가 속삭였다.

"전하, 하인을 부를까요?"

군구신은 뒤로 등을 기댄 채 눈을 감았다. 잘생긴 미간에는 옅게나마 어두운 기색이 퍼져 나가고 있었다. 그는 더 이상 그녀를 상대하려 하지 않았다……

자상함, 그럴 리 없어……

군구신이 대답하지 않자 비연이 다시 권했다.

"전하, 하인을 불러와 대신하게 할까요?"

이런 식으로 그녀의 손을 받쳐 주면 그가 그녀보다 더 힘들 텐데!

군구신이 한마디도 하지 않았다. 마치 그녀의 목소리가 들리지 않는 것처럼.

"전하……."

비연이 조심스럽게 고개를 돌려 보니 그는 잠이 든 것처럼 눈을 감고 있었다. 이렇게 손을 든 채 잘 수 있다고?

"전하……."

비연이 다시 권하려 하자 군구신이 냉랭하게 외쳤다.

"시끄럽다!"

비연은 살짝 놀라 고개를 돌리고 그 이상 권하지 못했다. 그러나 곧 무엇인가 생각해 낸 것처럼 그녀의 눈에 갑자기 놀란 기색이 어렸다.

그녀의 몸이 살짝 굳는가 싶더니 조심스럽게 고개를 돌려 눈을 감고 있는 정왕을 바라보았다. 그 고요한 얼굴이 더욱 존귀하고 외로워 보였다. 정말로 자고 있는 것 같았다.

그의 고요한 얼굴은 정말로 찬탄이 나올 정도였다. 시간이 천천히 조각해 낸 것 같은 얼굴은 완벽하여 흠집 하나 찾아낼 수 없고, 눈을 떼고 싶지 않을 정도였다. 그러나 비연은 그 얼굴을 오래 보지 못하고 바로 고개를 돌렸다. 분명 하인을 부르는 게 귀찮아서 그러신 거겠지? 분명 그런 것일 거야…….

비연이 품 안의 태자를 보다가 무슨 생각을 했는지 갑자기 머리를 흔들었다. 자신의 생각을 부정하고 싶은 것처럼.

그녀는 눈을 감았다가 다시 떴다. 정신을 맑은 상태로 유지하고 싶었기 때문이다. 그래, 눈을 감으면 안 돼. 눈을 감으면 너무 많이 생각하게 되니까!

그녀의 눈동자가 계속 반짝이고 있었다. 슬며시 군구신 쪽을 훔쳐보는가 싶더니 다시 거두어들이고, 창밖을 보다가 또 인내심 없이 재빨리 마차 안으로 시선을 옮기고……. 마차 안 장식을 잠시 응시하다가, 태자를 보다가, 결국은 참지 못하고 다시 곁에 앉은 남자를 곁눈질하고…….

이렇게 마차 안은 고요했다. 어찌나 조용한지, 몸을 굳히고 있는 비연은 제 눈알이 구르는 소리도 들을 수 있을 것만 같았다. 그리고 그녀의 표정은 풍부 그 자체로, 온갖 모습으로 바뀌고 있었다! 아무리 둔한 사람이라도 그녀가 긴장하고 있음을 알아볼 수 있었다!

계속 훔쳐보던 태자가 하마터면 참지 못하고 웃음을 터뜨릴 뻔했다. 그의 입가가 몇 번이나 위로 올라갔지만 안타깝게도 비연은 그 모습을 보지 못했다. 그가 속으로 중얼거렸다.

'우리 황형이 너에게는 다르다고 했는데, 네가 믿지 않았지!'

태자가 비연을 몰래 훔쳐보고는 안심하며 눈을 감았다. 공을 좀 세웠으니 이제 물러나도 될 것 같았다. 두 번이나 설사를 했더니 피곤해서 자고 싶었다. 특히 이렇게 따뜻한 품속에서라면 더더욱 그랬다.

그는 고개를 돌려 비연의 팔 안에서 꼬물거리며 가장 편한 자리를 찾기 시작했다. 비연은 태자가 불편해한다 생각하여 제 몸을 조금 움직이려 했다. 그러나 그럼 그녀의 팔이 군구신의 팔을 내리누르게 되니 감히 함부로 움직일 수가 없었다.

결국 태자가 더 이상 움직이지 않고 만족스러워하며 잠이 들었고, 비연도 겨우 안심했다. 그녀는 머리를 뒤로 기댄 채 눈을 크게 떴다. 너무나 피곤한데도 잠을 잘 수 없었다. 어떤 생각이 계속 그녀의 머릿속을 휘젓고 있어, 그녀는 애가 탔다.

착각! 분명 착각이다! 아니, 분명 착각인 것이 아니라 그래야만 한다! 반드시 착각이어야만 해!

고요한 가운데 말발굽 소리며 마차 바퀴 구르는 소리만 들리고, 비연이 애를 태우는 가운데 시간은 흘러갔다. 비연은 계속 고민하다가 결국 피로를 이기지 못하고 졸기 시작했다.

위아래로 흔들리던 그녀의 머리가 마차가 한바탕 흔들리자 좌우로 흔들리게 되었다. 흔들리고 또 흔들리고…… 흔들리던 머리가 군구신의 어깨로 쓰러졌다. 잠에 취해 있던 비연은 한번 기대게 되자 그대로 움직이지 않았다.

비연이 움직이지 않자 군구신이 천천히 눈을 떴다. 조금 놀란 듯 고개를 돌려 그녀를 바라보았다가 즉시 시선을 옮겼다.

그의 깊은 눈은 마치 초조한 기운을 감추고 있는 듯 어두운 기색이 완연했다. 그러나 그는 조심스럽게 움직여 그녀가 편히 기대게 해 주었다.

마차 안은 여전히 고요했고 군구신만 눈을 뜨고 있었다. 그러나 그의 표정은 비연처럼 풍부하지 않았다. 그는 태자와 비연의 무게를 버티며 창밖을 바라보았다. 마차가 빠르게 질주하니 창밖 나무들이 계속 스쳐 갔다. 딱히 보기 좋은 풍경도 아닌 것을, 그가 무엇을 보고 있는지는 하늘만이 알 것이다.

밤에 잠을 자지 못했으므로 사실 그도 피곤한 상태였다. 그러나 비연과 달리 그는 계속 눈을 뜨고, 손을 들어 올린 채 맑은 정신을 유지하고 있었다.

이렇게 두 시진 가까이 달리자 마차가 작은 성에 도착했다. 그리고 곧 성에서 가장 좋은 객잔 문 앞에 멈춰 섰다. 망중이 휘장 밖에서 말했다.

"전하, 동래객잔에 도착했습니다."

군구신이 대답 없이 검으로, 휘장을 소리 없이 내렸다. 그의 곁에서 비연과 태자 모두 편안히 잠들어 있었다.

망중은 대답이 들리지 않자 더 이상 말을 하지 못했다. 밖에 있는 이들 모두 다 함께 기다리는 수밖에 없었다. 군구신은 그렇게 조용히 앉은 채 기다렸다.

얼마나 지났을까, 비연이 마침내 깨어났다. 그녀는 몽롱한 얼굴로 눈을 떴다. 한숨 푹 자고 난 후의 만족스러운 기분이 들었다. 그러나 곧 자신이 정왕 전하의 어깨에 기대어 있다는 사실을 깨닫고는 재빨리 고개를 들었다.

"전하, 제가…… 제가 실례했습니다!"

군구신은 그녀를 흘깃 보기만 했을 뿐 여전히 아무 말도 하지 않았다. 비연은 난처하기 짝이 없었다. 그의 어깨가 젖어 있는 것을 보자 더욱 난처해졌다. 저것은 분명 그녀의 땀일 것이다. 그녀의 머리카락도 축축했다. 어째서 깨우지 않았담!

비연은 곧 마차가 이미 멈춰 있음을 깨달았다! 주변이 조금 시끌벅적한 것이, 시장이 있는 거리 같았다. 세상에, 성에 들어왔다니! 그럼 대체 얼마나 잔 걸까? 분명 두 시진은 잤겠지? 어, 어째서 깨우지 않은 걸까?

비연은 깜짝 놀라면서 심지어 조금 황공하기도 했다.

군구신이 냉랭하게 물었다.

"내릴 수 있겠나?"

비연이 겨우 정신을 차렸다. 기운이 없더라도 어떻게든 마차에서 내려야 했다! 그녀는 여전히 잠든 태자를 안은 채 힘을 짜내 몸을 일으켰다.

휘장이 올라가자 그녀는 더욱 경악했다. 세상에, 황혼 무렵이라니!

교외에서 성까지는 두 시진 정도의 거리였다. 바꿔 말하면, 그들이 성에 들어온 후 최소 한 시진은 마차에서 있었다는 이야기였다. 정왕 전하는 아무것도 하지 않고 그저 그녀가 깨어나기를 기다려 주신 걸까?

비연이 멍한 표정을 짓는 사이 군구신이 다른 쪽으로 마차에서 내리더니, 그녀 앞으로 다가와 말했다.

"태자가 깊이 잠들었을 테니, 본 왕이 안도록 하지."

비연은 여전히 멍한 표정이었다. 군구신이 그녀에게서 태자를 받아 들었다. 태자는 더 이상 난동을 부리지 않았고, 군구신도 별말 없이 몸을 돌려 객잔을 향해 걸어갔다.

비연은 계속 멍하니 마차 옆에 서 있었다. 매 공공이 다가와 속삭였다.

"고 대약사, 태자 전하께서는 무슨 일이십니까? 나와 시위들이 기다리느라 다리가 다 풀릴 지경입니다."

그제야 비연은 정신을 차렸다.

"별일 아니에요. 다만…… 주무셨을 뿐이에요."

매 공공은 그제야 안심한 듯 말했다.

"고 대약사, 갑시다. 망 시위가 안배를 끝내 놓았습니다. 오늘은 이곳에서 묵는다고 하더군요."

비연이 객잔을 향해 걷기 시작했다. 한 걸음, 한 걸음, 아주 느리게. 태자가 했던 말들을 진지하게 생각하기 시작하자 그녀의 심장이 점점 더 놀라고 두려워하기 시작했다.

그녀가 갑자기 발걸음을 멈추고 매 공공에게 말했다.

"저, 저는 좀 답답해서 밖에서 바람을 쏘여야 할 것 같아요. 먼저 식사들 하세요. 저를 기다릴 필요 없으니……."

비연이 도망치듯 객잔에서 달려 나오며 중얼거렸다.

"그럴 리 없어……."

어찌 이리 뒤섞인 걸까

비연은 객잔 대문 앞에 서서 정왕의 행동을 설명할 각종 이유를 찾기 시작했다. 그러자 곧 이성과 감정이 격렬하게 다투는 상황에 빠졌다. 말싸움이라면 남에게 지지 않던 비연이 자기 자신을 설득하지 못하고 있었다.

정왕 전하가 예전에도, 자잘한 일마다 이렇게 자상하게 자신에게 신경을 써 주었는지 기억할 수 없었다. 어쩌면 그녀가 마음에 담아 두지 않았던 것인지도 모른다.

정왕 전하가 자신만은 예외로 두고 계속 돌봐 주고 있다는 것은 알고 있었다. 하지만 그것은 모두 대의와 관련하여 그랬던 게 아닌가. 솔직하게 말하면 모두 목적이 있었던 셈이니 본심이 아닐 수도 있다.

예를 들면, 그녀가 그를 도와 세작을 끌어낼 때나 정역비를 구할 때 그는 자연스럽게 그녀를 지켜 주었다. 그녀가 정왕부에서 일할 때도 그의 아래에 있는 것이나 마찬가지였으니 자연스럽게 지켜 주었다…….

그러나 오늘의 이런 사소한 일은……. 이렇게, 이렇게 그녀를 돌봐 줄 이유가 없지 않은가! 손을 들어 그녀가 버티게 해 주다니. 또 어깨에 기대어 잠자게 해 주고, 그녀가 깰 때까지 소리 없이 기다렸다.

이렇게 자상하다니, 전혀 그의 성격 같지 않았다. 그의 행동 방식이 아니었다!

저 높은 곳의 정왕 전하가, 그렇게 차갑고 무정한 정왕 전하가, 어떻게 그녀에게는 별 이유도 없이 이렇게 잘해 주는 걸까? 한우아의 그 애정의 징표를 받은 것 외에 비연은 그가 어떤 여자에게도 마음으로 잘해 주고 예외로 두는 것을 본 적이 없었다.

생각할수록 불안해졌다. 심지어 어찌해야 할지 알 수 없다는 기분도 들었다.

경모하는 사람에게서 애정을 받는다면 그 얼마나 행복한 일인가. 그녀는 그의 뜻밖의 애정에 놀라고 기뻐해야 옳았다. 그러나 그녀는 놀라서 어쩔 줄 몰라 하고 있었다!

어떻게 하지?

어찌 이리도 천염국에 잘 섞여 버리고 만 걸까?

위장……. 아무것도 이해하지 못하는 것처럼, 아무것도 모르는 것처럼 행동하면 될까?

정왕 전하는 분명…… 잠시 동안은 아무 일도 하지 않으시겠지?

그의 성격과 정역비의 성격은 다르다. 그리고 정왕 전하는 천무제를 꺼리고 있다. 그녀를 좋아하더라도 그저 좋아하는 것에 지나지 않을 테니, 부에 돌아가면 한우아를 아내로 맞이할 것이다!

비연의 이성과 감성이 격렬하게 교전을 벌이고 있는데, 누군가가 등을 두드렸다. 깜짝 놀라 돌아보니 진묵이었다.

사실 진묵은 그녀의 등 뒤에서 반나절은 서 있었다. 그러나 그의 목소리는 낮고 평온했으며, 심지어 단조롭게 들리기도 했다.

"식사."

안 그래도 비연은 지금 누군가를 찾아 한바탕 토론하며, 자신을 설득하고 싶어 미칠 지경이었다.

비연이 속삭였다.

"진묵, 네 생각에 정왕 전하가……."

여기까지 말한 후에 그만두었다. 진묵은 기본적인 희로애락도 결핍된 상태였다. 그림을 그리지 못하게 하거나 화장을 못하게 하는 정도의 거다란 자극을 주지 않는 한 감정을 내보이지 않았다. 그런 그가 이런 것을 이해할 수 있을까?

결국 스스로 마음을 정리하고 아무것도 모르는 척하기로 했다!

비연이 객잔을 향해 성큼성큼 걸어갔다. 진묵의 미간에 살며시 의혹과 미망이 드러났지만 곧 사라졌다. 그리고 그도 비연을 따라 걷기 시작했다.

정왕은 방에서 식사하고 있어 비연은 그를 보지 않아도 되었다. 다행이라 생각하며 자신의 방으로 들어가 한 발짝도 나오지 않았다. 그러나 막 잠이 들려는 찰나, 망중이 그녀를 부르러 왔다. 태자가 약이 쓰다며 안 먹겠다고 투정을 부리고 있으니, 정왕 전하가 그녀를 불러와 먹이라 했다는 이야기였다.

비연은 태자를 조금 의심하고 있었지만 태자가 흉흉한 기세로 설사하던 것을 떠올리고는 그 생각을 지워 버렸다. 그러나 정왕의 방에 들어갔을 때, 태자가 침상 위에 엎드린 채 몰래 웃는 것을 보자 비로소 어찌 된 일인지 깨달았다!

당장 태자를 혼내 주고 싶었지만 정왕 전하가 곁에 앉아 서신을 읽고 있어 그럴 수가 없었다. 그녀는 온유하게 행동할 마음이 들지 않아, 망중을 시켜 가져온 꿀을 탕약 안에 넣은 뒤 태자에게 내밀었다.

"태자 전하, 이 약은 쓰지 않으니 드셔 보시지요."

태자는 베개에 기대어 누운 채 입을 벌렸다. 비연은 참을 수밖에 없었다. 그러나 곁에 앉고 싶은 마음도 들지 않아, 몸을 굽힌 채 한 모금 한 모금 먹여 주었다.

태자는 자신이 잠든 후에 벌어진 일을 알지 못했다. 때문에 지금 비연의 마음속에 한바탕 폭풍우가 몰아치고 있다는 사실도 알지 못했다. 그가 기회를 틈타 나지막하게 속삭였다.

"우리 황형이 너를 아주 아낀다니까!"

비연은 대답하지 않고 계속 약을 먹여, 태자가 말을 할 겨를도 없이 만들었다. 태자는 곧 탕약 한 그릇을 깨끗하게 비웠다.

비연이 나가려 하자 태자가 재빨리 그녀의 팔을 붙잡고 불쌍한 척 물었다.

"고 대약사, 밤에 나 또 설사하는 거 아니야? 나 죽는 건 아니겠지?"

비연이 나지막하게 속삭였다.

"놔!"

태자는 놓지 않았다. 비연이 화가 나서 경고하는 듯한 눈빛을 던졌다. 그래도 태자는 놓지 않았다.

그때 군구신이 그들을 보더니 냉랭하게 말했다.

"택아, 시끄럽게 굴지 마라. 잘 시간이다."

그러자 태자가 비연을 더욱 강하게 끌어안으며 말했다.

"황형, 나 고 대약사랑 같이 잘래요."

군구신이 손에 들고 있던 서신을 내려놓으며 가라앉은 목소리로 꾸짖었다.

"너는 이미 어리지 않다. 무례를 저지르지 마라!"

황형이 진지하다는 것을 알아차린 태자가 비연의 손을 놓으며 투덜거렸다.

"인색하기는……."

인색하다고? 인색하다니, 뭐가?

비연은 고개를 갸우뚱하다가, 정왕 전하가 '너는 이미 어리지 않다'고 말한 것이 떠올랐다. 그녀는 갑자기 무엇인가 깨달은 듯 귓불까지 새빨개지고 말았다.

고개를 돌려 보니 정왕 전하의 불쾌한 듯한 시선이 보였다. 비연도 불편한 기분이 들어, 재빨리 물러나겠다고 고한 후 도망치듯 그 자리를 떠났다.

비연이 군구신 앞에서 홀린 듯한 표정을 지었던 것도 여러 번이었고, 그렇게 황공한 표정을 지었던 것도 여러 번이었다. 군구신은 그녀가 도망치듯 자리를 떠나는 것을 보고도 마음에 남겨 두지 않았다. 그는 심지어 오늘 자신이 그녀에게 잘해 주었다고도 생각하지 않고 있었다.

그는 항상 감정을 자제했고, 심지어 일부러 멀리 떨어지기도 했다. 그녀가 정왕부에 너무 많이 연루되는 것은 바라지 않아서였다.

그보다는 다른 신분으로 그녀와 함께 시간을 보내는 것이 좋았고, 심지어 그리운 마음에 미혹되기도 했다. 다른 신분의 그가 좀 더 진실한 자신에 가까웠고, 좀 더 진실한 그녀와 마주 볼 수 있었으니까.

모질게 마음먹고 신분을 숨겼지만, 마음을 가둘 수는 없으니 그 또한 자유롭지 않았다!

신분은 여럿 가질 수 있고 가면도 여럿 가질 수 있다. 그러나 마음은 결국 단 하나뿐이었다.

이미 여러 날을 번민했지만 여전히 그녀를 어떻게 해야 할지 결정하지 못한 상태였다. 늦어도 내일 오전이면 그들은 진양성에 도착한다. 세작이 부황의 신임을 깊이 받는 것을 방임하는 것은, 군씨 가문과 천염국에 극히 위험한 일이다!

태자가 다가오더니 진지하게 물었다.

"황형, 매 공공에게서 들었는데, 성에 돌아간 후 혼담을 준비한다면서요?"

군구신이 겨우 정신을 차리고 냉랭하게 말했다.

"가서 자거라. 그건 어른들이 알아서 할 일이다."

태자는 겁을 먹었다. 지난번 몰래 술을 마시고 한 말로 이미 한번 혼났기 때문이다. 그는 그저 몰래 '흉계'를 꾸밀 수 있을 뿐, 드러내고 권할 수는 없었다.

태자가 중얼거렸다.

"난 어쨌든 누가 형수가 될지 알아야겠는데?"

군구신이 그 말을 들었는지는 알 수 없으나, 다시 한번 꾸짖는 소리가 들렸다.

"궁에 돌아가면 얌전히 굴고. 기억해라. 고 대약사에게 가까이 가지 마라."

군구신이 무슨 생각을 하는지 태자가 알 리 없었다. 그는 다만 황형이 부황을 꺼리고 있다고 여겨 고개를 끄덕이고는 힘없이 침상에 엎드렸다. 그때 망중이 다급하게 밀서를 들고 왔다.

"전하, 백초 쪽 정보가 도착했습니다!"

백초?

태자는 이 이름을 듣자 우문엽을 처리하는 문제 때문이라 생각하고 더 이상 마음에 두지 않았다. 군구신이 잠시 머뭇거리다가 망중과 함께 밖으로 나갔다. 그는 다급하게, 조용하고 사람이 없는 곳을 찾아 서신을 열었다.

서신은 서른 장이 넘었는데, 밀서라기보다는 자료에 가까웠다. 그 안에는 근 25년 동안 태어난 우문 황족의 모든 공주에 대한 상세한 기록이 적혀 있었다. 직계의 적녀와 서녀를 포함, 방계의 모든 딸부터 백초 황제와 황후가 인정한 양녀까지…….

정왕 전하가 웃었다

군구신이 얼마나 다급해하는지는 아무도 모를 것이다. 모두 서른일곱 장의 종이에 빽빽하게 적힌 글자들을 그는 단숨에 읽어 내렸다.

이 자료에는 백초국 공주 열세 명에 관한 자료가 상세하게 기재되어 있었다. 그중에는 공주로 봉해진 민간인 여자 두 명까지 포함되어 있었다.

이 열세 명의 공주 중 비연과 나이가 비슷한 경우는 단둘로, 모두 서출이었고, 한 명은 열여덟 살, 다른 한 명은 열여섯 살이었다. 열여덟 살짜리 공주는 이미 성혼하여 지난달에 아들을 낳았고, 열여섯 살짜리 공주는 아직 규방에 머물고 있었다.

가장 의심스러운 것은 열여섯 살의 그 공주였다. 그러나 그 공주는 우문 황족 중에서 뚱뚱하기로 소문이 나 있었다. 비연의 마른 몸을 생각하면 하늘과 땅 차이였다.

밀정은 정보를 제공한 후 추측이나 결론을 내놓기 마련이다. 그러나 군구신이 지금 들고 있는 서신은 일차적인 정보였기에 추측이나 결론이 없었다.

이 정보에 기초를 두고 판단하면 비연의 혐의는 상당히 줄어들었다. 그렇다고 완벽하게 인정할 수 있는 것도 아니다. 백초국에 아무도 모르는 공주가 존재할 가능성도 있으니까.

군구신이 자료를 망중에게 건넸다. 그런 그의 칠흑 같은 눈은 유달리 깊어 보여, 무슨 생각을 하는지 도무지 짐작조차 할 수 없었다. 망중조차도 그가 이 정보에 대해 어떤 생각을 하는지 알 수 없었다.

군구신은 다만 차갑게 물었다.

"밀정이 그 두 공주를 직접 보았다던가? 본인임을 확인했고?"

망중의 심정은 사실 아주 복잡했다. 그는 비연이 세작이 아니기를 간절히 바라고 있었으나 마음속으로는 확신하고 있었다. 비연의 잠꼬대를 설명할 다른 이유를 찾아내지 못했으니까.

그가 솔직하게 대답했다.

"전하, 밀정이 아직 조사 중이라고 합니다. 후속 정보를 받는 대로 바로 보고드리겠습니다."

그가 몇 번에 걸쳐 재촉한 결과, 백초국의 밀정은 완벽한 정보를 바로 정리해 보내왔다. 그러나 결론을 내기 위해서는 더 많은 정보가 필요했고, 며칠을 더 기다려야 했다.

군구신이 불쾌한 듯 물었다.

"얼마나 걸릴 것 같나?"

망중이 난처해하며 말했다.

"빨라도 사나흘은 필요합니다."

군구신이 생각할 겨를도 없이 냉랭하게 말했다.

"가서 안배하도록 해라. 정확한 정보를 얻기 전에는 성에 돌아가지 않겠다!"

반드시 성으로 돌아가기 전에 결론을 내려야 했다!

말을 마친 군구신이 방으로 돌아갔다. 망중은 울고 싶었지만 눈물도 나오지 않았다! 진양성까지는 하루 정도의 여정이 남아 있을 뿐이다. 대체 무슨 이유로 매 공공과 사람들을 설득해 사나흘이나 시간을 끌 수 있단 말인가!

군구신이 방에 들어가니 태자가 팔다리를 펼친 채 패기롭게 커다란 침상을 차지하고 잠들어 있었다. 군구신이 미간을 찌푸리더니, 태자를 한쪽으로 미는 대신 창가에 앉아 눈을 감았다. 아마 오늘 밤도 잠을 이루기 어려울 듯했다.

비연도 잠을 이루지 못하고 있었다. 침상에 누워 눈을 크게 뜨고, 지난 반년의 일을 하나하나 떠올려 보았다. 정왕 전하와 있었던 사소한 일들을 떠올릴수록 자신이 바보같이 느껴졌다!

망중도 잠을 이룰 수 없었다. 그리고 하룻밤 내내 고민한 끝에 겨우 방법을 생각해 냈다.

그는 의원 하나를 매수하여 태자의 병을 살피게 했다. 의원은 태자의 병세를 과장하여, 객잔에 며칠 머무르며 상태를 관찰한 다음에야 떠날 수 있다고 주장했다. 군구신도 생각한 바가 있어 그 자리에서 허락했다.

비연은 매우 답답했다. 심지어 이 의원이 일부러 그러는 거 아닌가 의심스러웠다. 그러나 태자에게 요양이 필요한 것 역시 사실이었다. 그녀가 받은 약방문에도 별다른 문제는 보이지 않았다. 게다가 정왕 전하께서 고개를 끄덕이셨으니 그녀도 의문을 표시할 수 없었다.

매 공공은 아무것도 몰랐다. 그저 긴장으로 죽을 지경이었다. 그는 태자에게 무슨 일이나 벌어지는 건 아닌지 걱정하며, 자신 먼저 성으로 돌아갈 엄두도 내지 못했다.

태자의 입장에서 보면, 자신의 병 자체를 스스로 만든 것이기는 하지만 상태가 꽤 무시무시했다. 계속 약만 먹으면 문제없을 것으로 생각했지만, 의원이 호들갑을 떨며 진단 결과를 내놓자 정말 놀라고 말았다. 그는 심지어 조금 후회하기 시작했다!

이렇게 나흘이 지났다. 비연은 하루 세 번, 식사 후에 군구신의 방으로 가서 태자에게 약을 먹였다. 군구신은 매번 얼음으로 조각한 조각상이라도 된 것처럼 태자 곁에 앉아 차가운 눈으로 그녀를 바라보았다.

태자는 점점 더 비연에게 달라붙었다. 약을 먹을 때면 그녀에게 질문을 잔뜩 했다. 마지막에는 비연이 자신을 속인 것은 아닌지, 위로하려고 일부러 그러는 것은 아닌지 물었다. 덕분에 비연은 조금이나마 덜 어색하게 그 자리에 있을 수 있었다.

군구신은 스스로 입을 열지 않았고, 비연 역시 한마디도 스스로 하지 않았다. 그녀는 매번 방에 들어가면 몸을 굽혀 절을 하고, 물러 나올 때도 인사를 올리고 나왔다.

예전이었다면 그녀는 분명 군구신의 이상한 기색을 알아차렸을 것이다. 그러나 안타깝게도 지금 그녀는 감히 그를 쳐다볼 수조차 없는 상황이었다.

군구신도 그녀의 부자연스러운 모습을 눈치채지 못했다. 그녀를 보며 계속, 곧 배달되어 올 정보만을 생각했다!

나흘째 점심 무렵에 망중이 두 번째 정보를 받았다. 군구신이 그 소식을 듣고 바로 방 밖으로 나오다가 막 들어오던 비연과 부딪쳤다. 비연은 벼락이라도 맞은 듯 깜짝 놀라 멀리 물러섰다.

"정, 정왕 전하, 저는……."

군구신이 차갑게 말을 끊었다.

"괜찮은가?"

비연이 그를 보지도 못하고 대답했다.

"괘, 괜찮습니다."

군구신은 이 일을 마음에 두지 않고 성큼성큼 걸어 그 자리를 떠났다.

망중을 발견한 그가 바로 물었다.

"상황이 어떻지?"

망중이 정보를 내밀며 진지하게 말했다.

"전하, 밀정 여럿 모두 더 이상의 정보는 알아내지 못했습니다. 그들의 추측에 따르면, 비연이 어릴 때 백초 황족을 떠나 아무도 모르는 것이 아닌가 싶다고 합니다. 그러니 그녀는 우문엽의 신분을 안다 해도, 우문엽은 비연의 존재조차 모를 겁니다. 이외의 가능성은…… 우리의 판단이 틀렸고, 비연이 백초국 공주가 아니라는 것입니다. 밀정들 모두 후자의 가능성이 더 높다고 보고 있습니다. 그리고 영 오라버니에 대해서라면, 누구도 이자의 존재를 찾지 못했습니다."

이 결론을 얻고 망중은 매우 당황했다. 그가 보기에 이 정보는 예전의 것과 그다지 큰 차이가 없었다. 그러나 군구신은 정보를 읽어 내려갈수록 점차, 한 달 동안 이마에 짙게 배어 있던 어두움이 사라지고 얼굴이 환해졌다. 암담하던 검은 눈도 밝게 빛나기 시작하고…… 마치 아주 오랫동안 잃어버렸던 영혼이 다시 돌아온 것 같았다!

마지막 한 글자까지 다 읽은 그가 갑자기 고개를 돌리더니 망중에게 물었다.

"이 일에 대해 어떻게 생각하지?"

망중은 제 주인의 말투에서 기쁨이 배어 나오는 것도 눈치채지 못하고, 그저 자신에게 그리 물어본 것에 황송해하고 있었다!

이 3년여 동안 정왕 전하는 어떤 정보를 얻건 스스로 아주 명확하게 정리해, 침착하게 추측하고 판단했다. 망중은 가장 신임받는 시위였지만 정왕 전하가 그의 생각을 물어 온 적은 한 번도 없었다. 이번이 처음이었다!

망중은 기쁘고 놀란 가운데 곧 난처해지고 말았다. 밀정들은 비연이 백초국 공주인지 아닌지 조사했을 뿐 구체적인 상황은 알지 못했다. 그러나 그는 직접, 비연이 울면서 '부황', '모후'라고 외치는 것을 들었다. 비연은 분명 어딘가의 공주였고, 부모와 오라비에 대한 감정이 결코 얕지 않았다.

그녀가 백초국의 공주가 아니라면 만진국의 공주란 말인가? 그건 더욱 불가능한 일이었다!

망중은 머리를 긁적이며 머뭇거리기만 했다. 어떻게 대답해야 할지 도무지 알 수 없었던 것이다.

정왕 전하는 그가 상상했던 것보다 더욱 매혹되어 심란했던 모양이다. 그래서 스스로 판단할 수 없어 그에게 물은 것이 아닐까?

망중이 골똘히 생각하다가 대답하려 했을 때 군구신이 말했다.

"전령을 내려라. 곧 출발한다. 백대애에 들를 것이다."

백대애? 그곳은 천염국이 범죄자를 수감해 두는 비밀스러운 곳으로, 며칠 전 우문엽을 비밀리에 그곳에 수감하였다. 전하가 무엇 때문에 갑자기 백대애로 가시려는 걸까?

"전하, 그건……."

망중은 이해할 수 없었다. 그러나 고개를 돌렸을 때 제 주인이 갑자기 입술 끝을 살짝 들어 올리며 웃는 것을 발견했다. 그가 3년 동안 본 적 없는 그런 미소였다. 말로 표현할 수 없을 만큼 밝은 미소! 정왕은 더 이상 평소처럼 냉랭해 보이지 않았다! 오히려 아주 즐거운 듯했다. 그러나 이 정보는 결코 좋은 소식이 아닌 것을!

대체 어찌 된 일일까?

만족스러운 답을 원한다

정왕 전하의 명령에 망중은 다시 골치가 아파졌다.

결국 망중은 정왕 전하께서 비밀 정보를 얻으셨고, 비연의 협조를 받아 바로 우문엽을 심문해야 한다는 핑계를 생각해 냈다.

일행은 모두 백대애를 향해 바로 출발했다. 매 공공은 감히 이의를 제기할 수도, 그렇다고 가지 않을 수도 없어 계속 따라왔다.

망중은 돌봐 줄 사람이 필요하다는 핑계로 태자를 매 공공에게 맡겼다. 태자는 의원 때문에 놀랐기 때문에 매우 고분고분했다. 매 공공도 아픈 태자를 감히 소홀하게 대할 수는 없었다. 이렇게 망중은 두 사람을 따돌린 후 비연을 데리고 백대애 지하 감옥으로 향했다.

망중은 이곳에 온 목적은 분명 우문엽과 관련 있을 거라는 사실만 알 뿐, 정왕 전하의 기분이 왜 갑자기 좋아졌는지는 아무리 머리를 짜내도 알 수 없었다. 그리고 비연은 이 모든 일을 전혀 몰랐다.

생각하면 할수록 기괴하기만 했다. 정왕 전하가 그녀에게 심문에 협조하라고 한 건 그저 매 공공이 들으라고 한 소리일 뿐, 그녀를 찾은 건 분명 다른 목적이 있는 게 아닐까? 사람을 심문하는 일이라면 분명 정왕 전하가 그녀보다 훨씬 뛰어날 테고,

그녀보다 경험도 많을 텐데.

비연이 곧 지하 감옥에 도착했다. 군구신이 감옥 문 앞에서 기다리고 있었다. 비연은 진묵을 문 앞에서 기다리게 하고는 성큼성큼 걸어갔다. 마음속으로 준비를 끝낸 그녀는 대범하게 정왕을 마주 보며 절했다.

"정왕 전하를 뵙습니다. 저를 이곳까지 부르심은 어떤 분부가 있으셔서인지요?"

군구신이 그녀를 응시했다. 그렇게 오래도록 마음을 무정하게 먹고 있었건만 지금 그의 두 눈은 마침내 견디지 못하고 부드럽게 반짝이고 있었다.

"전하?"

비연이 살짝 고개를 들었으나, 그의 심오한 눈동자와 마주치자마자 바로 고개를 숙여 피했다. 그녀는 가까스로 담담한 표정을 유지하고 있었다. 그러나 그의 시선을 받는 순간 다시 온몸 전체가 부자연스럽게 느껴졌다.

예전에는 그가 응시하면 그저 사납고 차가워 보인다고만 생각했다. 그러나 지금은 그의 마음을 알게 되었으니……. 어떻게 보아도 그의 두 눈 속에는 그녀가 감히 받아들일 수 없는, 따뜻함이 숨어 있었다!

분명 착각일 것이다. 이렇게 차가운 남자가 어찌 그리 쉽게 부드러움을 드러낼까? 그녀를 좋아한다 해도 그저 좋아하는 것일 뿐, 그는 다른 여자를 아내로 맞이할 것이다. 그는 그저……그녀에게 일시적으로 신선한 감정을 느끼는 게 아닐까?

비연은 남몰래 심호흡을 하고 다시 고개를 들었다. 군구신이 먼저 몸을 돌려 지하 감옥으로 들어가며 냉랭하게 말했다.

"본 왕을 따라오도록."

비연이 재빨리 따라갔다.

음산한 통로를 지나고 다시 석문을 지났다. 우문엽이 갇혀 있는 지하 감옥은 아주 컸고, 삼면이 물샐 틈 없이 봉쇄되어 있었다. 드나들 수 있는 곳은 철문 하나뿐이었다.

감옥 안에는 각종 형구가 놓여 있었다. 우문엽은 감옥 한가운데 커다란 형틀에 두 손은 높이 들어 올려진 채 묶여 있고, 두 다리는 쇠사슬에 묶여 있었다. 그리고 사슬 끝에는 커다란 쇠공도 달려 있었다.

그의 옷차림은 남루하고 냄새가 났다. 봉두난발에 여기저기 상처가 생긴 것이, 며칠 동안 꽤 혹독한 고문을 당한 듯했다.

그는 고개를 숙인 채 들어오는 사람이 누구인지 전혀 쳐다보려 하지 않았다. 절망한 것 같기도 하고, 두려움을 느끼지 못하는 것 같기도 했다.

비연은 감옥을 한 바퀴 둘러보았다. 점점 더 정왕 전하가 자신을 이곳에 오게 한 뜻을 알 수 없다는 생각이 들었다. 그녀가 물어보려 했을 때, 군구신이 먼저 입을 열었다.

"비연, 본 왕 대신 그를 심문하도록. 백초국과 소씨 가문, 그리고 기씨 가문이 결탁한 사실이 있는지 없는지 알아내라."

이 말을 들은 우문엽이 즉시 고개를 들더니, 놀라고 또 분노한 시선을 보냈다. 며칠 동안 그는 감옥 안 모든 형구를 한 번

씩 겪었다. 그는 군구신이 새로운 형구라도 가져와 직접 손을 쓰려나 보다 생각했을 뿐, 비연, 저 연약한 여자를 시켜 그를 심문할 줄은 상상도 못 했다. 대체 군구신이 그를 얼마나 무시하고 있는 걸까? 이것은 말 그대로 모욕이었다!

비연도 깜짝 놀랐다. 정왕 전하가 그녀에게 심문을 돕게 하는 것이 아니라 주동적으로 하게 할 줄은 생각지 못했던 것이다. 그것도 우문엽의 입에서 자백을 받아 내라니! 지략으로는 불가능하고 형구를 써야 했다.

그녀는 저도 모르게 주변의 핏자국이며 무섭게 생긴 형구들을 바라보았다. 너무나 당황스러웠다. 이 물건들을, 그녀는 하나도 쓸 줄 몰랐다.

혹시 그녀가 독을 쓰기를 원해서일까?

그건…… 좋지 않은 일이 아닐까? 일단 독을 쓰면 너무나 참혹한 상황이 된다!

우문엽은 어쨌든 백초국의 황자였다. 지금의 상황으로 보건대, 일을 너무 철저하게 하는 것도 좋은 생각은 아닌 것 같았다!

비연이 난처해하며 속삭였다.

"전하, 저는, 저는……."

군구신이 갑자기 몸을 굽혀 거리를 좁히더니, 그녀의 귓가에 대고 나지막한 목소리로 말했다.

"고 대약사, 본 왕이 너를 이곳에 데려온 이유는, 네가 본 왕에게 만족스러운 답을 주기를 바라서다."

비연이 몸을 흠칫 떨었다. 머리가 텅 비고 몸 전체가 굳어 버린 것 같았다. 그의 이 말 때문이 아니라 그가 너무 가까이 다가왔기 때문이었다. 그의 입술이 그녀의 귓불에 닿을락 말락 하고, 뜨거운 숨결이 그녀의 귀며 목덜미에 쏟아져 모든 신경을 긴장시켰다.

다행히도 군구신은 말을 끝내자마자 물러났다. 그게 아니었다면 비연은 어찌 반응해야 할지 알 수 없었을 것이다.

군구신은 구석 어두운 곳의 다탁 앞에 다리를 꼬고 앉았다. 어느 정도 편해 보이기도 하고, 또 매우 우아해 보이기도 했다. 긴 다리가 더욱 길어 보였다. 어두운 곳에서도 그 특유의 맑고 귀한 분위기는 전혀 줄어들지 않았다. 그는 비연을 응시하며 인내심 있게 기다리고 있었다.

비연은 황공하여 어쩔 줄 몰라 했다. 고개를 돌렸다가 군구신의 시선과 마주친 그녀는 더욱 당황하고 말았다.

하지만 더는 다른 생각을 할 겨를이 없었다. 그녀는 단 한 가지만 생각하기로 했다. 어서 심문을 해 정왕 전하께서 만족할 결과를 내야겠다. 그래서 조금이라도 빨리 저 시선에서 벗어나야겠다!

그녀도 군구신이 원하는 만족스러운 답이 무엇인지는 알 수 없으니, 일단 우문엽을 탐색해 보는 수밖에 없었다. 비연은 성큼성큼 우문엽 앞으로 다가가 냉랭하게 경고했다.

"우문엽, 본 약사가 너에게 기회를 주겠다. 순순히 정왕 전하께서 만족하실 답을 내놓아라. 아니라면 본 약사가 너를 살아도 죽느니만 못하게 만들어 주겠다!"

그녀의 이 말은 그를 놀라게 하기 위한 허풍이 아니었다. 그녀는 형구조차 사용할 줄 몰랐으나, 그녀가 지니고 다니는 독약 중 몇 종류는 형구보다 더 빠르게 효과를 보리라고 보증할 수 있었다!

우문엽도 비연에 대해서 어느 정도 알고 있었다. 약술이 뛰어난 그녀를 신농곡에서 중시해, 신농곡 유사 이래 가장 젊은 영예 이사가 되었다는 사실 등을 이미 알고 있었다. 그리고 장파의 고묘에서 비연이 세 나라의 판세며 소씨, 기씨 가문의 음모를 분석하는 걸 듣고, 그녀가 보통 여자의 지혜를 훨씬 뛰어넘는다는 생각에 몹시 기꺼워하고 있기도 했다.

그러나 그는 망중이 그에게 사용한 독이 원래 비연의 것이라는 건 알지 못했다. 또한 비연의 호주머니 속에 더 무서운 독이 아주 많이 들어 있다는 것도. 그렇기에 그는 비연의 경고의 말을 우스갯소리로 넘겨 버렸다!

우문엽이 경멸로 가득 찬 눈으로 비연을 흘깃 보았다. 그는 그녀를 상대하지 않고 군구신을 바라보며 차갑게 말했다.

"군구신, 세상 물정도 모르는 계집애를 데려와 본 황자를 심문하겠다고? 본 황자가 말해 두겠는데, 본 황자의 인내심에도 한계가 있다. 네가 다시 이렇게 시간을 끈다면, 본 황자도 끝까지 어울려 주마."

장파의 고묘 안에서 그는 이미 사실을 털어놓았다. 그는 백초국이 기씨, 소씨 가문과 결탁했는지의 여부를 알지 못했다. 그저 우연히 기씨와 소씨 가문의 현상금을 받아들인 것뿐이었다!

두 가문은 군자택을 죽이는 것 외에, 그가 연극에 협조하여 백리명천에게 죄를 뒤집어씌우기를 원했다.

그는 이미 몇 번이나 강조했다. 군구신이 그를 놓아주기만 하면 그는 반드시 소씨와 기씨 가문이 그에게 어떤 방식으로 백리명천에게 죄를 뒤집어씌우게 하려 했는지 모두 말하겠다고.

그러나 군구신이, 그가 군자택을 죽이려 한 게 개인적인 행위라는 걸 믿지 않고 어떻게든 백초국 황실까지 연루시켜야 만족하겠다면, 그도 할 말이 없었다!

그는 이제 잘 지켜볼 생각이었다. 비연, 이 계집이 대체 자신에게 무슨 짓을 하는지.

반드시 만족시켜 드릴 거야

우문엽의 경고에도 군구신은 미동도 하지 않았다.

백대애 뇌졸들이 우문엽을 고문한 것은 그가 아닌 부황의 명령 때문이었다. 소씨와 기씨 가문 그리고 백초국과 만진국의 관계에 대해 알고 싶은 건 부황이 그보다 더 조급했던 것이다.

군구신은 요 며칠 동안 계속 한 가지 일에만 관심을 두고 있었다. 바로 백초국에서 날아온 정보, 즉 비연의 신분 문제가 그것이었다.

그가 직접 우문엽을 심문하려고 마음먹었다면 그렇게 많은 형구를 쓸 필요도 없이 비수 한 자루면 충분했을 것이다. 그리고 지금도 그는 사실 비연으로 하여금 우문엽의 입에서 뭔가를 얻어 내려고 생각하지는 않았다.

그가 원하는 것은 우문엽이 그에게 건넬 만족스러운 답안이 아니었다. 그가 방금 아주 명백하게 말했듯이, 그가 바라는 것은 비연이 그에게 줄 만족스러운 답이었다!

그의 진정한 목적은 비연을 시험하는 것이었다!

정보를 얻기 전, 아무것도 알지 못했을 때에는 그도 감히 비연을 시험할 수 없었다. 아니, 시험하고 싶지도 않았다.

그는 언제나 신중했다. 다만 그의 일관된 신중함은 성공을 확보하기 위한 것으로, 전략적으로 패배하거나 시간을 낭비하고 있는 것과는 거리가 멀었다. 그러나 이 일에 대해서만은, 그의 신중함은 실수에 대한 두려움에서 비롯된 것이었다. '실수로 놓아줄까 봐' 두려웠던 것인지 아니면 '실수로 죽여 버릴까 봐' 두려웠던 것인지는 그 자신만이 알고 있었다.

비연이 잠결에 부른 그 호칭들은…… 그녀가 백초국의 공주가 아니라면 누구일 수 있을까? 그녀는 백초국 공주일 가능성이 너무 컸다!

군구신이 백초국에서 날아올 정보가 그에게 명확한 답안을 주는 것을, 비연이 백초국의 공주라고 밝혀 줄 것을 얼마나 무서워했는지는 하늘만이 알 것이다. 다행히도 그 정보로는 명확한 결론을 내릴 수 없었고, 밀정의 추측만이 적혀 있었다.

표면적으로 보면, 밀정이 추측한 결론은 아무 효력이 없었고 비연에게는 여전히 혐의가 남아 있었다. 그러나 그는 이제 자신만의 추측이 있었다!

고씨 가문의 대소저는 어린 시절 고씨 가문의 무학 기재였다고 했다. 그러나 여덟 살 때 물에 빠진 후 재능을 잃었고, 열네 살 무렵에 어약방에서 약노로 일을 시작했다. 그때까지는 그녀가 세작일 수 없었다.

바꿔 말하면, 지금 비연이 세작이라면 분명 고씨 가문의 대소저가 입궁한 후 가짜가 대신하고 있어야 이치에 맞았다. 그렇다면 그녀는 열네 살부터 열여덟 살까지, 4년 동안 어약방에 잠입해 있어야 했다.

그렇다면 열네 살 전까지 그녀는 어디에 있었을까? 백초국 공주라면 어째서 아는 이가 없는 걸까? 비밀리에 양육되어, 심지어 황족들조차 그녀의 존재를 모르는 걸까? 그렇지 않다면 그가 거액을 들여 양성한 최정상급 밀정들이 실마리 하나 찾지 못했을 리 없다.

10년 전 빙해의 이변이 지금 현공대륙의 국면을 만들었다. 그 이변 전에는 어느 가문도 오늘의 판세를 예상하지 못했다. 10년 전, 모든 가문은 무학을 중시했고, 우문 가문 역시 속세의 일에는 참여하지 않고 은거했다. 10년 전에 그들이 딸 하나의 신분을 숨겨 가며 비밀리에 세작으로 키웠을 가능성은 거의 없었다.

아주 교묘한 우연의 일치가 아니라면, 우문 가문이 아무도 몰래 공주를 키웠을 리 없고, 그 공주가 마침 약술에 정통할 리도 없으며, 고씨 가문의 대소저와 모습이 닮았을 리 없고, 기회와 인연이 맞아 그 공주가 천염국으로 오게 되었을 리도 없다. 세상 어디에 그렇게 많은 우연이 존재한다는 말인가?

전날의 정보는 '비연이 백초국 공주다'라는 추측이 가능하다고 했지만, 의문점 역시 아주 많았다. 바꿔 말하면, 그 정보는 그에게 비연이 백초국 공주라는 추측을 번복하기에 충분한 이유를 안겨 주었다.

군구신은 기분이 아주 좋은 동시에 다급했다. 그는 비연을 시험하여 마지막 검증을 끝내고 싶었다!

어떻게 시험해야 할까?

당연히 백초국의 십삼황자인 우문엽을 베어 보게 하면 된다!

밀정이 말하기를, 비연이 만약 백초국 공주라면 비밀리에 신분을 유지한 게 틀림없다고 했다. 그녀는 우문엽이 제 오라비라는 걸 알고 있을 테지만, 우문엽은 그녀의 신분을 모를 것이다. 그러니 비연에게 우문엽을 심문하게 하는 것이 가장 좋은 검증 방법일 것이다. 군구신은 비연이 손에 정을 남겨 둘지, 아니면…… 자신을 만족시켜 줄지 지켜볼 작정이었다!

이 순간 우문엽의 분노한 눈빛은 사람을 죽일 수도 있을 것 같았다. 군구신은 그런 그를 공기처럼 취급하며 비연에게서 시선을 떼지 않았다.

그가 재촉했다.

"시작하지!"

비연은 감히 정왕 전하를 제대로 쳐다볼 수도 없었다. 그런 그녀도 우문엽의 경멸이나 온갖 허튼소리는 무시하고 있었다. 그녀는 그저 어떻게든 정왕 전하를 만족시켜야겠다는 생각뿐이었다.

갖고 다니는 독약 중 가장 사람을 고통스럽게 만드는 것을 꺼냈다. 그리고 옥졸에게 작은 그릇 하나와 물을 한 병 가져오도록 했다.

가루로 된 독약을 전부 그릇에 붓고, 물을 부은 다음 계속 저어 걸쭉한 상태로 만들었다. 맑은 향이 희미하게 주위로 퍼져 나갔다.

거대한 감옥은 바늘 하나 떨어지는 소리도 들릴 정도로 조용했다. 비연은 고요한 표정으로 계속 그릇에 든 것을 섞고 있었다. 걸쭉한 덩어리가 점점 더 질어지며 향도 짙어졌다. 심지어 사람의 식욕마저 자극했다.

우문엽은 그녀를 무시하듯 보고 있었으나, 경멸을 담은 눈빛이 점차 이해할 수 없다는 눈빛으로 바뀌었다. 옥졸도 이 맛있는 향이 나는 물건이 독이라는 사실을 이해할 수 없었다. 그러나 곁에 있던 망중은 예전에 이미 깨달은 듯했고 군구신은 계속 바라보고만 있었다. 그의 검은 눈은 너무나 깊어 그 바닥이 보이지 않을 정도였다.

비연이 계속 섞자, 가열하지도 않았는데 그 '걸쭉한 무엇인가'가 갑자기 끓기 시작했다. 향기롭던 냄새가 갑자기 사라지고 대신 시큼한 악취가 나기 시작했다.

마침내 우문엽도 이것이 독임을 알아차렸다! 망할 계집, 독을 쓰다니!

놀란 것은 놀란 것일 뿐, 그는 여전히 두려워하지 않고 오히려 조소했다.

"망할 계집, 능력이 있으면 본 황자를 독살하는 게 좋을 거다! 아니면 네 주인이 절대로 만족하지 못할 테니까!"

비연은 그를 상대하지 않고 다급하게 그릇을 옥졸에게 건네며 긴장한 듯 말했다.

"어서어서, 저자의 옷을 벗기고 이걸 몸에 발라. 빨리 끝내야 해!"

옥졸은 재빨리 여럿을 불러 함께 우문엽의 옷을 벗겨 내기 시작했다. 그러나 겉옷을 벗기는 것만으로는 부족했는지 비연이 다급하게 재촉했다.

"옷을 전부 다 벗기고 발라! 빨리! 어서!"

옥졸은 이유를 알 수 없었지만 비연이 시키는 대로 했다. 그는 단숨에 우문엽의 상의를 찢어 버렸고, 덕분에 우문엽은 상반신을 드러낸 채 수치심을 배로 느끼게 되었다. 그는 이를 악물고 고개를 다른 방향으로 돌려 간신히 참아 냈다!

그에게는 아직 교환할 만한 조건이 몇 가지 있었고, 그 조건들이면 자신의 목숨을 보전할 수 있을 거라 생각했다. 그는 비연이 감히 자신을 독살할 거라 믿지 않았고, 군구신 역시 자신이 죽도록 내버려 두지 않을 거라 생각했다. 죽는 것이 아니라면 아무리 심한 고통이라도 그는 견뎌 낼 수 있었다! 아무리 오랜 시간이라도 그는 참을 것이다!

그는 군구신이 자신에게 대체 뭘 할 수 있는지 지켜보고 싶었다. 계집을 데려와 이렇게 그를 모욕하다니. 그는 어떤 희생을 치르더라도 반드시 군구신으로 하여금 굽히게 만들 것이다!

옥졸은 감히 그 독약을 건드리지 못하고, 대꼬챙이에 묻혀 우문엽의 피부에 도포하기 시작했다.

이 독약이 어떤 효과를 보이는지 아무도 모르는 가운데, 비연이 긴장한 목소리로 재촉했다.

"어서, 빨리 끝내도록! 얇게 한 번만 펴 발라도 된다!"

옥졸은 속도를 높였다.

군구신도 이 독약이 어떤 결과를 가져올지 알지 못하고 있었다. 그의 깊은 눈에 희미하게 복잡한 빛이 스쳐 갔다. 그때, 비연이 갑자기 큰 소리로 명령했다.

"어서 저자의 바지도 벗겨라!"

그 말에 우문엽이 차가운 숨을 들이쉬더니 바로 노한 눈으로 노려보았다.

"수치도 모르는 계집 같으니! 무슨 짓을 할 생각이냐?"

그러나 비연은 농담을 하는 것도, 그를 놀라게 하려는 것도 아니었다. 그녀의 작고 하얀 얼굴은 진지하고 엄숙했다. 그녀는 그에게는 신경 쓰지 않고 옥졸들을 재촉했다.

"어서, 어서! 아니면 너희에게도 독이 오르기 시작할 거다. 그 결과는 너희들 스스로가 책임지게 될 것이다!"

옥졸들이 깜짝 놀라 앞다투어 우문엽의 바지를 벗겼다. 우문엽은 발버둥도 치지 못하고 힘없이 당하는 수밖에 없었다.

그는 이런 수치를 견딜 수 없어 비연을 악랄하게 노려보았다. 그러나 그는 곧 노려볼 수도 없게 되었다. 군구신이 빠르게 다가오더니 비연의 눈을 가려 버렸기 때문이다.

군구신은 아직 완전히 만족하지는 않았지만, 그 꽉 다물고 있는 입가에서는 웃음기가 배어 나오고 있었다. 너무나 사랑스럽다는 듯, 정말 어쩔 수 없다는 듯…….

죄악, 자아비판

그녀의 등 뒤에 선 군구신이 눈을 가리자 비연은 순간 멈칫했다가 곧 벗어나려 했다. 그러나 벗어나지 못하는 것은 둘째 치고, 그녀가 발버둥을 치기 시작하자 군구신이 아예 그녀의 몸을 끌어안더니 몸을 돌려 자신을 보게 했다.

"움직이지 마라!"

그 목소리에는 불쾌한 기색이 조금 묻어났고 심지어 경고의 의미조차 품고 있었다. 그는 비연에게 벌거벗은 우문엽을 보게 할 생각이 전혀 없었다.

지금 우문엽은 옥졸들에 의해 옷이 다 벗겨진 상태로, 남은 것은 속바지 하나뿐이었다. 이제 옥졸들이 그의 두 다리에 독약을 바르고 있었다.

우문엽은 화가 나서인지 부끄러워서인지 얼굴이 붉게 부어올랐다. 군구신 때문에 비연의 얼굴을 볼 수는 없었지만 여전히 사나운 눈빛으로 그녀의 등을 노려보았다. 그가 시선으로 누군가를 잡아먹을 수 있다면, 비연은 이미 뼛조각 하나 남기지 못하고 사라졌을 것이다.

비연은 당연히 우문엽이 어떤 모습일지 알고 있었다. 그녀가 발버둥 치는 것은 우문엽을 보고 싶어서가 아니라, 정왕 전하와 너무 가까이 접촉하고 싶지 않아서였다.

그녀가 발버둥을 치자 군구신은 그녀가 우문엽을 보고 싶어 그런다고 여겼다. 그는 다급해진 나머지, 그녀의 허리를 꽉 끌어안아 제 품에 그녀를 가두어 난동을 부리지 못하게 만들었다!

비연은 감히 움직일 수도 없었다. 아니 정확히 말하면, 완전히 멍한 상태가 되었다. 정왕 전하에게 안긴 것이 처음은 아니었지만, 예전에는 다 그럴 만한 이유가 있었고, 어쩔 수 없는 상황이었다! 그가 이렇게 아무 이유도 없이, 패기 있게 그녀를 안은 것은 처음이었다!

비연이 멍한 표정을 짓고 있노라니 등 뒤에서 갑자기 비명 소리가 들려왔다. 등 위의 벽이며 구석에서 언제부터인지 바퀴벌레 무리가 나타나고 있었는데, 그 수가 계속 증가하고 있었다.

음산하고 불결한 지하 감옥에 결코 없을 수 없는 것이 바로 쥐와 바퀴벌레 같은 것들이었다. 그중에서도 평편하니 납작한 몸, 새까맣게 윤기가 흐르는 바퀴벌레가 더듬이를 마음대로 움직이는 걸 보면 누구라도 모골이 송연할 수밖에 없었다!

얼마 지나지 않아 바퀴벌레들이 한쪽 구석을 점령하더니 벽 전체를 빽빽하게 채웠다. 그리고 조금씩 중앙을 향해 움직이기 시작했다.

옥졸이 독약을 떨어뜨리고 뒤로 피했다. 망중과 시위들은 군구신과 비연을 둘러싼 채 호위하고 있었다. 우문엽 혼자 감옥 중앙에 남겨져 있었다.

우문엽도 당연히 그 바퀴벌레들을 보고 있었다. 이 순간 그는 화를 내거나 분노할 수도 없었다. 그의 마음속, 그리고 그의 눈에 남아 있는 것은 공포뿐이었다. 심지어 너무 놀라 비명조차 한마디 내뱉을 수 없었다. 붉게 부어올랐던 얼굴은 이미 순식간에 창백해져 있었다. 그가 아무리 우둔하다 해도 이 바퀴벌레들이 독약 냄새를 맡고 몰려왔다는 사실은 알 수 있었다.

비연, 저 망할 계집, 너무나 잔혹하구나!

비연도 등 뒤에서 무슨 일이 벌어지고 있을지 알고 있었다. 그녀는 옥졸의 비명을 듣자 무의식적으로 고개를 돌렸다. 그러자 군구신이 그녀의 시야를 차단하면서, 아가씨가 되어서 남녀가 유별한 것도 모른다고 속으로 투덜거렸다. 그리고 다급한 마음에 화를 냈다.

"예가 아닌 것은 보지 말라고 했다. 본 왕은 네가 보는 것을 허락하지 않겠다!"

비연은 그제야 정왕 전하가 왜 이리 패기 넘치게 행동하는지 이해할 수 있었다. 그는 그녀가 보지 말아야 할 것을 볼까 봐 걱정하고 있는 것이다.

그 순간 비연의 두 볼이 붉어지더니 귓불까지 불타기 시작했다. 그녀는 설명해야만 한다고 생각했지만 마음속에서는 뜻밖에도 그 죽일 놈의 환희가 밀려오고 있었다. 심지어 기뻐서 깡충깡충 뛰고 싶기도 했다. 그녀는…… 그녀는 뜻밖에도 정왕 전하가 이렇게 마음 써 주는 것에 환희를 느끼고 있었다!

그녀는 심지어 그의 이 친밀한 몸짓을 밀어내고 싶지 않았다. 아니, 최소한 그녀는 이 상황이 싫지 않았다. 어쩌다 이렇게 된 걸까?

망했다! 그녀는 망해 버린 거다! 그녀에게는 소꿉친구인 영 오라버니가 있는데, 그녀는…… 그래, 그녀의 마음은 사실 망할 얼음에 대해 뭐랄까, 조금 좋아하는 감정이 있는데…… 요즘 들어 그녀는 계속 참지 못하고 그를 그리워하고 있었는데.

그대가 아니면 시집가지 않겠노라 맹세한 어린 시절의 정인이 있는데도 망할 얼음을 그리워하는 것만으로도 그녀는 이미 견디기 어려웠다. 그런데 정왕 전하의 유혹 역시 어찌 이리 이겨 내지 못하는 걸까!

다른 마음을 품고 우유부단하게 굴지를 않나, 색다른 것을 보면 금세 마음이 변하지를 않나. 꽃을 보면 꺾고, 풀을 보면 건드리는 이 변덕스러운 마음이라니! 바람기 많은 여자, 지조도 없는 여자, 그릇 안 음식을 먹으면서 솥 안에 있는 음식을 생각하는 마음…… 이 모든 것이 그녀를 표현하는 말 아닌가!

어떻게 하지? 어떻게 이런 여자가 되어 버린 걸까? 벗어날 수도 없고, 스스로를 용서할 수도 없었다.

그렇게 비연이 속으로 자신을 비판하고 있는 줄도 모르고 군구신은 그녀가 제 말을 듣고 조용해졌다고 생각했다.

군구신이 눈을 들어 우문엽을 바라보았다. 바로 그 순간, 바퀴벌레 한 마리가 무리 중에서 날아오르더니 우문엽의 가슴에 착지했다. 그러자 다른 바퀴벌레들도 동조하는 것처럼 순식간에 우문엽을 향해 빽빽하게 다가오더니 그를 포위했다.

"악……!"

우문엽의 비명은 여인의 비명보다 더 날카롭게, 하늘을 뚫고

올라갈 듯했다. 그가 바로 투항하며 용서를 빌었다!

"군구신, 말할게! 내가 아는 것 전부 다 말하겠다! 나는 백초 국에서 어떤 일도 한 적이 없고, 우리 부황도 나를 변변치 못한 녀석이라 생각하셨어. 그런데 어떻게 나에게 그렇게 많은 일을 알려 주셨겠어? 난 정말로 부황이 기씨, 소씨 가문과 관련이 있는지 없는지 몰라. 내가 부황에게 말하지 않으면, 너도 결코 증거 없이 내 부황을 무시할 수는 없을걸!"

그는 그렇게 말하면서도 계속 힘차게 몸을 요동치고 머리를 흔들어 댔다. 그를 물어뜯으려는 바퀴벌레를 떨쳐 내는 동시에, 그가 말을 할 때 구역질 나는 바퀴벌레가 그의 입 인으로 들어오는 일이 없게 하도록.

그가 다급하게 말을 이었다.

"소옥승이 나에게 백리명천의 자옥교주를 주면서, 태자를 죽인 후 굳이 소문은 낼 것 없고, 일단 자옥교주를 가지고 동래전당포에 가서 저당을 잡히라고 하더군. 그다음 사정은 자기들이 알아서 하겠다면서!"

이 말에 군구신은 무척 놀랐다.

현공대륙에서 세력 있는 가문의 적장자들은 보통 신분을 대표할 만한 신물을 지니고 있기 마련이었다. 이 신물은 예외 없이 귀한 보석 등으로 만들었는데, 백리 가문 가주의 신물은 그중에서도 특히 희귀한 자옥교주였다.

교주란 인어의 눈물을 뜻한다. 인어족은 현공대륙에서 매우 오래된 가문으로, 천 년 전 신비롭게 자취를 감추었다. 지금 대다수 사람들은 인어족이 전설 속의 종족일 뿐, 정말로 존재하지는 않는다고 여겼다. 교주 역시 특수한 진주일 뿐, 인어의 눈물이란 그저 이름에 불과하다고 말이다.

군구신은 인어족에 대해 조사해 본 적이 있었다. 그는 천 년전 인어족이 무엇 때문에 갑자기 사라졌는지는 알지 못했지만, 인어족은 확실히 존재했다. 그리고 예전에 인어족이 남긴 교주들이 현공대륙 곳곳에 남아 있다는 사실을 알게 되었다.

자옥교주는 자줏빛 교주로, 교주 중에서도 상등품이었다. 그리고 백리 가문의 신물이었다. 소옥승이 백리명천의 자옥교주를 훔쳐 낼 수 있었다니, 그것은 소씨 가문이 백리 황족, 특히 백리명천 곁에 끄나풀을 두고 있다는 의미였다.

자옥교주는 보통 물건이 아니니, 보통 전당포에서는 받아들일 수 없다. 그러나 현공대륙에서 가장 큰 전당포인 동래전당포라면 분명 받아 줄 것이다.

하지만 동래전당포는 자옥교주를 받기 전 반드시 그 진위를 확인하려 할 테고, 그럼 이 일은 감출 수 없게 될 것이다. 모든 이들은 백리명천이 자옥교주를 대가로 살수를 고용해 천염국 태자를 죽이려 했다고 오해할 것이다!

이렇게 죄를 뒤집어씌운다면 백리명천은 바다를 건너더라도 그 죄를 씻을 수 없을 것이다!

군구신이 대답하지 않는 가운데, 우문엽은 바퀴벌레들의 공격을 정말로 견딜 수 없어 미쳐 버린 듯이 소리쳤다.

"군구신, 자옥교주는 내 상의 호주머니에 있어! 나를 놓아

줘! 제발!"

군구신이 사람을 시켜 뒤져 보도록 했다. 곧 옥졸이 정말로 투명하니 자줏빛 빛이 일렁이는 자옥교주를 찾아냈다. 우문엽은 거짓말을 하고 있지 않았다!

그는 여전히 고통스럽게 비명을 지르며 용서를 빌었다. 그러나 군구신은 그를 상대하지 않았다.

이렇게 사람을 살아도 죽느니만 못하게 만들면서도 생명은 취하지 않다니, 정말로 잔혹한 방법이었다! 이제 비연을 백초국 공주라고 믿을 이유도, 비연이 우문엽의 동생이라고 믿을 이유도 없었다. 비연을 바라보는 군구신의 입매가 점점 더 크게 호선을 그렸다.

비연은 우문엽이 용서를 비는 것이며 자백하는 것을 듣고, 제 눈을 가리고 있던 군구신의 손가락을 조심스럽게 떼어 냈다. 그녀는 손가락 틈으로 그를 보며 무서운 듯 물었다.

"정왕 전하, 이 답은…… 만족하시나요?"

군구신은 마음이 편안해진 다음이었다. 그가 입 끝을 올려 보기 좋게 웃으며 대답했다.

"본 왕은 아주 만족했다!"

"전하께서 만족하셨다니 저는…… 이만 물러가겠습니다!"

비연은 군구신이 주의하지 않는 틈을 타서 불시에 그의 품에서 빠져나왔다. 그리고 사납게 그를 밀고는 허둥지둥 도망쳤다. 그녀가 얼마나 힘차게 밀었던지 군구신은 하마터면 넘어질 뻔했다…….

서로의 결심

군구신은 두어 걸음 뒤로 물러나서야 겨우 안정되게 설 수 있었다.

황망하게 도망치는 비연의 뒷모습을 바라보던 그는 마침내 자신의 행동이 평소와 달랐음을 인식했다. 그리고 그녀가 발버둥 치던 진짜 이유도 깨달을 수 있었다.

그녀가 백초국 공주가 아니라면 어느 황족 출신일까? 빙해의 남쪽?

보통 사람이라면 생각조차 하지 못할 테지만 지금 남아 있는 가능성은 이것뿐이었다.

10년 전에 현공대륙으로 오게 된 걸까? 무엇 때문에? 빙해의 진상에 대해 얼마나 알고 있을까? 그리고 빙해의 어떤 비밀을 찾고 싶어 하는 걸까? 고씨 가문의 대소저인 척하는 목적은 무엇일까?

그 영 오라버니라는 사람은 누구일까? 현공대륙 사람일까? 그녀와 그는…… 어느 정도까지 진척된 사이일까? 혼사를 이야기했던 것은 아니겠지?

군구신은 다행이라는 생각에 기뻐하는 한편 답답했다. 그리고 답답한 가운데 희미한 실망감이 마침내 떠오르기 시작했다. 그러나 그는 곧 그런 감정을 무시해 버렸다! 그는 비연이 멀어져 가는 모습을 바라보며 중얼거렸다.

"여기로 와 버렸으니, 돌아갈 생각은 마라!"

우문엽이 죽어라 온몸을 흔들며 소리 지르고 있었다. 이제 거의 울기 직전이었다. 그 구역질 나는 바퀴벌레들이 온몸을 타고 오르며 피부를 깨무는 게 어떤 것인지, 얼마나 견디기 어려운지는 하늘만이 알고 있으리라!

그가 용서를 비는 동안에도 군구신은 미동도 없이, 비연의 뒷모습이 어둠 속으로 사라져 가는 것을 지켜보았다. 그리고 그다음에야 고개를 돌려 우문엽을 바라보았다.

망중이 참을 수 없었는지 다가와 일깨웠다.

"전하, 고 대약사가 해독약을 남기지 않았습니다."

망중은 여전히 알 듯 모를 듯 이해할 수 없다는 표정이었다. 우문엽의 이런 참혹한 모습을 보고는 그도 비연이 백초국의 세작은 결코 아닐 거라 믿게 되었다.

군구신은 비연에게 해독약을 요구할 생각이 없었다. 그가 냉랭하게 말했다.

"알아서 처리하도록."

그는 자옥교주를 들고 몸을 돌려 나갔다. 우문엽은 소씨 가문이나 기씨 가문처럼 큰 야심을 품지는 않았으나 겨우 몇 만 금을 위해 감히 택아의 목숨을 앗으려 했다. 그가 직접 택아의 복수를 하려 하지 않는 것만으로도 이미 충분히 훌륭한 것을, 어찌 여기서 더 온유해질 수 있겠는가?

군구신이 떠나는 모습을 보고 우문엽은 분노가 폭발했다.

"군구신, 멈춰라! 거기 멈추라고! 군구신, 신용을 지켜라! 본 황자는 해야 할 말을 다 했단 말이다! 군구신, 너, 멈춰! 기다리라고!"

망중이 바로 반박했다.

"엽십삼, 우리 전하께서는 너에게 아무것도 약속하신 적이 없다!"

우문엽이 발끈했지만 바퀴벌레 한 마리가 갑자기 제 얼굴로 날아오는 것을 보더니 놀라서 바로 입을 다물었다. 그 후로 그는 다시는 감히 입을 벌리지 못했다.

망중도 주인이 '알아서 처리하라'라고 말한 뜻을 이해할 수 없었다. 계속하라는 걸까, 아니면 알아서 방법을 생각해 바퀴벌레를 쫓아 주라는 걸까?

옥졸들과 상의해 차가운 물을 떠 오게 했다. 바퀴벌레를 몰아내려면 우문엽 몸의 독약을 씻어 내야 했다.

얼마 지나지 않아 우문엽은 물에 빠진 생쥐 꼴이 되었다. 온몸이 상처로 가득했다. 그는 힘이 빠져 말 한마디조차 할 수 없는 듯 머리를 늘어뜨리고 있었다. 그러나 그는 원한을 기억하고 있었다. 아주 깊게! 군구신에 대한 원한뿐 아니라 비연에 대한 원한까지도!

몇 달 전, 백리명천이 그와 연락하던 중 비연에 대한 원한을 이야기한 적이 있었다. 그는 백리명천처럼 여자의 원한을 기억하지 않던 녀석이 무엇 때문에 그렇게 비연을 원망하는지 알지 못했다. 그런데 오늘 그가 직접 몸으로 느끼게 된 것이다!

맹세했다. 살아서 이곳을 나갈 수만 있다면 반드시 비연에게 이 원한을 갚아 줄 것이다! 반드시!

군구신은 지하 감옥을 나오자마자 바로 밀정을 파견해 고씨 가문을 조사하게 했다. 그는 처음 비연의 독에 중독됐을 때에도 그녀의 신분을 의심하여 사람을 보내 조사한 바 있었다. 그 때는 안타깝게도 아무 수확도 없었다. 그러나 지금 그는 그녀뿐 아니라 고씨 가문 전체를 조사할 생각이었다!

빙해의 이변이 있은 지 10년이 지났고, 두 대륙 간 왕래는 철저하게 중단되고 말았다. 비연이 빙해 남쪽에서 왔다면 분명 10년 전, 빙해의 이변 이선에 왔을 것이다. 바꿔 말하면 그녀가 여덟 살이 되기 전에 왔을 것이다.

고씨 가문 대소저는 여덟 살 때 물에 빠져 1년 동안 혼수상태였다고 했다. 그리고 아홉 살이던 해 섣달 그믐밤에 깨어나 열네 살 무렵에 어약방에 들어갔다. 비연은 언제부터 고씨 가문 대소저를 대신하기 시작했을까? 대소저를 대신하기 전에는 어디에서 누구와 함께 있었던 걸까?

백초국 세작이라는 신분을 부정하고 나니 더 많은 의문이 생겨났다. 그러나 이렇게 수많은 의문에도 불구하고 얼마 전처럼 절망적인 생각은 들지 않았다!

밤이 깊었다. 비연은 한참 동안 엎치락뒤치락하다가 간신히 잠들 수 있었다. 그녀는 다시 꿈을 꾸었다. 개나리가 가득한 그 정원, 영 오라버니가 꽃 덤불 사이로 그녀를 쫓고 있었다.

그녀는 아주 즐겁게 웃고 있었다. 왜 이리 즐거운지 알 수 없었지만 그저 순수하게 즐거웠다!

그녀는 있는 힘을 다해 꽃 덤불 깊은 곳으로 달려가 숨었다. 영 오라버니가 그녀를 등진 채 계속 부르고 있었다. 처음에는 '연 공주'라고 불렸지만 나중에는 '연아'라고 불러 주었다. 목소리가 너무나 따뜻했다.

그녀가 참지 못하고 다시 웃기 시작했다.

"영 오라버니, 나 여기 있는데!"

영 오라버니가 고개를 돌리더니 어쩔 수 없다는 듯 미소 지었다. 뜻밖에도 점차 그의 얼굴을 자세히 볼 수 있었다!

말끔하고, 잘생기고, 아주 자상하게 웃고 있는 얼굴. 마치 겨울에 비치는 햇빛 같은, 사월의 봄바람 같은, 이 세상에서 가장 따뜻한 그 부드러움!

그녀는 멍한 표정을 지었다. 영 오라버니가 순간적으로 그녀 앞으로 이동했다. 그 속도는 망할 얼음의 영술과 마찬가지로 빨랐다. 깜짝 놀란 그녀가 다시 열심히 들여다보았다. 눈앞의 사람은 이제 영 오라버니가 아니었다. 망할 얼음도 아니고…… 정왕 전하였다!

그가 손을 뻗어 그녀의 눈을 가리더니, 재빨리 몸을 굽혀, 패기 있게 그녀에게 입을 맞췄다! 세상에! 정왕 전하가…… 그녀에게 입을 맞췄다!

깜짝 놀라 잠에서 깨어났다. 두 볼이 발갛게 물들고, 온몸에서 식은땀이 흘렀다. 밖을 내다보니 하늘이 아직 어두웠다.

한참 동안 멍하니 그대로 앉아 있었으나, 갑자기 어쩔 수 없다는 듯 웃음을 터뜨렸다. 잠을 자기 전에도 그렇게 오랫동안 발버둥 치고 있었는데, 어째서 꿈속에서조차……. 비연은 꿈속에서 영 오라버니, 정왕 전하와 망할 얼음을 모두 뒤섞어 버렸다!

어떻게 이럴 수 있을까? 자신의 마음이 생각하는 것이 무엇인지 도저히 알 수 없었다. 그녀는 웃고 또 웃으며 머리를 감싸 안아 무릎 사이에 묻었다.

자신이 누구인지도 모르고, 자신이 어떤 원한을 지고 있는지조차 모르는 것을. 그녀에게 '좋아한다'는 감정에 휘말릴 자격이 있을까? 빙해에서의 악몽, 부황의 온몸에 핏자국이 가득했던 것을 그녀는 모두 잊은 걸까? 대체 무슨 자격으로 제 감정이 멋대로 뛰놀게 내버려 두는 걸까?

망할 얼음과 그 배후의 사람은 빙해의 이변과 연루되어 있을 가능성이 지극히 높았다! 그리고 정왕 전하와 그 뒤에 있는 군씨 가문 역시, 암중에서 빙해를 칠 생각을 품고 있지 않을까?

그녀가 고민해야 할 것은 바로 망할 얼음을 어떻게 경계할 것인지, 어떻게 천염국에서 안정적인 입지를 굳힐 수 있을지, 어떻게 해야 가장 빠른 속도로 빙해의 진상을 알아낼 수 있을 것인지 등등이었다! 자기 자신이 누구인지조차 모르는 상황에서, 대체 어디서 힘이 나서 누구를 좋아하네 마네 하고 있는 거지?

비연은 이렇게 무릎에 머리를 묻고 하룻밤을 보냈다. 하룻밤 동안 반성하고, 하룻밤 동안 생각하고, 또 하룻밤 동안 고통스러워하고.

다음 날 아침 일찍, 일행은 진양성을 향해 출발했다. 태자는 조용히 있었다. 군구신도 어제의 일에 대해서는 그녀에게 아무 것도 묻지 않았다. 모든 것이 평온했다.

저녁 무렵 진양성에 도착한 후 매 공공은 태자를 데리고 궁으로 돌아갔다.

이치대로라면 비연과 군구신은 각자의 저택으로 돌아가 목욕하고 옷을 갈아입은 후, 가능한 한 빨리 궁에 들어가 명을 받아야 했다. 그러나 비연은 매 공공이 떠난 것을 확인한 후 진묵에게 자신을 정왕부로 데려가 달라고 했다.

익숙한 후원 문 앞에서 정왕 전하를 따라잡을 수 있었다. 단단히 마음먹고 온 참이었지만, 그의 깊고 맑은 눈동자를 보니 갑자기 조금 불편한 기분이 들었다. 비연은 그 느낌을 지우고, 다른 잡념을 버리려 노력하면서 진지하게 말했다.

"정왕 전하, 태자 전하에 대해 드릴 말씀이 있습니다. 제 생각에, 황상을 뵙기 전에 반드시 전하께 먼저 말씀드려야 할 것 같습니다!"

마음속 진심을 버린다면…… 정왕 전하와 망할 얼음 중 동료를 선택하라면 정왕 전하를 선택하는 게 그녀에게 가장 유리했다. 그녀는 한독의 비밀을 알고 있었고, 천무제의 목숨을 구할 단약을 장악하고 있었으며, 여전히 정왕 전하를 좋아하고 있었다.

그러나 망할 얼음을 대할 때면 그녀는 항상 피동적인 상태가 되어 버리곤 했다……

군구신은 비연이 쫓아오는 것을 보고 놀랐다가 그녀의 말을 듣고 더욱 놀랐다. 그가 진지하게 물었다.

"무슨 일이지?"

전하, 도와 드리겠어요

택아에 대한 일? 그것도 부황을 만나기 전에 반드시 그에게 해야 할 이야기라고?

군구신도 조금 불안한 마음이 들었다. 비연이 대체 무슨 이야기를 하려는지 짐작도 할 수 없었기 때문이다.

그러나 비연은 그의 질문에 직접 대답하지 않고 가까이 다가오더니 목소리를 낮춰 물었다.

"정왕 전하, 혹시…… 제위에 마음이 있으십니까?"

군구신이 깜짝 놀라 미간을 찌푸리며 반문했다.

"고 대약사, 무슨 뜻이지? 대체 본 왕에게 무슨 말을 하고 싶은 것이냐?"

비연은 침착하게, 여전히 소리를 죽여 말했다.

"정왕 전하, 먼저 제 질문에 답을 해 주셨으면 합니다."

군구신의 눈가에 복잡한 빛이 스쳐 갔다. 그는 망중에게 주변 시위들을, 비연의 등 뒤 멀지 않은 곳에 서 있는 진묵을 포함해 모두를 물리라 손짓했다.

진묵은 망중을 상대하지 않으려 했지만 비연이 눈짓하자 자리를 떠났다.

군구신은 분명 불쾌해 보였으나 얼굴에는 감정을 드러내지 않았다. 모두 떠나자 그가 차갑게 반문했다.

"고 대약사 보기에는?"

비연은 사실 눈앞의 이 남자가 황권에 어떤 마음을 품고 있는지 알지 못했다. 그러나 그가 싸우기를, 어린 태자에게서 사람들이 알지 못하는 고통을 없애 주기를, 그가 천염국의 진정한 주인이 되어 그녀에게 가장 강한 동료가 되어 주기를 바라고 있었다! 그래서 그에게 아주 긍정적인 대답을 내놓았다.

"정왕 전하. 저는 전하께 제위에 대한 마음이 있으시며, 제위를 얻을 힘도 있다고 생각하고 있습니다!"

군구신의 눈빛이 무엇인가를 음미하는 듯 깊어졌다.

"어떻게 알았지?"

대답할 말을 미리 생각해 두고 있던 비연이 진지하게 대답했다.

"전하께서는 황상 곁에 사람을 심어 두셨고, 황상의 병세를 알고 계시면서도 모르는 척하십니다. 황상께서는 전하께 의지하고 중히 쓰시는 듯하지만, 생사와 관련한 큰일은 숨기고 계십니다. 황상께서는 전하를 깊이 경계하고 계시며, 전하께서도 황상께 두 마음이 있으십니다. 황상께서 경계하시는 것은 전하께서 제위에 마음을 품고 계시기 때문이며, 전하의 두 마음도 제위를 찬탈하시고자 하는 마음입니다!"

군구신이 그녀를 똑바로 쳐다보았지만 태도를 드러내지는 않았다. 비연이 계속 말했다.

"태자 전하께서는 연소하시나 태자의 지위에 오르셨습니다. 전하께서는 태자 전하를 대하심에 있어, 지나치게 총애하기보다는 가르침을 내리셔야 할 것입니다. 전하께서 태자 전하를 날개 아래 두고 지키려 하심이 아니라면요!"

비연이 말을 끝내자 군구신이 차갑게 웃기 시작했다. 그의 이 웃음은 그녀의 말을 인정해서도 아니었고, 그녀를 조소하기 위함도 아니었다. 그의 웃음소리는 맑고도 쓸쓸해 도무지 그 의미를 알기 어려웠다.

비연은 본래도 그를 꿰뚫어 보지 못하고 있었지만 이 순간 은 점점 더 그의 뜻을 이해할 수 없었다. 이 이야기를 한 것이 올바른 선택인지조차 분별할 수 없었다. 그러나 그녀는 여전히 그의 차가운 눈동자를 직시하고 있었다. 그녀가 다시 진지하게 물었다.

"전하, 어떠하신가요? 제 말이 옳습니까?"

군구신이 갑자기 그녀에게 다가왔다. 그는 일부러 느릿느릿 그녀에게 물었다. 얼음처럼 차가운 말투는 위험한 기운을 풍기 고 있었다.

"고 대약사, 많이 알려고 할수록 위험해진다는 말을 들어 본 적이 없는 모양이지?"

비연은 많이 알게 되었을 때의 위험은 두렵지 않았다. 대신 그가 가까이 올 때의 위험이 두려웠다.

그녀는 바로 한 걸음 물러나 그와 일정한 거리를 유지하며 미소 지었다.

"정왕 전하, 저는 아마 매우 위험할 겁니다. 제가 아는 것은 지금 이야기한 것보다 더 많으니까요."

군구신이 마침내 인내심을 잃었다.

"대체 무엇을 할 작정이냐?"

비연이 여전히 웃으며 대답했다.

"전하께서 제위를 찬탈하시는 것을 도우려 합니다. 빠르면 빠를수록 좋겠지요!"

군구신은 그녀가 이런 말을 꺼내리라고는 생각지도 못하고 있었다. 내력도 불분명하고, 다른 이의 신분으로 천염국에 잠복해 있는 여자가, 그가 제위를 찬탈하도록 돕겠다고? 진심일까, 아니면 음모일까?

그는 비연이 백초국의 세작이 아니라는 사실에 기뻐하고 있었다. 그는 그녀가 천염국과 군씨 가문에게 적의를 품고 있다는 사실을 다시 발견하고 싶지 않았다!

그가 본론으로 들어갔다.

"조건은?"

바로 비연이 기다리던 말이었다.

"저는 전하께서 제위를 찬탈하시도록 돕겠습니다. 전하께서는 저에게 빙해의 수수께끼를 조사해 주셨으면 합니다."

또 빙해를 위해서인가!

이제 지켜볼 작정이었다. 그녀가 이번에는 진심을 얼마나 보여 줄까?

군구신의 눈에 날카로운 빛이 스쳐 갔다. 그리고 일부러 이상하다는 듯 말했다.

"하하! 너와 같은 여자가 빙해에 대해 언급할 줄은 생각도 못했구나! 빙해의 저주에 대해서는 들어 본 적 없느냐?"

비연은 정왕 전하가 이런 반응을 보일 거라고 생각하고 있었다. 그래서 바로 반문했다.

"전하께서는 빙해의 저주를 믿으십니까?"

"보아하니 너는 믿지 않는 모양이군."

군구신이 놀랍다는 표정을 지었다.

"본 왕에게 말해 봐라. 젊은 아가씨가 무엇 때문에 빙해에 관심을 갖게 되었는지?"

비연이 다시 반문했다.

"전하께서는 빙해의 수수께끼를 풀고 싶지 않으십니까?"

망할 얼음도 같은 질문을 몇 번이고 했었고, 그녀는 그때마다 대답하기를 거부했다. 그러나 지금 정왕 전하 앞에서는 자신도 이유를 하나는 이야기해야 한다는 걸 알고 있었다.

그녀는 질문을 바꿨다.

"전하께서는 빙해에 대해 조사하고 계시지 않으신가요?"

군구신은 대답하지 않고 계속 말하라고 눈짓했다.

"전하께서도 과거 무예를 익히고 진기를 수련하셨지요. 현공대륙에서 진기를 수련하는 이들은 모두, 하늘과 땅의 현기를 모아 진기로 바꾼 후 그것을 다시 힘으로 바꾸었습니다. 기와 힘은 서로 도우며 이루어지는 관계였고, 10품의 진기를 수련하고 나면 영생을 얻게 됩니다. 하지만 빙해의 이번 이후, 기를 수련하던 이들의 진기가 전부 소실되었지요. 빙해 안에 천지 현기의 근원이 숨겨져 있는 게 분명합니다. 그 누구건 먼저 빙해의 수수께끼를 풀고 현기의 근원을 찾게 되면, 영생을 얻게 되겠지요."

비연이 웃으며 진지하게 덧붙였다.

"저는 비록 일개 젊은 여자지만 청춘의 나이에 영원히 머물고 싶습니다. 불로와 영생을 얻고 싶어요. 전하께서는 어떠신지요?"

영생? 군구신에게 이 단어는 유난히도 자극적이었다. 황숙과 부황은 거창한 핑계를 대지만 결국 그들의 목적 또한 영생이 아니던가?

군구신이 여전히 부죠성하세 묻기만 했다.

"비연, 네 무엇을 가지고 본 왕과 협력하려 하는가?"

그가 묻고자 하는 것은 비연이 가진 무엇이라기보다는 '진심'이었다!

비연이 포권하며 주저하지 않고 대답했다.

"저에게는 아무것도 없습니다. 그저 어쩌다 보니 너무 많은 비밀을 알게 되었을 뿐입니다."

이 말에 군구신의 눈빛이 차가워졌다. 그는 비연이 진심을 걸고 진상이나 자신의 신분에 대해 이야기할지 모른다고 생각했다. 그런데 그녀는 뜻밖에도 다시 위협을 했다!

그녀가 아는 비밀은 분명 부황이 약으로 목숨을 부지하고 있다는 것이나, 그의 한독과 관련한 것일 게다! 이것이 바로 비연이 그를 위협하고 있는 것이 아니라면 또 무엇일까?

비연은 빙해의 남쪽에서 왔으며, 황족 출신의 공주였다. 그러나 고씨 가문 대소저의 신분으로, '영생'을 핑계로, 그에게 제위를 찬탈하는 것을 돕겠다고 하고, 또한 빙해를 함께 알아보자고 한다. 그러니 어떻게 그녀를 믿을 수 있겠는가?

빙해의 이변이 우연이었을까, 아니면 인위적인 것이었을까? 천재지변이었을까, 아니면 사람으로 인한 재난이었을까?

만약 사람으로 인한 것이었다면 대체 누가 그런 것을 불러들였을까? 빙해의 남안에 사는 이들일까, 아니면 북안에 사는 이들일까?

비연이, 그리고 비연의 가족들이 빙해의 이변과 관계가 있을까?

이 안에는 얼마나 많은 비밀이 숨어 있을까? 그녀의 마음속에는 또 얼마나 많은 비밀이 있는 것일까?

'비연, 생각도 하지 못했다……. 네가 백초의 세작이 아니라 해도, 백초의 세작보다 더 경계해야 할 대상일 줄은!'

군구신이 마음속으로 중얼거렸다. 그리고 비연을 바라보며 냉랭하게 말했다.

"비연, 마지막으로 경고하겠다. 네가 아는 비밀을 잘 지킨다면, 본 왕은 네가 이 생을 편히 지낼 수 있으리라 약속하겠다. 그러지 않으면 그 결과는 스스로 감당하게 될 것이다! 영생이라면, 생각도 하지 않는 편이 좋겠군!"

비연도 그가 거절할 거라는 건 알고 있었지만 이렇게 단칼에 거절할 줄은 몰라 살짝 놀랐다. 하지만 다행히도 그녀에게는 마지막 패가 남아 있었다.

그녀가 무겁게 가라앉은 어조로 담담하게 말했다.

"황위나 빙해에는 관심이 없으실지라도, 대황숙과 황상께서 태자 전하께 무슨 일을 하고 있는지에 대해서는 분명 관심이 있으시겠지요?"

다시 한번, 좋아한다고

대황숙과 부황이 택아에게 뭔가를 하고 있다고?

군구신은 경악했고, 심지어 다급했다.

"비연, 대체 비밀을 얼마나 알고 있는 것이냐?"

비연은 태자의 비밀을 솔직하게 이야기했다.

군구신은 경악하는 정도가 아니라 어쩔 줄 몰라 하며 당황하고 있었다! 분노를 숨기려야 숨길 수 없었다. 검은 눈빛 속에서 분노가 하늘을 집어삼킬 듯 일렁이고 있었다. 그가 마침내 날카롭게 소리쳤다.

"그만! 더 이상 말하지 마라!"

비연은 그가 떨고 있음을 느낄 수 있었다. 꽉 쥔 그의 주먹에서는 뼈가 울리는 소리가 들려왔다. 그의 관자놀이에 핏대가 올라오고, 심지어…… 그의 눈빛 속에는 원한과 잔혹한 기운마저 어렸다!

그녀는 원래 무거운 마음으로 태자가 겪고 있는 고난에 대해 이야기했다. 그러나 이 순간 그녀는 그저 기쁘기만 했다. 혈육의 정을 아무렇지도 않게 저버리는 황족 중에서, 태자에게 저런 형이 있으니 어찌 행운이 아닐까? 비연은 태자라는 패를 쓴 것이 옳았다는 것을 알았다!

그녀가 계속했다.

"전하께서는 정말로 권세를 원하지 않으시고, 영생을 원하지 않으실 수도 있겠지요. 하지만 전하께서는 태자 전하가 평생 편안하게 지낼 수 있도록 해 주고 싶지 않으신가요? 태자 전하가 평생 그 선량함을 지니도록 지켜 주고 싶지 않으십니까? 태자 전하가 평생 무구한 상태로 살기 원하지 않으시나요?"

비연은 그를 설득하느라 두 눈동자마저 살짝 붉어져 있었다. 그녀가 계속 말했다.

"황상과 대황숙은 전하의 육친이지만, 태자 전하 역시 육친이십니다! 둘 중 하나를 선택해야 한다면 그 얼마나 잔인한 일일까요? 그러나 제가 보기에는, 대지 전하께서 전하의 형제가 아니라 해도, 태자 전하께서 보통의 아이라 해도, 전하께서는 태자 전하를 세심하게 살펴 주셨을 겁니다. 전하, 높은 지위에서 강한 권세를 얻는다 해도 아이의 선량함 하나 제대로 지켜 낼 수 없다면, 그걸 어찌 높고 강하다 하겠습니까? 어찌 용감하다 하겠습니까?"

비연의 눈매가 젖어 들고 있었다. 그녀는 상상할 수조차 없었다. 어린 태자가 계속 비밀을 지켰다면, 계속 대황숙과 천무제에게 핍박받는다면 수년 후에 그가 어떤 모습으로 변할까? 그의 마음속에 얼마큼의 원한이 자랄 것이며, 그 원한은 어떤 악을 꽃피울 것인가!

이 세상에서 가장 잔인한 일은 바로, 천진해야 할 아이의 마음속에 원한을 심어 주고 악을 자라나게 하는 것이다!

군구신은 차갑게 분노하고 있었다. 심지어 상처받은 것 같기도 했다. 비연은 그의 그런 얼굴을 바라보며 의연하게, 가장 잔혹한 말을 꺼냈다.

"전하, 황상의 목숨은 제 손에 달려 있습니다. 전하께서 바라시기만 하면 언제든지 분부를 받들겠습니다!"

마침내 군구신이 눈을 들어 그녀의 눈을 응시했다. 비연은 그가 그녀의 뜻을 이해했음을 알았다.

"전하께서는 사실 저를 속이실 필요 없습니다. 현공대륙의 여러 가문이 빙해의 저주에 대한 소문을 퍼뜨리며 실제로는 암중에서 보고 있으니, 군씨 황족 역시 예외가 아니겠지요? 전하께서 황위에 관심이 없다 하시고, 대황숙께서도 황위에 관심 없다하시는 것은, 두 분의 마음이 모두 빙해에 있기 때문이겠지요?"

비연은 이를 악물고 마음을 모질게 먹은 다음 직접적으로 물었다.

"전하, 전하께서도 대황숙께 구속되어 계십니까?"

비연은 지금까지도 명확하게 알지 못하고 있었다. 그러나 방금 그렇게 많은 말을 쏟아 내는 동안 정왕 전하가 황위에 대해서도 빙해에 대해서도 동요하지 않는 것을 보니, 그가 망설이는 이유가 따로 있는 것은 아닌지 의심할 수밖에 없었다!

정왕 전하는 어린 시절 대황숙 밑에서 자랐다고 했다. 대황숙이 그를 어떻게 대했을까? 그에게도 다른 사람이 알아서는 안 될 비밀이 있는 건 아닐까? 그의 한독은 언제부터 나타난 걸까? 또 무엇 때문에 대황숙과 황상에게 숨기고 있는 걸까? 이 모든 것이 수수께끼였다!

비연은 진상이 무엇인지는 알 수 없었다. 다만 최소한, 망할 얼음과는 달리 그녀는 정왕 전하가 가장 마음 쓰고 있는 것이 무엇인지는 잡아낼 수 있었다.

그녀가 계속 말했다.

"전하, 대황숙께서 빙해의 수수께끼를 얻으신다면, 영생의 수수께끼를 얻으신다면, 그 결과는 상상조차 할 수 없습니다! 전하께서는 그분을 도우시기보다 스스로를 도우셔야 합니다!"

군구신의 마음이 사납게 요동쳤다. 어째서 비연이 이런 말을 할 거라고, 그렇게 많은 비밀을 알아낼 거라고 생각도 못 했던 걸까? 이 내력 불명의 여자가 택아를 그렇게나 아끼고 안타까워하리라고는 더더욱 생각지 못하고 있었다.

그녀가 택아에 대해 말하기 시작한 후부터 그녀의 말 한 마디 한 마디가 그의 마음을 사납게 공격하고 있었다.

그는 자신이 열네 살이 되기 전에 어떤 나날을 보냈는지 알지 못했다. 그러나 6년 전, 그가 혼수상태에서 깨어나 대황숙과 부황을 보았던 그 순간부터 잔혹한 나날을 보내야 했다.

그 순간부터 군구신은 그들이 이야기하는 가문의 영예니 적장자의 사명이니 하는 짐을 짊어져야 했다. 하루 또 하루 잔인하게 훈련을 해야 했다. 살인과 같은 일은 그에게 있어 일상다반사였다.

열네 살에서 열일곱 살이 되기까지 그는 모든 것에 익숙해졌다. 진양성에 돌아온 후 갑자기 한독이 발작하지 않았다면, 그의 머릿속에 갑자기 자잘한 기억들이 떠오르지 않았다면……

아마도 그는 여전히 대황숙과 부황에게 복종하는 꼭두각시에 불과했을 것이다.

확실히 군구신은 권력에도 영생에도 관심이 없었다. 그러나 그것이 그가 싸울 필요가 없다는 의미는 아니다. 또한 그가 정말로 대황숙에게 통제받는다는 의미도 아니었다.

그는 그저 자신의 과거를 알고 싶었다. 잃어버린 기억을 찾고 싶었던 것이다. 그의 잃어버린 기억은 분명 대황숙, 부황과 관계가 있으니 먼저 답을 하나 얻고 싶었던 것이다!

군구신은 당연히 택아 역시 꼭두각시에 지나지 않는다는 것을 알고 있었다. 그는 택아를 3년 동안 지키면서 최선을 다해 택아의 지위를 안정시키려 했다. 그들에게 그라는 패가 있는 한 택아한테까지 손대지 않을 거라고 생각했던 것이다. 그러나…… 그는 마침내 자신이 그들의 잔인함과 야심을 과소평가했음을 깨달았다.

지금 상황으로 보면, 그의 잃어버린 기억이 대황숙, 부황과 관계있고 없고를 떠나 그는 일단 선택을 해야 했다. 선수를 치는 자가 이길 것이다!

비연이 방금 했던 말이 전부 옳은 것은 아니었다. 그러나 어떤 말은 절대적으로 옳았다. 바로 '높은 지위에서 강한 권세를 얻는다 해도 아이의 선량함 하나 제대로 지켜 낼 수 없다면, 그걸 어찌 높고 강하다 하겠습니까? 어찌 용감하다 하겠습니까?' 라는 말이었다.

군구신은 비연의 눈을 똑바로 바라보며 한 글자 한 글자 단호하게 물었다.

"고 대약사, 본 왕이 너에게 협력하지 않는다면, 너는 이 비밀들을 사람들에게 공표할 작정인가?"

그는 일부러 그녀를 시험하고 있었다. 그는 비연에게 적의가 없음을 믿고 싶었다. 이 순간, 그는 그녀의 진심을 보고 싶어 견딜 수 없었다!

비연이 어찌 군구신이 망할 얼음이라는 사실을 알겠는가. 그녀는 군구신이, 그녀가 진짜 고씨 가문의 대소저가 아니라는 사실을 알고 있다는 사실도 몰랐다. 또한 그녀에 대해 수많은 의문을 품고 있다는 사실도 몰랐다. 그렇기에 그녀는 이 말을 듣고 깜짝 놀랐다.

그녀는 결코 정왕 전하를 위협할 생각이 없었다! 그녀가 아무리 우둔하다 해도 어찌 이런 비밀을 가지고 그를 위협할 수 있겠는가! 이 비밀을 거래의 패로 삼은 것은 그를 위협하기 위해서가 아니라, 그가 천무제와 대황숙에게 대항하도록 설득하기 위해서였다.

비연은 여전히 그의 마음을 알 수 없었다. 심지어 이 거래가 이루어질지도 확신할 수 없었다.

그녀는 모든 것을 다 이야기하고, 자신의 가장 큰 비밀을 꺼낼 정도로 아둔하게 굴 수는 없었다. 그것은 그녀에게 가장 큰 비밀일 뿐 아니라, 가장 치명적인 약점이기도 했으니까.

비연은 그런 생각을 한 적이 있었다. 망할 얼음이 가면을 벗는다면, 그리고 그녀에게 솔직하게 대해 준다면…… 그녀도 그를 솔직하게 대할 수 있을 거라고. 그러나 그들이 결코 서로에게 솔직해질 수 없음을 사실이 증명하고 있었다.

10년 전 빙해의 이변이 인재라면, 군씨 가문이 참여하지 않았다고 누가 보증할 수 있을까? 태자 일이 아니었다면 아마 비연도 이렇게 과감하게 그를 선택하지 않았을 것이다.

그녀는 군씨 황족이 10년 전 인재에 참여하지 않았으리라는 사치스러운 바람을 감히 품을 수 없었다. 그녀가 바랄 수 있는 것은 그저, 그 자신만이라도 참여하지 않았으면 하는 것이었다.

그녀는 그저 그녀가 발견한 작은 선량함을 보호하고, 집으로 돌아가는 길을 찾고 싶었다. 그것뿐이었다.

그녀가 이렇게 그를 우러르는데, 그는 이 정도까지 그녀를 경계하고 있었단 말인가?

비연이 웃었다. 웃고 또 웃는 사이에 점점 더 붉어진 눈에서는 실망감이 배어 나오고 있었다. 그러나 그녀는 여전히 웃으면서 말했다.

"저 고비연은 어떤 일이 있더라도, 아이의 상처를 드러내어 다른 이를 위협하지 않을 겁니다! 정왕 전하, 제가 마음에 드시지 않는다면 그만두셔도 됩니다. 저는 모든 비밀을 지켜야만 제가 평생 편안히 살 수 있다는 것을 알고 있습니다. 이 이상 전하께서 마음 쓰시게 하지 않겠습니다! 안녕히 계십시오!"

말을 마친 비연이 의연히 돌아섰다. 그러나 채 한 걸음 나서기도 전에 군구신이 갑자기 등 뒤에서 그녀를 끌어안았다.

그녀의 태도는 그를 기쁘게 하는 동시에 당황하게 했다!

그는 분명 자제력을 잃은 상태였다. 그녀를 아주 강하게 끌어안으면서도, 마치 평온한 것처럼 나지막한 목소리로 말했다.

"고 대약사, 네가 틀렸다. 본 왕은 너를 마음에 들어 한다. 그리고…… 아아, 너를 좋아한다! 이 일은…… 함께 궁에 들어가 보고를 올린 후에 천천히, 신중하게 이야기하기로 하자. 괜찮겠지?"

이 말은 그녀에게 들려주기 위해 하는 말일 뿐 아니라 자신에게 들려주기 위해 하는 말이기도 했다.

그는 그녀를 믿는다고 말하지 않았다. 좋아한다고 말했을 뿐.

비연, 본 왕이 아마 정말로 너를 좋아하는 모양이다. 너에게 적의가 있는 것만 아니라면 본 왕은 너를 곁에 두고 싶다…….

본 왕이 기억하였다

비연은 정왕 전하가 자신에게 호감이 있다는 것은 알았지만, 이 담판을 좀 더 순조롭게 이끌어 갈 수 있을 정도라고만 생각했다. 그러나 누가 알았을까? 그 마음이…… 그녀에게 있어 가장 큰 패가 된 것 같았다.

군구신에게 안긴 채, 그의 숨결 속에서 족히 차 한 잔 마실 시간을 보냈다. 분명 그가 '좋아한다'는 것을 이미 알고 있었음에도, 그가 그녀의 귀에 대고 직접 말해 주니 그녀는 어쩔 줄 몰라 하고 있었다. 자신이 이 '좋아한다'를 받아들일 수 없다는 걸 알면서도, 그녀의 마음은 통제할 수 없을 정도로 두근거리고 있었다.

그래서는 안 된다는 걸 알면서도 그녀는 생각을 멈출 수 없었다. 꿈속에 계속 나타나는 영 오라버니가 없었다면, 망할 얼음과 정왕 전하 중에서 누군가를 선택할 수 있었을까? 대담하게 좋아해 볼 수 있었을까?

곧 비연은 이 생각을 부정하며 자신의 유치함을 조소했다. 그녀는 확실히 유치했다. 너무 유치한 나머지 하마터면 한우아의 존재까지 잊을 뻔했다. 그의 좋아한다는 말이 그저 좋아한다는 것에 불과하다는 사실도. 그가 너무 강하게 끌어안고 있어 그녀도 하마터면 진심이 되어 버릴 뻔한 걸까?

"정왕 전하, 전하께서는 한씨 가문 삼소저와 혼사를 이야기하고 계십니다. 바라건대, 자중해 주시지요!"

비연이 이렇게 말하며 제 허리를 감싸고 있는 군구신의 팔을 떼어 냈다. 그리고 뒤로 두어 걸음 물러서서 그와 거리를 유지했다. 그녀가 고개를 숙인 채 말했다.

"전하께서 마음에 들었다고 말씀해 주시니 먼저 감사의 말씀을 올리겠습니다. 전하께서는 어떤 분부시건, 언제라도 저에게 말씀해 주시지요."

군구신은 그녀가 뒤에 한 말은 전혀 신경 쓰지 않았다. 그의 눈동자에 놀란 듯한 빛이 스쳐 갔다.

"한 삼소저? 그게 마음에 걸렸나?"

비연은 눈을 들었다가 바로 시선을 피했다. 일순간 그녀는 어찌 대답해야 할지 알 수 없었다.

마음에 걸렸냐고? 단언할 수는 없다. 그저 그에게 실망했던 것 같다. 그와 같은 남자라면 두 마음을 품지 않을 거라고 생각했는데.

설사 한우아가 그에게 어울리지 않는다고 그녀가 생각하더라도, 그리고 그녀가 그들을 갈라놓고 싶어 행동에 옮기고 있더라도, 또한 그녀가 그의 신분이라면 미녀 삼천 명을 들여도 지나치지 않다는 것을 알고 있더라도…… 그녀는 여전히, 그의 마음속에 한우아가 있으니, 한우아의 진면목을 똑똑히 보기 전에는 다른 사람을 마음에 들이지 않기를 바라고 있었다.

비연이 진지하게 말했다.

"전하께서는 들어 본 적이 없으신지요. 약수가 삼천이어도 물 한 표주박만을 취하며, 세 번의 생을 윤회하더라도 한 사람만을 기다릴 것이다. 제 생각에는, 전하께서 한 삼소저를 맞이하시기로 하셨다면 진심으로 대하시고 두 마음을 먹지 않으시는 것이 좋을 듯합니다."

"약수가 삼천이어도 물 한 표주박만을 취하며, 세 번의 생을 윤회하더라도 한 사람만을 기다릴 것이다?"

군구신이 몇 번 중얼거리더니 갑자기 가볍게 웃기 시작했다.

"좋아! 약수가 삼천이어도 물 한 표주박만을 취하며, 세 번의 생을 윤회하더라도 한 사람만을 기다릴 것이다. 하하, 본 왕이 기억해 두지!"

그가 갑자기 비연에게 다가왔다. 그의 깊은 눈빛이 그녀의 하얗고 평온한 얼굴에 머물더니, 그가 물었다.

"보아하니 고 대약사도 마음에 둔 사람이 있어 본 왕을 받아들이지 못하는 것인가?"

사람?

비연도 희미하게 미소 지었다. 그녀에게도 마음에 둔 사람이 있었다. 그것도 세 사람이나. 한 사람은 꿈속에 있고, 한 사람은 눈앞에 있으며, 한 사람은 그 행방도 알 수 없다. 그녀도 그중 누구를 진정으로 마음에 들이고 그녀의 마음을 차지하도록 해야 할지 알 수 없었다.

밤새도록 자신과 그리도 싸웠건만 비연은 결국 스스로를 기만할 수는 없었다. 그녀의 마음은 사실 텅 비어 있었고, 비어 있기에 너무나 외로웠다.

비연은 머뭇거리지 않고 군구신에게 확실한 대답을 돌려주었다.

"그렇습니다, 전하."

군구신의 눈빛이 어떤 빛이라도 꿰뚫지 못할 것처럼 더욱더 깊어졌다. 그는 여전히 웃으며 말했다.

"그런가? 그런 복을 타고난 자는…… 하하, 본 왕은 그가 어떤 사람인지 몹시 궁금하군?"

비연이 덧붙였다.

"진양성 사람도 아니고 무명 소솔에 불과합니다. 전하께서 들어 보셨을 이름은 아닙니다."

"무명 소졸?"

군구신은 그녀를 한참 동안 들여다보더니, 그저 미소 지으며 그 이상 캐묻지도 가까이 다가오지도 않았다.

"가도록. 가서 준비하고, 궁에 들어가 보고를 올려야지."

비연은 재빨리 물러남을 고하고 그 자리를 떠났다.

군구신은 그녀의 뒷모습을 바라보며 입꼬리를 들어 올린 채 웃고 있었다. 비연이 그의 시선에서 사라진 후에도 그의 입매가 그리는 호선은 더욱 커졌다. 그는 웃고 있었다. 잔인하게, 그리고 쓸쓸하게.

그가 중얼거렸다.

"비연, 네 마음을 이미 다른 이에게 주었다 해도 네 옆자리는 본 왕을 위해 남겨 두거라!"

그는 본래 그녀를 정왕부와 깊이 연루시킬 생각이 없었다. 그러나 지금 보니, 다른 여자로 부황이 안배하는 수녀들이며 측비를 막느니 비연으로 막는 게 나을 것 같았다!

그는 잘 생각해야만 했다. 어떻게 부황이라는 관문을 통과하고, 어떻게 대황숙을 속일 수 있을지!

비연은 정왕부 후문으로 나온 다음에야 겨우 달리기를 멈추고 숨을 몰아쉬었다. 고개를 돌려 정왕부 안 누각들을 바라보았다. 마음속이 너무나 복잡했다. 복잡해 이루 말할 수가 없을 지경이었다.

과거의 감사한 마음과 경애, 조금 전의 그 놀라운 감정, 그리고 지금…… 그녀는 실망하지 않을 수 없었지만, 두 사람의 협력 관계에 대해서는 희망을 품을 수 있었다. 그렇기에 그녀의 마음은 너무도 복잡해 견디기가 어려웠다!

비연이 진묵을 바라보며 물었다.

"진묵, 네가 보기에 정왕 전하는…… 어때?"

달빛 아래 진묵의 고요하게 깨끗한 얼굴은 더더욱 속세를 떠난 것처럼 보였다. 그가 대답했다.

"저는 주인님 말씀을 들을 것입니다."

비연은 깜짝 놀라 미간을 찌푸렸다가 곧 피식 웃고 말았다. 그녀는 그가 일부러 그녀를 놀리는 것은 아닌가 의심할 지경이었다.

"넌 고묘에서는 이렇게 바보 같지 않았잖아. 어째서 갑자기 바보가 된 거야? 좀 다른 말을 할 수는 없어?"

진묵이 그제야 덧붙였다.

"정왕에 대해서는 주인님 마음속에 생각하신 바가 있으실 테니, 속하의 생각은 영향을 미치지 못할 것입니다. 주인님이 정왕을 어찌 보시건 속하는 주인님 말씀을 듣겠습니다."

"속하? 주인님?"

비연이 다시 미간을 찌푸렸다.

"누가 너에게 그런 말을 시켰어?"

진묵의 목소리는 여전히 듣기 좋고 평온했다.

"다른 시위들을 보고 배웠습니다."

비연이 다시 한번 참지 못하고 피식 웃고 말았다. 무겁고 복잡하던 마음이 다소간 명랑해지는 것 같았다.

"그래, 마음대로 해, 마음대로! 가자!"

이미 늦은 시간이었지만 비연은 고씨 가문으로 돌아가지 않고 궁으로 향했다. 진묵은 궁문 앞에서 기다리게 했다.

그녀가 현경전에 도착하자 군구신이 이미 도착해 있는 것이 보였다. 그는 하얀 비단옷으로 갈아입은 뒤였는데, 그 모습이 유달리 존귀해 보여 결코 침범할 수 없을 듯한 느낌을 풍겼다.

비연은 문가 멀리에서 그의 옆모습을 바라보며, 마치 아무 일도 없었던 것 같다고 생각했다. 이 남자는 여전히 그녀가 가장 존경하고 우러르는 정왕이었다.

매 공공이 비연이 왔다고 고했다. 비연은 마음에 정한 바가 있어 호쾌하게 안으로 들어갔다. 예전처럼, 군구신은 천무제 앞에서는 그녀에게 눈길 한번 주지 않았다.

비연은 비굴하지도 거만하지도 않은 자연스러운 태도로 천무제에게 예를 올린 후 다시 군구신에게도 절을 했다. 그런 그녀의 눈빛은 담담하고 평온하게 빛나고 있었다.

그들 두 사람을 바라보는 천무제의 눈빛에는 예전과 달리 의심이나 경계의 빛이 없었다. 오히려 그는 무엇인가 깊이 생각하는 듯한 시선으로 그들을 보고 있었다!

매 공공이 오는 길 내내 그에게 서신을 여러 번 띄웠다. 그 서신 안에는 물론 두 사람이 같은 침상에서 잠을 잔 일도 적혀 있었다.

아들의 성격과 품행을 생각하면, 술을 마신 후 흐트러진 다음 책임을 지겠다는 말을 하는 것은 예상 가능한 일이었다. 그가 이해할 수 없는 것은 비연이 거절했다는 사실이었다.

비연이 정왕에게 마음을 주지 않을수록 천무제는 점점 더 안심할 수 있었다. 그는 매 공공의 건의도 계속 고려하고 있었다.

비연을 정왕 곁에 있게 하는 것은 지극히 좋은 선택이었다. 그가 고려하는 것은, 어떻게 정왕의 의심을 사지 않을 것인가와, 어떻게 비연으로 하여금 이 제안을 받아들이게 할 것인가였다.

상을 내릴 테니, 기다리거라

천무제의 시선이 군구신과 비연 사이를 오갔다. 보면 볼수록 만족스러웠다. 그는 사실 이번 출행에서 벌어진 대부분의 일을 이미 알고 있었다. 그저 그들의 보고를 직접 듣고 싶었을 뿐이었다.

군구신이 있으니 비연은 당연히 먼저 말을 꺼내지 않았다.

비록 두 달에 불과한 출행이었지만 꽤 많은 일이 벌어졌다. 그러나 군구신은 두 가지 일만 보고했다. 하나는 승 회장과의 교섭에 관한 이야기였고, 다른 하나는 비연이 태자를 구하는 것을 도왔다는 이야기였다.

온우유는 대리시에 압송돼 죄를 기다리고 있었다. 동쪽 변경에는 약이 충분하게 보충되었다. 군구신이 천염국 정왕의 신분으로 승 회장과 교분을 쌓은 것까지 합해, 비연은 화살 한 대로 새 세 마리를 잡은 셈이었다.

천무제도 매우 만족스러워했다. 화월산장과 현공상회 간 거래에 대해서는 많이 묻지 않고, 군구신에게 화월산장 막후의 주인을 찾아내 안배하라고만 명했다.

군구신이 태자에 대해 보고할 때 천무제가 진묵에 대해 물었다. 비연이 두어 마디 덧붙이고는 스스로 상을 요구하며 화제를 돌렸다. 매 공공도 곁에 있다가 바로 비연의 공로를 칭찬하기 시작했다.

현공상회 관련한 사안만으로도 천무제는 안색이 밝아져 있던 참이라 비연에게 큰 상을 내려야겠다고 생각하고 있었다. 그런데 매 공공이 칭찬을 더하니, 더욱 기쁜 마음에 비연에게 20만 금을 내렸다.

20만 금!

상관 대이사를 매수했던 그 30만 금의 거액을 매 공공이 몰래 꿀꺽 삼킨 것이 아니었다면 그는 분명 깜짝 놀랐을 것이다. 심지어 비연을 시기하고 미워했을 수도 있었다. 천무제가 그동안 내린 상 중에서 가장 거액이었던 것이다.

그러나 이미 30만 금을 집어삼킨 매 공공은 조금은 부끄럽고 황공한 마음이 있었다. 어쨌든 이번에 가장 고생한 사람은 비연인데, 그보다 적은 금액을 얻게 되었으니까.

능력이 많으면 일을 많이 하게 되고, 능력이 좋으면 이익을 많이 얻게 된다. 뇌물을 받는 일은 본래 위험한 법이고, 자신의 분수를 제대로 가늠하지 못하면 더욱 위험하다!

매 공공은 생각할수록 30만 금이 너무 많다는 생각이 들었다. 자신이 비연을 위해 한 일이 미흡한 것 같아 슬쩍 그녀를 몇 번 곁눈질하며, 어떻게든 황상 앞에서 비연을 더 많이 도와야겠다고 생각했다.

20만 금의 상금은 비연에게도 상당히 놀라운 일이었다! 천무제가 큰 상을 내릴 거라 생각하긴 했지만 이렇게 많을 줄은 몰랐던 것이다. 그녀는 심지어 천무제가 자신을 매수하려 한다는 냄새도 맡을 수 있었다. 그는 그녀에게 무엇을 원하고 있는 걸까?

닥치면 그때 상황을 보아 가며 하면 된다. 비연은 그렇게 많이 생각하지 않기로 하고, 호쾌하게 상을 받으며 감사의 절을 올렸다.

"감사합니다, 황상!"

이 액수라면 분명 밀정에게서 정보를 좀 더 살 수 있을 것이다. 정왕 전하와 협력 관계를 맺는다고 해도 그에게만 기댈 수는 없고, 그녀도 반드시 지불하는 것이 있어야 했다. 그래야 어느 정도 주동적인 위치를 점하면서 그에게 통제받지 않을 수 있을 테니까.

천무제가 웃으며 말했다.

"하하, 고 대약사! 삼칠 사건을 이렇게 완벽하게 처리했으니, 마땅히 네가 받아야 할 상이다!"

이 말에 비연은 더욱 놀랐다. 20만 금의 상이 단지 삼칠 사건을 해결한 공로에 대한 보답이라고? 그럼 태자를 구한 것에 대해서는 따로 상을 내리겠다는 의미인가? 천무제가 그렇게 호방한 사람은 아니지 않았던가?

천무제는 확실히 그렇게 호방한 사람은 아니었다. 20만 금은 비연을 매수하려는 마음으로 주는 돈이 맞았다. 그는 비연을 정왕의 측비로 들여, 자신과 대황숙을 대신해 정왕의 일거수일투족을 지켜보게 할 작정이었다.

두 달 전이었다면 측비를 세우는 것은 꽤 귀찮은 일이었을

302

거다. 한우아의 감정까지 고려해야 했을 테니까. 그러나 이 두 달 동안 하소만이 그에게 건넨 정보들을 종합해 보면, 한우아는 결코 정왕비로서 최선의 선택이 아니었다.

천무제는 정치적 혼인을 통해, 천염국과 정왕에게 조력을 줄 수 있기를 바랐다. 그러나 동시에 정왕비가 정왕과 과도하게 한마음이 되기를 바라지도 않았다. 그런 까닭으로 혼담을 늦춰 가면서 신중하게 인물을 고르고 있었다.

천무제가 군구신을 흘깃 보더니 진지하게 물었다.

"정왕, 고 대약사가 태자를 구했으니 큰 공을 세운 셈이다. 네가 보기에 어떤 상을 내리는 것이 마땅하겠느냐?"

군구신은 방금 보고를 끝낸 후 계속 한마디도 하지 않고 차가운 표정으로 곁에 서 있었다. 보기에는 비연에게 전혀 관심이 없는 듯했지만 실제로는 부황이 비연에게 건네는 한마디 한마디를 모두 신경 쓰고 있었다.

그는 부황이 호방한 사람이 아니라는 걸 잘 알고 있었고, 역시 음모의 냄새를 맡았다. 다만 그도 비연과 마찬가지로, 매 공공이 이 두 달 동안 몇 번이나 언급한 '좋은 일'이 무엇인지 알지 못해 부황이 이리 묻는 것도 그저 탐색하는 것뿐이라 생각했다.

군구신이 무표정한 얼굴로 대답했다.

"태자를 구한 것은 분명 큰 공입니다. 소자가 보기에 마땅히 조회에서, 문무백관이 보는 가운데 상을 내려야 할 것 같습니다! 상으로 무엇을 내리실지는 부황께서 정하시면 될 것입니다."

천무제가 바란 것도 바로 이 대답이었다.

비연이 비록 한미한 가문 출신이고 과거 혼약이 있었기는 하지만, 다행히도 그 혼약을 물렸다고 비연이 창피할 일은 전혀 없었다. 게다가 이렇게 큰 공을 세웠으니, 그가 문무백관 앞에서 그녀를 정왕의 측비에 봉한다 해도 이치에 맞다. 정왕도 의심을 품지 않을 테고, 거절할 여지도 없다.

천무제가 속으로 기뻐하며 수염을 쓰다듬었다.

"좋구나, 좋아! 고 대약사, 기다려라. 짐이 기씨와 소씨 가문을 처리한 후에 너에게 큰 상을 내릴 테니!"

정왕은 태자가 실종되었다는 거짓 소문을 퍼뜨렸고, 우분엽도 계속 감옥에 갇혀 있었다. 두 가문은 일이 실패했다는 사실을 모르고 있으니, 이 일은 한동안 공개할 방법이 없었다.

천무제도 조금 다급한 상황이긴 했다. 그는 자신에게 남은 시간이 얼마 되지 않는다는 걸 알고 있었다. 그리고 그의 황형은 잠시 동안은 진양성에 돌아올 수 없는 상황이었다.

천무제가 가장 두려워하는 것은, 자신이 눈을 감은 후 정왕이 누구의 통제도 받지 않는 틈을 타서 제위를 찬탈하고 군씨 가문과 천염국을 장악하려 하지 않을까 하는 것이었다. 그렇게 되면 황형이 그를 통제하는 것은 아주 어려워질 것이다.

어찌 되었건 그는 황형이 돌아올 때까지 정왕을 감시해야 했다. 정왕의 속내를 파악할 수 있다면 더욱더 좋을 것이다!

비연과 몇 마디 대화를 나눈 천무제는 그녀에게 먼저 돌아가라고 명령했다. 그는 정왕과 함께 편전으로 자리를 옮긴 후 바둑을 두며, 어떤 방식으로 동쪽 변경의 전쟁을 계속할 것인지 이야기하고, 빙해의 상황에 대해서도 물었다.

얼마 지나지 않아 천무제가 혼사와 관련한 질문을 던졌다.

"신아, 진심으로 한씨 가문 삼소저를 맞고 싶으냐?"

군구신은 담담하게 대답했다.

"부황께서 뜻하시는 대로 하시면 그뿐입니다."

천무제가 고개를 끄덕이며 말했다.

"신아, 네 비록 제위를 계승하지는 않을 것이라 하나, 우리 군씨 황족 적자의 부인을 함부로 정할 수도 없지 않으냐. 부황은 네 뜻도 따르고 싶다만, 한우아가 한가보 출신이라 하나 결국은 양녀고, 한씨 가문 혈통이 아니다. 부황이 보기에 정비를 고르는 일은 조금 더 기다려야 할 것 같구나. 다음 달 대자사 약불이 오신 날, 불천성회가 열릴 때 상당수 가문들이 오기로 되어 있다. 명문가 규수들도 올 터이니, 그때 가서 찾아보는 것도 나쁘지 않을 것 같구나."

군구신은 순순히 고개를 끄덕였다.

"예."

천무제가 매우 만족스러운 표정으로, 그제야 우문엽에 대한 이야기를 꺼냈다.

"엽십삼은 자백할 것 같으냐? 그 일은 반드시 약불 오신 날 전에 끝내야 한다! 짐은 기씨 가문이 불천성회에 참가하지 않기를 바란다!"

"부황, 기씨 가문이 참가하지 않을 수는 없습니다……."

그러면서 군구신은 이미 세워 놓은 계획을 상세하게 설명하기 시작했다.

밤이 깊어도 군구신은 여전히 궁에 머물러 있었고, 비연은 진묵과 함께 고씨 저택으로 돌아왔다. 아주 피곤했지만, 비연은 문안으로 들어서자마자 그 그림을 가져와 진묵에게 보여 주었다.

그녀가 진지하게 물었다.

"봐 봐, 이 그림을 복원할 수 있겠어? 복원 가능하다면 어느 정도나 할 수 있겠어?"

현묘한 장치, 최선을 다하겠다

　비연이 그림을 건네자 진묵이 서둘러 그것을 긴 탁자 위에 펼쳤다. 그리고 종이의 질이며 먹의 흔적을 살피더니 한눈에 이 그림이 천 년이 넘었다고 판단했다.

　옛 그림을 복원하려면 그림을 씻어 내고 벗겨 낸 다음, 덧붙이고 완비하는 과정을 거쳐야 한다. 아주 힘들고 번잡한 일이었다. 그러나 이 그림은 아주 잘 보존되어 있어 더러운 부분이 없었다. 그림이며 그 뒤에 대어 놓은 종이도, 어디 한군데 찢기거나 훼손된 부분이 없었다.

　유일한 문제는, 먹의 흔적이 모호할 뿐 아니라 대부분 소실된 상태라는 점이었다. 그리고 이것이야말로 가장 골치 아픈 문제였다.

　진묵은 종이를 잘 살펴본 후에 다시 진지하게 그림을 살펴보았다. 어렴풋하게 남은 윤곽을 통해, 흰 옷을 입고 있는 남자가 금을 안고 있는 모습이 그려져 있는 걸 알 수 있었다. 얼굴 윤곽이며 몸의 형태로 대강 추측해 보면, 나이가 많지는 않을 것 같았다.

　배경으로는 멀리 있는 산이며 폭포, 흰 구름과 푸른 소나무가 그려져 있었다. 그림 왼쪽에는 낙관 몇 줄이 적혀 있었다. 하지만 글씨는커녕 희미한 먹 자국만 얼룩덜룩하게 남아 간신히 시구 하나만을 읽을 수 있었다.

진묵이 나지막한 목소리로 그 시를 읊었다.

"금은 어느 밤에야 돌아올까. 마음은 외로운 구름과 멀어지고."

비연은 감히 그를 방해하지 못하고 긴장한 표정으로 기다리고 있었다. 그러나 진묵은 그림을 오래 보지도 않고 물었다.

"사람과 배경 모두 복원해야 해?"

비연은 사람의 얼굴을 복원하기를 원하고 있었다. 그러나 진묵이 '배경'을 이야기하는 순간, 그녀는 갑자기 배경의 중요성을 깨닫게 되었다. 어쩌면…… 비연이 아는 풍경을 그린 것일지도 모르지 않은가?

그녀가 긴장하여 물었다.

"사람과 배경, 모두 복원할 수 있어?"

진묵이 되물었다.

"어느 정도까지 복원하기를 바라?"

비연은 확신이 서지 않았다. 이 그림이 조금만 더 또렷하다면, 사람과 배경의 윤곽이 조금이라도 더 남아 있었다면 분명 완벽하게 복원해 달라고 부탁했을 것이다. 그러나 먹의 흔적이 정말 너무 많이 사라져 있었다. 특히 사람의 얼굴 생김은 전부 보이지 않아, 완벽하게 복원할 가능성이 매우 적었다.

진묵이 엽십삼의 얼굴을 그려 낼 수 있었던 건 그가 엽십삼을 직접 보았기 때문이었다. 엽십삼이 얼굴을 일부 가리고 있었다고는 해도 진묵은 어쨌든 그의 이마며 눈을 보았고, 또 복면 아래의 입매며 코, 얼굴 윤곽을 입체적으로 짐작해 볼 수 있었다.

그러나 눈앞의 그림이 진묵에게 줄 수 있는 정보는 아주 적었다. 정보가 적을수록 원래대로 복원할 가능성은 낮아진다.

비연이 진지하게 물었다.

"진묵, 얼마나 복원할 수 있을 것 같아?"

진묵은 대답하지 않고 문방사우를 요구했다. 그리고 원래의 그림을 따라 한 폭 모사했다. 그런 다음 그는 그림 속 배경의 윤곽을 따라 빠르게 붓을 움직이기 시작해, 배경의 윤곽을 전부 복원해 냈다.

그림 속 풍경이 또렷해 보일 뿐 아니라 상당히 풍부해졌다. 산, 폭포, 소나무와 구름 외에도 산비탈의 계단식 밭이며 정자와 누각, 금을 받치는 받침대와 다탁까지 새로 생겨났던 것이다. 그러나 이 모든 것은 멀리 보이는 경치고, 대부분 윤곽만을 그린 것이었다.

그러나 그 윤곽만으로도 비연은 어딘가 익숙한 느낌이 들었다. 다만 안타깝게도 세세한 부분이 부족하니, 그녀로서도 이곳이 어디라고 확신할 수 없었다.

이런 산림과 전원 풍경이라면 그녀는 꽤 많이 보았다. 빙해 영경에도 이런 풍경이 있었고, 신농곡에도 있었으며, 고운원이 살던 연운간 마을에도 있었다.

진묵은 매우 고요한 표정으로 배경을 복원한 다음 인물의 윤곽을 복원하기 시작했다. 얼마 지나지 않아 사람의 형체가 완벽하게 드러났다. 그러나 비연이 예전에 판단한 것과 차이가 크지 않았다.

이 장포를 입은 남자는 키가 크고 마른 데다 금을 안고 있었다. 진묵은 심지어 그의 얼굴 윤곽선도 덧그리기 시작했으나 얼굴은 빈 채로 내버려 두었다.

진묵이 다시 종이를 몇 장 펼치더니, 똑같은 얼굴형을 여러 장 그렸다. 그런 다음 다시 그 얼굴을 채워 넣기 시작했다.

그는 모두 다섯 장, 그러니까 얼굴을 다섯 개 그렸는데, 서로 다른 다섯 얼굴이 원래의 얼굴형과 천의무봉처럼 자연스럽게 어울렸다. 뿐만 아니라 자태나 인물의 동작, 그림 전체의 분위기와도 잘 맞아떨어졌다. 상황을 모르는 사람이 본다면 분명이 다섯 장 모두 완벽한 그림이라 여겼을 것이다.

비연은 보면 볼수록 놀랍고도 기뻤다. 비록 이 다섯 얼굴 중 백의 사부와 같은 얼굴은 없었지만 윤곽이며 분위기는 비슷한 부분이 있었다.

진묵이 말했다.

"이외에도 가능성은 아주 많아. 하지만 나는 그림 속의 사람을 본 적 없으니, 어떤 얼굴이 가장 비슷할지는 확신하지 못하겠어."

비연은 원래 진묵에게 백의 사부가 어떻게 생겼는지 설명할 생각이었다. 아니, 심지어 그와 함께 고운원을 만나러 갈 생각도 하고 있었다. 그러나 진묵의 이야기를 들은 비연은 멈칫하고 말았다. 자신이 흥분한 나머지 일을 너무 간단하게 생각한 것 같아서였다.

그렇다! 진묵은 그림 속의 사람을 본 적 없고, 그녀 역시 본 적 없다. 그림을 아무리 완벽하게 복원해 내더라도…… 백의 사부의 얼굴 그대로 복원하더라도, 그게 무슨 의미가 있단 말인가. 복원해 낸 인물이 원래의 그림과 얼마나 비슷한지 판단할 방법이 없는데!

고씨 가문의 다른 이들도 판단할 수 없을 것이다. 1천 년 전의 사람을 본 이는 없을 테니까.

희망이 클수록 실망도 큰 법, 비연은 그림을 보며 천천히 입술을 비죽였다. 도저히 실망감을 감출 수 없었다.

진묵은 그녀의 그런 모습을 보고 저도 모르게 미간을 찌푸리며 말했다.

"너무 조급해하지 마. 내가 최대한 방법을 생각해 볼 테니까. 이 그림의 종이와 먹에 현묘한 장치가 숨어 있는 것 같아."

비연은 깜짝 놀랐다.

"뭐라고?"

진묵이 진지하게 설명해 주었다.

보통 상등품의 먹은 천 년이 지나도 사라지지 않는 법이지만, 종이나 비단은 쉽게 파손된다. 그러나 이 그림은 반대로 종이는 파손되지 않고 먹이 오히려 모호하게 사라졌다. 이것은 일반적인 현상과 상반된다.

이 그림 속에 사용된 검은 먹만 해도 세 종류였다. 시구 두 줄을 적을 때는 석묵을 사용했고, 풍경을 그린 것은 송연묵이었으며, 사람을 표현한 먹은 유연묵이었다.

석묵은 거의 항구적이라 할 정도로 수천 년이 지나도 지워지지 않았다. 그다음이 유연묵이었다. 그리고 보존이 가장 어려운 것이 송연묵이었다. 그러니 이치대로라면 풍경을 그린 송연묵이 가장 빨리 소실되어야 했다. 그러나 이 그림에서는 사람을 그린 유연묵이 가장 빨리, 가장 많이 지워진 상태였다. 게다가 다른 안료는 이 그림에 흔적조차 남기지 못했다.

이런 것들을 잘 알지 못하던 비연은 진묵의 이야기를 듣고 깜짝 놀랐다.

"그렇다면 이 먹 자국들이 자연적으로 사라진 게 아니라, 인위적으로 사라진 거라는 이야기야?"

진묵은 완전히 수긍하지는 않았다.

"인위적으로 사라진 것일 가능성도 있고, 이 그림에 어떤 현묘한 장치가 숨어 있을 수도 있어. 난…… 일단은 잘 모르겠어. 음…… 내가 시간을 두고 고민 좀 해 봐도 될까?"

비연이 기뻐하며 대답했다.

"당연하지!"

그녀는 실망한 상태였는데, 이제 새로운 희망이 생긴 것이다!

그녀는 '고孤운원'과 '고顧운원', 이 글자들을 보고 이 그림에 의심을 품기 시작했지만, 그것은 단지 의심에 지나지 않았다. 그러나 지금 이 그림에 현묘한 장치가 숨어 있음을 알게 되었으니 어찌 기쁘지 않을 수 있을까? 그녀는 자신의 직감이 결코 틀리지 않았다고 확신했다!

고운원과 백의 사부가 비슷하게 생긴 게 우연이라는 사실은 겨우 받아들일 수 있었다. 그러나 그녀는 백의 사부가 고씨 가문과 아무 관계가 없다고는 믿고 싶지 않았다!

"진묵, 이 일은 급하지 않아. 그러니 천천히 생각해 봐도 괜찮아."

그리고 비연은 잠시 생각에 잠겼다가 목소리를 낮춰 이야기했다.

"그리고 다른 일은…… 후에 여기서건 아니면 나와 함께 다른 곳에 가서건, 만약 은색 가면을 쓰고 검은 옷을 입은 남자를 발견하게 되면 절대 아무 소리도 내지 말고 그의 모습을 잘 관찰해야 해. 그다음에 그의 얼굴을 그려 줘. 이 두 가지 일만 해준다면 너는 자유야!"

진묵은 마음속에 다른 생각이 있는 듯 그림을 보다가 다시 비연을 보더니, 여전히 평온하게 대답했다.

"주인님 말을 들을게."

이렇게 시간을 보내다 보니 바깥 하늘이 밝아 오고 있었다. 요화각에는 달리 공간이 많지 않아 비연은 진묵을 일단 서재에서 자게 한 다음 자신도 자러 갔다.

이때 군구신은 막 정왕부에 도착한 즈음이었다. 그가 제대로 쉬러 가기도 전에 망중이 다가와 보고했다.

"전하! 전형, 전매가 화월산장에서 기다리고 있습니다. 봉황허영에 대한 정보를 얻었는데, 반드시 전하께 직접 보고드리겠다고 합니다."

군구신은 매우 기뻤다. 40만 금이라는 거액을 쓴 보람이 있었다. 이렇게 빨리 정보를 얻게 되다니! 최근 며칠 동안 제대로 쉬지 못해 매우 피곤한 상태였지만 그는 바로 마차를 준비시켰다.

출발 전에 그는 한마디 덧붙였다.

"하소만을 고씨 저택으로 보내도록. 비연이 잠에서 깨는 대로 화월산장으로 데려오도록 해라!"

예상 못 한 정보

군구신이 화월산장 지하 밀실에 도착해 보니 전형 전매가 기다리고 있었다.

이 두 남매는 여전히 간단한 차림새를 하고 얼굴을 가리고 있었다. 팔짱을 낀 채 벽에 기대선 그들은 고개를 숙이고 있었는데, 한참 기다린 것처럼 보였다.

군구신이 들어가자마자 그들은 고개를 들었다.

보름이 넘게 휴식을 제대로 취하지 못한 데다 어제 한잠도 자지 못한 군구신은 너무도 피곤했다. 그는 전형 전매를 흘깃 보고는 나른하게 자리에 앉았다. 그리고 살짝 미간을 찌푸린 채 아무 말도 하지 않았다.

망중이 금표 뭉치를 꺼내 전형 전매 앞에서 한 장 한 장 세기 시작했다. 전형 전매가 바로 날카롭게 눈을 빛내며, 기뻐하는 듯한 기색을 감추지 못했다.

망중이 다 세기도 전에 그들은 금표 뭉치가, 많지도 적지도 않게 딱 40만 금이라는 사실을 확인했다.

업계에서 최정상급에 속하는 밀정이라 하더라도 임무 하나에 80만 금은 거액에 속했다. 그들은 신중하게, 가치가 이리도 높은 정보를 밀서에 적는다거나 하지 않고 고용한 사람과 얼굴을 마주하고 보고하기를 원했다.

망중이 금표를 다 센 다음 전부 탁자 위에 내려놓고 진지하게 말했다.

"40만 금입니다. 돈을 세어 본 후 보고하면 되겠습니다."

걸어 나온 것은 이번에도 전형이었다. 그가 군구신 곁으로 다가오더니 나지막한 목소리로 말하기 시작했다.

"빙해의 이변이 있던 날, 진양성 고씨 저택 하늘에도 봉황허영이 나타났습니다!"

군구신은 원래 몹시 피곤한 상태였지만 이 말을 듣자 바로 정신을 차릴 수밖에 없었다. 그는 저도 모르게 몸을 곧추세웠다. 봉황허영이 고씨 저택에 나타났다니, 비언은 이 사실을 알고 있을까? 비연이 혹시 이런 까닭으로 고씨 가문에 잠입해 대소저를 대신하고 있는 것은 아닐까?

군구신은 깊이 생각할 겨를도 없이 연이어 물었다.

"동시에 출현했는가?"

전형이 대답했다.

"아닙니다. 빙해에 먼저 나타났고, 고씨 저택이 그다음이었습니다."

군구신은 만족할 수 없어 다시 물었다.

"용오름과는?"

80만 금은 그리 쉽게 벌 수 있는 돈이 아니었다. 전형은 이미 조사할 수 있는 부분은 모두 상세하게 조사를 끝낸 다음이었다.

"빙해에서 먼저 봉황허영이 나타났고, 그 후 바로 용오름이 있었습니다. 그다음에 고씨 저택에 봉황허영이 나타났는데, 대략 반 시진 정도의 차이가 있었습니다."

"그렇다면, 고씨 저택에 봉황허영이 나타났을 때 빙해는 이미 감염되어 있었던 건가?"

군구신이 계속 물었다.

"그렇게 큰일이 벌어졌는데, 진양성에 아는 사람이 없는 이유는 무엇이지?"

전형이 대답했다.

"그 무렵 진양성에서 회자되기는 했었습니다. 그러나 직접 목격한 사람이 많지 않아 사람들은 진실이라 여기지 않았습니다. 그리고 무엇보다도, 그날부터 현공대륙에서 기를 수련하던 모든 이들의 진기가 소실되었습니다. 당시 진양성은 공황 상태에 빠지다시피 해 이 일을 주시하는 사람이 아주 적었습니다."

군구신은 다른 일을 하나 더 생각해 냈다.

"고씨 가문의 대소저가 바로 그날 사고로 물에 빠지지 않았던가?"

전형도 마침 그 이야기를 하려던 참이었다.

"바로 그렇습니다! 아주 이상한 일이었지요. 고씨 가문의 대소저 고비연은 분명 헤엄을 상당히 잘 쳤다고 하는데, 뜻밖에도 물에 빠져 하마터면 죽을 뻔했다니 말입니다. 구조받아 뭍으로 올라온 다음에도 인사불성이었고요. 게다가 진기와 내공을 모두 잃었다고 합니다."

군구신의 눈가에 복잡한 빛이 스쳐 갔다.

"물에 빠졌을 때 부상을 입어 진기를 잃은 건가, 아니면 빙해의 이변 때문인가?"

군구신이 비연의 비밀을 몰랐다면 그도 이렇게 세세한 부분까지 신경 쓰지는 않았을 것이다. 그러나 지금, 그는 이 세세한 부분이 얼마나 중요한지 잘 알고 있었다!

전형이 솔직하게 대답했다.

"원인 불명입니다. 그러나 절대로 빙해의 이변 때문은 아닙니다. 고씨 가문의 소저가 물에 빠진 순간과 봉황허영이 나타난 순간이 거의 일치합니다. 소저의 진기가 먼저 사라졌고, 그 후 반 시진 정도 지난 다음에야 모두의 진기가 사라졌으니까요."

여기까지 들은 망중이 참지 못하고 끼어들었다.

"그때 고 대소저는 물에 빠져 진기만을 잃은 것이 아니라 기본적인 내공마저 모두 잃었습니다. 맥도 보통 사람과 차이가 없게 되었고요. 이 일은 상궤에서 벗어나는 것이 많습니다!"

군구신도 모두 알고 있는 이야기였지만 아무 말도 하지 않았다. 그저 마음속으로 이런저런 추측을 쌓고 있을 뿐이었다.

진짜 고비연이 물에 빠진 가운데 사망하고, 구조받아 뭍으로 옮겨진 소녀가 바로 지금의 고비연일 가능성이 지극히 높았다. 그 안에는 분명 절묘한 계책이 숨어 있을 것이다. 지금 비연은 무공의 기초조차도 없고, 맥도 보통 사람과 다를 바가 전혀 없었다!

이렇게 추측하더라도 여전히 이해할 수 없는 의문점이 남았다.

첫째, 그해 비연이 구조되었을 때 맥이 이상했을 뿐 아니라

장장 1년에 걸쳐 혼수상태에 빠졌다. 만약 지금의 비연이 그때부터 대신한 것이라면, 무엇 때문에 1년 동안 혼수상태로 있었을까?

둘째, 만약 비연이 그때 고씨 가문의 대소저를 대신하게 되었다면, 비연은 대체 어떻게 나타났던 걸까? 빙해에 이변이 일어날 것과, 빙해의 이변과 고씨 가문이 연관되어 있다는 것을 알고 미리부터 고씨 가문에 잠복해 있었을까?

그러나 이 해석은 맞지 않는다. 빙해의 이변 이후, 고씨 가문도 무학을 숭상하던 다른 가문들과 마찬가지로 빠르게 몰락의 길을 걸었으니 근본적으로 얻은 이익이 없었다!

또한 비연은 고씨 가문에서 보낸 몇 년 동안, 그리고 천염국 어약방에서 보낸 몇 년 동안 상당히 고생했다.

그러나 그로 인해 어떤 이익도 얻은 것은 없지 않은가? 그녀가 정말로 무엇인가를 챙기기 시작한 것은 반년 전부터였다.

생각이 복잡했다.

군구신은 당장이라도 비연을 데려와 심문해 보고 싶었다. 그러나 안타깝게도 그는 상황을 완벽하게 파악하고 있지 않았고,

무엇보다도…… 그녀에게 그럴 수는 없었다!

비연에게 혹시 무슨 고충이 있는 건 아닐까? 그녀가 자유롭지 않은 것은 아닐지…….

군구신의 머릿속에 이 생각이 떠올랐고, 자신도 깜짝 놀랐다. 비록 가능성이 클 것 같지는 않았지만 그래도 그는 신중해야 했다. 때문에 이 생각을 바로 지워 버릴 수는 없었다.

정보를 다 말한 전형이 40만 금을 챙긴 뒤 웃으며 말했다.

"감사합니다! 필요한 일이 있으시면 저희 남매는 언제라도 최선을 다하겠습니다."

"잠시만!"

군구신은 이 남매를 계속 휘하에 둘 마음이 있었다. 저 두 사람은 빙해의 수수께끼를 오랫동안 조사해 왔기에 여기저기 연고가 많았다. 저 두 사람이 다른 이들에게 고용된다면 그에게는 절대적으로 손실이었다.

다만 안타깝게도, 그들은 일회성의 거래를 통해 정보를 팔되 자신들은 팔지 않는다는 절칙을 가지고 있다. 때문에 군구신은 지속적인 거래로, 그들이 다른 이들에게 고용되는 것을 막는 수밖에 없었다. 그리고 이번에 그는 비연을 조사하기로 마음먹었다.

군구신이 진지하게 말했다.

"200만 금을 줄 테니, 사람 하나를 찾아 줄 수 있겠나?"

200만 금!

전형이 대답하기 전에 전매가 먼저 입을 열었다.

"거래 성립입니다!"

군구신은 이런 명쾌함을 사랑했다.

"지금 고씨 가문의 대소저 고비연을 다른 사람이 사칭하고 있다. 원래 하던 대로 먼저 100만 금을 주지. 반년 후 그녀의 신분을 명확하게 알아낸다면 다시 100만 금을 더해 주겠다. 하지만 조사해 내지 못한다면 100만 금 전액을 환수하는 것으로 하지. 어떠한가?"

전형과 전매, 둘 다 깜짝 놀랐다. 그들은 비연의 비밀에 놀란 것뿐 아니라 군구신의 씀씀이에 더욱 놀랐다. 그들은 고비연을 사칭하고 있는 사람이 고씨 가문에 나타난 봉황허영, 그리고 빙해의 이변과 관계있을 거라고 바로 짐작할 수 있었지만 전혀 주저하지 않고 승낙했다.

거래가 성립된 후 전형 전매는 바로 그 자리를 떠나 진양성을 향해 달려가기 시작했다. 그들은 손에 넣은 돈을 다시 돌려주고 싶지 않았다. 무슨 일이 있건 그들은 최선을 다할 것이다!

군구신이 지하 밀실에서 나왔을 때에도 비연은 아직 도착하지 않은 상태였다. 그는 산장주에게 용건을 설명한 다음 일단 휴식을 취하러 갔다.

비연이 화월산장에 도착했을 때는 이미 날이 어두워져 있었다. 산장주는 군구신의 분부대로 비연에게 화월산장의 속사정을 이야기해 주었다. 비연은 그제야 깨닫고, 자신이 너무 멍청하다고 속으로 한탄했다.

그녀가 어쩔 줄 몰라 하며 물었다.

"그럼…… 전하께서는요?"

하소만이 망중의 귀에 대고 속삭이는 모습을 보고 산장주가 슬며시 웃으며, 직접 비연을 옥형루로 안내했다.

옥형루는 화월산장 뒷산 절벽 위에 숨겨진 곳으로, 화월산장 전체를 조망할 수 있으면서도 밖으로는 드러나지 않아 군구신이 사적으로 이용하는 곳이었다.

침실 문은 단단히 닫혀 있었다. 산장주는 군구신이 깨어 있는지 아니면 아직 잠들어 있는지 알지 못했지만 비연에게 말했다.

"들어가 봐요, 전하께서 오래 기다리셨으니까."

좋아하는 것이 아니라 습관

산장주가 직접 방문을 열어 주고는 자리를 떠났다.

비연은 문가에 꼼짝도 하지 않고 서 있었다. 뭔가 이상하다는 생각이 들었지만 무엇이 이상한지는 도무지 알 수 없었다.

안으로 성큼 들어가 보니 다실이었다. 방 안은 꾸밈새가 매우 소박했다. 전체적으로 흑과 백, 그리고 회색으로 꾸며진지라 썰렁한 느낌마저 들었지만, 다탁 위에 놓인 개나리 가지가 조금은 생기를 불어넣고 있었다. 그러나 넓기는 상당히 넓어 한눈에 전체를 살필 수 없을 정도였고, 사람 없이 텅 비어 있었다.

"정왕 전하?"

비연이 갸웃하며 계속 안으로 들어갔다. 그러나 감히 큰 소리를 내지는 못하고 속삭이듯 물었다.

"전하, 안쪽에 계신가요?"

안쪽은 서재였다. 두 벽이 서책으로 가득 찬 것 외에 다른 가구는 없었다. 그러나 이곳 역시 한눈에 전체를 살필 수 없을 정도로 넓었다. 가장 오른쪽에 문이 하나 있는 것을 보니 그 안에 공간이 더 있는 듯했다.

서재에도 사람의 그림자라고는 없었다.

"정왕 전하, 안에 계세요? 정왕 전하, 제가 들어가도 될까요?"

비연이 몇 번 소리쳤지만 대답은 들려오지 않았다. 정왕 전하가 방 안에서 기다리고 계신다고 산장주가 말하지 않았다면, 그녀는 벌써 다른 곳으로 찾으러 갔을 것이다. 비연이 소리치며 계속 안쪽으로 걸어갔다.

이때 군구신은 가장 안쪽 침실에 있었다. 그는 막 잠에서 깨어나 옷을 갈아입던 참이었다. 밖에서 들려오는 소리를 듣고 처음에는 하인이라 여겼으나, 곧 그 목소리가 친숙하다는 것을 깨닫고는 놀라고 말았다.

그는 잠시 멈칫했으나, 누군가가 그녀를 데려왔으리라 생각하고는 일단 잠옷의 끈을 풀었다. 그는 꼿꼿하게 선 채 커다란 전신 동경 안에 비친 자신을 바라보았다. 그는 옷을 벗는 농작조차 그렇게나 우아하고 침착했고, 조용한 얼굴로, 점차 가까워지는 비연의 발걸음 소리도 듣지 못한 척하고 있었다.

"정왕 전하, 방 안에 계신가요?"

비연이 조심스럽게 병풍을 돌아 나오다가 창졸간에 잠옷을 벗고 상반신을 드러낸 군구신과 마주치고 말았다. 약욕을 할 때 뜨거운 수증기에 가려져 모호하게 보이던 때와는 달리, 비연은 밝은 등불 아래 그의 모든 것을 볼 수 있었다.

남자의 등, 위는 넓다가 아래로 갈수록 좁아지고 근육은 단단하다. 그리고 저 조각 같은 곡선은…… 그야말로 범죄를 저지르고 싶은 생각을 하게 만들 정도로 유혹적이었다!

"정……."

비연은 멍하니 굳어 버리고 말았다. 어째서 이런 장면을 마주하게 되리라 생각하지 못했던 걸까.

그러나 군구신은 그녀를 쳐다보지도 않고 느긋하게 옷을 입었다. 여전히 우아하고 침착한 동작으로, 그녀가 갑자기 들이닥친 것의 영향을 전혀 받지 않은 것처럼 자연스러웠다. 마치 그녀가 그의 영역에 들어와 그의 모든 것을 엿보는 걸 묵인하듯이.

그러나 비연은 이 상황이 전혀 자연스럽게 느껴지지 않았다. 그녀는 정신을 차리자마자 바로 병풍 뒤로 숨었다.

한참 전전긍긍하던 그녀는 지금 자신이 있는 곳 역시 그다지 적절한 곳이 아니라는 걸 겨우 깨닫고 다급하게 내달렸다. 단숨에 대문 밖으로 나왔다.

예전과 달리, 이번에는 그의 그런 모습에 빠진다거나 허무맹랑한 생각이 들지 않았다. 심지어 자신이 죄를 짓고 있다는 죄책감도 들지 않았다. 그녀는 그저 긴장, 또 긴장하고 있을 뿐이었다.

사실 그녀가 그의 모습에 빠지거나 허무맹랑한 생각을 하며 마음을 집중하지 못하던 순간순간들은, 마음속으로 거리낌 없이 웃을 수 있었다. 마음속에 정말로 품은 무엇인가가 있어야 긴장하게 되는 법이다.

긴장하고 또 긴장하던 중에 비연은 갑자기 뭔가 이상하다는 것을 깨달았다.

정왕 전하가 일부러 그런 것이다! 그녀는 다실에서 서재로, 또 서재에서 침실로 가는 동안 계속 정왕 전하를 불렀다. 정왕 전하가 그 소리를 듣지 못했을 리 없다! 분명히 듣고도 일부러 그녀에게 대답하지 않은 것이다!

어떻게…… 어떻게 그럴 수 있지!

비연은 점점 더 실망스러웠고, 그 실망은 분노로 변했다.

"나빴어! 무뢰한!"

비연은 소리치다 말고 소스라치게 놀랐다. 그녀는 꽤 오래, 이렇게 화를 내거나 누군가에게 욕을 내뱉은 적이 없었다. 왜냐하면…… 왜냐하면 오랫동안 망할 얼음을 만나지 못했으니까.

지금 이 순간 그녀의 기분은 망할 얼음을 만날 때와 아주아주 비슷했다. 망할 얼음과 만날 때보다 좀 더 많이 실망하고 있다는 점을 빼면.

어째서 이런 걸까? 언제부터 이렇게 된 거지? 방 안에 있는 저 남자는 정왕 전하인데! 그녀가 경모하고 좋아하는 정왕 전하! 신과 같이…… 냉랭하고 금욕적인 정왕 전하!

그가 원래 이렇게…… 망할 얼음만큼 나빴는데도, 그녀가 너무 멍청해서 제대로 알아보지 못했던 걸까? 아니면 그가 변한 것일까? 혹은 그가…… 좋아하는 여자에게는 이렇게 대하는 걸까? 설마 한우아에게도 이렇게 대하는 걸까?

비연은 생각을 거듭하다가 갑자기 손바닥으로 제 이마를 한 대 쳤다. 이상한 생각은 그만해야지. 정신을 차리자! 그 우러르는 마음에서 이제 철저하게 깨어나야 해!

그녀는 중얼거리기 시작했다.

"불량배! 나쁜! 하나라도 제대로 된 인간이 없어. 내가 정말 눈이 삐었지! 귀신에게 홀리기라도 했나? 어젯밤 그렇게 이야기를 했는데, 다 헛수고였어! 기억하겠다더니, 사기꾼…….”

군구신은 가벼운 옷으로 갈아입고 그녀에게서 멀리 떨어지지 않은 곳에 서 있었다. 그는 담장에 기댄 채 팔짱을 끼고 있었는데, 평소처럼 그렇게 냉정해 보이지 않고 오히려 편안한 표정이었다.

그는 안색 하나 바뀌지 않고 인내심 있게 비연의 중얼거림을 듣고 있었다. 비연의 욕설을 듣는 것은 아주 오랜만이었다. 그녀가 이렇게 화가 나서 발을 동동 구르는 모습도 오랫동안 보지 못했다. 그는 당장이라도 그녀 앞으로 달려가 그녀의 진짜 모습을 보고 싶었다. 그가 가장 좋아하는 모습을.

그러나 안타깝게도 그의 눈가에 복잡한 빛이 희미하게 스쳐 갈 뿐, 그는 결국 그녀 앞으로 나서지 못했다.

비연, 네가 망할 얼음을 생각하고 있는 거라 여겨도 될까?

비연, 망할 얼음은 너를 무척 그리워하는데, 너는……?

비연의 말수가 점점 줄어들기 시작했을 때에야 군구신은 겨우 그녀에게 다가갈 수 있었다.

“본 왕을 따라오도록.”

차갑게 이 명령만을 남긴 후 노대를 향해 걸어갔다.

비연은 그가 막 나왔다고 생각했다. 그녀는 분명 화가 난 상태였지만 그의 냉랭한 모습을 보니 왜인지 모르게 화가 사그라들었다. 오히려…… 오히려 조금 괴로운 느낌이 들었다. 그녀는 결국 그는 그럴 리 없다고, 결코 그럴 리 없다고 생각하게 되었다.

비연이 다가가 다탁 앞에 앉았다. 곧 시종이 차와 다식을 내왔는데, 뜻밖에도 모두 굉장히 달아 보였다.

"먹도록."

군구신은 여전히 냉랭한 목소리로 말하더니 붉은 쌀로 만든 달콤한 탕을 먹기 시작했다. 전날 밤부터 지금까지 아무것도 먹지 않았기 때문에 그는 몹시 배가 고픈 상태였다. 그러나 두어 입 먹더니 바로 미간을 찌푸리고, 시종에게 도로 가져가라고 했다.

비연은 그가 단맛이 싫어 그런다고 생각했지만, 그는 오히려 단맛이 부족하다 생각한 듯 시종에게 설탕을 더해 오라고 명령했다. 비연은 계속 군구신이 담백한 음식을 좋아한다 생각했기에, 깜짝 놀라 묻고 말았다.

"전하, 단 음식을 좋아하시나요?"

군구신은 그래라고 하더니 얼마 지나지 않아 덧붙였다.

"습관이다."

그는 기억이 있을 때부터 단 음식을 좋아했고, 며칠 먹지 않으면 곧 먹고 싶어 하곤 했다. 좋아한다기보다는 습관에 가까웠는데, 아마 기억을 잃어도 잊을 수 없었던 습관인 듯했다.

"습관?"

비연이 계속 물으려 했으나 군구신이 그녀의 말을 잘랐다.

"왜, 싫은가? 입맛에 안 맞나?"

비연도 어린 시절부터 단 음식을 아주 좋아했기에 솔직하게 대답했다.

"아뇨, 아주 좋아합니다."

군구신은 꽤 만족스러운 표정을 지었다.

"그런데 왜 그냥 보고만 있지? 맛이라도 보지 않고."

그러나 비연은 배가 고프지 않았고, 먹고 싶은 생각도 없었다. 그녀는 대신 진지하게 입을 열었다.

"전하, 우리 일은……."

하지만 그녀가 말을 끝내기도 전에 군구신이 물밤으로 만든 떡을 하나 젓가락으로 집더니, 그녀의 입에 넣어 주었다.

"쉿, 일단 본 왕과 식사부터 하지. 본 왕은 아주 배가 고프니까……."

위험, 병세를 제어할 수 없다.

이렇게 친밀한 행동이라니! 비연은 더더욱 부끄럽고 불안했다.

그녀는 떡을 입에 문 채 씹을 수도, 씹지 않을 수도 없어 어쩔 줄 몰라 하고 있었다. 그러나 군구신은 그런 그녀를 상대하지 않고, 달콤한 찹쌀로 만든 차가운 죽을 골라 침착하게 먹기 시작했다.

아무리 배가 고파도 그는 허겁지겁 먹지 않고 천천히 씹어 삼켰다. 몹시도 고요한 그 모습이 보기만 해도 눈이 즐거울 정도로 우아해 보였다. 비연은 그가 더 이상 다른 행동을 할 것 같지 않자 겨우 조심스럽게 입 안의 떡을 먹기 시작했다.

떡을 씹기 전에는 알지 못했으나 한번 씹고 나니 깜짝 놀라지 않을 수 없었다! 정말이지 너무 맛있다! 물밤 특유의 상큼한 향이 사탕수수의 달콤한 맛과 어우러지는데, 아무리 먹어도 질리지 않을 것 같았다.

가장 중요한 것은 입 안으로 와 닿는 감촉이 아주 좋다는 것이다. 보드랍고 매끄러우면서도 살짝 차가운 느낌이 감도는 것이 더위를 가시게 해 주었다.

비연은 원래 단 음식을 아주 좋아했다. 배가 고프지 않았지만 떡을 씹는 순간 이미 식욕이 돌기 시작했다.

그녀는 입 안에 있던 떡을 다 먹은 후, 그 여운이 가시기도 전에 다른 과자를 하나 더 입에 넣고 싶은 마음이 들었다. 그것들이 지금 먹은 떡보다도 더 맛있어 보였던 것이다.

세상에는 누군가와 함께 나누는 것보다 홀로 즐기는 편이 훨씬 좋은 것들이 많다. 그러나 맛있는 음식만은 홀로 즐기는 것보다 누군가와 함께 즐기는 편이 훨씬 좋은 법. 특히 좋아하는 음식이 같은 사람을 만난다는 것은 너무나 만족스러운 일이다.

그러나 비연은 여전히 조심스러워하며 움직이지 못하고 있었다. 아무래도 탁자에서 일어나 곁에서 기다리는 편이 타당할 것 같았다.

군구신은 곧 그녀가 조심스러워하는 것을 눈치챘다. 무의식적으로 다시 떡 하나를 집어 그녀에게 건네려다가, 갑자기 무엇인가를 의식한 듯 손을 멈췄다.

그는 물밤떡을 자신의 접시에 놓은 후, 다시 젓가락 한 쌍을 들어 그녀 앞에 내려놓고는 먹으라고 손짓했다.

"전하, 저는……."

비연이 부드럽게 거절하려 하자 군구신이 고개를 들더니 차갑게 물었다.

"왜, 본 왕이 시중을 더 들어 줘야 하는가?"

그의 시선이며 말투는 유난히도 차가웠지만 무섭지는 않았다. 비연은 그의 말이 진담인지 농담인지 도저히 구분할 수 없었다. 자신이 거절한다면 어떤 반응을 보일지도 예측할 수 없었다. 그녀는 눈치 빠르게 굴기로 했다.

"그럴 리 있겠습니까. 제가 직접 먹겠습니다."

군구신은 더 이상 그녀에게 음식을 집어 주지 않고 시선을 거둔 채 계속 먹었다. 비록 방금 침실에서 제멋대로 굴긴 했지만 그는 사실 욕망을 억제하고 삼가는 법을 아는 사람이었다. 혹시라도 그녀를 핍박하는 모양새가 되면 그녀가 그에게서 더 멀어질 수 있었다.

이렇게 비연과 군구신은 고개를 숙인 채 말없이 음식을 먹었다. 비연은 다식의 맛에 거듭 놀라며, 점차 마음을 편하게 내려놓고 몇 가지를 시도해 보았다.

군구신은 달콤한 죽을 다 먹은 후 젓가락을 내려놓았다. 습관이란 기호를 앞서기 마련이니, 그는 단맛을 잊지 못하고 항상 즐기려 했다. 그러나 먹는 양은 사실 아주 적었다. 오히려 비연이 많이 먹고 있었다.

그녀는 고개를 숙인 채 진지하게 음식 하나하나의 맛을 보았다. 그녀의 눈에 희미하게 만족스러운 웃음기가 스쳐 갔다. 그녀는 군구신이 젓가락을 내려놓고 한참 동안 자신을 보고 있다는 사실도 모르고 있었다.

군구신은 조용히, 아주 세세하게 비연을 살펴보고 있었다. 젓가락을 드는 모습, 과자를 집어 드는 모습, 작은 입을 오물거리며 과자를 삼키는 모습.

그녀는 진지하게 맛을 보고 만족스러운 표정을 지었다. 그리고 군구신은 그 모든 것을 지켜보았다. 그녀의 일거수일투족을, 미소 한번 놓치지 않고. 그런 그의 눈빛은 진지함 외에도 부드러운 애정을 담고 있었다.

비연 입장에서는 함께 달콤한 음식을 나눌 수 있어 행복했고, 그는 그녀가 만족스러운 표정으로 먹는 것을 보는 것만으로도 만족스러웠다.

고요한 가운데 군구신이 계속 그녀를 바라보았다. 있는 듯 없는 듯한 익숙한 느낌이 마음에 떠올랐다. 예전의 매 순간과 마찬가지로, 잡고 싶었지만 잡을 수 없었다. 자세히 생각을 더듬어 보고 싶었지만, 어디서부터 생각해야 할지도 알 수 없었다.

그는 눈앞에 펼쳐지는 이 장면을 익숙하게 느끼는 것인지, 아니면 마음속에 퍼져 나가는 이 달갑고 만족스러운 감정을 익숙하게 느끼는 것인지도 분별할 수 없었다.

군구신은 저도 모르게 미간을 모은 채 기억을 떠올리기 위해 노력하고 있었다. 자신이 과거 이렇게 인내심을 갖고 한 여자와 뭔가를 먹었던 건 아닌지, 그리고 과거 그 여자에 대해 이렇게 만족스러운 감정을 느꼈던 건 아닌지.

그러나 떠오르지 않았다. 그의 기억 속에는 그런 일이 없었다. 그는 지금까지 어떤 여자와도 단둘이서만 식사한 적이 없었다. 그리고 그의 잃어버린 기억 속에서는 무엇이건 알아낼 방법이 없었다.

이때였다. 막 팥죽을 한 입 먹은 비연이 바로 미간을 찌푸리고 중얼거렸다.

"이렇게 단데, 어떻게 먹을 수 있지?"

이 말에 군구신이 갑자기 미간을 찌푸렸다. 다시 한번 그 익숙한 느낌이 떠올랐다! 어디선가 같은 말을 들어 본 적 있는 것 같았다. 아니, 항상 들어 왔던 것 같았다. 똑같은 말을!

열심히 기억을 더듬어 보았다. 머릿속에 낯설고도 익숙한 장면들이 스쳐 갔다. 화려하고 웅장한 궁전, 개나리가 피어난 정원, 그리고 하늘을 가득 채운 뭇별들……

어째서일까? 이 장면들은, 이 자질구레한 기억들은 그가 한독이 발작할 때에만 머릿속에 떠오르는 것들이었다. 그런데 어째서 이 순간 갑자기 떠오르는 것일까.

군구신은 무의식적으로 이마를 짚었다. 그러나 곧 음산한 한기가 오장육부 속에 퍼져 나가기 시작했다.

춥다. 점점 더 추웠다. 도저히 억제할 수 없을 정도로 추워서 군구신은 두 주먹을 꽉 쥐었다. 한독이 다시 발작했다!

지금까지 그는 한독이 발작할 때 잃어버린 기억들을 떠올릴 수 있었다. 그러나 이번에는 반대였다. 어째서지? 그는 대체 어떻게 기억을 잃었던 걸까? 그리고 이 한독이라는 괴이한 질병은 어떻게 얻게 된 걸까!

군구신은 더 이상 깊이 생각할 여유도 없이 바로 몸을 일으키고 빠르게 내려가며 망중을 불렀다.

"어서 약을 준비하라!"

비연은 순간 깜짝 놀랐으나, '약을 준비하라'라는 말을 듣자 바로 한독이 발작했음을 깨달았다. 그녀는 군구신을 쫓아가려다가 재빨리 발걸음을 멈췄다. 옥형루는 전하가 항시 머무시는 곳이니 분명 약광석이며 온천이 준비되어 있을 것이다. 그녀가 다급하게 굴 필요는 없었다.

비연은 노대에 남아 기다렸다. 조급하지는 않았지만 그래도 조금은 불안했다. 한참 후, 그녀는 참지 못하고 시종을 찾아 상황을 물어보려 했다. 그러나 그 순간 하소만이 달려오더니 다급하게 외쳤다.

"약광석이 또 효과가 없어! 비연, 혹시 지금 가진 약 중 쓸 만한 게 있어?"

약광석이 효과가 없다고? 그럴 리가! 얼마 전 정왕 전하가 아주 많은 약광석을 찾아내 그녀에게 검증하게 했는데, 모두 상등품에 속하는 귀한 것들이었다! 약효는 최소한 1년 반 정도 버티기에는 문제가 없을 터였다! 설마, 정왕 전하의 병세가 변한 걸까?

비연은 자세히 물을 틈도 없이 바로 하소만을 따라 아래로 내려갔다. 약광석 온천은 옥형루 지하에 있었다. 그들이 도착했을 때 군구신은 미동도 없이 몸을 온천에 담그고 있었다. 무서울 정도로 창백해진 얼굴에 입술은 파랗게 질려 있었다. 세상에, 지금 얼마나 추운 것일까!

비연은 한눈에 현재 그의 상태가 예전 정왕부에 있을 때보다 더 나쁘다는 걸 알아보았다. 지난번에는 온천의 약성이 그에게 효과가 있었으나 이번에는 아무 효과도 내지 못하는 것 같았다!

비연은 시간을 지체하지 않고 온천물의 약성을 검사해 보았고, 그 결과에 경악하고 말았다.

온천의 약성은 지극히 좋았다. 심지어 정왕부의 온천보다 훨씬 좋았다.

의심할 바 없었다. 정왕 전하의 병세가 제어되지 않고 있는
것이다…….

나는 네 부모가 누구인지 안다

약광석 온천의 약효는 충분했지만 정왕 전하에게는 효과가 전혀 없었다.

정왕 전하의 이 괴이한 병은 대체 어느 정도까지 제어를 잃은 걸까? 약왕정은 여전히 효과가 있을까? 만약 약왕정의 신화도 효과가 없다면…….

여기까지 생각하자 어떤 일에도 당황하지 않던 비연조차 허둥지둥했다. 그러나 그녀는 여전히 냉정함과 이지를 잃지 않았다. 약왕정의 신화로 시도해 봐야 한다. 신화가 정왕 전하에게 효과가 있다면야 다행이고, 효과가 없다면 가능한 한 빨리 의원을 불러와야 했다.

시간을 지체하지 않고 3품 신화를 소환하며 빠르게 앞으로 걸어갔다. 그녀가 군구신 곁에 앉아 다급하게 말했다.

"전하, 손을 주십시오, 어서!"

군구신은 계속 미간을 찌푸린 채 눈을 감고 있어 비연이 다가온 줄도 모르는 듯했다. 그는 추위로 온몸이 굳어 있었고, 한기는 계속 오장육부를 헤집으며 전신으로 퍼져 나가고 있었다.

그의 몸은 언제 얼어붙을지 모르는 상황이었다. 온천 안 약효는 그에게 전혀 쓸모가 없었다. 군구신은 운공으로 한기를 몰아내려 했지만 이번에는 지난번처럼 잘되지 않았다. 그러나 그는 온천 안에서 꼼짝도 하지 않은 채 한기가 주는 고통을 말 없이 참고 있었다.

왜냐하면 지금 이 순간 그의 머릿속에서 펼쳐지는 것들은 과거 그가 잃어버렸던 익숙하고도 낯선 장면들이 아니라, 그가 아주 명확하게 기억하는 장면들이었기 때문이다.

얼음으로 뒤덮인 어두운 해면, 끝없이 펼쳐진 해안선, 갈대처럼 무성하게 자라 있던 빙설초, 그리고 찬란하고도 유혹적이었던, 달과 별이 함께 빛나는 밤하늘. 그의 머릿속을 채우고 있는 모든 장면은 빙해에 관한 것들이었다!

그의 기억 속에서 그는 빙해에 단 두 번 갔을 뿐이었다. 한 번은 수년 전 대황숙을 따라, 또 한 번은 얼마 전에. 그런데 어째서일까? 어째서 이 순간 이 익숙한 장면들이 머릿속에 떠오르는 걸까?

예전에 한독이 발작할 때마다 그가 떠올린 사소한 기억들은 모두 혼란스러웠다. 이렇게 또렷한 적은 없었다. 그가 추위 때문에 생각의 갈피를 잡지 못해, 의식을 제어할 수 없는 지경까지 이른 걸까? 아니면 이 순간 머릿속에 떠오르는 이 장면들도, 빙해에 대한 기억들도 그가 잃어버린 기억인 걸까!

혹시 대황숙을 따라가기 전에도 빙해에 가 본 적 있었던 건 아닐까? 그런데 어째서……? 어째서 대황숙과 부황은 그가 빙해에 가 본 적 없다고 말했을까? 그들은 확실히 그를 속였다!

그는 언제 빙해에 갔을까? 무엇 때문에 간 거지? 대황숙과 부황은 그에게 빙해에 대해 조사하도록 시키면서 무엇 때문에 그를 속였을까?

각종 의혹이 올라왔다. 얼음으로 뒤덮인 해면, 끝없는 해안선, 하늘을 가득 채운 별들이 그의 뇌리를 가득 채우고 있었다. 동시에 그의 체내 한기는 점점 더 강해졌고, 그도 더 이상 견디지 못할 것 같았다.

그가 몸을 떨기 시작했다. 그러나 몸이 추워질수록 더욱 뚜렷하게 기억할 수 있었다. 그는 이를 악물고 어떻게든 떨려 오는 몸을 제어하려고 노력했다.

눈을 꽉 감았다. 마치 더 세게 눈을 감을수록 머릿속을 가득 채운 장면들을 좀 더 명확하게 볼 수 있을 것처럼.

"애야, 나는 네 친부모가 누구인지 안다. 나를 따라오너라."

갑자기, 머릿속에 희미한 목소리가 메아리쳤다.

친부모? 무슨 뜻이지?

이 목소리는 너무나 익숙했다! 그리고 이 말도 너무나 익숙했다!

군구신은 무의식적으로 머리를 감싸 안았다. 그 희미한 목소리가 점점 가깝게 들리더니, 마침내 그의 귓가에 대고 속삭이듯 들려왔다.

들으면 들을수록 너무나 익숙했다. 그러나 누구의 목소리인지는 도무지 떠오르지 않았다. 대체 언제 이 말을 들어 보았던 걸까?

정왕 전하가 갑자기 머리를 감싸 쥐는 걸 본 비연은 더욱 다급해졌다. 그녀는 이제 예의도 따지지 않고 손을 뻗어 그의 팔을 잡았다.

군구신은 비연에게 팔을 잡히는 순간 갑자기 혼란스러운 기억에서 깨어났다. 그의 머릿속의 그 익숙한 장면들과 목소리도 전부 사라져 버렸다. 그는 화를 내기 위해 고개를 돌렸으나, 제 팔을 잡은 것이 비연인 것을 보고 그대로 멈추고 말았다.

비연으로서는 군구신의 비밀을 알 수 없었다. 그녀는 그의 창백한 안색이며 파랗게 질린 입술을 보며, 그저 견딜 수 없이 아쉬워하고 있었다. 그녀는 그의 팔을 잡은 채 다급하게 말했다.

"전하, 손을 주십시오. 어서! 제가 한기를 몰아내 드리겠습니다."

그러나 군구신은 냉랭하게 말했다.

"나가라."

입술조차 가볍게 떨리고 있건만 목소리는 여전히 차갑고 진지했으며, 거역하는 것을 허용하지 않을 듯했다. 다른 사람이었다면 깜짝 놀라 손을 놓았을 테지만 비연은 그러지 않았다.

"정왕 전하, 이렇게 계시면 너무 위험합니다. 제가 반드시 한기를 몰아내 드리겠어요!"

비연은 지금도 정왕 전하가 무엇 때문에 의원을 찾지 않는지 알지 못했다. 그녀가 아는 것은, 만약 그의 허락을 얻지 못한다면 하소만과 망중은 절대로 의원을 찾으러 가지 않을 거라는 사실뿐이었다.

그녀는 재빨리 한마디 덧붙였다.

"전하, 제가 전하 체내의 한기를 몰아내지 못하면 반드시 의원을 불러와야 합니다. 전하……."

군구신은 그 말을 아예 듣지도 못한 것처럼 비연의 손을 밀어내고는 차갑게 말했다.

"망중, 비연을 데리고 나가라. 다시 들어온다면 용서하지 않겠다!"

망중은 그러고 싶지 않았지만, 명을 거역할 수도 없어 바로 다가와 비연을 끌어냈다.

비연은 그대로 굳어 버렸다. 점점 더 정왕 전하를 이해할 수 없었다. 심지어 이 한독에 그녀가 알지 못하는 비밀이 숨겨져 있는 것은 아닌지 의심하기 시작했다!

한독을 치료하지 않으면 어찌 되는지 그 자신이 아주 잘 알지 않는가. 혹시 그에게 한독을 견딜 수 있는 방법이 있어서 이렇게 굳게 거절하는 걸까?

정왕 전하는 죽음을 무서워하는 사람은 아니지만 당연히 목숨을 아까워하리라 생각했다! 아무리 대담하다 해도 자신에게 어떤 사고가 생기는 것을 그대로 두고 볼 리 없다.

비연은 자신이 이렇게 생각하는 것이 스스로를 위안하기 위한 것일지도 모르겠다고 생각했다. 그녀가 다시 들어가면 용서하지 않겠다고 했는데 어떻게 더 버틸 수 있단 말인가? 그녀는 망중을 따라 그 자리를 떠날 수밖에 없었다. 다만, 정말로 떠나지 않고 문밖에 선 채 머뭇거리며 기다리고 있었다.

군구신이 다시 눈을 감았다. 그가 얼마나 다급한지는 하늘만이 알 것이다! 방금 그의 생각을 끊어 버린 것이 비연이 아니었다면, 상대는 이미 그에게 죽었을 것이다!

그는 자신이 방금 떠올린 빙해에 관한 것들이 어린 시절의 기억이라고 확신했다.

3년 동안, 한독이 그렇게나 여러 번 발작했었다. 그러나 그때마다 그는 그저 낯선 풍경들을 보았을 뿐이었다. 그러나 이번만은 달랐다! 만약 중간에 끊어지지 않았다면 분명 더 많은 것들을 떠올렸을 것이다. 최소한 그 목소리가 누구의 것인지, 그 말의 의미가 무엇인지는 떠올릴 수 있지 않았을까?

군구신은 눈을 감고 열심히 기억을 되짚어 보았지만 안타깝게도 한번 끊긴 기억은 다시 떠오르지 않았다. 아무것도 생각해 낼 수 없었다. 주의력이 분산되었기 때문인지 아니면 한기가 더욱 심해졌기 때문인지, 점차 견딜 수 없어져 온몸을 떨기 시작했다.

얼마 지나지 않아 더 이상 생각이라는 것을 할 수 없는 지경에 이르렀다. 심지어 점차 힘을 잃고, 몸 전체가 천천히 물속으로 빠져들고 있었다. 이때, 계속 곁에서 몸을 숨기고 있던 하소만이 마침내 참지 못하고 외쳤다.

"고 대약사, 망중! 전하께서 정신을 잃으셨어!"

하소만이 소리치며 바로 온천 안으로 뛰어들어 군구신을 부축했다.

비연은 이제 용서받고 아니고를 생각할 겨를이 없었다. 그녀는 하소만의 외침을 듣자마자 바로 안으로 달려 들어가 직접 온천 안으로 뛰어들었다…….

앞으로는 본 왕에게서 너무 멀리 떨어지지 마라

군구신의 입술이 까맣게 죽어 가고, 혼수상태에서도 온몸을 떨고 있었다!

상황이 이렇게까지 흘러갔으리라고는 생각지 못한 비연은 정말로 당황하고 있었다. 어찌나 당황했는지, 망중과 하소만을 물리는 것도 잊고 바로 3품 신화를 소환했다!

신화가 타오르기 시작하자 약왕정은 바로 커지더니 커다란 호리병 모양으로 변했다. 비연은 군구신 곁으로 다가가 두 손으로 약왕정을 감싸게 하고는, 제 두 손으로 군구신의 두 손을 꽉 잡아 주었다.

그녀가 달려 들어가 군구신의 두 손을 감싸기까지, 그 일련의 동작들이 얼마나 빨랐던지 망중과 하소만은 대체 무슨 일이 벌어지고 있는지 제대로 보지도 못했을 정도였다. 그들은 심지어, 크게 변한 약왕정이 비연이 늘 허리에 차고 다니는 물건이라는 사실도 눈치채지 못했다.

이 순간, 비연은 정신을 잃은 군구신을 보며 작은 얼굴을 단단히 굳히고 있었다. 그녀의 표정이 진지한 것인지, 아니면 긴장해서인지는 모를 일이었다.

군구신이 몸을 떨고 있었고, 비연의 손도 함께 떨리고 있었다. 곁에서 보면 군구신의 영향을 받아 떨리고 있는 것으로 보였다. 그러나 그녀는 자신이 떨고 있다는 사실을 잘 알고 있었다. 상황이 좋지 않았고, 그녀는 무서웠다.

지난 두 번은 정왕 전하가 약왕정을 만지자마자 두 손에 바로 온기가 돌았다. 그러나 지금은 그의 손이 따뜻해지는 것을 느낄 수 없었다. 약왕정의 신화도 그의 한기를 몰아내거나 그를 따뜻하게 해 주지 못하는 것 같았다. 어떻게 하지? 계속 이대로 있으면 그 결과는 어떻게 될까?

그녀는 의원이 아니라 약사였다. 그녀는 이런 병세에 대해 들어 본 적도 없었고, 어찌해야 할지도 알지 못했다. 그렇다면 의원은?

아무리 생각해도 보통 의원은 말할 것도 없고, 소 태의라 해도 이런 증세 앞에서는 속수무책일 듯했다! 그렇다면 고운원은 어떨까? 시간이 될까? 구할 수 있을까?

그녀가 막 입을 열려고 했을 때 하소만이 참지 못하고 다급하게 물었다.

"비연, 지금 뭘 하고 있는 거야? 지금 그 물건이 약광석보다 효과가 있어? 한기를 몰아낼 수 있고? 전하의 몸이 어째서 아직도 저리 차가우신 거지?"

비연은 그를 보고 다시 약왕정을 보다가 갑자기 잊고 있던 것을 떠올렸다!

세상에! 그녀는 대체 얼마나 당황하고 있었던 걸까? 방금 그렇게 많은 생각을 하면서도 약왕정의 신화에 품이 있다는 사실은 잊고 있었다니! 약왕정 신화는 더욱 뜨겁게 타오를 수 있는데! 3품 신화가 전하를 따뜻하게 하지 못하면, 아마 4품이라면 가능할 것이다!

그녀는 장파의 고묘에서 거두어들인 안료에 포함되어 있던 뜨거운 성질의 약광석들을 이용해 약왕정의 신화를 4품으로 끌어올렸다.

비연은 기쁘기도 하고 긴장되기도 했다.

그녀가 4품 신화를 소환하자 약왕정이 조금 더 커졌다.

약왕정의 신화는 품이 올라갈수록, 각 품 사이의 차이도 점점 더 커졌다. 2품과 3품 사이의 차이는 아주 크지 않았지만, 3품과 4품 사이의 차이는 아주 명확했다.

약왕정 중앙에서 화염이 활활 타오르니, 무형무색의 불이지만 그 열기가 약왕정의 벽까지, 그리고 물속까지 전달되며 주위의 물이 단숨에 끓어오르기 시작했다.

망중과 하소만은 어찌 되어 가는 것인지 이해하지 못하고 그저 눈을 휘둥그렇게 뜨고 보고만 있었다. 특히 물속에 잠겨 있던 군구신을 부축 중이던 하소만은 더욱 경악하고 있었다. 수온이 갑자기 올라가는 것을 명확하게 느낄 수 있었던 것이다.

비연은 4품 신화를 다루게 된 지 얼마 되지 않아 능숙하지 못했다. 그러니 완전히 제어할 수도 없었다. 그녀의 손은 얼음같이 차가운 군구신의 손을 잡고 있기는 했지만 약왕정에서 아주 가까운 곳에 있어, 약왕정이 내뿜는 열기를 견디기 어려웠다. 그러나 깊이 생각할 겨를 없이 여전히 군구신의 손을 꼭 잡고 있었다. 그녀는 진지한 표정으로 기다리며, 심지어 저도 모르는 사이에 그의 손을 더욱 꽉 잡았다.

'금방 따뜻해지겠지? 정왕 전하, 우린 아직 해야 할 일이 많아요. 그러니까 무슨 일이 일어나서는 안 된다고요!'

비연이 마음속으로 중얼거렸다. 다행히도 군구신의 손에 온기가 돌아오더니 점차 따뜻해지기 시작했다. 동시에 그가 천천히 눈을 뜨고 그녀를 바라보았다.

그가 눈을 뜨는 것을 보자 비연의 입가에 환한 미소가 떠올랐다. 이제 그에게 아무 문제 없을 거라는 사실을 확신할 수 있었다! 그녀는 무척 기뻐 머리가 멍해질 지경이었다. 그래서 그를 바라보며 그저 웃기만 했다.

군구신이 고개를 숙여 약왕정을 바라볼 때 비연도 그를 따라 고개를 숙였다. 그리고 깜짝 놀랐다. 약왕정의 비밀이 폭로되었음을 깨닫는 동시에 자신이 그의 손을 꽉 잡고 있다는 사실을 깨달았기 때문이다. 비연이 바로 손을 풀었다.

군구신은 크게 변한 약왕정을 보며 마음속으로 판단을 끝냈다. 그는 아무 말도 하지 않고 조용히 약왕정이 전해 오는 온기를 느끼고 있었다. 따뜻한 기운이 손바닥으로 전달된 후 전신으로 퍼져 나가 오장육부의 한기를 몰아내는 것을 명확하게 느낄 수 있었다.

얼마 지나지 않아 이 열기를 견디기 어려워졌다. 그가 비연을 흘깃 바라보았지만, 약왕정을 그녀에게 돌려주지 않고 온천 가장자리에 올려 두었다. 그리고 의심스럽다는 듯 물었다.

"고 대약사, 본 왕이 그날 정왕부 온천에서 안은 것이 네가 아니라 저 물건인가?"

이건…….

그는 그날 약왕정을 안았다. 하지만 동시에 그녀도 안지 않았던가! 그녀는 그를 속이지 않은 셈이다! 그러나 비연은 부끄럽기도 하고 설명하기 어려워 그저 고개를 끄덕였다.

"예, 바로 저 물건입니다."

그녀가 허공에 손을 뻗자 약왕정이 원래의 모습을 회복하더니, 그녀의 손안으로 떨어졌다. 어차피 비밀이 드러난 이상 그녀는 차라리 아무것도 숨기지 않기로 했다.

"정왕 전하, 이 물건은 제 조상 대대로 전해져 오는, 약을 연마하기 위한 보물이에요. 안에 신화가 있어 마침 전하의 한기를 몰아내 줄 수 있었답니다."

군구신도 계속 이 약왕정이 평범한 물건이 아니라고 생각하긴 했지만 이렇게 현묘할 줄은 몰랐다. 더군다나 한기를 몰아낼 수 있다니!

이 약왕정은 분명 고씨 가문의 물건이 아니라 비연 자신의 물건일 것이다. 어디서 저런 것을 얻었을까?

그때 비연이 진지하게, 달래듯 말했다.

"전하의 병세는 이미 통제가 힘든 상황입니다. 약광석 온천도 더 이상은 쓸모가 없고요. 저도 이 약왕정의 신화가 다음번에도 전하의 한기를 몰아내 줄 수 있을지 자신할 수 없습니다. 전하, 어서 의원을 찾으셔야 합니다. 병의 원인을 찾아 약을 드셔야 하고요. 이 괴이한 병을 더 이상 끌고 가면, 전하의 생명까지 위태로워질 것입니다."

군구신은 자신의 상황을 아주 잘 알고 있었다. 그는 이 한독이 통제가 힘든 상황이 되었기에 방금 그가 조금이나마 기억을 되찾았던 거라 생각했다. 안타깝게도 중간에 끊기긴 했지만.

하지만 이 한독을 끌고 가면 어느 정도까지 통제 불가능한 상태가 될지 예측조차 할 수 없었다. 정말로 그의 생명이 위험할까?

그러나 이 한독은 그가 기억을 되찾을 유일한 방법이기도 했다. 군구신은 삼시 동안만이라도 치료받고 싶지 않았다.

"약광석이 쓸모가 없다……."

그가 그렇게 중얼거리자 비연이 다시 한번 권했다.

"효과가 전혀 없습니다. 전하께서 다시금 생각하셔서, 어서 의원을 찾으시는 것이 좋습니다. 전하께서 원하시면, 제가 어떻게든 고운원 의원을 모셔오겠습니다!"

군구신이 깜짝 놀랐다.

"고운원을 청해 올 수 있다고?"

비연이 호쾌하게 고개를 끄덕였다.

"예. 고 의원이 저를 마음에 들어 하여 세 번의 기회를 주었습니다. 전하께서 원하시면 바로 고 의원을 초청해 오겠습니다!"

군구신은 잠시 침묵하다가 비연의 손에 들린 약왕정으로 시선을 떨어뜨렸다. 그가 갑자기 미소 지으며 말했다.

"그럴 필요 없다. 본 왕은 너만 있으면 충분하다. 앞으로 본 왕에게서 너무 멀리 떨어지지 말도록 해라."

비연의 마음이 살짝 떨리기 시작했다. 그가 이야기하는 것이 약왕정이라는 것을 알면서도 어쩔 수 없이 당황하기 시작했다. 그녀는 군구신의 시선을 피하며 담담하게 말했다.

"전하께서는 재차 고려하시어, 목숨을 아끼시기 바랍니다."

말을 마친 그녀가 온천을 떠나려 했다. 그러나 물이 얕은 곳으로 가기도 전에 군구신이 소리쳤다.

"멈춰라!"

이 말에 망중이 눈치를 채고, 다급하게 하소만의 눈을 가린 채 밖으로 끌고 나갔다…….

예물을 먼저 보낸 것으로 치고

군구신의 표정을 보고 비연은 즉시, 자신이 물 밖으로 나가기 편치 않은 상태라는 걸 깨달았다. 예전에 장파의 고묘에서 나올 때도 이렇게 민망했던 일이 있었다. 그녀는 그 기억을 되살려 재빨리 몸을 물에 담갔다. 그리고 군구신의 시선을 피해 다른 방향을 바라보았다.

군구신은 그런 그녀를 바라보며 별말 하지 않았다.

두 사람이 침묵하고 있었다. 한 사람은 억제하려고 노력했고, 한 사람은 아무렇지 않은 척하고 있었다. 주변에 남은 것은 고요한 바람 소리뿐이었다.

군구신이 재빨리 뭍으로 올라갔다. 그리고 나무 옷걸이 위에서 넓은 도포를 들어 제 몸을 감싸더니 아무 말 없이 밖으로 나갔다.

비연은 고개조차 돌리지 못하고 있다가, 그가 나간 것이 확실해지자 문을 바라보며 속으로 안도의 한숨을 내쉬었다. 그녀는 정왕 전하를 잘 안다고 생각했었다. 그러나 지금 갑작스럽게, 그가 어떤 사람인지 사실 전혀 알지 못한다는 것을 발견했다. 그녀는 그를 진정으로 이해하고 있지 않았다.

비연이 계속 멍하니 앉아 있자니 산장주가 시녀들을 데리고 들어왔다. 시녀들은 물건을 산더미처럼 들고 왔는데, 깨끗한 옷이며 모자가 달린 바람막이, 커다란 수건 여러 장에 장미꽃잎으로 가득 찬 대야 둘, 그리고 간단히 먹을 다식 등등이었다.

다른 이들 앞에서의 산장주는 호화롭고 세상 물정을 다 아는 사람이었다. 그러나 이 순간만큼은 온화하고 선량한 사람으로, 따뜻하게 웃고 있었다. 그녀는 온천 가에 앉아 웃으며 말했다.

"고 대약사, 기왕 물에 들어갔으니 몸을 잘 담그고 먼지를 다 씻어 내도록 해요. 망중한테 들으니, 남쪽에 다녀오면서 아주 고생했다고 하던데. 전하께서도 방금 말씀하셨어요. 오늘 밤은 옥형루에서 쉬고 내일 다시 의논하자고."

비연은 원래 이곳에서 밤을 보낼 생각이 없었다. 그러나 정왕 전하가 발병한 것도 그렇고, 또한 이렇게 늦은 시간에 산장주를 귀찮게 하기도 민망해 그러겠다고 할 수밖에 없었다.

그녀는 사람들의 시중을 받는 일에 익숙하지 않아 처음에는 상당히 조심스럽게 굴었다. 그러나 산장주는 시중을 아주 능숙하게 드는 사람이었다. 말 한마디, 행동거지 하나하나 비연을 편안한 기분으로 만들어 주었다.

비연은 곧 모든 경계심을 풀고, 이 얻기 어려운 안락함을 즐기기 시작했다. 몸이 편해지니 마음도 다소나마 편안해지는 것 같았다.

옥형루는 산에 기대어 지은 건축으로, 삼 층으로 이루어져 있었다. 일 층은 온천이고, 이 층은 비어 있었으며, 삼 층이 바로 군구신의 침실이었다. 이날 밤, 비연은 이 층에서 지내게 되었다. 온천의 효과 때문인지 그녀는 눕자마자 잠이 들어 숙면을 취할 수 있었다.

반면에 군구신은 잠을 이루지 못하고 있었다. 홀로 노대에 서서 화월산장 전체를 조망하며 그 사소한 기억들을 이어 보고 있었다. 그 기억들은 불완전할 뿐 아니라, 심지어 갈피조차 잡을 수 없었다. 그러나 한 가지 확신할 수 있는 것은, 대황숙과 부황은 그가 빙해에 대해 조사한 것보다 더 많이 알고 있으리라는 사실이었다!

그가 통제에서 벗어날까 두려워 그를 경계하는 걸까? 아니면 그들에게 다른 목적이 있는 걸까?

친부모? 기억 속 그 목소리는 대체 누구일까? 무엇 때문에 그를 데리고 친부모를 찾아가려 했던 걸까? 설마 풍문대로, 어린 시절 납치당해 타향을 떠도는 신세가 되었던 걸까? 혹시 군씨 황족의 적장자가 아닌 것은 아닐까?

여기까지 생각한 군구신은 고개를 들어 하늘에 가득한 별들을 바라보았다. 그리고 저도 모르는 사이에 빙해의 밤하늘을 떠올렸다. 그의 검고 깊은 눈동자에 별빛이 가득 차고, 잘생긴 얼굴도 매우 평화로워 보였다. 그러나 마음속에는 거친 파도가 몰아치고 있었다.

그는 유아였을 때 집을 떠나 어린 시절 다시 돌아온 걸까? 아니면…… 지금도 집을 떠나 있는 걸까? 진상이 무엇이건 대황숙과 부황이 숨기고 있는 비밀은 그가 상상하던 것보다 훨씬 많음이 틀림없었다. 그리고…… 훨씬 잔인한 것이!

마침내 그는 주먹을 쥐었다. 무거운 심정이 분노로 변했다.

원래 먼저 손을 쓰는 자가 이길 거라고 생각했다. 그러나 지금, 그는 빠른 속도로 먼저 손을 써서 이기기로 마음먹었다!

어쩌면 한독의 발작 없이도 기억을 회복할 수 있을지 모른다. 부황에게 자신이 열네 살 이전의 기억을 대체 어떻게 잃었는지 제대로 물어보기만 하면 되는 것인지도!

다음 날 아침, 군구신이 비연에게 아침 식사를 함께 하자고 청했다.

두 사람은 고요한 가운데 아침을 먹었다. 비연은 그에게 더 이상 권하지 않았고, 두 사람은 약속이나 한 듯 어젯밤 아무 일도 없었던 것처럼 행동했다.

식사 후 비연이 막 입을 열려고 했을 때였다. 군구신이 시종을 시켜 산장주와 망종, 하소만, 그리고 충성심에 불타는 밀정 통령 두 사람을 불렀다.

비연을 화월산장으로 부른 것은 일을 의논하기 위해서일 뿐 아니라 성의를 표하기 위해서였다. 협력에는 성의가 필요하고, 그녀를 아내로 맞이하고 싶다면 더더욱 성의를 표시해야 했다. 군구신은 이것으로 예물을 먼저 보낸 셈 칠 작정이었다!

망종과 하소만은 비록 근심스러운 바가 있긴 했지만 여전히 공손하게, 정왕부 호위 통령과 정왕부 대집사의 신분으로 비연에게 충성을 맹세했다.

망종이 읍하며 말했다.

"고 대약사, 앞으로 궁 안에서나 밖에서나, 성안에서나 밖에서나, 언제라도 손이 필요하시면 저에게 분부해 주십시오!"

하소만도 진지하게 말했다.

"고 대약사, 노비는 궁중은 물론이고 성안의 웬만한 저택의 하인들에게 연이 닿아 있습니다. 앞으로 필요한 일이 생기면 언제라도 분부만 내려 주십시오. 정왕부의 모든 노복들은 언제라도 명을 따를 것입니다."

두 밀정 역시 충성의 뜻을 표하며, 언제라도 비연에게 정보를 제공하겠다고 맹세했다.

산장주는 화월산장의 일뿐 아니라 군구신이 진양성 밖이며 천연국 밖에서 벌이고 있는 여러 사업에 대해 상세하게 설명했다. 그런 후 비연에게 꽃 모양의 영패와 창고 열쇠 한 묶음, 작은 상자 가득한 장부를 건네주었다. 그리고 다른 이들처럼 그렇게 엄숙하지는 않게, 웃으며 말했다.

"고 대약사, 앞으로 화월산장을 약사께 맡기겠어요. 저는 언제라도 명을 기다리겠습니다."

시위, 노복, 그리고 밀정의 충성까지는 비연도 받을 수 있었다. 이제 정왕 전하와 함께 일을 도모하는 사이니 그녀 역시 이러한 이들의 도움이 필요했다. 그러나 그녀는 정왕 전하가 무엇 때문에 화월산장을 그녀에게 맡기는 것인지 이해할 수 없었다.

사실 군구신은 전날 밤 두 마디로 이미 그녀를 아내로 맞고자 하는 마음을 암시했다. 그는 그녀만 있으면 되고, 그녀가 앞으로는 그에게서 너무 멀리 떨어지지 않아야 한다고 말했다.

하지만 안타깝게도 비연은 여전히 그가 한우아를 아내로 맞을 거라 생각하고, 그가 딴마음을 품고 있다고 믿었다. 그가 화월산장을 그녀에게 대리하게 하는 게 아니라 주는 거라고는 더더구나 생각지 못했다.

비연이 고개를 돌려 군구신을 바라보며 물었다.

"전하, 이건······."

군구신은 아무 말도 하지 않았고, 대신 화월산장주가 재빨리 다시 설명했다. 산장주의 명의로 된 장원은 현공대륙 각지에 퍼져 있었고, 높은 사람들을 끌어모으고 있었다. 이런 장원들은 겉보기에는 풍월을 읊기 위한 곳 같았지만 실제로는 정보와 인맥이 모이는 곳이었다.

비연이 직접 화월산장을 장악한다면 앞으로 천염국은 물론이고, 빙해에 관련한 일을 꾀할 때도 여러 가지로 편리할 터였다. 게다가 화월산장은 현공상회와 협력할 기회를 얻었다. 화월산장의 사업 중 많은 수가 현공상회와 경쟁 관계에 있으니, 쌍방이 장기적으로 협력해 나가려면 비연이 겉으로 드러나지 않을 수 없었다.

산장주가 이렇게 설명하자 비연도 마침내 고개를 끄덕였다. 이치에 맞는 듯했기 때문이다.

산장주가 서둘러 영패와 창고의 열쇠를 비연에게 건넸다. 산장주는 겉으로는 진지해 보였지만 속으로는 몰래 기뻐하며, 자신이 매파 같다고 생각하고 있었다.

비연이 물건을 받았다. 고맙기도 하고 부끄럽기도 했다. 그녀로서는 이렇게 큰 성의를 되돌릴 방법이 없었다. 그녀의 가장 큰 성의라고 해 봤자 적의와 계산이 없는 마음뿐이었다.

그녀가 몸을 일으켜 진지하게 절을 올리며 말했다.

"정왕 전하께서 믿어 주심에 감사드립니다. 앞으로 기대를 저버리지 않겠습니다."

산장주 등이 물러가자 비연이 군구신에게 천무제의 병세에 대해 상세하게 설명했다. 석 달 정도가 지나면 천무제는 그녀의 약에 완전히 얽매이게 될 것이다. 그리고 내년 늦봄에서 초여름 사이가 되면, 약이 있다 해도 그의 목숨을 구하기는 어려워진다.

게다가 천무제가 이렇게 약으로 목숨을 이어 나가는 한 가면 갈수록 몸의 상황이 절벽에서 떨어지듯 악화될 테니, 살아 있다 해도 하루 종일 침상에 누워 있어야 할 것이다. 그저 숨이나 쉬며 겨우 정신을 차리는 것에 지나지 않는 신세가 될 것이다.

비연이 진지하게 말했다.

"전하, 대황숙이 연말에 돌아오니, 우리에게는 반년의 시간이 있습니다."

"반년까지 기다릴 필요 없다. 이번 부처님 오신 날에 기회를 보아 기씨 가문을 제어하고, 행동에 들어가면 된다!"

군구신은 전날 밤 이미 계획을 세워 두었다. 기씨 가문을 제어하고, 비연을 아내로 맞은 후, 부황과 정식으로 결판을 낼 작정이었다.

비연은 군구신이 이렇게 빨리 계획을 세울 줄 몰랐다. 그러나 그녀는 먼저 기씨 가문부터 제어하겠다는 계획에 적극 찬성이었다. 궁중에 일단 변고가 생기면, 현재 가장 큰 이익을 얻는 이들이 바로 기씨 가문이었기 때문이다.

기씨 가문을 상대할 생각을 하니 비연은 흥미가 돋았다. 그녀가 다급하게 말했다.

"전하, 저에게 상대의 계략을 역이용할 묘계가 있어요. 부처님 오신 날 전까지는 계속 태자 전하의 행적을 숨겼으면 좋겠습니다……."

모질게 마음먹고, 기한을 정하다

기씨 가문에 대해 군구신도 마음속에 응대할 대책이 있었다. 비연이 이야기한 계책은 그의 생각과 약속이라도 한 듯 같았다. 그러나 그는 그녀의 말을 끊지 않고 진지한 자세로 들었다. 확실히 묘계였다.

비연은 말할수록 신이 나서 그 작은 입을 멈추지 않고 계속 이야기를 늘어놓았다. 그녀가 기대되는 듯 눈망울을 반짝이며 때때로 미소 지었다. 군구신은 말을 끊지 않는 정도가 아니라 눈조차 돌리지 않고 그런 그녀를 계속 바라보았다. 무겁게 가라앉아 있던 기분이 저도 모르는 사이에 점차 명랑해졌다.

말을 마친 비연이 그에게 의견을 묻자 군구신은 고개를 끄덕이며 칭찬을 연이었다. 두 사람이 의논을 끝냈을 때는 대낮이었다. 비연도 기분이 꽤 괜찮아, 웃으며 공손하게 절했다.

"정왕 전하께서 괜찮으시다면 이 일은 이렇게 하겠습니다. 부처님 오신 날이 무척 기대되네요. 이만 먼저 가 보겠습니다."

군구신이 서둘러 말했다.

"가지 마라!"

이 말이 나온 순간, 그는 자신이 너무 성급했다는 사실을 깨달았다. 비연의 웃음기도 살짝 굳었고, 어느새 편안해졌던 마음에도 다시 경계심이 생겼다. 그녀의 눈가에 복잡한 빛이 스쳐 가는가 싶더니 그녀가 다시 절하며 물었다.

"다른 분부가 있으신지요?"

군구신이 잠시 침묵하다가, 산장주를 불러 냉랭한 목소리로 명령했다.

"고 대약사를 데리고 화월산장 이곳저곳을 설명해 주도록."

명령을 끝낸 그는 비연에게 한마디 말도 없이 자리를 떠났다.

비연은 산장주와 함께 화월산장을 한 바퀴 돌았다. 그 김에 현공상회에서 보내온 원료들을 검사하고, 술을 제조하는 방법을 알려 준 다음 성으로 돌아왔다.

성에 돌아왔을 때는 이미 날이 어두워져 있었다. 비연이 고 씨 저택에 도착해 마차에서 내리자 정역비가 대문 앞에 서 있는 게 보였다.

기마복을 보기 좋게 입은 그는 팔짱을 낀 채 대문가에 기대어 있었다. 곧은 몸에서는 군인 특유의 강직한 기운이 흘러넘쳤으나, 서 있는 자세는 소탈한 구석이 있어, 세상 모든 것에 불손한 건달 느낌이 나기도 했다. 그의 신분을 알지 못한다면, 그가 수십만 대군을 거느리는 천염의 대장군이라는 사실을 결코 눈치채지 못할 것이다.

정역비는 계속 비연을 쳐다보고 있었다. 그의 입가에 어린 웃음기는 더 이상 세상과 불화하는 것이 아니라 밝은 태양처럼 찬란했다.

그는 비연이 돌아왔다는 소식을 듣자마자 바로 군영에서 돌아왔으나, 비연이 다시 성을 나갔다는 이야기를 들었다. 그녀가 간 곳을 모르니, 그는 계속 대문 앞에서 기다리고 있었다.

정역비가 빠른 걸음으로 다가와 놀란 듯, 기쁜 듯 물었다.

"약녀, 겨우 돌아왔군! 어때, 이번에 다녀온 일은 다 잘되었어? 본 장군이 그립지는 않았고? 네가 더 말랐을까 걱정했는데, 살이 좀 찐 것 같군!"

정역비는 당장이라도 제 품으로 끌어안을 수 없어 안타깝다는 시선으로 비연을 바라보았다. 두 달 동안 보지 못한 데다 소식 한번 듣지 못했으니, 그동안 그가 그녀를 얼마나 그리워했는지는 하늘만이 알지 않을까?

그는 결국 비연을 끌어안지는 않았으나 불시에 그녀의 턱을 잡았다. 그리고 자신이 밤낮으로 그리워하던 작은 얼굴을 열심히 들여다보았다.

비연이 손을 쓰기도 전에 곁에 있던 진묵의 손이 먼저 날아와 정역비의 손을 쳐 냈다. 정역비는 불시에 당해 손이 떨릴 정도로 아팠다. 그는 그제야 진묵의 존재를 알아채고는 노한 소리로 외쳤다.

"누구냐?"

진묵은 그를 상대하지 않고 재빨리 비연의 등 뒤로 돌아갔다. 그의 표정은 마치 방금 손을 쓴 사람이 그가 아닌 것처럼 평온했다.

비연이 싫은 표정으로 턱을 만지작거리며 불쾌하다는 듯 말했다.

"진묵이에요. 내가 직접 받아들인 시위죠. 정역비, 말해 두겠는데, 다시 한번 본 대약사에게 손을 대려 하거나 함부로 말한다면 진묵이 가만히 있지 않을 거예요!"

정역비가 멍한 표정을 짓더니 다시 큰 소리로 웃기 시작했다.

"본 장군을 경계하기 위해 전문적인 시위를 받아들인 건가?"

"자신이 경계 대상이라는 걸 알았으면 됐어요!"

말을 마친 비연이 문 쪽으로 성큼 걸어갔다. 정역비가 웃는 얼굴로 서둘러 쫓아왔다.

"두 달이나 보지 못했으니 내가 보고 싶어 하는 것도 무리는 아니잖아? 저녁 아직 안 먹었지? 본 장군이 식사를 대접하고 싶은데."

"나는 그러고 싶지 않은데요."

비연의 단호한 거절에도 정역비는 화를 내지 않고, 더더욱 보기 좋게 웃으며 말했다.

"본 장군이 환영회를 열어 주지. 가자고."

"마음만 받겠어요. 고마워요."

비연이 문 안으로 들어간 후 다시 말했다.

"진묵, 손님을 배웅해라."

그러자 진묵이 바로 길을 막아서며 정역비가 들어오지 못하게 했다.

정역비가 다급한 나머지 소리쳤다.

"약녀, 나와 봐! 본 장군이 너에게 몇 마디만 더 하고 갈 테니! 약녀, 듣고 싶지 않은 거야? 약녀……."

비연은 이미 그의 구혼에 놀란 적이 있는지라, 그가 마음을 죽이기만을 간절히 바라고 있었다. 그래서 그녀는 그를 상대하지 않았다.

정역비는 반나절 동안 외쳐도 대답이 없자 결국은 기가 죽은 말투로 중얼거렸다.

"약녀, 네가 정말 보고 싶었다고. 그건 믿어 줄 수 있을까?"

그는 슬픔에 젖어 있다가 문득 진묵의 평온한 눈동자와 마주쳤다. 그제야 진묵이 계속 자신을 주시하고 있었다는 것을 알아차렸다. 정역비는 바로 얼굴을 굳혀 울적한 기색을 전부 감춘 채 물었다.

"뭘 보고 있는 거야?"

진묵이 무표정한 얼굴로 시선을 옮겼다. 정역비는 원래 부끄럽지 않았지만, 진묵의 평온한 시선을 보니 오히려 조금 부끄러운 기분이 들기 시작했다.

그가 물었다.

"넌 어디서 온 녀석이지? 약녀가 너를 언제부터 고용한 거야? 무공 실력은? 이리 와 봐, 본 장군과 한번 겨뤄 보지!"

진묵은 그를 상대하지 않고 몸을 돌려 안으로 들어가더니 문을 닫았다. 정역비는 그 자리에 멍하니 서 있었다. 그는 지금까지 이렇게 기세등등한 시위를 본 적 없었다. 저 녀석이 약녀의 사람이 아니었다면 그는 분명 그 자리에서 결판을 냈을 것이다!

어쨌든 사람을 저녁에 초대하지는 못했지만 얼굴은 본 셈 치기로 했다. 정역비는 굳게 닫힌 고씨 저택의 대문을 바라보며 저도 모르게 웃기 시작했다. 그는 푸대접에는 익숙해진 차라 그렇게 실망하지 않았고, 또 어쩔 줄 몰라 하지도 않았다.

그는 무척이나 그녀를 아내로 맞이하고 싶었지만 다급하게 굴고 싶지도 않았다. 그녀가 달가운 마음으로 그에게 온다는 보장만 있다면 3년이건 5년이건 기다릴 준비가 되어 있었다.

어쨌든 이 진양성 사람이라면 누구나, 그가 정가군의 수장으로서 그녀에게 구혼했다는 사실을 알고 있지 않은가. 그 누구도 감히 그녀를 사이에 두고 그와 다투려 하지 않을 것이다.

정역비가 떠났다. 문 안쪽에서 기다리던 진묵도 안심하고 자리를 떠났다.

비연이 요화각으로 돌아가 보니 전 어멈이 식사를 준비해 두고 있었다. 비연이 살이 쪘다고 생각하는 것은 정역비만이 아닌 모양이었다. 전 어멈 역시 비연이 살이 좀 쪄서 예전보다 예뻐 보인다 생각하고 있었다.

"많이 드세요. 한 달만 더 이렇게 몸을 관리하면 분명 아주 예뻐지실 거예요!"

식사 후, 비연은 거울에 자신을 비춰 보았다. 살이 쪘다는 생각은 들지 않았지만 턱이 예전처럼 그렇게 뾰족하지는 않은 것 같기도 했다.

남방에 다녀오는 내내 아무도 그녀에게 살쪘다고 말하지 않았는데……?

하긴 매일 얼굴을 보았으니, 특별히 마음을 쓰고 있던 게 아니라면 알아보지 못했을 수도 있다.

비연은 주변 정리를 끝내고 일찍 잘 준비를 했다. 내일은 아침 일찍 궁에 들어가 어약방의 일을 처리해야 했다. 그녀가 오래 떠나 있는 동안 남궁 대약사는 온우유 사건에 연루되어 어약방에서 쫓겨난 신세였다. 지금 어약방에는 우두머리가 없는 셈이니 그녀가 할 일이 많았다.

그녀는 부처님 오신 날 전에, 가능한 한 빨리 쓸 만한 사람을 몇 뽑아야 했다. 그래야 그녀가 안심하고 몸을 뺄 수 있을 테니까.

비연은 위층으로 올라가려다가 갑자기 발걸음을 멈추고 전 어멈에게 물었다.

"전 어멈, 내가 없던 동안 혹시…… 자객이 들거나 한 적은 없어?"

망할 얼음도 진양성에 돌아왔을까? 그는 분명 그녀보다 일찍 돌아왔을 테니, 한 달 동안이나 나타나지 않은 셈이다. 설마 정말로 그녀가 약방문을 다 풀 때까지 기다리다가 그녀를 보러 올 셈일까?

"아니요."

전 어멈이 다급하게 물었다.

"무슨 일인가요? 설마 대소저를 노리는 자객이라도 있는 건가요?"

"아니야! 그냥 아무 생각 없이 물어본 거야."

비연은 복잡한 마음속을 무시하기로 했다. 그저 빙해의 정보를 얻고 싶을 뿐이라고…….

그녀는 문득 망할 얼음과 빙해안의 그 산동굴의 존재를 정왕 전하에게 보고해야 한다는 생각을 했다. 그녀는 정왕 전하를 선택했으니까.

비연은 위층으로 올라가며 주먹을 꽉 쥐었다. 그녀는 마음속으로 자신에게, 그리고 망할 얼음에게 기한을 정해 주기로 했다.

정왕 전하가 천염의 대권을 얻고 나면, 어찌 되었건 그녀는 반드시 정왕 전하에게 솔직하게 털어놓을 것이다…….

임무, 은혜와 위엄을 동시에 베풀다

다음 날 아침, 비연은 일찍 궁으로 들어갔다.

그녀는 사흘에 걸쳐 남궁 대약사가 남긴 일들을 정리하고, 약감 후보를 두 사람 물색했다.

저녁 무렵, 막 궁을 나오려 할 때 매 공공이 찾아왔다. 동쪽에서 새로 과자가 꽤 많이 들어왔는데, 천무제가 그녀에게도 맛보여 주려 한다는 소식이었다.

'용무가 없이 그런 호의를 베풀 리 없지.'

비연이 그렇게 생각하면서 천무제에게로 향했다. 역시나, 천무제는 그녀에게 약의 진척 상황에 대해 물었다. 비연은 여전히 시간과 약재 평계를 대며 시간을 끌었다.

"황상, 단약을 연마하는 일은 빨리하려 한다 해서 되는 것이 아닙니다. 게다가 아주 약간의 착오만 있어도, 지금까지 공들인 탑이 무너져 다시 시작해야 할 수도 있습니다. 계속 이리 재촉하시면 저도 마음이 급해져⋯⋯."

그녀의 말이 끝나기도 전에 천무제가 서둘러 말했다.

"급한 건 아니다, 아니야. 짐이 갑자기 생각나서 물은 것뿐이다."

비연이 진지하게 말했다.

"황상, 안심하십시오. 석 달 후 제가 반드시 직접 약을 올리겠습니다. 그리고 이 약은 절대로 끊기는 일이 없도록 하겠습니다."

천무제는 이미 신중하게 여러 달에 걸쳐 관찰해 왔다. 게다가 매 공공이 귀에 대고 허풍을 좀 쳐 놓은지라, 지금 천무제는 비연을 완벽하게 신뢰하지는 않아도 예전보다 훨씬 많이 믿고 있었다.

그는 군구신도 완벽하게 신뢰하지 않았다. 하물며 비연이야 말해 무엇 할까? 그리고 그는 비연을 완벽하게 신뢰할 수 없기에 그녀를 매수할 작정이었다.

천무제가 새로 들어온 과자를 가져오라 명하고는 비연에게 앉으라고 손짓하자 그녀가 말했다.

"황상, 규칙에 어긋납니다. 감히 그럴 수 없습니다."

천무제가 당황하는가 싶더니 큰 소리로 웃기 시작했다.

"감히 그럴 수 없다? 애야, 그럴 수 없는 것은 또 무엇이냐?"

비연의 눈가에 날카로운 빛이 스쳐 가는가 싶더니 그녀가 웃으며 말했다.

"황상께서 그리 말씀하시니 잠시만 감히 앉겠습니다."

그녀는 천무제 앞으로 가서 호쾌하게 자리에 앉았다. 이 늙은 황제가 그녀에게 규칙을 지킬 필요 없다 했으니 자연스럽게 즐길 생각이었다! 공손한 표정을 지으며 예의 바른 말을 잔뜩 하는 것도 아주 피곤한 일이니까!

궁녀들이 정교하게 만들어진 과자들을 가져오자 천무제가 하나하나 직접 설명해 주며 비연에게 맛을 보라 권했다.

"얘야, 모두 하나씩 맛보고, 뭐가 좋은지 나중에 매 공공에게 말하거라. 집에 가져갈 수 있게 싸 줄 테니."

비연은 천무제가 그녀의 비위를 맞춰 매수하려 한다는 것을 다시 한번 눈치챘다. 그녀는 일부러 어리석은 척, 예의를 지키지 않고 맛있게 먹기 시작했다. 그리고 한 종류를 먹을 때마다 그 종류를 좋아한다고 말했다.

물론 비연도 아주 잘 알고 있었다. 천무제가 진심으로 그녀를 매수하려 한다면 이런 과자 같은 것으로는 부족하다는 것을. 그녀는 한가로이 과자를 맛보며 천무제가 꿍꿍이를 풀어놓기를 기다리고 있었다.

천무제가 비연에게 두 마디 한가롭게 건네더니 옆에서 치고 들어오기 시작했다.

"얘야, 네가 정역비에게 시집가고 싶어 하지 않는다며? 그럼 마음속에…… 시집가고 싶은 다른 남자가 있느냐?"

비연은 조금 당황했다. 이 늙은 황제가 설마 아직도 그녀가 정왕 전하와 남녀 관계라고 의심하고 있는 걸까? 아니라면 무엇 때문에 갑자기 이런 일을 묻는 걸까?

그녀는 각별히 주의하며 정왕 전하와의 거리를 유지하고 있었다. 이렇게 중차대한 시기라면 더더욱 신경 써야 했다.

비연이 바로 대답했다.

"아뇨, 저는 파혼한 적이 있는 여자인데 감히 어떤 기대가 있겠어요? 평생 어약방에서 약사로 지내며 사람들의 목숨을 구할 겁니다."

천무제가 수염을 쓰다듬으며 매우 만족스러운 표정을 지었다. 그가 두려워하고 있던 것은, 비연의 마음속에 누군가 있어 그의 안배를 받아들이려 하지 않는 것이었다. 그런데 비연이 혼사에 대해 이렇게 실망한 기색을 보이니 그의 입장에서는 더 좋을 수 없는 일이었다.

천무제가 다시 물었다.

"얘야, 성왕을 본 적 있느냐?"

성왕 군탁정은 천무제의 형으로, 군구신과 태자가 이야기하는 바로 그 대황숙이었다! 군씨 가문이 천염국을 세운 후 그는 왕에 봉해졌고, 왕호가 바로 성이었다. 그러나 조정의 모든 이들은 그를 대황숙이라 높여 불렀다.

비연은 천무제가 갑자기 대황숙을 언급할 줄 몰랐기에 깜짝 놀랐다. 천무제가 그녀를 시험하려 하는 것인지, 아니면 그녀를 이미 충분히 신뢰하고 있는 것인지도 구분할 수 없을 지경이었다. 그녀는 마음속으로 경계하면서도 일부러 유감스럽다는 표정을 지으며 말했다.

"어찌 갑자기 대황숙에 대해 말씀하시는지요? 대황숙의 존명을 오래도록 들어 왔으나 안타깝게도 궁에서 오랜 세월 보내는 동안 한 번도 뵐 기회를 얻지 못하였습니다!"

천무제가 웃으며 물었다.

"얘야, 대황숙을 만나면 무엇을 하고 싶으냐?"

비연은 점점 더 천무제의 뜻을 알 수 없어 어찌 대답할지 모르고 망설이다가, 일부러 기쁜 척 반문했다.

"설마 대황숙께서 궁에 돌아오셨나요? 저도 뵐 기회가 있을까요?"

궁에서 일하는 이들이나 관리들 중 적지 않은 수가 대황숙에게 존경의 마음을 품고 있었고, 천무제는 비연도 그런 이들 중 하나라고 여겼다. 그가 수염을 쓰다듬으며 진지하게 말했다.

"얘야, 나는 네 성격을 좋아한다. 아마 대황숙도 좋아할 게다! 그가 돌아오면 짐이 너를 추천하마. 짐의 몸 상태는 짐도 잘 알고 있다. 약으로 보양한다 해도 오래 버틸 수 없겠지. 짐은 네가 장래에 대황숙을 실망시키지 않기를 바라고 있다."

이 말에 비연은 바로 천무제의 뜻을 알아차렸다! 사람을 신뢰하지 않으면서도 이용할 수밖에 없다면, 은혜와 위엄을 동시에 베푸는 것이 유일한 방법이었다. 천무제는 지금 그녀에게 은혜와 위엄을 동시에 베풀고자 하는 것이다!

그는 지금 그녀가 충성을 다한다면 자신이 죽기 전에 그녀의 생명을 보장하고, 대황숙에게 추천해 주겠다고 암시하고 있었다. 만약 그녀가 다른 마음을 먹는다면 천무제가 죽는다고 해도 대황숙이 그녀를 그대로 놔둘 리 없다는 경고의 뜻도 숨어 있었다.

천무제는 심지어 천염의 대권이 태자도 정왕도 아닌 대황숙의 손에 떨어질 거라고 암시하고 있었다! 그녀가 대황숙에게 의지하지 않는다면 죽음밖에는 남은 길이 없노라고!

비연의 마음속에 판단이 섰다. 아직 적지 않은 시간이 있는데도 천무제가 이리 조급하게 굴고 있는 것은…… 그녀에게 대황숙이 온다는 사실까지 이야기하면서 은혜와 위엄을 동시에 베풀려고 하는 것은…… 분명 천무제에게 그녀의 충성이 필요한 큰일이 있기 때문일 것이다!

예전이었다면 비연은 불안했을 것이다. 그러나 지금 그녀는 천무제가 어서 속을 털어놓았으면 하는 마음뿐이었다. 그녀는 일부러 생각하는 척하다가 곧 진지하게 말했다.

"황상, 안심하십시오. 저는 황상을 실망시켜 드리지 않을 것이고, 대황숙 역시 실망시켜 드리지 않을 것입니다."

천무제가 기다리고 있던 것도 바로 이 말이었다. 그는 비연을 보면 볼수록 만족스러웠다. 속으로 이렇게 영리하고, 하나를 말하면 열을 알아차리는 딸이 있다면 얼마나 좋을까 생각했다!

그가 비연의 눈을 바라보며 아예 목소리를 낮췄다.

"애야, 짐은 네가 다시 정왕부에 들어가, 짐을 대신해 정왕부의 일거수일투족을 살펴봐 주었으면 좋겠구나!"

이 말에는 비연도 경악하지 않을 수 없었다! 그녀가 정왕부에 들어가 세작이 되기를 바란다는 말인가? 이건 대체 무슨 의미일까?

이것은 천무제가 정왕 전하를 그저 믿지 않는 것이 아니라 완전히 불신하고 있다는 의미였다. 무엇인가를 눈치챈 걸까? 아니면 자신이 죽을 날이 얼마 남지 않았음을 알고 미리 손을 써서, 대황숙이 오기 전에 정왕 전하를 통제하려는 걸까.

아무튼 다행이다. 정왕 전하가 먼저 선택을 내려서 정말로 다행이다!

비연은 천무제의 눈을 응시하다가 한참 후, 갑자기 몸을 일으켜 절하며 말했다.

"황상, 그 일은 어렵겠습니다. 저로서는 도저히 힘이 미치지 않는 일입니다!"

비연은 일부러 거절하고 있었다. 천무제는 의심이 많은 사람이니, 그녀가 바로 승낙하면 오히려 의심을 품을 것이다.

천무제는 비연이 그렇게 말할 줄 알았다는 듯 몸을 굽히더니 목소리를 더욱 낮춰 이야기했다.

"안심하거라. 정왕부 대집사 하소만도 너를 도와줄 테니까."

측비, 좋은 일

하소만?

비연은 예전 같았으면 알지 못했겠지만 화월산장에 다녀온 후로 마음에 짚이는 것이 있었다. 하소만 그 깍쟁이가 계속 천무제에게서 이익은 챙기면서 정왕 전하를 돕고 있었구나! 아마 하소만이 천무제의 귀에 적지 않은 바람을 불어넣었을 것이다.

천무제의 의미심장한 미소를 보고, 비연은 천무제도 원래의 그녀처럼 하소만을 낮춰 보고 있다는 사실을 확신했다! 그녀는 천무제에게 더욱 의미심장한 미소를 되돌려 주고 싶었지만 간신히 참았다. 그리고 일부러 경악한 척 물었다.

"만 공공이라고요?"

천무제의 미소 띤 얼굴이 더더욱 의미심장해졌다.

"애야, 돌아가거라. 가서 짐이 오늘 한 이야기를 잘 생각해 봐라!"

잘 생각하긴 뭘 생각하란 말인가? 천재일우의 기회를 만난 셈인데. 그녀는 당연히 승낙할 생각이었다!

천무제 주변의 정보를 얻는 동시에 하소만과 손을 잡고 가짜 정보를 제공할 수 있다. 이 늙은 황제는 자신이 영명하다 생각 하겠지만, 마지막에는 그녀와 하소만의 손안에서 죽어도 눈을 감을 수 없게 될 것이다.

물론 비연은 자신이 승낙한 후 대황숙의 행방 문제를 해결할 수 있을지에 더 관심이 있었다. 태자는 대황숙이 내년에 다시 돌아올 거라 말했지만 정왕 전하는 이미 마음을 쓰고 계셨다. 그들은 지금 대황숙이 북쪽에서 무슨 일을 하는지 알지 못하니, 대황숙이 갑자기 돌아올 것도 대비해야 했다.

비연은 몸을 일으켰으나 자리를 떠나지는 않고 다시 한번 절하며 예를 행했다.

"황상께서 오늘 저에게 내리신 가르침을 마음에 새기겠습니다. 황상께서 이리 저를 믿어 주시니, 어떤 분부라도 내리시면 저는 분골쇄신, 죽는 한이 있더라도 최선을 다하겠습니다!"

그녀는 이렇게 황공한 마음뿐 아니라 충성심을 표명했다. 천무제는 자신이 '은혜와 위엄을 동시에 베푼' 일이 꽤 효과가 있었다고 믿게 될 것이다.

과연, 늙은 황제가 기뻐하며 말했다.

"얘야, 너는 짐을 실망시키지 않을 거다! 짐은 너같이 영리한 아이를 좋아한단다. 하하, 그럼 이 일은 이렇게 하도록 하자!"

비연이 재빨리 물었다.

"저는 현재 어약방 대약사니, 연고 없이 다시 정왕부의 노비로 들어가는 것은 타당하지 않을 것 같습니다. 정왕 전하의 의심을 살 수도 있고요. 황상께서는 어찌 안배하려 하시는지요?"

비연은 이 점이 정말로 궁금했다.

천무제가 수염을 쓰다듬으며 자못 신비롭게 웃었다.

"고 대약사, 네가 태자를 구했는데 짐이 아직 상을 내리지 않았구나."

이건…….

비연은 이해할 수 없었다.

천무제는 웃으며 말을 하지 않았고, 대신 매 공공이 서둘러 앞으로 나오더니 설명했다. 정왕이 기씨 가문을 수습한 후 태자가 습격당한 일을 공개하면서, 조정 대신들이 보는 앞에서 비연에게 상을 내려, 그녀를 측비로 삼을 생각이라는 것이었다.

매 공공의 말이 끝나기도 전에 비연이 담담한 표정을 잃고 소리쳤다.

"정왕 전하의 측비라고요?"

천무제가 매우 만족스럽게 답했다.

"바로 그것이지!"

"그건…….

비연의 경악은 더 이상 연기가 아니었다. 그녀는 정말로 놀라고 있었다.

천무제와 매 공공이 눈빛을 교환했다. 그들은 비연이 과분한 일에 놀라고 있는 것인지, 아니면 원하지 않아서 그러는 것인지 분간하지 못하고 있었다.

다른 여자라면 당연히 과분한 일에 놀라는 것일 터였다. 그러나 비연은 다른 여자들과 다르다! 정왕이 술을 마신 후 이성을 잃고 그녀를 끌어안은 채 하룻밤을 보냈을 때도 비연은 책임지겠다는 정왕을 거절했다. 그리고 바로 그랬기에 그들이 그녀를 이용하기로 마음먹은 것이기도 했다.

비연이 멍한 표정을 지으며 오래도록 아무 말도 하지 않았다.

한참 동안 침묵이 이어졌다. 천무제는 마침내 참지 못하고 매 공공에게 눈짓했다. 매 공공이 재빨리 비연을 탐색하기 시작했다.

"고 대약사, 약사도 알겠지만 정왕 전하의 마음속 정비 후보로는 분명 한가보의 한 삼소저가 있습니다. 측비라면…… 약사를 푸대접하는 것은 아니겠지요?"

푸대접이라고?

비연은 그제야 눈을 들어 매 공공을 바라보았다. 신분을 생각한다면야 푸대접이라고는 할 수 없었다. 측비는 비록 첩이었지만, 정왕의 측비라면 명문가의 여식들이나 대갓집 규수들도 달갑게 원하는 자리였다!

천무제가 예전에 뽑았던 수녀들도 외모와 재능은 물론이고, 출신이 좋지 않은 여자가 한 명도 없었다. 사실 측비는 말할 것도 없고, 정왕의 여종 자리만 하더라도 수많은 여자들이 꿈속에서도 원하는 자리였다!

그녀처럼 혼사를 물린 적 있는 보통 가문 출신 여자가 정왕의 측비가 된다는 건 확실히 푸대접이 아니었다. 오히려 신분을 뛰어넘는 혼사에 가까웠다.

그러나! 그녀는 신분 같은 것에는 전혀 신경 쓰지 않았다! 이 순간 그녀의 머리를 가득 채우고 있는 것은, 그녀가 정왕 전하의 측비가 된다면 정왕 전하가 가짜를 진짜로 만들어…… 그녀에게 무뢰한 행동을 하지나 않을까 하는 것이었다.

천무제가 이런 수를 쓸 생각이라는 걸 알았다면 그녀는 그렇게 빨리 승낙하지 않았을 것이다!

지금, 대체 어떻게 거절할 수 있을까?

비연이 웅얼거리기 시작했다.

"저는…… 그렇게 빨리 시집갈 생각이 없습니다. 저는 꼭 제가 좋아하는 사람에게 시집가고 싶습니다. 황상, 다른 방법은 없나요?"

천무제는 잠시 당황하는가 싶더니 곧 큰 소리로 웃었다. 그는 비연이 이렇게 소녀다운 마음을 지니고 있으리라고는 생각지 못했던 것이다.

매 공공도 참지 못하고 큰 소리로 웃으며 달래듯이 말했다.

"고 대약사, 황상과 대황숙께서는 결코 대약사를 푸대접하지 않으실 겁니다! 장래 정왕부는 정왕 전하의 명도 듣지 않고, 정비의 명도 듣지 않을 겁니다. 바로 대약사의 명을 들을 테니까요! 고 대약사가 단숨에 높은 지위에 이르면, 하하, 그때가 되면 대약사가 좋아하는 사람도 당연히 주머니 안 물건이나 마찬가지가 될 것입니다!"

비연은 놀라서 얼굴을 굳혔다. 매 공공이 그녀를 이런 식으로 유혹할 줄이야! 그녀가 바보인 줄 아는 걸까, 아니면 그녀의 야심을 너무 높이 평가하는 걸까?

그녀가 천무제를 바라보았다. 천무제는 매 공공의 말을 인정하듯 웃으며 아무 말도 하지 않았다. 마치 그녀가 승낙할 거라고 믿는 듯이.

비연은 여전히 거절하고 싶었지만, 정도를 지키기 어려운 상황이었다. 자신의 태도에 따라, 이렇게 자신만만한 천무제가 다른 생각을 하게 될 수도 있었다.

그녀는 속으로 스스로에게 욕설을 내뱉으며 온갖 궁리를 시작했다. 뜻밖에도, 이렇게 어디 가서 하소연할 곳도 없는 도랑에 처박히게 될 줄이야!

일단 승낙하고, 정왕 전하를 찾아 제대로 담판을 짓는 수밖에 없었다. 이 도랑은 천무제가 판 것만이 아니라, 어떤 의미에서는 정왕 전하도 함께 판 것이니까!

비연이 일부러 기대된다는 듯한 표정을 지었다.

"이해하였습니다. 황상께서 중히 써 주심에 감읍드립니다!"

천무제가 기뻐하며 말했다.

"하하, 좋구나! 이만 돌아가 얌전히 소식을 기다리거라."

비연은 궁을 떠난 후, 며칠 동안 잘 생각해 본 뒤 정왕을 만나러 가기로 마음먹었다. 그러나 항상 담담하던 그녀도 이번만은 계속 좌불안석이었다.

하루 동안 고민하던 그녀는 다음 날 저녁에 정왕부로 향했다. 군구신은 막 대자사에서 돌아오던 참이었다. 그 역시 후문으로 들어가려다 마침 비연과 마주치자 깜짝 놀라 물었다.

"이렇게 늦었는데, 무슨 일이냐?"

비연이 어색하기도 하고 불안하기도 한 마음으로 말했다.

"전하, 전하와 진지하게 의논하여야 할 사안이 있습니다."

군구신이 미간을 찌푸렸다.

"일단 본 왕에게 말해 보거라. 무슨 일이건 본 왕과 진지하게 의논해야 하는 일이 아닌 것이 있더냐?"

이것은…….

비연은 재빨리 눈을 들어 그를 바라보며 아무 말도 하지 않았다.

"들어오너라."

군구신은 냉랭하게 이 말을 남기고 먼저 문 안으로 들어갔다. 비연도 서둘러 따라 들어갔다.

군구신이 근처의 정자에 앉았다. 비연은 심호흡을 한 후에야 겨우 성큼성큼 그에게 다가갔다.

"정왕 전하, 황상께서는 저를 전하의 측비로 세워 전하를 감시하려 하십니다."

찻잔을 들어 입으로 가져가던 군구신은 그 모습 그대로 굳어 버렸다. 그러나 그는 곧 다시 찻잔을 입으로 가져가, 가볍게 곡선을 그리는 입가를 가려 버렸다.

그가 반문했다.

"사실이냐? 아주 잘된 일이군!"

그가 꿈꾸던 일을 부황께서 한 발 먼저 앞서 나갔다고? 비록 부황은 비연을 측비로 맞이하게 하는 것이고, 그의 계획은 정비로 맞이하는 것이지만, 어쨌든 좋은 소식이었다. 그는 꽤 많은 걱정을 덜 수 있었다.

그의 심사를 알아채지 못한 비연이 비할 데 없이 진지하게 대답했다.

"확실히 좋은 일인지라 저도 승낙했습니다. 그리고 오늘 밤 저는 전하와 이 일에 대해 간단하게나마 규칙을 정하기 위해 일부러 왔습니다."

생각도 하지 마라

승낙했다고? 규칙을 정하러 일부러 온 거라고?

군구신 입가의 웃음기가 순간 그대로 굳었다. 그가 따뜻한 차를 한 잔 마신 다음 입을 열었다.

"어디, 들어 보지."

그의 말투는 그가 지금 어떤 기분인지 짐작하기 어려울 정도로 평온했다. 그리고 비연은 지금 이 순간, 자신이 그 어느 때보다도 진지하고 엄숙한 표정이라는 사실을 모르고 있었다.

"첫 번째, 유명무실."

'유명무실'이라는 말이 어떤 의미인지는 더 설명할 필요도 없었다.

정왕 전하와 마주하고 이 문제를 의논하는 건 비연에게도 결코 편한 일이 아니었다. 그러나 그녀는 그를 바라보며 진지한 눈빛으로, 그 누구에게도 범해지지 않을 냉정하고 엄숙한 분위기를 전신으로 내뿜고 있었다.

군구신은 깊은 눈빛으로 그녀를 바라보다 대답했다.

"좋다."

"두 번째, 서로의 사생활에 간섭하지 않는다."

군구신은 여전히 명쾌하게 답했다.

"좋다."

비연이 계속 말했다.

"기한이 다하면 헤어져야 합니다. 전하께서 천염국의 대권을 얻으시는 날, 저는 자유의 몸이 될 겁니다."

군구신은 생각조차 하지 않고 여전히 '좋다'고 대답했다. 비연은 이렇게 순조로울 거라고는 생각지 못했기에 속으로 안도의 한숨을 내쉬었다. 그런데 군구신이 갑자기 몸을 일으키더니 그녀에게 다가와 냉랭하게 물었다.

"고 대약사, 네 생각에 본 왕이 타인의 위급함을 이용하거나 하기 싫은 일을 억지로 시키는 사람인 것 같은가?"

비연이 자신도 모르게 뒷걸음질을 쳤다.

"그럴 리가요!"

군구신이 계속 다가왔다. 그의 커다란 몸은 비연에게 압박감을 주었다. 그의 목소리 또한 더욱더 차가워졌다.

"그렇다면 이 규칙들은 무엇 때문이지?"

비연은 잠시 할 말을 잃었다. 군구신의 이 진지한 눈빛을 보니, 그녀는 갑자기 자신이 소인배의 마음으로 군자를 헤아리려 했다는 생각이 들었다.

정왕 전하가 두 마음을 품는 것은 확실히 실망스러웠지만, 그는 결코 누군가의 위기를 틈타 제 잇속을 챙기거나, 다른 이들이 하기 싫어하는 일을 억지로 하게 만드는 사람은 아니었다.

비연과 그는 본래 협력 관계였다. 그런데 그녀가 이렇게 진지한 얼굴로 달려와 그에게 규칙을 정하려 한 것은…… 그중에서도 '유명무실'을 처음으로 내세운 것은, 그의 인품을 모욕한 것이나 마찬가지였다.

군구신이 몸을 굽혔다.

"대답하라!"

그의 분노를 느낄 수 있었다. 비연은 감히 그렇다고 답하지 못하고 변명하기 시작했다.

"저는 다른 뜻이 있었던 것이 아니라, 그저 단도직입적으로 이야기하려고……."

그녀는 본래 궤변을 늘어놓으려 했지만 군구신이 미간을 찌푸리는 모습을 보자 저도 모르게 말끝을 돌렸다.

"저는 전하께서 제 위기를 이용하거나, 저에게 억지로 싫은 일을 시키실 거라 믿는 것이 아닙니다. 그, 그저 제 자신이 터무니없는 생각을……. 그러니까 법도 하늘도 없는 그런 생각을 하지 않도록 단속하려는 것이었어요!"

비연은 농담하듯 말하며 활짝 웃었다. 그러나 군구신이 갑자기 그녀의 턱을 잡았고, 그녀의 웃음은 그대로 굳어 버렸다.

"고 대약사, 이런 농담은 전혀 재미있지 않다. 네가 보기에 본 왕이 그런 사람이라면, 본 왕이 오늘 밤 너에게 맹세를 하나 하지."

고요한 밤, 그의 나지막한 목소리는 유난히 외롭고 서늘하게 들렸다. 그가 그녀를 바라보며 한 손을 하늘로 들어 올리더니 진지하게 말했다.

"나 군구신이 하늘에 대고 맹세한다. 고비연이 정왕부에 들어와 측비가 된다면, 나는 반드시 오늘 밤의 규칙을 지킬 것이다. 만약 어기게 된다면, 이 생애 내내 홀로 외롭게 늙어 갈 것이다!"

얼음처럼 차갑고도 진지한 그의 눈빛을 보자, 비연의 마음속에 죄책감이 피어오르기 시작했다.

군구신이 손을 내린 후 물었다.

"이 정도면 믿겠는가?"

비연이 고개를 끄덕였다.

"예."

그러나 군구신은 여전히 달갑지 않은 표정으로 물었다.

"고 대약사, 아직 혼약을 물릴 수 있다. 본 왕의 문에 들어왔다가 다시 나간다면 쫓겨 나가는 것이나 마찬가지인 상황이 될 텐데, 그가 그 점을 불편해하거나 화를 낼까 두렵지는 않은가?"

누가 불편해한다고? 누가 화를 낸다는 거지? 언제나 꿈속에서 그녀와 함께 놀던 그 남자아이가?

비연 입장에서는 그 남자아이가 불편해하건 말건 상관없었다. 그녀가 관심을 두고 있는 것은, 그를 기억해 내고 그를 찾을 수 있는가 하는 문제였다.

그리고 또 누가 있지? 망할 얼음?

그의 신분조차 알지 못하는데 어떻게 그의 마음을 알 수 있을까? 그녀가 아는 것은…… 그가 만약 그녀가 빙해의 이변과 관계있고, 그녀가 빙해의 남쪽에서 왔다는 사실을 안다면, 아마 농담으로라도 다시는 그 '좋아한다'라는 말을 하지 않을 가능성이 높다는 것뿐이었다.

그녀 자신은?

고씨 가문 대소저라는 신분 따위, 그녀는 상관없었다.

비연이 웃으며 덧붙였다.

"형세가 워낙 긴박하니, 저 스스로 마음에 부끄러운 바가 없으면 되겠지요."

군구신의 검은 눈동자에 순간적으로 분노가 스쳐 갔다. 그는 즉시 비연의 턱을 놓아주고 몸을 돌렸다.

누가 불편해할까? 또 누가 화를 낼까?

그다! 그가 불편하고, 그가 화가 났다. 만약 손을 놓지 않았다면 자기 자신을 억제하지 못하고 그녀를 상하게 했을지도 모른다.

부황이 정왕부가 아닌 다른 곳으로 보내 세작 노릇을 하게 하려 했어도 그녀는 승낙했을까? 그녀가 그와 협력 관계가 아니었다면, 그리고 다른 이와 빙해의 비밀을 도모하고 있었다면, 그녀는 그 다른 이를 위해 어떤 위험이라도 무릅썼을까?

그녀는 분명 이런 규칙들을 이야기할 정도로 신중하면서, 그가 방금 했던 허술한 구석이 많은 맹세를 쉽게 믿는 이유는 뭘까?

빙해의 수수께끼는 그녀에게 대체 얼마나 중요한 걸까? 그녀가 이 정도의 희생을 할 정도라니! 자신의 혼사조차 별것 아니라는 이야기인가? 첩이 되는 것도 상관없고, 쫓겨나는 꼴이 되어도 상관없을 정도로?

군구신은 속으로 냉소했다. 측비? 평생 꿈도 꾸지 말라지!

이혼? 역시 생각도 안 하는 것이 좋을 것이다!

분노를 억누른 군구신은 몸을 돌리지 않고 손만 내저으며 말했다.

"다른 일이 없다면 이만 가 보도록."

비연은 무슨 말이건 해야 할 것 같았지만, 무슨 말을 해야 할지 알 수 없었다. 그녀는 항상 이지적이고 냉정했으며, 강하고 오만했다. 망할 얼음, 그 패기 있는 녀석 앞에서도 항상 큰 소리로 밀할 수 있었다.

그녀는 분명 정왕 전하에게 조금 실망했음에도 불구하고, 더 이상 예전처럼 푹 빠져 있지 않음에도 불구하고…… 어째서 그를 만날 때면 이렇게 줏대 없이 주도권을 빼앗기고 마는 걸까?

오늘 이 일만은 그녀가 주도권을 잡았어야 했다. 심지어 그녀는 더 많은 요구를 했어야 했다. 그러나 결국 그녀는 죄책감마저 느끼고 있었다. 비연은 이런 스스로가 너무나 싫었고, 결국 아무 말도 하지 않고 총총히 자리를 떠났다.

이어지는 나날 동안, 비연은 어약방과 고씨 저택만을 오가는 규칙적인 생활을 했다. 정역비를 두 번 마주친 외에는 아주 평온한 나날들이었다.

그녀는 표면적으로는 어약방의 일을 처리하느라 바빴다. 또한 암암리에 화월산장의 각종 거래를 이어받음과 동시에, 화월산장이 만진국에서 벌이고 있는 사업의 명의를 빌려 소씨 가문을 감시할 사람도 안배하고, 백리명천의 행방도 쫓고 있었다. 그리고 밤이 되면 여전히 그 약방문 밀서를 고민했다. 그녀는 망할 얼음이 나타나기를 기다리고 있었고, 또한 당정이 그녀에게 믿을 만한 밀정을 찾아 주기를 기다리고 있었다.

군구신도 아주 바빴다. 비밀리에 태자를 대자사에 숨겨 놓고는 일부러 그가 실종되었다는 소문을 퍼뜨렸다. 동시에 엽십삼을 핍박하여 소옥승과 계속 서신을 왕래하게 했다. 태자의 신분을 상징하는 옥패를 소옥승에게 보내는 것까지 성공해, 소옥승은 지금 태자가 이미 죽었다고 생각하고 있었다.

이렇게 상대의 계교를 역이용하니, 소옥승은 믿어 의심치 않고 엽십삼에게 다음 행동을 계속할 것을 요구했다.

군구신은 여전히 그들의 계교를 이용하여, 자신의 수하로 하여금 살수의 신분으로 백리명천의 자옥교주를 현공상회로 보내, 동래전당포에 맡겼다.

전당포는 원래 비밀을 지키지 않는 곳, 아니 오히려 소문을 퍼뜨리기에 좋은 곳이었다. 전당포는 일단 물건을 거두면 높은 가격에 내보내고 싶어 했고, 자연스럽게 소문을 퍼뜨리기 마련이었다.

특히 동래전당포는 어떤 거래건 모두 하는 곳으로, 물건이 진품인지 가품인지, 가격이 높고 낮은지만을 물을 뿐, 그 물건을 어떻게 얻게 된 것인지는 전혀 묻지 않았다. 설사 장물이라 해도 동래전당포는 모두 받아 팔았으니, 교역하러 오는 이들이 자연스럽게 생겨났다.

사람들은 곧 한 살수가 백리명천의 자옥교주를 동래전당포에 맡겼음을 알게 되었다. 수집가 꽤 여럿이 앞다투어 동래전당포로 향했다.

　점차, 백리명천이 복수를 위해 정상급 살수를 고용해 천염국의 태자를 죽였다는 소문이 퍼져 나갔다······.

〈제왕연〉 7권에서 계속